Maggie Uhmann

Korallenträume und Floridaliebe

Der Verlag:

Glutrote Sonnenuntergänge, rauschende Palmen, süße Wassermelonen.

Reisen ist für uns aber mehr als ein spektakuläres Naturerlebnis.

Es sind die Menschen und einzigartigen Begegnungen, die uns faszinieren. Deshalb weben wir in unsere Romane authentische kulturelle Aspekte ein: regionale Feste, traditionelle Rezepte, lokale Redewendungen.

Unsere Autorinnen sind Weltenbummlerinnen, Abenteurerinnen und leidenschaftliche Fans der Region, über die sie schreiben. Ihr persönlicher Bezug zu dem Land und ihre eigenen Erfahrungen machen sie zu Expertinnen, ihre Fantasie macht sie zu Künstlerinnen.

Begleitet uns ein Stück in unseren Geschichten und zieht dann selbst los.

»Ein Lächeln ist der kürzeste Weg zwischen zwei Menschen«, besagt ein chinesisches Sprichwort.

Also seid mutig und offen, denn die Welt ist bunt und voller Wunder.

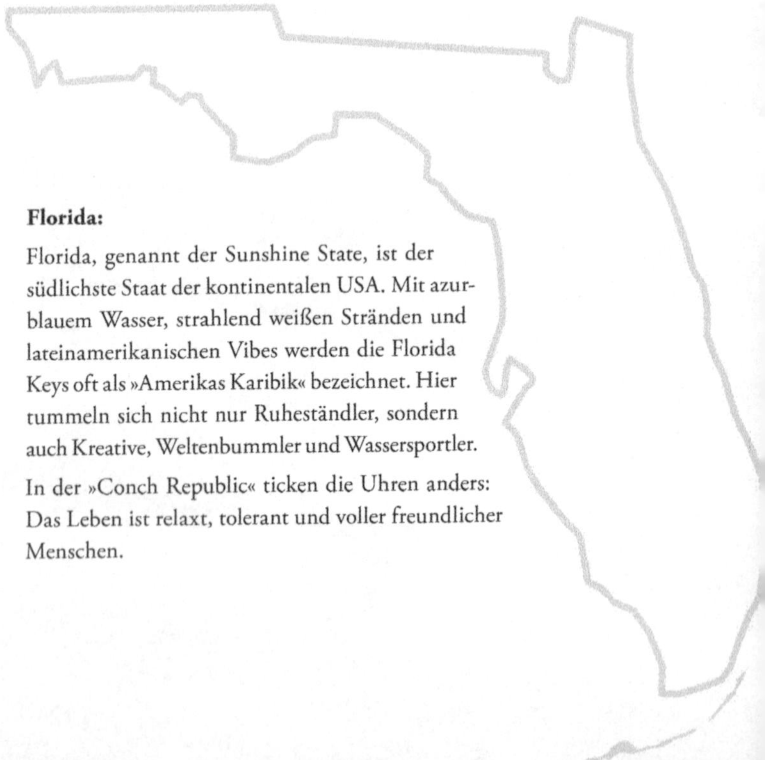

Florida:

Florida, genannt der Sunshine State, ist der südlichste Staat der kontinentalen USA. Mit azurblauem Wasser, strahlend weißen Stränden und lateinamerikanischen Vibes werden die Florida Keys oft als »Amerikas Karibik« bezeichnet. Hier tummeln sich nicht nur Ruheständler, sondern auch Kreative, Weltenbummler und Wassersportler.

In der »Conch Republic« ticken die Uhren anders: Das Leben ist relaxt, tolerant und voller freundlicher Menschen.

KORALLENTRÄUME UND *Florida* LIEBE

TRAVEL. LOVE.
USA.

MAGGIE UHMANN

Dieses Buch ist auch als E-Book erhältlich.

Verlag: Flamingo Tales, Bergisch Gladbach | flamingo-tales.de
Lektorat: Katharina Strzoda – Lektorat Lieblingswort | lektorat-lieblingswort.de
Korrektorat: Annette Nennert | annettenenner.de
Cover-/Umschlaggestaltung: Buchgewand Coverdesign | buch-gewand.de unter Verwendung von Motiven von depositphotos.com: Danussa, Olga_C, benjaminlion, vwalakte, Afonkin_Yuriy; stock.adobe.com: Elen Lane; unsplash.com: SpaceX, Tatiana Rodriguez
Satz u. Layout/e-Book: Büchermacherei | buechermacherei.de
Bildquellen Satz: #122960065, #122960678, #347748856 | AdobeStock

Druck: booksfactory.de, ein Service der Print Group Sp. z o.o., ul. Cukrowa 22, PL–71–004 Szczecin, Polen

Bestellung und Vertrieb: Nova MD GmbH, Raiffeisenstraße 4,
D-83339 Vachendorf,
Deutschland

ISBN Print: 978-3-98595-303-5
ASIN E-Book: B0B644BGNQ

Wien

Julia

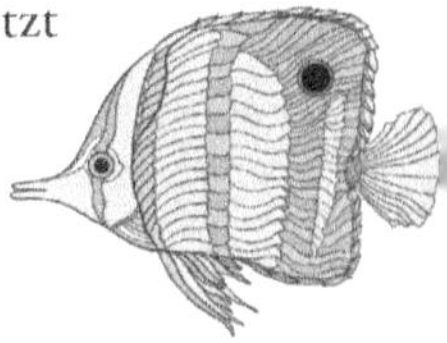

»Julia! Hör doch mal!«, rief meine zehnjährige Schwester Gabi und legte ihr Ohr an meinen Rucksack. Jetzt vernahm ich das Bimmeln der Schulglocke auch. Durch den Flughafenlärm hätte ich den etwas speziellen Klingelton des Handys beinahe nicht mitbekommen. Ich ließ von den bunten Kartons ab, die vor uns auf dem Verkaufstisch lagen, und kramte im Gepäck.

»Ja, Mama, ich weiß, es ist schon spät. Habt ihr euren Kaffee getrunken? Wir sind in fünf Minuten bei der Sicherheitskontrolle, beeilt euch bitte!«

Mist. Nicht mehr lange bis zum Boarding. Adrenalin schoss durch meine Adern. Ich hatte nur kurz ein Abschiedsgeschenk für meine kleinen Schwestern kaufen wollen, während der Rest der Familie seine Lebensgeister in einem bereits geöffneten Café weckte. Bei unserer schwierigen Entscheidungsfindung zwischen dem *Kreativset kunterbunte Freundschaftsbänder* und *Herr Graskopf – pflanze deinen eigenen Rasen* war uns die Zeit davongelaufen.

»Wisst ihr was? Dann bekommt eben jede von euch beides«, entschied ich kurzerhand und die Zwillinge jubelten. Mit je einem Kreativset und dem Graskopf hüpften sie zur Kasse.

Als wir danach zum Treffpunkt hetzten, klammerten sie sich so fest an mich wie zwei verliebte Oktopusse.

So kamen wir zwar recht langsam voran, aber ich ließ sie gewähren, denn ich versuchte mir einzuprägen, wie es sich anfühlte, die Mädels im Arm zu halten. Judith war etwas größer als ihre Schwester und schlaksig. Fast reichte sie mir schon bis zur

Achsel. Gabi war einen Kopf kleiner und ihr Körper schmiegte sich kindlich und angenehm weich an meine linke Seite. »Ich nenne meinen Graskopf *Herr Julia*.«

»Ich auch!«, japste Judith von rechts, während wir weiterhasteten.

Ach, wie würde ich die beiden vermissen! »Das ist so lieb von euch! Und ab und zu gießen nicht vergessen!«

Vor dem Zugang zur Sicherheitskontrolle wartete unsere Mutter mit meinen anderen vier Geschwistern Ronald, Anna-Lena, Sabrina und Thomas. Als wir bei ihnen ankamen, löste ich meine Arme von den Zwillingen und strich meiner Mama über den Arm.

Ein Passant würde unsere Verwandtschaft sofort erkennen, denn mit meinem glatten braunen Haar und den hochstehenden Wangenknochen sah ich wie eine jüngere Ausgabe von ihr aus. Noch dazu hatte ich ihre mandelförmigen dunkelbraunen Augen geerbt. Suchend blickte Mutter sich um.

»Nein, Mama, Markus kommt wirklich nicht«, beantwortete ich ihre unausgesprochene Frage. Es fiel ihr wohl immer noch schwer zu glauben, dass ausgerechnet mein Freund es nicht schaffte, mich heute zum Flughafen zu begleiten. Immerhin würde ich ein halbes Jahr in Florida verbringen. Sie machte keinen Hehl daraus, dass sie das eigenartig fand.

»Er hat um acht einen wichtigen Termin bei Gericht, das würde sich nicht rechtzeitig ausgehen«, verteidigte ich ihn.

Als pflichtbewusster aufstrebender Anwalt konnte er eine Verhandlung eben nicht einfach sausen lassen. Wir hatten uns schon zu Hause verabschiedet und für mich war das kein Thema, wir liebten uns und vertrauten einander. Und das schon seit zwölf Jahren. Wegen meiner bevorstehenden Abreise hatte Markus die letzten Tage sogar auffallend niedergeschlagen gewirkt. Manchmal hatte ich fast den Eindruck gehabt, als wollte er mir irgendetwas sagen, hätte dann aber gezögert, damit herauszurücken. Ich hegte jedoch einen bestimmten Verdacht. Vermutlich würde es schon bald außergewöhnlich freudige Neuigkeiten bezüglich Markus und mir geben. Aber es war noch zu früh, diese Annahmen mit meiner Familie zu teilen, denn jetzt stand erst einmal ein Abschied an.

Ich drückte Judith und Gabi mit geschlossenen Augen an mich, als könnte ich mich mit ihrer Liebe auf Vorrat aufladen.

»Julia«, unterbrach uns unsere achtzehnjährige Schwester Sabrina und holte eine große Papiertüte hinter ihrem Rücken hervor. »Ich habe ein Geschenk für dich.« Sie zog etwas heraus, das wie ein gefülltes rosa Sitzkissen in Form eines Seesterns anmutete, von dem fünf puschelige Tentakel abstanden.

»O wie süß!«, rief ich und nahm das offensichtlich selbstgehäkelte Schmusetier entgegen, das mich anlachte. Schwarze Knopfaugen und kunstvoll aufgestickte Augenbrauen ließen mich erahnen, wie viel Mühe sie darauf verwendet haben musste. Unter all den Deckchen, Mützen und Topflappen, die wir in den letzten Jahren gemeinsam gehäkelt hatten, war das hier ihr absolutes Masterpiece.

»Falls du dich einsam fühlst, dann drückst du es und denkst an uns«, sagte sie, woraufhin ich sie gleich an mich zog, was nicht ganz einfach war, denn sie war mittlerweile schon ein ganzes Stück größer als ich. »Ich weiß, es sieht zwar nicht ganz danach aus, aber das soll deine allererste Koralle darstellen.«

»Danke, Sabrina. Sie ist wunderschön!« Jetzt würde ich bei meiner Arbeit an den Becken des Meereslabors umso mehr an sie und meine anderen Geschwister denken. Meine Stimme war etwas belegt, deshalb räusperte ich mich und schob sie behutsam ein Stückchen von mir weg. »Und hab ganz viel Spaß in deinem Orchester-Sommercamp.«

Vor diesen Momenten des Abschiednehmens hatte ich am meisten Angst gehabt. Die letzten Augenblicke, bevor sich unsere Wege das erste Mal in unserem Leben trennen und ich meine Geschwister allein lassen würde. Zum tausendsten Mal drängte sich mir die Frage auf, ob ich das Richtige tat. Aber jetzt war es zu spät für Zweifel. Die Entscheidung hatte ich bereits vor Monaten getroffen. Der Kloß, den ich den ganzen Morgen schon in meinem Hals verspürt und bislang erfolgreich verdrängt hatte, drückte jetzt wie eine Bleikugel nach unten und machte mir mein Herz schwer. Ich atmete tief durch. Keinesfalls wollte ich vor Mama und meinen Geschwistern weinen.

Ronald kam mit geöffneten Armen auf mich zu. Mein kleiner zweiundzwanzigjähriger Bruder überragte mich ebenfalls um einen ganzen Kopf und drückte mich an seine breite Brust.

»Jetzt hast du das Kommando. Pass gut auf sie auf«, ermahnte ich ihn und strich ihm eine Haarsträhne aus der Stirn. Die blasse, dünne Narbe über seiner rechten Augenbraue erinnerte mich daran, wie er damals als Achtjähriger mit dem Rad gestürzt war und ich ihn mit einem Dinosaurier-Pflaster verarztet hatte. Wie schnell die Zeit verflogen war.

»Aye, aye, Ma'am«, antwortete er grinsend.

Als Nächste presste ich Anna-Lena an mich. Sie studierte BWL und hatte heute Vormittag noch eine wichtige Klausur, für die ich ihr ganz viel Glück wünschte. Die Marketingkonzepte konnte sie in- und auswendig, genau wie ich, so oft wie ich sie abgefragt hatte. Dann ging es weiter zu meinem Bruder Thomas, um den ich mich zurzeit besonders sorgte. »Mach es deiner Mutter nicht zu schwer, ja? Und sei lieb zu deinen kleinen Schwestern.« Mit seinen fünfzehn Jahren steckte er gerade mitten in der Pubertät.

Judith lief eine Träne über die Wange, die ich ihr sogleich mit meinem Daumen fortstrich.

»Sei nicht traurig, zu Weihnachten bin ich wieder da«, versuchte ich sie zu trösten, redete aber mehr mit mir selbst.

»Versprochen?«, fragte sie.

»Versprochen!«, beteuerte ich und küsste sie auf die Stirn.

Zuletzt schloss meine Mutter mich in ihre Arme. »Hab Spaß, mein Schatz.«

»Solltest du mir nicht Sachen mit auf den Weg geben wie ›Pass auf dich auf, Hände weg vom Alkohol, nimm keine Drogen …‹?«

Wir schmunzelten beide, denn Ermahnungen in diese Richtung waren bei mir noch nie nötig gewesen.

»Hau auf den Putz und lass es krachen«, sagte sie stattdessen. Fast hörte es sich an wie eine Beschwörung. Ich wand mich kopfschüttelnd aus ihren Armen.

»Und du wirst auch wirklich zurechtkommen?«, fragte ich leise und sah sie prüfend an.

»Das haben wir doch schon besprochen. Du weißt, dass ich wieder stark geworden bin. Ich schaffe das wirklich, mach dir keine Sorgen um uns und hab eine schöne Zeit.«

Doch mein schlechtes Gewissen, das mir zuflüsterte, dass ich meine Liebsten im Stich ließ, war noch nie stärker gewesen als genau jetzt und ich presste mein daunenweiches Geschenk an mich. Der Moment, den ich mir in Gedanken hunderte Male vorgestellt hatte, war gekommen. Er fühlte sich nun aber viel schwerer an als in meiner ohnehin schon düsteren Fantasie. Die bedrückende Last, die auf meinem Herzen lag, hatte sich auf meine Beine übertragen, doch ich stemmte mich dagegen. Die Reise hatte ich mir gegen alle Widrigkeiten erkämpft, denn vielleicht würde ich nie wieder die Chance erhalten, diese Sehnsucht zu stillen, die ich seit meinem sechsten Lebensjahr verspürte. Wie in Zeitlupe schritt ich auf die Schranke zu, die nur Fluggäste passieren durften. Ich hob meine Hand zum Gruß, in der ich das Flugticket krampfhaft festhielt. Am Drehkreuz schaute ich mich noch einmal um. Judith und Gabi hatten sich an Mutter angeschmiegt wie zuvor an mich. Links und rechts von ihnen standen meine Geschwister in einem Halbkreis und winkten. Lächelnd legte ich meine Hand aufs Herz und sandte ihnen einen Kuss. Dann drängten mich nachkommende Passagiere weiter und die mir vertrauten Gesichter verschwanden aus meinem Blickfeld. Den bohrenden Schmerz in meinem Brustkorb versuchte ich zu vertreiben, indem ich mehrfach tief ein- und ausatmete. Es waren nur sechsundzwanzig Wochen, die vergingen bestimmt wie im Fluge. Tatsächlich half mir dieser Gedanke ein wenig. Vor allem, wenn ich an meinen Kindheitstraum dachte, der sich in den nächsten Monaten erfüllen würde. *Korallen, ich komme!* Außerdem war für schwermütige Gedanken jetzt keine Zeit, denn mir blieben nur noch wenige Minuten bis zum Boarding nach Frankfurt, meiner ersten Zwischenstation. Die Verabschiedung hatte doch länger gedauert als geplant. Ich hastete zur Sicherheitskontrolle und danach weiter zu meinem Abfluggate. Da fiel mir ein, dass ich mich noch einmal ganz kurz bei meinem Freund Markus melden könnte, denn seine Verhandlung hatte noch nicht begonnen. Während ich weiterging, fischte ich mein Handy aus dem Rucksack und wählte seine Nummer. Nach fünfmaligem Tuten hob er ab.

»Julia?« Gleichzeitig hörte ich das helle Lachen einer Frau im Hintergrund.

»Hey, bei euch am Gericht geht's aber lustig zu«, sagte ich.

»Aber auch nur in der Cafeteria. Ich hab mir noch schnell einen Kaffee geholt, bevor es losgeht. Wart mal, jetzt bin ich draußen … Was ist denn? Gibt's ein Problem?«

»Nein, ich bin kurz vor dem Boarding und wollte mich nur noch mal melden.«

»Ach so. Tut mir leid, aber ich muss mich echt beeilen.«

»Oh, ja, natürlich. Ich rufe dich dann wieder an, wenn ich in Key West angekommen bin.«

»Wenn du das Telefon und die SIM-Karte hast, so wie wir es ausgemacht hatten.«

»Genau. Dann wünsch ich dir einen schönen Tag und viele erfolgreiche Anträge.« Geräuschvoll drückte ich einen Kuss an den Lautsprecher meines Mobiltelefons.

»Danke und eine gute Reise. Ich muss jetzt los, der Richter kommt gerade«, antwortete Markus und legte auf.

In der ehrenwerten Justizbehörde hatte er natürlich in seinem abgeklärten Anwaltstonfall mit mir sprechen müssen und das Kussgeräusch nicht erwidern können. Vielleicht war es doch keine so gute Idee gewesen, ihn noch einmal anzurufen.

An meinem Gate angekommen, reihte ich mich in die Schlange der Passagiere ein, die ihre Tickets auf einen Scanner legten und danach die Gangway betraten. Mein Puls raste. In wenigen Minuten würde ich das Flugzeug besteigen, das ich hinter einer riesigen Glasfront bereits sehen konnte. Direkt vor mir wartete ein Paar mit zwei Kindern ungefähr im Alter von Gabi und Judith. Der Junge spielte am Handy und das Mädchen stand gelangweilt neben ihrem Vater. Doch als ihr Blick auf meine knuffige rosa Koralle fiel, lächelte sie vergnügt. Ja, so ein Unikat gab es in keinem Shop der Welt zu kaufen, nicht einmal online! Die Familie gehörte bestimmt zu den Vielfliegern, die dauernd irgendwo anders urlaubten, so cool wie die Kids die Situation hinnahmen. Ich hingegen war mit meinen achtundzwanzig Lebensjahren noch nicht viel gereist und schon gar nicht so weit wie heute. Unserer Großfamilie hatte immer das Geld dazu gefehlt, weswegen wir nicht weiter als Italien gekommen waren. Und Markus hatte sowieso keine Zeit gehabt. Obwohl er in der Rechtsanwaltskanzlei seines Vaters arbeitete, bekam er fast nie frei. Meine Idee, vor meinem Berufsbeginn als Lehrerin für ein halbes Jahr nach Florida zu gehen, um Freiwilligenarbeit zu leisten, hatte sein Vater als Spinnerei abgetan und ihm partout verwehrt mitzukommen. Was hätten wir in Österreich mit einem bedrohten Riff vor Key West zu schaffen? Unsere Wälder seien genauso grün wie immer, auch wenn die Korallen auf der anderen Seite der Erde ausbleichten.

Als ich an seine zynischen Worte dachte, stieg Wärme in mir auf und mein Puls beschleunigte sich wieder, wie in unserer hitzigen Diskussion damals. Mein Argument, dass Korallen ein Viertel des gesamten marinen Lebens beherbergten und mit ihrem

Verschwinden die Lebensgrundlage von Millionen von Menschen verloren ginge, hatte er augenrollend übergangen. Und dass sie die Küstengebiete durch ihre Kalkstrukturen vor Erosion und stürmischen Wellen schützten und so eine Barriere gegen den steigenden Meeresspiegel darstellten, könne er sich *beim besten Willen nicht vorstellen. Wären Betonwälle da nicht effizienter?* Wie konnte er nur so ignorant sein!

Außerdem sprang für mich nichts weiter raus als ein lächerliches Taschengeld und eine Unterbringung in einem Mehrbettzimmer im Studentenheim. Doch da Markus wusste, wie sehr mein Herz an diesem Vorhaben hing, unterstützte er mich moralisch und auch finanziell dabei.

Ich betrachtete das Stofftier in meinem Arm. Eigentlich ähnelte es den wundersamen Lebewesen sogar sehr, von denen mir Papa jahrelang voller Inbrunst vorgeschwärmt hatte. Immer wieder hatten wir uns die zauberhafte Unterwasserwelt mit ihren bunt leuchtenden Korallen in seinen Büchern angeschaut und Pläne geschmiedet, später einmal zusammen an eines der Riffe zu reisen. Stundenlang hatten wir abends davon geträumt, wie herrlich es sein würde, im Meer zu tauchen und all das mit eigenen Augen zu betrachten. Doch das Leben machte uns einen Strich durch die Rechnung und es kam nicht mehr dazu. Stets hatte ich sein Andenken und unseren Traum im Herzen getragen, weshalb mich in den letzten Jahren Berichte über das Sterben der Riffe überall auf der Welt erschütterten. Diese Schilderungen der durch den Klimawandel verursachten Korallenbleiche waren unerträglich für mich, bedeutete es doch, dass unser gemeinsamer Sehnsuchtsort wie die Korallen selbst verblasste.

Als ich im Internet von Projekten gelesen hatte, die sich der Wiederaufforstung von Korallenriffen widmeten, wusste ich sofort, dass ich mithelfen wollte. Ganz besonders war mir ein Meereslabor in Florida ins Auge gesprungen, das sich genau dieser Arbeit in Key West verschrieben hatte. Es war stets auf der Suche nach freiwilligen Mitarbeitenden und ich hatte alle Hebel in Bewegung gesetzt, um ein Teil dieser Rettungsaktion zu werden.

Meine Vorbehalte, Mama und die Geschwister so lange allein zu lassen, hatte ich so gut es ging verdrängt, denn ich würde endlich aktiv werden, auch wenn es nur für sechs Monate war. Der Wunsch war einfach übermächtig geworden.

Und hier war ich nun, legte mein Ticket auf den Scanner oberhalb des Drehkreuzes und bekam grünes Licht. Obwohl ich mich nur schwer von meinen Küken hatte trennen können, hatte ich es Gott sei Dank noch rechtzeitig in den Flieger geschafft, und der erste Schritt meiner Reise begann.

Eine Stunde später stand ich an der nächsten Gangway in Frankfurt, um den Anschlussflug in die USA anzutreten, und wieder befand sich eine Familie vor mir, diesmal mit zwei Kindern im Vorschulalter. Die Mutter hatte ihre liebe Not, die Kleinen zum raschen Vorwärtsgehen zu motivieren, während diese lieber herumalbern wollten. Als sie sich den Schweiß von der Stirn wischte und mir hochrot einen entschuldigenden und gleichzeitig peinlich berührten Blick zuwarf, wurde mir klar, was es bedeutete, allein unterwegs zu sein. Ich verstand sie nur zu gut, hatte ich mich doch selbst jahrelang um meine kleinen Racker gekümmert und mich an manchen Tagen danach gesehnt, mich nur um mich sorgen zu müssen. Das konnte ich jetzt zum ersten Mal. Ab sofort war ich sechs Monate lang ausschließlich für mich verantwortlich. Befreit atmete ich durch und bestieg das Flugzeug nach Miami mit Leichtigkeit, jedoch nicht, ohne der Frau aufmunternd zuzunicken.

Die Boeing 747 war um einiges größer als die erste Maschine und die Plätze waren in drei Reihen angeordnet. Mein Sitz war erstaunlich bequem und bot meinen langen Beinen genug Platz. Hier würde ich es die nächsten Stunden wunderbar aushalten, denn ich trug meine gemütlichen Jeans und einen Sweater über meinem lachsfarbenen Baumwoll-Shirt gegen die eisige Klimaanlage. Damit der Zopf nicht weiter störte, löste ich das Haargummi und ließ mein braunes Haar auf meine Schultern fallen. Die Koralle platzierte ich in meinem Schoß und drückte sie fest an mich, während ich auf den Start wartete. Endlich ging es los. Ich war wirklich allein auf dem Weg in die USA und würde Europa in Kürze hinter mir lassen. Vor Freude kribbelte es in meinem Magen.

Zwei Mahlzeiten, drei lustige Filme im Bordfernsehen und zehn Stunden später landete ich in Miami. Ich konnte es kaum erwarten, das Flugzeug zu verlassen.

Zu Hause in Wien war es kurz vor sechs Uhr abends, in Miami durch die Zeitverschiebung jedoch erst zwölf Uhr mittags. Glücklich streckte ich meine Glieder und machte kurz darauf meine ersten Schritte auf amerikanischem Boden, auch wenn es vorerst nur in einem weiteren Flughafengebäude war. Nach der Einreisekontrolle stand für mich noch ein letztes Mal Umsteigen auf dem Plan. Der Miami Airport war, genauso wie jener in Frankfurt, riesig im Vergleich zu unserem in Wien. Hier musste ich sogar mit einem Bus, der permanent das Gelände umkreiste, zu einem anderen Terminal fahren. Auf dem Weg zur Haltestelle konnte ich endlich aus dem klimatisierten Gebäude ins Freie treten und das erste Mal Florida-Luft atmen. Sie fühlte sich warm, feucht und ungewohnt schwül an, im Gegensatz zum eher trockenen Sommerwetter in Wien. Wie ich wusste, herrschte bis Oktober in Florida Regenzeit, obwohl es im Moment nicht danach aussah. Es hingen zwar einige Wölkchen am blauen Himmel, aber sonst war es sonnig. Ein Dunstfilm schien sich auf meiner Haut auszubreiten. In der Troposphäre lag ein herber und würziger Duft. Spürte ich etwa schon den Geschmack des Meeres auf meiner

Zunge? Am Straßenrand machte ich mein erstes Selfie vor einer Palme, um die herum üppige tropische Blumen wuchsen. Vor Freude störte es mich nicht einmal, dass ich in meinen langen Jeans zu schwitzen begann.

Mit einem Shuttlebus erreichte ich nach wenigen Minuten das letzte Terminal meiner Reise und checkte nach Key West ein, der südlichsten Stadt der kontinentalen USA. Die restliche Wartezeit verbrachte ich damit, mir eine Prepaid-SIM-Karte zu kaufen, damit ich mich sofort zu Hause melden konnte, sobald ich am Ziel angekommen war. Ich war zu neugierig, wie Anna-Lenas Klausur und Markus' Verhandlung gelaufen waren.

Der Jet war mit gerade einmal vierzig Sitzplätzen der winzige Bruder der Boeing 747 von vorhin. Unter mir hatte ich freie Sicht auf die atemberaubende Landschaft, die dalag wie eine aufgeschlagene Seite im Atlas. Im azurblauen Meer wirkte die lang gezogene Inselgruppe der Florida Keys tatsächlich wie ein schmaler Schlüssel im Ozean. Der Pilot erklärte über Lautsprecher, dass wir gerade über die Seven Mile Bridge flogen, die berühmte Brücke des Overseas Highways, die die einzelnen Keys miteinander verband. Außerdem trennte sie den Golf von Mexiko auf der rechten vom Atlantik auf der linken Seite. Ich schoss etliche Fotos, die ich später einmal meinen Schülern zeigen wollte, wenn Florida auf dem Lehrplan stand. Die letzte einstündige Etappe meiner Reise neigte sich ihrem Ende zu. Was erwartete mich in Key West? Ob sich mein Einsatz lohnen würde? Würde ich einen Beitrag zur Erhaltung des Riffs leisten und mich meinem Vater näher fühlen können? Ich hoffte es so sehr. Mit leicht zitternden Fingern verstaute ich vor dem Landeanflug mein Handgepäck unter dem Vordersitz und zog meinen Sicherheitsgurt fest.

Der Untergang der Kolonie

Julia

Um fünfzehn Uhr Ortszeit schob ich den Gepäckwagen in den überschaubaren Abholbereich des Flughafens von Key West. »Welcome to the Conch Republic« stand in roten Buchstaben über dem Ausgang. Ich wusste, dass das Wort *Conch* eine hornförmige Muschel bezeichnete, die im Meer vor Florida weitverbreitet war. Unter dem Schriftzug befand sich eine Erklärungstafel dazu, die ich natürlich sofort lesen musste. Ich erfuhr, dass die US-Behörden im Jahr 1982 eine Grenzkontrollstelle gegen illegale Migranten am Highway Nummer eins eingerichtet hatten. Als Proteste dagegen nichts halfen, verkündete Key West seine Unabhängigkeit und rief kurzerhand eine eigene Republik aus. Es erklärte den USA sogar den Krieg, immerhin waren seine Streitkräfte mit Wasserpistolen, Baguettes und Klopapierrollen ausgerüstet. Trotzdem kapitulierte der junge Staat eine Minute später und ersuchte um eine Milliarde Dollar für den Wiederaufbau. Diese wurde zwar nicht bezahlt, aber die mediale Aufmerksamkeit war für den Tourismus Gold wert gewesen. Grinsend schob ich meinen Wagen weiter. Die Einwohner hatten auf alle Fälle Sinn für Humor! Wenn die Menschen hier heute noch so waren wie 1982, dann würde ich sicher gut aufgenommen werden.

Die wenigen Passagiere, die mit mir angekommen waren, verstreuten sich rasch. Einige eilten zu den vor dem Gebäude stehenden Taxis, andere wurden von Abholern erwartet. Mein Puls beschleunigte sich, als ich auf einem Blatt Papier meinen Namen entdeckte. Es wurde von einer blonden Frau in den Vierzigern hochgehalten, die luftige beige Shorts und eine hellblaue Bluse trug. »Welcome, Julia Richter«, hatte sie mit dunkelblauem Filzstift auf das Schild geschrieben und daneben eine lachende Sonne gemalt. Wie lieb! Als sie erkannte, dass ich auf sie zusteuerte, bogen sich ihre Mundwinkel genauso nach oben wie jene auf dem Bild.

»Herzlich willkommen in Key West! Schön, dich endlich kennenzulernen. Ich bin Patricia Miller, Professorin für Meeresbiologie. Aber wir Kollegen nennen uns alle beim Vornamen. In den nächsten Monaten werden wir sehr eng zusammenarbeiten.«

Sofort erwiderte ich ihr Lächeln und wir schüttelten uns fest die Hände. Sie bewunderte meine Koralle, die auch im Gepäckwagen lag, und gemeinsam nahmen wir die beiden Rollkoffer herunter. Während wir den klimatisierten Flughafenbereich verließen, erzählte ich ihr, was es mit dem Plüschtier auf sich hatte.

Draußen umhüllte mich das tropische Klima wie ein unsichtbarer Nebel. Es fühlte sich ein bisschen an wie in einem Sole-Dampfbad, oder als würde ich Luft aus einem Inhalator atmen. Wieder lag mir dieser ganz leicht salzige Geschmack auf der Zunge.

»Wie schön!«, rief ich, als auf der rechten Seite hinter dem Parkplatz das Meer zum Vorschein kam, das sich bis zum Horizont erstreckte. Am Himmel trieb der Wind beeindruckende Wolkentürme vor sich her.

»Wir sind mitten in der Regenzeit, mach dich darauf gefasst, dass es jeden Moment eine warme Dusche geben könnte«, warnte Patricia mich augenzwinkernd.

Der Parkplatz wurde von Palmen und mannshohen Pflanzen mit roten Blüten und üppigen Blättern gesäumt. Solche Gewächse hatte ich noch nie zuvor gesehen und ich blieb interessiert vor einem davon stehen. Patricia nannte mir den absolut treffenden Namen: Flammenbäume.

Danach steuerten wir einen in die Jahre gekommenen Geländewagen auf dem Flughafenparkplatz an. Am ozeanblauen Pick-up prangte das Logo meines Arbeitgebers, dem Meereslabor Key West, das als öffentliche Einrichtung eine Schutzzone rund um die Inselgruppe verwaltete. Darunter wogte eine dunkelblaue Welle. Wir luden mein Gepäck in den Kofferraum und fuhren eine breite Straße entlang, die direkt in die Stadt führte. Dann ging es weiter, vorbei an Palmen, tropischen Pflanzen und Häusern, die entweder einfach und karibisch bunt oder in einem herrschaftlichen Kolonialstil mit prächtigen Erkern, Türmchen und Balkonen erbaut waren. Ich konnte meinen Blick gar nicht von der für mich ungewöhnlichen Architektur abwenden.

»Das ist ja wie in *Vom Winde verweht*«, sagte ich bewundernd, als wir eine besonders prachtvolle Villa passierten. »Einfamilienhäuser in Österreich sind dagegen ein wenig … schlichter.« Ich dachte an mein funktionales Elternhaus, dessen Form an einen überdachten Würfel erinnerte.

»Wirklich? Ich möchte so gern mal nach Österreich reisen. Ich liebe *The Sound of Music*«, schwärmte Patricia.

»Oh, das sagt mir nichts, ist das ein Film?«

»Ja, und auch ein Musical. Darin geht es um die Trapp-Familie, die im Zweiten Weltkrieg nach Amerika geflohen ist und hier mit ihrem wundervollen Chorgesang berühmt wurde.«

»Hm … der Name kommt mir bekannt vor, aber den Film muss ich mir erst noch anschauen. Ich habe ja auch sechs Geschwister, aber die singen leider nicht.«

Patricia lachte gut gelaunt. »Was nicht ist, kann ja noch werden.« Sie fing meinen Blick auf, als ich auf die Uhr sah. Ich war mittlerweile seit fünfzehn Stunden unterwegs. »Du bist sicher komplett erschöpft. Wie wäre es, wenn ich dir morgen das Labor zeige? Und dann erledigen wir auch den administrativen Kram. Jetzt bringe ich dich erst mal zum Guest House, einverstanden? Dort sind alle unsere Studenten und Freiwilligen untergebracht.«

Obwohl ich mich unglaublich darauf freute, endlich Korallen zu züchten, sehnte ich mich mittlerweile ebenso sehr nach einer Dusche und einem Bett. Außerdem warteten meine Mutter und Markus sicher schon auf meinen Anruf.

»Und morgen Abend machen wir ein Barbecue am Strand, da lernst du alle Mitarbeitenden kennen. Außer dir ist heute noch ein Student angekommen.«

Wie gut, dass ich nicht der alleinige Neuzugang war, so war ich nicht die Einzige, die sich in die Gruppe einfügen musste.

Patricia lenkte den Wagen an den Straßenrand und hielt neben einem Grundstück, das von einem weiß gestrichenen Zaun begrenzt war. Als Erstes sprang mir die üppige grüne Vegetation ins Auge, danach ein zweistöckiges Holzhaus, das in dem wuchernden Garten fast unterging. Es war im romantischen viktorianischen Stil erbaut und verfügte über ein Giebeldach, mehrere Erker und großzügige Veranden auf beiden Ebenen. Wir luden mein Gepäck aus und zogen jede einen Rollkoffer über den geschotterten Kiesweg. Patricia klopfte und öffnete gleich darauf die unverschlossene Tür.

»Savannah?«, rief sie hinein und trat über die Schwelle.

Ich folgte ihr in einen Vorraum. An den Wänden hingen gerahmte Fotografien von jungen Leuten, die von Booten winkten, mit Korallen an Becken hantierten und am Riff tauchten. Manche der Bilder waren bereits ein wenig verblichen, andere schienen aufgrund der Farben und der Mode, die die Menschen trugen, neueren Datums zu sein.

»Hi!«, hörten wir eine Stimme und Schritte näherten sich aus dem Nebenraum. »Kommt doch rein!« Das freundliche Gesicht einer Frau, die ihr langes graues Haar in einem dicken Zopf nach hinten geflochten hatte, erschien im Türrahmen. Ihre Augen strahlten und wir schüttelten uns die Hände, während Patricia uns einander vorstellte. »Savannah ist die Verwalterin und gute Seele des Guest House. Sie kümmert sich ums Frühstück, die Bettwäsche und manchmal auch ums Heimweh, nicht wahr?«, erklärte Patricia augenzwinkernd.

»Ja, das kommt ab und zu vor«, sagte Savannah und gluckste. »Es vergeht zum Glück aber meistens bald wieder.«

»Weißt du, ob Allie schon da ist?«, fragte Patricia. »Mit ihr teilst du dir nämlich das Zimmer.«

Die Haushälterin schüttelte den Kopf. »So früh ist sie nie zu Hause.«

»Morgen um neun kommst du am besten gleich mit Allie, James und Tom zum Labor. Du bekommst auch ein Leihrad. Savannah, du zeigst Julia alles, nicht wahr?«, fragte Patricia. Danach verabschiedete sie sich, da sie wieder zurückmusste.

Savannah begann ihre Tour im tropischen Zaubergarten. Während ich von zu Hause Thujenhecken, Nussbäume und Geranien gewohnt war, wucherten hier lila Passionsblumen, weiße Magnolien und Feigenbäume. Ich bewunderte Orchideen, die sich an Palmen hinaufrankten, kakteenartige Agaven und einen *Lignum Vitae*, einen Baum des Lebens, der zarte blaue Blüten mit orangefarbenen Samenkapseln ausbildete. Nur schwer konnte ich mich von der Pracht losreißen, folgte Savannah aber ins Haus. Die Dielen des fast einhundert Jahre alten Gebäudes knarzten, als wir durch die Räume des Erdgeschosses schritten. Ein Deckenventilator erzeugte einen belebenden Luftstrom und ich nahm einen leicht holzigen Geruch wahr. Es gab einen Speisesaal mit drei lang gezogenen Tischen, in dem wir unter der Woche unser Frühstück einnehmen würden. Dahinter befand sich eine Gemeinschaftsküche, in der wir freiwillig Helfenden uns am Wochenende, wenn Savannah freihatte, selbst versorgen konnten. Außerdem zeigte sie mir einen Raum, in dem zwei Waschmaschinen mit Münzeinwurf von allen benutzt werden durften. Wir brachten mein Gepäck in die obere Etage, in der sich laut Savannah vier Schlafzimmer befanden. Vor der letzten Tür am Ende des Ganges zog sie einen Schlüssel aus ihrer Hosentasche.

»So, das ist es. Klein, aber fein.« Sie schloss auf und bedeutete mir einzutreten. »Willkommen in deinem neuen Zuhause. Nebenan wohnen zwei Freiwillige, die auch länger bleiben, so wie ihr. Die beiden übrigen Zimmer werden wochenweise an Studenten vermietet.«

Der winzige Raum war spartanisch eingerichtet. Mit zwei an den gegenüberliegenden Wänden aufgestellten Einzelbetten, dazugehörigen Nachtschränkchen und zwei Kleiderspinden war er komplett gefüllt. Auf einem Bett lag ein Stapel Wäsche zum Überziehen bereit. Das andere war offensichtlich Allies, denn darauf befanden sich ein paar T-Shirts, ein Badeanzug und ein Haufen Zeitschriften. Eine Glastür führte zur Veranda, die die ganze Vorderfront umfasste. Hier konnte man sich sicher auch gut aufhalten, denn es gab einen langen Tisch mit mehreren Stühlen.

»Ich lass dich jetzt lieber allein. Wenn du irgendetwas brauchst, wende dich jederzeit an mich. Schön, dass du bei uns bist, Julia!« Dabei lächelte Savannah mich so freundlich an, dass mir ganz warm ums Herz wurde.

Als sie gegangen war, bezog ich blitzschnell meine Decke und das Kissen und warf mich auf die weiche Matratze. Noch vor dem Duschen und Kofferauspacken wollte ich zu Hause anrufen. Es war jetzt halb elf Uhr nachts in Wien. Ich wählte Mutters Nummer.

»Julia?« Vor dem ersten Tuten hatte sie bereits abgehoben.

»Hallo, Mama! Ist alles in Ordnung bei euch? Ich habe den ganzen Tag an euch gedacht! Was machen die Zwillinge und wie war Anna-Lenas Klausur?«

»Sei ganz beruhigt, bei uns könnte es nicht besser laufen. Judith und Gabi schlafen schon und bei Thomas kehrt auch langsam Ruhe ein. Laut Anna-Lena lief ihre Prüfung ganz prima und das Semester ist Gott sei Dank so gut wie geschafft, hat sie mir versichert. Wie du siehst, es geht uns ausgezeichnet. Und stell dir vor, heute Nachmittag hat mich unser Nachbar von gegenüber gefragt, ob ich im Dorferneuerungsverein mitmachen will.«

»Und, willst du?«, fragte ich erwartungsvoll. Schön, dass Mutter neue Interessen entwickelte, das war lange Zeit nicht der Fall gewesen.

»Ja, ich habe zugesagt. Ich glaube, das wird toll, wir planen ein ganz großes Sommerfest im August. Aber jetzt erzähl doch mal von dir, du hast ja viel Spannenderes erlebt als ich. Wie ist es in Key West?«

»Ach, Mama, das, was ich bis jetzt gesehen habe, ist das Paradies auf Erden«, schwärmte ich und berichtete von dem romantischen Gästehaus, dem bezaubernden karibischen Garten und dem herzlichen Empfang, den mir Patricia und Savannah bereitet hatten. »Das Meereslabor lerne ich dann morgen kennen. Und dir geht es wirklich gut, Mama?«

»Aber ja, alles ist bestens. Außer, dass ich müde bin und jetzt gleich ins Bett falle. Genau wie du, oder?«

Wir vereinbarten noch, am nächsten Tag wieder zu telefonieren, dann wählte ich Markus' Nummer über Videochat, froh, dass zu Hause alles rundzulaufen schien.

»Hallo, Herr Anwalt! Schau, was ich von Sabrina am Flughafen bekommen habe!«, begrüßte ich ihn und winkte mit einem Arm meiner Koralle in die Kamera. »Schade, dass du nicht hier sein kannst, es ist einfach traumhaft. Wie war dein Tag? Hast du alle Betriebskosten erfolgreich eingeklagt?«

Er wich meinem Blick aus, ähnlich wie die Tage zuvor. Ich sah ihm direkt an, dass irgendetwas im Busch war. Das letzte Mal hatte er so unruhig gewirkt, als er hinter meinem Rücken eine Überraschungsparty zu meinem fünfundzwanzigsten Geburtstag organisiert hatte. »Hey, ist alles in Ordnung mit dir?«

»Ja, es ist alles okay. Ich bin nur sehr müde. Aber schön, dass es dir in Florida gefällt.«

Was ihn wohl beschäftigte? Warum wollte er es mir nicht sagen? Vielleicht brauchte er nur einen kleinen Anstoß. Ich beschloss, ein bisschen tiefer zu bohren.

»In letzter Zeit habe ich manchmal den Eindruck gehabt, als belaste dich etwas. Du kannst mir immer alles sagen, das weißt du doch, oder?« Einen Moment lang flackerte etwas in seinen Augen auf, dann ließ er den Kopf hängen und schwieg weiterhin.

»Komm schon, raus mit der Sprache«, lockte ich ihn.

Er sank weiter in sich zusammen.

»Vertraust du mir denn nicht?«

Ein paar lange Sekunden sagte er gar nichts. »Julia«, hörte ich ihn schließlich. Seine Stimme war belegt. Würde er mir jetzt die längst fällige Frage stellen? Immerhin gingen wir beide auf die Dreißig zu und waren seit Ewigkeiten liiert. Nie gab es Streit zwischen uns. Hellhörig geworden beugte ich mich vor. So etwas passierte nur einmal im Leben. Jetzt würde der Moment kommen, von dem ich meinen Enkelkindern später erzählen würde. »Ich bin ganz Ohr«, hauchte ich und lächelte meinen fünfzehn Stunden Reisezeit entfernten Freund durch die Kamera aufmunternd an.

»Julia, wir waren beinahe noch Kinder, als wir uns in der Schule ineinander verliebt haben … Obwohl wir beide auch jetzt noch jung sind, sind wir schon zwölf Jahre lang zusammen.«

»Fast zweimal die verflixten sieben Jahre«, unterbrach ich ihn fröhlich.

»Ja … und in der ganzen Zeit waren wir nie räumlich voneinander getrennt.«

Ich musste ein Schmunzeln unterdrücken. Als extrem selbstbewusster Anwalt kam es so gut wie nie vor, dass er um Worte verlegen war und herumstammelte. So sensibel und unsicher gefiel er mir besonders gut. Das war eine Seite, die er nicht so oft zeigte, und ich berührte mit meinen Fingerspitzen das Display an der Stelle, wo ich seine Wange auf dem kleinen Bildschirm sah. Markus starrte auf den Boden.

»In letzter Zeit …« Abermals rang er um Worte und fuhr sich mit der Hand durch sein kurzes braunes Haar. »… haben wir beide unsere eigenen Ziele verfolgt, haben unsere Studien abgeschlossen und ich habe meine Karriere als Anwalt gestartet. Und du machst diese Auszeit in Florida, von der du so lange geträumt hast, bevor du dann deine Stelle am Gymnasium antrittst.«

Was für schöne Worte. Ja, es ging uns wirklich so gut! Unsere Zukunft lag wie ein leeres Buch vor uns, das nur darauf wartete, dass wir unsere Erfolgsstory hineinschrieben. »Paradoxerweise … geht es mir aber …« Er stockte. »… nicht so gut damit.«

Mit zusammengekniffenen Augen schaute ich in das Gerät, um Markus' Blick deuten zu können, aber er sah seitlich daran vorbei. »Wir haben oft spielerisch gesagt, dass wir zusammen alt werden wollen, weißt du noch? Aber offen gestanden … und das tut mir so leid …« Er presste die Knöchel seiner rechten Hand auf seinen Mund, als wollte er verhindern, dass die Worte weiter aus ihm herauskamen. Dann zog er sie weg und blickte mich mit einem Welpen-Blick aus der Entfernung von 8.500 Kilometern an. »Leider fühle ich mich jetzt schon so … alt.«

Meine Kinnlade glitt hinab.

»Alles ist so ernst und, sorry … irgendwie langweilig und vernünftig zwischen uns.«

Ich schnappte nach Luft. Was für eine Wendung nahm dieses Gespräch gerade? Mir begann zu schwanen, dass ich hier und jetzt keinen Heiratsantrag bekommen würde. Markus war normalerweise nicht der Typ, der solche Scherze einfädelte und dann »Reingelegt, war nur Spaß« rief. Was zum Teufel wurde das hier?

»Ich fühle mich beengt und unfrei und … Ich will dich nicht verletzen. Julia, du bist meine beste Freundin. Allerdings empfinde ich mittlerweile aber auch nicht mehr als das für dich …«

Mein Mund fühlte sich staubtrocken an und ich schüttelte unwillkürlich meinen Kopf. Träumte ich etwa? Hatte ich Halluzinationen?

»Was?«, kiekste ich und quetschte das Telefon, als wäre es Markus' Hals. Das Display hielt ich knapp vor meine Augen und starrte ihn an. Markus saß am anderen Ende der Welt an unserem Küchentisch und hielt die Augen mit seiner Hand bedeckt. Am liebsten hätte ich hindurchgegriffen und ihn geschüttelt, damit er wieder zu sich kam. Er musste wahnsinnig geworden sein.

»Markus, das verstehe ich alles nicht, ich kann das nicht glauben. Warum hast du denn nichts davon gesagt, als ich noch zu Hause war? Wir hätten doch in Ruhe über alles sprechen können.« Er schwieg und ich redete mich in Rage. »Wir haben einfach beide zu viel um die Ohren gehabt, immer nur Stress und keine gemeinsame Qualitätszeit. Wir hätten einen schönen langen Urlaub zusammen machen sollen.« Ich sprang vom Bett auf und ging mit dem Handy in dem kleinen Raum auf und ab. »Weißt du was?«, rief ich aufgeregt. »Ich komme mit dem nächsten Flug nach Hause und wir machen das einfach. Du musst von deinem Vater doch endlich mal freibekommen. Und dann fahren wir gemeinsam weg, wohin du willst.« Ich ließ mich wieder aufs Bett sinken. Leiser, fast schon geflüstert, fügte ich hinzu: »Hauptsache, wir sind zusammen.« Der Lautsprecher übermittelte betretenes Schweigen aus Österreich.

»Es tut mir so leid, dass ich dir das antue, Julia. Aber das mit uns beiden fühlt sich für mich nicht mehr richtig an. Ich hoffe, du wirst mir das irgendwann verzeihen können …«, murmelte er und in seinen Augen schimmerte es feucht. »Bitte komm nicht zurück«, sagte er schließlich mit Nachdruck, jedes einzelne Wort betonend. Ein interkontinentales Tiefdruckgebiet legte sich über mein Herz und presste es zusammen. Das hatte gesessen.

»Ich kann mir nicht vorstellen, ohne dich zu sein! Du bist doch meine Familie, mein Ein und Alles.« Der Kloß in meinem Hals bewirkte, dass sich meine Kehle verengte und ich die Laute, die daraus hervordrangen, nicht richtig steuern konnte.

»Wenn du ehrlich bist, musst du zugeben, dass wir den Alltag einer in die Jahre gekommenen Wohngemeinschaft leben. Ich komme mir manchmal vor wie in der Lindenstraße, alles ist so vorhersehbar.«

Eine Gänsehaut kroch mir bis in den Nacken. »Aber die Lindenstraße war die langlebigste Serie im deutschen Fernsehen«, warf ich ein.

»Und trotzdem wurde sie eingestellt«, sagte Markus traurig und schaute mich an wie Vater Beimer in der Stunde seines Serientods.

Ein einziges Mal ging ich meinen eigenen Träumen nach und prompt schmiss Markus mich aus seinem Leben. Und ich konnte nichts dagegen tun! Ich saß hier in den USA und zu Hause stürzte alles in sich zusammen. Wie sollte ich jetzt noch Freude empfinden, wo er sich von mir trennte?

»Wie geht es denn jetzt weiter?«, fragte ich nach quälend langen Sekunden der Stille.

»Genieß deine Zeit in Florida. Du bist jung, hab Spaß!«

Jetzt hörte er sich schon an wie meine Mutter heute Morgen am Wiener Flughafen. In diesem Moment näherten sich polternde Schritte auf dem Gang. Die Tür wurde aufgerissen und ich zuckte zusammen. Ein junges Mädchen Anfang zwanzig schaute mich neugierig an. Mit ihren großen Augen und den wilden Locken hatte sie frappierende Ähnlichkeit mit Prinzessin Merida aus dem Disneyfilm, den ich mir kürzlich mit Gabi und Judith angesehen hatte.

Rasch fuhr ich mir mit dem Handrücken über die Augen und zwang mich zu einem Lächeln, obwohl sich mein Inneres nach einer Überdosis eingelegter Salzzitronen anfühlte. Vermutlich verriet mein Gesicht meine Stimmung, denn die junge Frau legte ihre Stirn in Falten.

»Markus, ich muss jetzt auflegen, ich melde mich morgen.« Ich beendete den Videocall. Für den Moment gab es ohnehin nichts mehr zu sagen.

»Ist alles okay?«, fragte das Mädchen besorgt und ließ die Tür hinter sich ins Schloss fallen.

»Schön, dich kennenzulernen, ich bin Julia aus Österreich und freiwillige Mitarbeiterin im Meereslabor.« Auch genannt Heul-Julia, fügte ich in Gedanken hinzu. Nur mit Mühe hatte ich meine Stimme kontrollieren können.

Ich rappelte mich auf und streckte ihr meine Hand entgegen, die sie mit festem Druck schüttelte. Dann atmete ich ganz tief durch die Nase ein und aus dem Mund wieder aus, um mich zu sammeln. Die junge Frau fasste in ihre Nachttischschublade und entnahm ihr eine Kartonbox mit Kosmetiktüchern, die sie mir hinhielt. Dankend zog ich das oberste heraus und trocknete mir damit die Augen. Dann schnäuzte ich mich.

»Ich bin Allie, Taucherin aus New Jersey. Ich habe auch manchmal schlimmes Heimweh«, tröstete sie mich und setzte sich auf ihr Bett.

»Wenn es nur das wäre.« Ich zögerte, ihr zu erzählen, was gerade passiert war. Immerhin kannten wir uns noch gar nicht. Keinesfalls wollte ich meinen Einstand hier als melodramatische Hysterikerin geben. Andererseits wäre es vielleicht doch keine so schlechte Idee, damit sie meine Ausnahmesituation verstehen und nachvollziehen konnte, warum ich so aufgelöst war. Also schilderte ich ihr alles in kurzen Worten.

»Was? Dein Freund hat dir den Laufpass gegeben, nachdem du gerade hier angekommen bist?«, fragte sie und ihre ohnehin schon großen Augen weiteten sich noch mehr. »Das ist ja fies!«

»Ich habe gespürt, dass er irgendetwas auf dem Herzen hatte, und ihn zu einer Aussprache gedrängt. Allerdings dachte ich, er will mir einen Heiratsantrag machen«, murmelte ich. Wie dumm und naiv hatte ich nur sein können? Allies Augen sprangen fast aus den Höhlen und ihre Mundwinkel zuckten nach oben. Zugegeben, nach dieser Pointe würden sich abgebrühteste Sitcom-Schreibende die Finger lecken und eine Extraportion Hintergrundlachen einspielen. Doch sie fing sich schnell wieder.

»Das tut mir so leid für dich.« Allie setzte sich neben mich und strich mitfühlend über meine Schulter.

»Ich danke dir. Ist eine echte Scheißsituation«, sagte ich gleichzeitig lachend und weinend. Ich rang um meine Fassung und fand es furchtbar nett, dass sie versuchte, mich zu trösten. Was war das bloß für ein verrückter Tag? Meine ganze Welt stand kopf. Nicht nur, dass ich plötzlich wieder Single war, jetzt weinte ich mich bei einem Mädchen aus, das vermutlich gerade mal ein bisschen älter war als Anna-Lena! Normalerweise war ich doch diejenige, die Trost spendete und den Jüngeren eine Schulter zum Ausweinen bereitstellte. Ein paar Augenblicke saßen wir schweigend nebeneinander, bis sie auf ihr Handy schaute. »Übrigens, ich gehe jetzt mit ein paar Freunden aus. Komm doch mit und vergiss diesen Kerl.«

Ich winkte ab. »Nein danke, ich muss jetzt wirklich unter die Dusche, meine Sachen auspacken und schlafen.«

»Ach schade, dann vielleicht nächstes Mal.« Sie erhob sich und schlüpfte in ein anderes T-Shirt.

»Ich hoffe, ich wache morgen auf und alles war nur ein böser Traum«, sagte ich schwach.

»Das hoffe ich auch für dich. Und wenn nicht, dann finden wir in null Komma nichts einen neuen Freund für dich, du wirst sehen.«

Das war typisch für die unbeschwerte Jugend, die noch nicht verstand, was es bedeutete, eine Lebenspartnerschaft zu haben beziehungsweise zu verlieren. Zwölf gemeinsame Jahre waren eben etwas anderes als eine Sommeraffäre, die beliebig auswechselbar war.

Nachdem Allie gegangen war, öffnete ich meine Koffer und holte meine Waschsachen und den blau-weiß gestreiften Pyjama heraus. Dann öffnete ich die Tür, trottete mit hängenden Schultern ins Bad und stellte mich unter die Dusche.

Markus und ich getrennt? Ich fühlte mich wie in einem schaumgummiartigen Schockzustand, in dem ich mich selbst kaum mehr spürte. Warmes Wasser lief über meinen Körper und schwemmte heiße Tränen und die Träume von einer eigenen Familie mit Markus mitsamt dem nach Vanille duftenden Schaum in den Ausguss. Ebenso war die Vorfreude auf meinen Aufenthalt wie weggespült. Zurück in unserem Zimmer hatte ich nicht einmal mehr die Energie, meine Koffer ganz auszupacken. Mit Schwung zog ich die Vorhänge zu, denn es war immer noch hell draußen. Außerdem wurde so immerhin die unglaubliche Hitze etwas abgehalten. Das Zimmer war nicht klimatisiert, nur ein Deckenventilator wirbelte schwüle Luft im Zimmer herum. Die Bettdecke bestand aus einem dünnen Laken, und selbst das schien mir viel zu warm. Ich drehte mich in meinem ungewohnten Bett hin und her. Wie ein Kind drückte ich meine Plüschkoralle an mich. Sie bewies, dass es Menschen gab, denen ich sehr wohl wichtig war und die mich liebten. Von draußen drangen Wortfetzen fremder Stimmen, Straßenlärm und das Zirpen von Grillen zu mir herein und meine Gedanken wanderten so rastlos umher wie eine verspätete Reisende auf der Suche nach ihrem Abfluggate. Irgendwann sank ich in einen unruhigen Schlaf und träumte von Touristen in bunten T-Shirts, mit Rollkoffern und QR-Codes auf zerknitterten Reisedokumenten.

Als ich aufwachte, fiel mir nach einer Sekunde der Desorientierung schlagartig alles wieder ein. Meine Ankunft in Florida und Markus, der mit mir Schluss gemacht hatte. Die Anzeige auf meinem Telefon verkündete sieben Uhr morgens lokaler Zeit. Hatte ich über zwölf Stunden geschlafen? So fühlte ich mich definitiv nicht.

Ich seufzte tief und ließ meinen Blick durch das Zimmer schweifen. Die Sonne war bereits aufgegangen, dennoch schlief meine Mitbewohnerin Allie tief und fest. Heute Nacht hatte ich sie gar nicht gehört, als sie zurückgekommen war. Da war sie wohl sehr leise und rücksichtsvoll gewesen. Sicher würden wir es die nächsten Monate gut miteinander aushalten. Natürlich wollte ich sie jetzt auch nicht wecken, deshalb griff ich so lautlos wie möglich nach meinem Smartphone, schnappte mir meine Brieftasche und zog das erstbeste Sommerkleid aus einem der Koffer. Ich musste unbedingt noch einmal mit Markus sprechen.

Wie sollte es denn nun weitergehen? Nachdem ich mich aus dem Zimmer geschlichen hatte, zog ich mich im Badezimmer um.

Im Haus herrschte Stille. Leise huschte ich die Treppe hinunter und trat durch die Eingangstür in den Garten. Dichtes grünes Blattwerk, Palmen und rote und gelbe Blüten, wohin ich sah. Auf der Suche nach einem Ort, an dem ich ungestört telefonieren konnte, ging ich die Straße entlang bis zu einer kleinen Holzbank, die vor einer Busstation aufgestellt war. Ich setzte mich und genoss die Wärme der Morgensonne auf meinen Unterarmen, während ich blühende Hibisken bewunderte, die den Vorgarten eines kleinen Häuschens auf der anderen Straßenseite zierten. Die Szene war unglaublich friedlich und stand in krassem Gegensatz zu dem bevorstehenden Telefonat mit meinem Ex-Freund, das ein Rumoren in meinem Magen verursachte. Mit einem tiefen Seufzen schaltete ich den Flugmodus meines Handys aus und empfing prompt eine Nachricht von Markus, die er mir offensichtlich heute Nacht geschickt hatte. Darin schrieb er, dass er mich ersuchte, seine Gefühle zu akzeptieren, und sich wünschte, dass ich in Florida Ablenkung, Spaß und eine gute Zeit haben würde. Abschließend merkte er an, dass es wohl besser wäre, eine Zeit lang keinen Kontakt zu haben, damit wir uns beide an die neue Situation gewöhnen konnten. Neben der Traurigkeit kam nun auch Ärger in mir hoch. Ein eigenartiger bester Freund war das. Entrümpelte sein Herz und wurde mich los wie Sperrmüll, kaum dass ich abgereist war. Bedeutete ich ihm wirklich so wenig? Wie konnte er unsere gemeinsame Vergangenheit, in der wir schier Unmögliches zusammen geleistet hatten, so schnell zu den Akten legen? Waren wir doch mehr als ein Liebespaar gewesen, wir waren eine Familie! Zeigte sich hier das Gesicht des erwachsenen Markus, des kühlen Anwalts?

Ich seufzte erneut und beobachtete einen zitronengelben Schmetterling, der sich hauchzart auf meinem Knie niederließ. Die Berührung kitzelte auf meiner Haut, und als er nach wenigen

Momenten davonflatterte, bewunderte ich seine Leichtigkeit, mit der er sich vom Sommerwind weitertreiben ließ. So unbelastet und quirlig würde ich mich auch gern fühlen, doch im Moment war das Gegenteil der Fall. Ich konnte nichts anderes tun, als Markus' Entscheidung zu akzeptieren.

Anstatt mit meinem Ex-Freund würde ich nun mit meiner Mutter telefonieren. Wie sollte ich ihr diese Neuigkeit nur beibringen? Es hatte Zeiten gegeben, da war Markus wie ein Sohn für sie gewesen, und die Nachricht würde sie bestimmt genauso treffen wie mich.

Wie schon gestern Abend hatte meine Mutter abgenommen, noch bevor es einmal getutet hatte. »Julia, mein armer Liebling! Er hat heute Morgen all deine Sachen in sieben Kisten hier bei uns abgeliefert.« Da hatte Markus aber keine Zeit verloren. »Er war mit seinem Vater hier, diesem Schleimer. Erst dachte ich, er mache eine seltsame Art von Scherz, als er sagte, dass er sich von dir getrennt habe. Hat er denn komplett den Verstand verloren?« Meine Mutter brachte es auf den Punkt.

»Tja, Mama, wie es aussieht, bin ich jetzt wieder Single.«

»Hat er eine andere Freundin?«

»Aber nein, Markus doch nicht!« Wenn ich von etwas zu hundert Prozent überzeugt war, dann von seiner Treue. Lächelnd erwiderte ich den Gruß einer Radfahrerin, die entspannt an mir vorbeifuhr.

»Die beiden Tölpel wollten sogar deine Ameisenfarm hierher übersiedeln.«

Meine blutroten Raubameisen! Sie hatten doch wohl nicht wirklich das betonschwere Terrarium angehoben?

»Leider ist der Acrylbehälter im Wagen seines Vaters zu Bruch gegangen und der ganze Sand hat sich im Innenraum des Luxusschlittens verteilt.« Schadenfreude troff aus jedem ihrer Worte.

»O nein, meine Kolonie!«, rief ich, denn meine Insekten waren mir sehr ans Herz gewachsen. Über Jahre hinweg hatte ich beobachtet, wie sie ihren Staat errichtet, Gänge gegraben und Eier gelegt hatten. Die wenigsten Menschen konnten meine Leidenschaft für diese kleinen Lebewesen nachvollziehen, aber Markus hatte davon natürlich gewusst. Vermutlich waren die Tierchen nun einem Staubsauger zum Opfer gefallen. Das war doch wohl die Höhe! Was wollte er mir denn noch alles antun?

Einzig die Vorstellung entschädigte mich, wie die Gesichter von Markus und seinem Vater ausgesehen haben mussten, als ihnen klar geworden war, dass meine mutigen Haustiere unter Stress Säure freisetzten. Und zwar, nachdem sie zugebissen hatten. Ein Lächeln huschte über mein Gesicht. Sicherlich hatte der Mann, der nun nicht mehr mein Schwiegervater werden würde, jetzt eine lebendige Erinnerung an mich. Der Schmerz der Bisse würde bestimmt einige Tage bis Wochen spürbar sein, wenn auch wohl kürzer als der in meinem Herzen.

»Liebling, dass er Schluss gemacht hat, nagt jetzt sicher ganz schrecklich an dir und du fühlst dich bestimmt elend. Aber zum Glück habt ihr keine Kinder, was die ganze Situation noch einmal viel komplizierter gemacht hätte. Und du bist so jung und hübsch! Du wirst noch auf den Richtigen treffen. Für dich ist es noch nicht zu spät.«

Ich stöhnte auf. »Ein anderer Mann ist das Allerletzte, was ich mir im Moment wünsche, Mama. Das habe ich schon Allie, meiner Mitbewohnerin, gesagt, die mir gestern den gleichen Vorschlag gemacht hat.«

»Ach, Liebes. Ich meinte ja auch nicht sofort. Schau, es gibt doch auch gute Seiten daran. Jetzt kannst du dich ganz um dich selbst kümmern. Spaß haben. Dein eigenes Tempo gehen.«

Ich stand auf und tigerte auf dem Gehweg vor der Bushaltestelle hin und her. Genau das Gleiche hatte Markus mir auch ans Herz gelegt, genau wie meine Mutter schon vor dem Abflug und auch Allie. Das Gefühl, als ich in Frankfurt gemerkt hatte, dass ich mich nur um mich kümmern musste, war gar nicht so übel gewesen. Jahrelang hatte ich mich und meine Bedürfnisse schmählich vernachlässigt. Vielleicht sollte ich wirklich erst mal abschalten, alles sich setzen lassen. Mich selbst wichtiger nehmen.

»Du hast recht, Mama. Ich werde mich jetzt auf meinen Traum konzentrieren, die Arbeit mit den Korallen, und danach auf meinen Job in der Schule.«

Das waren die Ziele, die mir nun Auftrieb gaben.

Als ich nach dem Gespräch aufgelegt hatte, wusste mein Verstand zwar, dass es zwischen Markus und mir vorbei war, so weit waren Bauch, Herz und Seele aber noch lange nicht. Ich nahm mir vor, mich zusammenzureißen, um in meiner neuen Umgebung nicht als Dramaqueen bekannt zu werden, die ich ja nun wirklich nicht war. Immerhin war ich angehende Lehrerin in einem Gymnasium.

Mein Magen grummelte und ein Blick auf die Handy-Uhr sagte mir, dass es nun kurz vor acht war. Bestimmt würde mir ein Frühstück guttun.

Zurück im Haus hörte ich Stimmen und Geklapper aus dem Speisezimmer, das sich direkt neben der Küche befand. In dem hellen Raum, der mit bunten Postern von Korallenriffen und leichten, orange-gelben Vorhängen dekoriert war, konnte ich die gute Seele der Haushälterin direkt spüren, die gerade eine Kanne Kaffee auf ein kleines Büfett stellte, als ich eintrat.

»Guten Morgen«, sagte ich freundlich und schlagartig wurde es still. Allie saß mit zwei jungen Männern in ihrem Alter an einem der Tische und strahlte mich an.

»Guten Morgen«, antworteten sie und Savannah beinahe gleichzeitig. Allie rutschte für mich ein Stück zur Seite und stellte mir ihre Sitznachbarn vor. James war ein gut aussehender Typ, so wie ich mir einen Surferboy vorstellte. Sonnengebleichtes blondes Haar, das er hinter seine Ohren gestrichen hatte, gebräunte Haut und muskulöse Unterarme. Er kam aus Südafrika und war seit über einem Monat als Taucher im Meeresschutzprogramm tätig.

Tom, der andere junge Mann, war ebenfalls Taucher, und er war der Neue, von dem Patricia gestern gesprochen hatte. Er stammte aus Oregon an der Westküste der USA und war braunhaarig, pausbäckig und blass, also das optische Gegenteil von James. Ehe ich mich zu ihnen setzte, nahm ich mir eine Tasse Kaffee und häufte vier goldbraune Pancakes auf einen Teller, die ich mit ordentlich Ahornsirup übergoss. Dies war genau die Seelennahrung, die ich heute Morgen benötigte, um mein angeschlagenes Ego zu streicheln.

»Geht es dir schon wieder besser?«, fragte mich Allie.

»Ja, danke, ich werde darüber hinwegkommen müssen«, wiegelte ich ab. Hier vor den anderen wollte ich eigentlich nicht über meine Misere mit Markus sprechen. Die Wunde war zu frisch und ich noch zu aufgewühlt. Glücklicherweise konnte ich heute schon meine Arbeit aufnehmen, was mich sicherlich ablenken würde. Ich kostete von meinen Pancakes. Der Ahornsirup war süß wie Honig, hatte aber eine karamellartige Note. Sehr gut! Dickflüssiges Glück.

»Jedenfalls sind wir alle vier Single«, stellte Tom fest und biss von einem gebratenen Würstchen ab, das er auf seine Gabel aufgespießt hatte. Irritierenderweise zwinkerte mir der um einige Jährchen jüngere Student dabei doch tatsächlich zu. Allie hatte mein Liebesdrama also schon herumerzählt. Andererseits, warum auch nicht? Es war ja kein Staatsgeheimnis.

Trotzdem wollte ich das Gespräch auf das Thema lenken, mit dem ich mich viel lieber befasste. »Ihr pflanzt also die Korallen dann im Meer ans Riff?«, fragte ich.

»Ja, genau, wir sind die Unterwasser-Gärtner«, antwortete James. »Alle Korallen, die im Meereslabor gezüchtet werden, bringen wir an ihren Bestimmungsort.«

»Toll! Ich freu mich schon so sehr auf meine Arbeit an den Becken. Und auch darauf, das alles mal mit eigenen Augen im Wasser zu sehen. Ist es tatsächlich so bunt und bizarr wie auf diesen

Postern?« Ich deutete auf die Bilder an der Wand, auf denen rosa, grüne und blaue Korallen sowie leuchtend gelbe Fische abgebildet waren. Die Szenen ähnelten jenen, die ich als Kind mit meinem Vater in den Büchern bewundert hatte.

»O ja, die Unterwasserlandschaft ist herrlich, du wirst sie lieben. Wir nehmen dich gern bald mit. Kannst du denn schon tauchen?«, fragte Allie.

»Meinen Tauchschein habe ich in einem See bei uns zu Hause gemacht, in dem ich als Kind schwimmen gelernt habe, aber im Meer habe ich es noch nie probiert.«

»Kein Problem, wir werden auf dich aufpassen«, sagte sie und trank ihren Kaffee aus. »Oder, Jungs?«

Das einstimmige Nicken der Runde und die aufmunternden Mienen zeigten mir, dass ich nicht allein mit meinen Problemen war und es wohl auch hier Menschen gab, die mir ans Herz wachsen konnten.

Nach einer fünfzehnminütigen Fahrt auf einem Fahrrad, das mir Savannah für die Dauer meines Aufenthaltes leihweise übergeben hatte, kamen wir um kurz vor neun Uhr am Meereslabor an. Es befand sich außerhalb der Stadt in einem Industrieviertel. Ich war verschwitzt, denn am Himmel hatte sich eine Wolkendecke gebildet, die die ohnehin bereits hohe Luftfeuchtigkeit auch noch über unseren Köpfen aufzustauen schien. Laut Allie würde ich mich bald schon an die feuchte Luft gewöhnen.

Wir stellten unsere Räder neben einem flachen Komplex ab, auf dem das Logo mit der charakteristischen blauen Welle angebracht war. Das eingezäunte Areal hatte direkten Zugang zum Meer und auf der Fläche zwischen dem Gebäude und dem Ufer befanden sich drei Reihen von Tischen, in die hellblaue hüfthohe Wasserbecken eingelassen waren. Sie waren überdacht und an kompliziert wirkende Zu- und Abflussschläuche, Pumpen und Messgeräte angeschlossen. Ich warf einen Blick in eines der vermutlich mit Meerwasser gefüllten Becken und meine Mundwinkel schnellten nach oben. Ja! Hier waren sie, die wertvollen Korallen, bei deren Nachzucht ich die nächsten Monate mithelfen durfte. Ich stand vor einem Bassin, in dem rostbraune Baby-Hirschhornkorallen wuchsen, eine in Florida akut vom Aussterben bedrohte Art. Wie ich bereits durch Recherchen wusste, waren diese aus Mikro-Fragmenten besonders widerstandsfähiger Exemplare gezogen worden. Momentan waren sie noch nicht länger als mein Daumen, hatten aber schon einige zarte Verästelungen ausgebildet, die wie ein Mini-Geweih in die Höhe wuchsen. Vorsichtig griff ich ins lauwarme Wasser und hob behutsam eines der Stücke hoch, das auf einem kleinen Quader aus Beton fixiert war. Ehrfürchtig betrachtete ich es.

»Diese Becken hier nennen wir unsere *Kinderstube.*« Patricia war unbemerkt zu mir getreten und schenkte mir ihr steinerweichendes Lächeln, mit dem sie mich gestern bereits am Flughafen empfangen hatte. »Wie ich sehe, freundest du dich gerade mit deinen Schützlingen an. Wenn sie groß genug sind, so nach vier bis zwölf Monaten, werden sie von den Tauchern wieder zurück ins Meer gepflanzt. Womit wir ja bereits mitten beim Einlernen wären! Guten Morgen, Julia! Komm, lass uns mal ins Labor gehen.«

Ich nickte begeistert und folgte ihr mit Allie ins Innere des Gebäudes, wo es noch weitere Aquarien mit Versuchsanordnungen gab, an denen die Wissenschaftler arbeiteten. Während Allie sich daranmachte, Toms Schulung vorzubereiten, zeigte Patricia mir meine Aufgaben.

Ich durfte an einem Zweig, den sie von einem Oleanderbäumchen abgebrochen hatte, das erste Mal den Umgang mit der Säge üben, mit der ich schon sehr bald echte Korallen in fingernagelgroße Teile zerkleinern würde. Dabei galt es richtig aufzupassen, auch auf meine eigenen Gliedmaßen. Zum Glück war ich durch meine Handarbeiten feinmotorisch recht geschickt und Patricia schien mit meinen ersten Versuchen zufrieden zu sein. Unglaublich, dass durch diese Fragmentierung ein Wachstumsschub ausgelöst wurde, der unsere Klone um bis zu vierzig Mal schneller gedeihen ließ als im Ozean! Eine ganz wichtige Aufgabe war weiterhin das Entfernen von Ablagerungen und Algen, was ich auch gleich ausprobieren durfte. Alle waren so irrsinnig nett zu mir. Wie toll war es, hier zu sein!

Ein anderer Mitarbeiter namens Professor Adam Funney kümmerte sich um die Technik, mit der ich zum Glück nichts zu tun hatte. Er zeigte mir zwar alles, aber die vielen Prozesse verwirrten mich und ich war froh, mich künftig nur mit dem Zerschneiden der Korallen, ihrem Aussetzen und dem Reinigen der Becken befassen zu dürfen.

Am Nachmittag erledigte ich mit Becky, der Sekretärin, noch einige administrative Dinge, wie die Anmeldung bei der Social Security, der amerikanischen Sozialversicherung. Ich unterschrieb meinen Arbeitsvertrag und sie legte die Dokumente ab, die ich in Zusammenhang mit der Beantragung meines J1-Visums erhalten hatte.

Der erste Tag flog richtiggehend an mir vorüber. Ich war genauso abgelenkt und beschäftigt, wie ich es mir erhofft hatte.

Gegen achtzehn Uhr wurde vor dem mit Steinen befestigten Ufer ein Feuer entfacht und es wurden darauf frischer Snapper, Würstchen und Maiskolben zubereitet. Adam verteilte kühle Getränke und James gab den Grillmeister. Allie unterstützte ihn dabei mit guten Ratschlägen und ich machte mich beim Aufstellen der Sitzbänke nützlich. Aus einer Lautsprecherbox tönten kubanische Lieder, die sich wie eine Mischung aus fliegenden Röcken, trippelnden Tanzschritten und weißem Rum anhörten.

Nach dem Essen saßen wir in einer Gruppe von zehn Mitarbeitenden um das vor sich hin glimmende Feuer. Langsam senkte sich die Sonne am Horizont dem Meer entgegen. Sie hatte einen kräftigen orangen Farbton angenommen, der sogar auf ein lang gezogenes Wolkenband über ihr abfärbte. Diese Weite übertrug eine unbekannte Ruhe auf mich und ich konnte mir keine friedlichere Szene vorstellen, als auch noch drei Segelschiffe in unserem Blickfeld auf und ab kreuzten. Es kam mir vor, als würde das Meer direkt mit meinem Unterbewusstsein kommunizieren und tiefgründige Gedanken an die Oberfläche spülen. Es übte eine ähnliche hypnotische Wirkung auf mich aus wie der Wald in Wien, in dem ich bei meinen Spaziergängen immer so gut über alles nachdenken konnte. Auf einmal fühlte ich mich allein und ließ seufzend meine Schultern hängen, während die Wellen mir in ihrer eigenen Sprache Worte zuzuflüstern schienen. Ohne die Ablenkung der Arbeit drängte sich eine Frage immer mehr in mein Bewusstsein. Wie war es bei mir? Empfand ich meinerseits auch nur noch Freundschaft für Markus? War mein Wunsch nach Sicherheit und Stabilität so übermächtig gewesen, dass er die Wahrheit überlagert hatte, nämlich dass wir nur noch aus Bequemlichkeit ein Paar gewesen waren? Gedankenverloren lauschte ich eine Weile der Brandung.

Schließlich wurden die Reste des Barbecue weggeräumt und die Professoren kündigten an, dass wir nun die Gelegenheit zu einem besseren Kennenlernen hätten.

»Wie wäre es, wenn sich jeder kurz vorstellt? Erzählt uns ein wenig über euch, zum Beispiel, welche Hobbys ihr habt und was euch hierhergeführt hat«, schlug Professor Adam Funney vor.

Das war eine schöne Idee. Als rhetorisch geschliffene Pädagogin war das praktisch ein Heimspiel für mich.

Adam und Patricia begannen sogleich und gaben danach das Wort an Tom weiter. Er verriet, dass er in Kürze den dreiundzwanzigsten Geburtstag feiern würde und Pizza liebte. Seine Hobbys waren Computerspiele und Tauchen. Aber da das Meer vor Oregon im Sommer nicht mehr als achtzehn Grad erreichte, hatte er sich zum freiwilligen Taucheinsatz in Florida gemeldet, erzählte er freimütig.

Ich wusste schon, dass James aus Südafrika stammte und mit seinen einundzwanzig Jahren bereits Tauchlehrer war. Er liebte das Meer von klein auf und zeigte uns ein Tattoo auf seiner Schulter, das einen wunderschön gearbeiteten Anker darstellte. Nach Ende seines Freiwilligen-Einsatzes wollte er durch den lateinamerikanischen Kontinent reisen. Und danach vielleicht sogar noch weiter nach Asien.

Ich atmete tief ein, denn nun war ich an der Reihe. »Ich bin Julia«, sagte ich mit erhobenen Schultern, Mundwinkeln und Stimme, so wie ich es in meiner Ausbildung gelernt hatte. In diesem Moment erfüllte ein surrender Ton die Luft und ein Schatten flog keinen Meter an meinem Kopf vorbei. Ich erschrak, duckte mich instinktiv und hob schützend die Arme über mich. Der Schrei, den ich dabei ausstieß, erheiterte die ganze Runde. Tom hielt sich sogar den Bauch vor Lachen.

»Julia, sorry, dass du dich erschreckt hast«, sagte Adam. »Ich hätte dich vorwarnen müssen. Das ist nur eine Drohne von *Fly the Keys*, unseren Nachbarn.« Er zeigte auf das angrenzende Grundstück, auf dem nur ein flaches Industriegebäude und ein Parkplatz zu sehen waren. »Sie sind eine der führenden Drohnenentwicklungsfirmen in ganz Florida.« In seiner Stimme schwang beinahe so etwas wie Stolz mit.

Gegen die tief stehende Sonne konnte ich nicht viel von dem Ding erkennen, das einige Meter entfernt vor uns in der Luft stand, aber es sah Mutters Saugroboter zum Verwechseln ähnlich, der mir auch nicht geheuer war, weil er noch nie so funktioniert hatte, wie er sollte. Wie zum Gruß schaukelte das dubiose Gerät nun in der Luft hin und her, ähnlich einem Flugzeug, das mit seinen Tragflügeln wackelte. Prompt winkten meine Kollegen zurück und Patricia rief ihm ein langes »Hiiiii, Greg!« zu.

Hi, Greg? Wie gruselig war das denn?! Konnte dieser Greg

uns durch seine Kamera nicht nur beobachten, sondern sogar belauschen?

»Greg kommt ab und zu bei uns vorbeigeflogen und schaut, was bei uns so los ist«, sagte James voller Freude. »Er ist übrigens auch Südafrikaner.«

Damit schien das Thema für meine Kollegen abgehakt zu sein, denn alle Blicke richteten sich wieder auf mich und Adam fragte mich, ob ich meine unterbrochene Vorstellung fortsetzen wolle.

»O ja, wo war ich stehen geblieben?«, fragte ich und rieb mir die Schläfe. Das fliegende Dings von diesem Greg machte aber keine Anstalten, sich wegzubewegen. Es stierte mich an und ich konnte nicht anders, als zurückzustarren.

Adam räusperte sich. »Julia?«

»Entschuldigung. Ich bin Julia.« Das wussten sie mittlerweile. Was sonst noch? Meine Blicke flackerten zwischen Adam und der Drohne hin und her und mein Kopf war wie leer gefegt. Nichts mehr übrig von meiner Pädagogik. »Ich mag Pommes und habe keine Tattoos«, stieß ich schließlich hervor und hätte mir im selben Moment am liebsten gegen die Stirn geschlagen.

»Danke, Julia«, sagte Adam vergnügt und bat das nächste Teammitglied um eine kleine Vorstellung. O Mann. Bei all den Tausenden interessanten Fakten, die es von mir zu berichten gab, hatte ich tatsächlich »Ich mag Pommes und habe keine Tattoos« gesagt? Wie peinlich. Und schuld war dieses Drohnendings, das mich aus der Bahn geworfen hatte. Als ob es seine Mission, nämlich mich zu blamieren, abgeschlossen hatte, flog es endlich weg und ich schaute ihm mit gerunzelter Stirn nach, bis es hinter dem benachbarten Gebäude verschwunden war.

Turbulenzen

Greg

Ups, das war jetzt nicht so geplant gewesen. Ich hob die Drohne vom Boden auf, die ich gerade vor mir landen lassen hatte. Unabsichtlich hatte ich mein Flugobjekt etwas zu knapp an der neuen Freiwilligen vorbeimanövriert und sie war vor Schreck umgekippt. Das Winken mit den Tragflügeln, das als Entschuldigung gedacht gewesen war, hatte es dann leider noch schlimmer gemacht und sie völlig aus dem Konzept gebracht.

Das hatte ich nicht gewollt. Da musste ich unbedingt noch ein wenig nachjustieren, damit ich noch exakter steuern konnte.

Andererseits hatte es witzig ausgesehen, wie durcheinander sie war, und es war ja nichts Schlimmes passiert. Mich hatten die Bilder auf meinem Display ebenfalls ziemlich umgehauen. Diese ausdrucksvollen Rehaugen, die so irritiert zur Kamera heraufgeblinzelt hatten … Leider zeigte mein Bildschirm nur Grauschattierungen, aber ich traute mich zu wetten, dass deren Farbton in natura braun war. Wie eine Nougatpraline oder dunkler Bambus. Ungewöhnlich, wie sehr mich ihr Blick in seinen Bann gezogen hatte.

Die Tonübertragung war aufgrund des Surrens der Propeller äußerst mangelhaft gewesen, aber sie hatte sich wohl als Julia vorgestellt, wenn ich sie richtig verstanden hatte.

Die nächsten Tage würde ich sie sicher persönlich treffen und mich dann entschuldigen können.

Bis auf den kleinen Durchhänger beim Flug über das Meereslabor war dieser Testflug aber im Großen und Ganzen gut und stabil verlaufen. Bald könnte ich das Spezialmodell an den Kunden ausliefern. Um den Auftrag abzuschließen, ging ich mit meinem Equipment zur Werkstatt zurück.

Als ich summend vor mich hin hantierte, hörte ich Schritte, die sich vom Büro her näherten. Mit dem schwarzen Helm, den er lässig etwas zu weit nach hinten geschoben hatte, sowie seinem prächtigen grauen Bart erinnerte mein Boss Marc Davis an einen rebellischen Zwerg. Die Schlüssel für sein Motorbike klimperten in seiner Hand. »Hey, Greg. Kannst du dich mal wieder nicht von deiner Arbeit trennen und hast die Zeit vergessen? Ich muss jetzt gehen. Wenn ich nicht in einer Viertelstunde zu Hause bin, schickt Hermosa einen Suchtrupp nach mir aus. Wie läuft's bei dir so?«

»Ausgezeichnet. Dieses Schätzchen wird in Kürze fertig.«

»Super. Also ist der Test gut gelaufen?«, fragte er auf dem Weg zur Tür.

»Hm …« Meine Mundwinkel zuckten nach oben.

»Oh. Also war er nicht erfolgreich? Warum lächelst du so?« Er war stehen geblieben und musterte mich.

Ich deutete in Richtung Meereslabor. »Bin etwas tief unterwegs gewesen und hab eine kleine Versammlung unserer Nachbarn gestört. Eine Dame wär fast aus ihren Flipflops gekippt. Aber keine Sorge, alles gut! Ist nichts passiert.«

Seine Augen blitzten auf und er lachte leise. »Das hätte ich ja zu gern selbst gesehen. Kommst du eigentlich am Samstag zum Barbecue? Hermosa hat schon nach dir gefragt. Dann zeig ich dir den Neuzugang in meiner Garage.«

»Neuzugang? Da bin ich gespannt.«

»Apropos. Bringst du diesmal vielleicht jemanden mit? Und damit meine ich nicht deinen Kumpel James.«

»Eher nicht, nein. Hab immer noch keinen Drang, sesshaft zu werden.« Ich zog noch ein paar Schrauben nach, die schon fest gesessen hatten.

»Genauso dachte ich früher auch immer …«

»… und jetzt kannst du nicht mal zehn Minuten quatschen, ohne dass bei dir daheim die Krise ausbricht«, unterbrach ich ihn belustigt und strich mir eine blonde Strähne aus der Stirn.

»Sehr witzig. Nein, was ich sagen wollte, ist … Es gibt nichts Schöneres, als nach Hause zu kommen zu der Frau, die man liebt. Denn sonst ist es kein Zuhause, sondern nur ein Dach über dem Kopf. Da brauchst du gar nicht die Augen zu verdrehen, mein Junge. Du wirst schon sehen, irgendwann wird es dich auch erwischen und dann verstehst du, was ich meine. Dann reden wir weiter.«

Grinsend räumte ich meine Utensilien in den Schrank. Wenn Marc seine romantischen fünf Minuten hatte und von seiner Frau zu schwärmen begann, konnte der Kontrast zu seinem Äußeren als Easy-Rider-Typ nicht größer sein. Sonst war er ein brummiger Kerl, der meist finster dreinschaute, am liebsten Harley fuhr und auf Wrestling stand. Hermosa hatte ihn unter der harten Schale komplett weichgespült, ausgehöhlt und schaumgebremst. Damit zogen wir Mitarbeitenden ihn gern auf, aber unser Chef war absolut in Ordnung. Und seine Frau ebenso, die uns fast wie eigene Kinder behandelte.

»Träum deine rosaroten Fantasien ruhig weiter. Die Dame, die mich einwickelt, gibt es nicht. Höchstens vielleicht irgendwo am anderen Ende der Welt. Aber jetzt schau besser, dass du loskommst. Du bist zwei Minuten über der Zeit«, sagte ich und schaute auffällig auf meine Uhr.

»Oh. Na dann, bis morgen. Und mach nicht mehr zu lang«, brummelte Marc und verließ eilig das Gebäude.

Mit einem Blick aus dem Fenster stellte ich fest, dass es schon dunkel wurde, und ich beschloss, auch langsam einzupacken. Wie jeden Abend heftete ich meine Schraubenzieher der Größe nach an die dafür vorgesehene Magnetschiene. Danach legte ich die heute nicht zum Einsatz gekommenen Sensoren, Buchsen und LEDs in den jeweiligen Schubladenschrank zurück. Im Gegensatz zu Marc hatte ich keinen Stress damit, zu einer bestimmten Uhrzeit zu Hause sein zu müssen. Ganz im Gegenteil. Jetzt würde ich gleich James anrufen, vielleicht hätte er Lust, mich bei einer Joggingrunde zu begleiten. Wir waren beide ziemlich fit und die ungefähr acht Kilometer lange Laufstrecke quer durch das historische Viertel wäre genau das Richtige für ein lockeres Work-out. Danach könnten wir noch entspannt einen Happen in der Stadt essen, vielleicht bei dem neuen Fischrestaurant am Hafen. So sah für mich ein perfekter Abend aus. Zuletzt legte ich mir die Teile der Drohne so zurecht, dass ich morgen früh gleich weitermachen konnte. Mit den Verbesserungen war ich ganz gut vorangekommen und sicher war ich bald für den nächsten Testflug bereit. Da könnte ich doch glatt mal wieder bei der süßen Julia vorbeifliegen und schauen, was sie so machte, auch wenn ich nicht vorhatte, sie zum Barbecue mitzubringen.

Cops

Julia

Es war Donnerstagnachmittag und meine ersten beiden Wochen in Florida waren fast vorüber. Behutsam platzierte ich das letzte Fragment einer frisch geschnittenen Sternkoralle im Becken, das jetzt voll besetzt war.

Es war eine fast meditative Tätigkeit, bei der mir alle möglichen Gedanken durch den Kopf gingen. Mit jeder Koralle, die ich auf ihrem kleinen Betonquader platzierte, hauchte ich der gemeinsamen Traumwelt von meinem Vater und mir neues Leben ein. So nah hatte ich mich ihm schon lange nicht mehr gefühlt. Bestimmt wäre er begeistert gewesen und genauso glücklich wie ich.

Anderseits war ich ein bisschen wehmütig, weil ich sonst die Zeit mit den Zwillingen verbracht hätte. So wie letztes Jahr, als wir Marshmallows am Lagerfeuer in unserem Garten gegrillt und Radausflüge entlang der Donau unternommen hatten.

Ich trat einen Schritt zurück und betrachtete zufrieden mein Werk. Es sah aus, als hätte ich lauter grüne Spiegeleier serviert und den Tisch dann unter Wasser gesetzt. Ein toller Anblick. Unwillkürlich musste ich an unseren Frühstücksraum im Guest House denken. Savannah versorgte uns mehr als gut, aber trotzdem sehnte ich mich manchmal nach einem richtig guten Wiener Melange mit Schlagsahne und einem Stück Apfelstrudel in meinem Lieblingscafé. Solche kleinen süßen Auszeiten hatten Markus und ich uns früher öfter gegönnt. Über meine Gefühle zu ihm war ich mir noch nicht ganz im Klaren. Ich vermisste ihn, aber war das nur Sehnsucht nach einem Vertrauten, weil ich mich allein in Key West fühlte, oder war es doch Liebeskummer? Gerade kribbelte es mir wieder einmal wie tausend Ameisenbeinchen in den Händen und die Versuchung war riesig, bei ihm anzurufen.

Zigmal war mein Finger in der letzten Woche über der Wähltaste neben seinem Kontakt geschwebt, die ich dann doch nicht gedrückt hatte. Was hätte ich ihm sagen sollen? Immerhin hatte ich auch meinen Stolz. Dass ich nicht zu Hause sein konnte, machte alles doppelt schwer. Die Einsamkeit war kaum auszuhalten, obwohl ich meinen Traum lebte, auf den ich so lange hingearbeitet hatte. Der Preis war verdammt hoch. Nachts kamen mir ab und zu die Tränen, nachdem ich mit meiner Familie telefoniert hatte. Zum Glück gingen meine Mitbewohner abends meistens aus, sodass sie es nicht mitbekamen. Nach der ersten Woche hatte Allie es aufgegeben, mich zu fragen, ob ich mitkommen wolle. Mir war einfach nicht zum Feiern zumute. Außerdem war ich zum Arbeiten hier und wollte morgens fit und ausgeschlafen sein, denn ich hatte ja die Sinnhaftigkeit in Form der sprießenden Korallen vor Augen. Sie wuchsen zu Tausenden in den Außenbecken, um nach einigen Monaten wieder ins Meer zurückkehren zu können. Täglich wurde ich bei meiner Arbeit schneller und bediente die Säge mit mehr Sicherheit.

Besonders freute ich mich darauf, die Korallen bald auch im Ozean sehen zu können, denn Allie hatte mir versprochen, mich an einem der kommenden Wochenenden zum Tauchen zu begleiten. Ich hatte zwar zu Hause einen Tauchschein gemacht, war aber ungeübt und brauchte einen erfahrenen Buddy an meiner Seite. Darauf freute ich mich riesig, das würde so toll werden! Schließlich träumte ich seit meiner Kindheit davon, an einem Korallenriff zu tauchen, so wie ich es mit meinem Vater in den Büchern der Meeresforscher Hans und Lotte Hass gelesen hatte. Das wäre zum Beispiel etwas gewesen, das ich bei meiner Vorstellung am Barbecue-Abend hätte erwähnen können: meinen Vater und meine beiden Idole, die zusammen der Auslöser dafür gewesen waren, dass ich nun Lehrerin für Biologie und Geografie war, um jungen Leuten etwas über die faszinierende Natur beizubringen. Immer noch ärgerte ich mich über meine verpatzte kleine Rede am ersten Abend, denn ich wurde durch vorbeisurrende Drohnen jeden Tag daran erinnert. Das Nachbargelände behielt ich beiläufig ein wenig im Auge, aber viel konnte ich nicht erkennen. Hinter einem Parkplatz stand ein Gebäude, von dem ich annahm, dass es ein Lager oder eine Werkstatt war. Dieses verstellte die Sicht auf den Platz dahinter, von wo aus die Drohnen vermutlich starteten. Ab und zu fuhren Pick-ups heraus und einmal nahm ich einen Mann wahr, der auf einer verchromten Harley-Davidson aufs Gelände knatterte.

Und gerade jetzt näherte sich wieder ein Brummen in der Luft. Ich sah hoch und entdeckte das fliegende Ding. Es stand oberhalb des Bassins, das ich gerade gefüllt hatte, und stierte zu mir herunter, so wie damals am ersten Abend. Ich schaute mich um, ob jemand in der Nähe war. Die Luft war rein, also zeigte ich dem Flugroboter meine Zunge. Das war zwar ein wenig kindisch, aber ich konnte mich nicht zurückhalten. Zwei überdimensionale Handflächen wären schön, zwischen denen ich die Drohne über mir zerdrücken könnte.

»Gell, da schaust«, sagte ich im Wiener Dialekt, beachtete sie dann aber nicht weiter und setzte meine Arbeit am nächsten Bassin fort.

Wenige Momente später ließ mich ein Klatschen hinter mir hochschrecken. Ich fuhr herum. Die Drohne war ein paar Schritte hinter mir in ein Becken gestürzt. O nein, die Korallen! Sofort hastete ich hin. In den Ausmaßen eines Pizzakartons trieb die Drohne wie eine tote Qualle an der Oberfläche. Sie surrte nicht mehr. Das einzige Lebenszeichen war ein rotes Licht in der Größe eines Fingerhutes, das verzweifelt blinkte. Ich griff mit beiden Händen ins Wasser und hob sie heraus. Überrascht stellte ich fest, dass sie kaum mehr wog als ein paar leichte Sommersandalen. Dass nichts zerstört und niemand zu Schaden gekommen war, schrieb ich einem glücklichen Zufall zu, denn dieser außer Kontrolle geratene Schrott hätte genauso gut einen Teil unserer wertvollen Arbeit vernichten oder mir auf den Kopf fallen und mich verletzen können!

Mit meinen Fingerspitzen hielt ich sie links und rechts am äußeren Rand fest und beäugte sie. Außenrum war sie von Gestänge umgeben, das vier Propeller wie in einem Käfig einschloss. In der Mitte saß eine milchige Plastikkuppel in der Größe eines Klobürstenkopfes. Ich vermutete, dass sich darin der ganze technische Kram und die Kamera befanden. Der Haufen Plastik, den ich in meinen Händen hielt, würde sich erst in 450 Jahren wieder vollständig aufgelöst haben. Stirnrunzelnd sah ich in Richtung des Gebäudes von *Fly the Keys*. Sicher würde bald jemand kommen, um sie zu suchen. Auf diesen Greg, dem das Ding vermutlich gehörte, freute ich mich schon. Dem würde ich was erzählen! Mit einem Grinsen brachte ich die nasse Drohne ins Innere des Labors, wo ich sie kurzerhand in meinem Spind einschloss.

In diesem Moment läutete mein Telefon und kündigte einen Video-Anruf an. Es war, wenig überraschend, eine österreichische Nummer. Hier kannte ich ja fast niemanden. Gabi und Judith zeigten mir ihre Rasenköpfe, die ich ihnen am Flughafen gekauft hatte und denen schon die ersten Grashaare gewachsen waren. Dann erzählten sie mir ausführlich von einem Ausflug ins Schwimmbad, den sie gestern mit sechs Freundinnen unternommen hatten. Wir telefonierten, bis Adam mir Zeichen gab und ich auflegen musste. Er bat mich, zum Baumarkt zu fahren, um ein paar Ersatzteile zu holen, ehe dieser zusperrte. Als ich zurückkam, war der Arbeitstag vorüber und ich radelte mit Allie, James und Tom zum Guest House zurück.

Am nächsten Morgen verließ gerade ein Polizeiwagen das Gelände, als ich am Meereslabor ankam. Patricia erzählte mir, dass die Cops auf der Suche nach einer Drohne waren. Schon gestern Nachmittag nach Feierabend sei Greg von *Fly the Keys* hier gewesen und habe nach dem Fluggerät gefragt, berichtete sie weiter. Er habe den Kontakt zur Drohne direkt neben den

Korallenbecken verloren und vermute, dass sie hier abgestürzt sei. Bei einem gemeinsamen Rundgang hätten sie aber nichts gefunden. Schlagartig wurde mir heiß. Wie unangenehm, dass der Drohnenbesitzer bereits die Polizei eingeschaltet und zu uns herübergeschickt hatte! Durch den Plausch mit meiner Familie gestern hatte ich nicht mehr an das Ding gedacht. Wie würde denn das aussehen, wenn herauskam, dass ich sie in meinem Spind hatte? Beschämt gestand ich Patricia alles und beschwerte mich gleich noch bei ihr: »Ich finde das ganz schön unfreundlich, dass dieser Greg gleich die Polizei gerufen hat. Immerhin sind wir Nachbarn, da hätte er doch zuerst noch mal persönlich vorbeikommen können.«

»Ach was, das war nur Cindy, die Cousine von Gregs Chef, wegen dem Versicherungskram. Hauptsache, das Ganze hat sich aufgeklärt. Bring sie doch gleich zurück zu ihm, er wird sich freuen«, sagte Patricia fröhlich, ohne auf meinen Fehler einzugehen. Also holte ich die Drohne aus dem Schrank und machte mich zähneknirschend auf den Weg. Toll, jetzt musste ich ihm seinen Krempel auch noch hinterhertragen.

Während das Meereslabor nur ein Maschendraht umgab, war um *Fly the Keys* ein massiver Stahlgitterzaun errichtet. Über dem Tor prangte unübersehbar eine Kamera, genauso wie an jeder Ecke des Grundstücks. Unsere Nachbarn hatten offenbar ein Faible für Kontrolle. Was diese moderne Technik betraf, war ich unbedarft und skeptisch. Ich hatte dabei immer das diffuse Bild einer Zukunft im Kopf, in der mit Maschinen und Computern unser Alltag überwacht wurde.

Es war aber nicht abgesperrt, also trat ich ein. Ich ging über den Parkplatz, auf dem drei weiße Geländewagen mit dem Firmenlogo und eine Harley-Davidson parkten. Kein Rasen, keine Palme oder sonstiges Grün durchbrach das Grau der Betonlandschaft. An der Eingangstür des lang gestreckten Industriegebäudes entdeckte ich einen Klingelknopf, daneben war hinter Glas eine Linse in die Wand eingelassen, die bestimmt jede kleinste Bewegung registrierte. Angesichts dieser Sicherheitsvorkehrungen würde ein jeder vernünftige Einbrecher einen großen Bogen um dieses Haus machen. Und auch sonst alle Menschen, denn das Ambiente versprühte Alcatraz-Charme. Ich atmete tief durch und versuchte, mir meinen Ärger wieder ins Gedächtnis zu rufen, der durch die einschüchternde Umgebung ein wenig abzuflachen drohte. Dann drückte ich auf den kleinen weißen Knopf. Mein Puls beschleunigte sich und ich tippte mit meiner Fußspitze auf den Boden. Die Drohne hielt ich vor mich wie ein Beweisstück bei einer Gerichtsverhandlung. Nach einigen Sekunden wurde die metallene Eingangstür geöffnet. Wegen meines Unmutes formte ich meinen Mund zu einem mechanischen, schmallippigen Lächeln, das vermutlich nicht über einen geraden Strich hinausging. Mehr Freundlichkeit hatte dieser Greg nicht verdient, denn immerhin stalkte er uns und hatte nicht verhindert, dass uns die Polizei auf den Hals gehetzt worden war.

Ein blasser Mann mittleren Alters und mit rotem Haar, das er in einem Zopf nach hinten gebunden trug, schaute mir mit leichtem Silberblick entgegen. Dahinter erschien ein anderer Mann mit wirren schwarzen Strähnen, die ihm bis über die Schultern hinunterhingen. Ein rotes Basecap saß auf seinem Kopf und seine Augen musterten mich misstrauisch hinter dicken Brillengläsern.

Ungefähr so hatte ich mir die Nachbarn vorgestellt. Ein technikverliebter Männerclub mit sozialen Defiziten. Mein Lächeln erwidern? Hinter vorgehaltener Pistole vielleicht.

Ehe ich etwas sagen konnte, drehte der eine sich um und rief ins Innere des Hauses: »Greg, deine Drohne.«

»Hallo! Da ist sie ja wieder, vielen Dank!«, hörte ich jetzt eine doch freundliche, tiefe Stimme und ein junger Mann in meinem Alter schob sich an den beiden anderen vorbei. Das war also Greg. Sein kurzes dunkelblondes Haar stand ihm leicht verwuschelt vom Kopf ab. Sein Gesicht hatte ebenmäßige, maskuline Züge. Die

Grübchen, die sich auf seinen Wangen bildeten, ließen es sehr einnehmend erscheinen. Der Farbton seiner Augen war ungewöhnlich, denn er entsprach dem des karibischen Meeres an einem Tag wie heute. Sie leuchteten spektakulär hellblau und hatten einen klaren, durchdringenden Ausdruck. Unsere Blicke verfingen sich, was ein Gefühl in mir auslöste, als würden aufgepeitschte Wellen hinter meinen Rippenbogen tanzen. Er nahm mir die Drohne aus der Hand und lächelte mich entwaffnend an. Um mich wieder auf meine Verärgerung zu konzentrieren, senkte ich meinen Blick. Schlechte Idee, denn unter seiner Kleidung, die aus einem weißen T-Shirt und knielangen olivgrünen Shorts bestand, vermutete ich eine sportliche Statur wie von einem Rettungsschwimmer oder Personal Trainer. Zum Glück konnte ich als Lehrerin stets absolute Neutralität walten lassen und flippte nicht gleich aus, nur weil ein ansehnlicher Mann um die Ecke bog. Auch wenn es sich um den vermutlich attraktivsten Menschen handelte, den ich jemals gesehen hatte. Ich räusperte mich und verschränkte die Arme vor meinem Körper. Er dachte wohl, er käme mit seinem Daniel-Craig-Augenaufschlag und dem Brad-Pitt-Lächeln überall durch. Aber nicht bei mir.

»Diesen Haufen Plastikmüll habe ich aus einem unserer Korallenbecken gefischt«, sagte ich deshalb in extrascharfem Tonfall.

»Müll?« Sein Sonnyboy-Blick verfinsterte sich. »Ich glaube, du hast keine Vorstellung davon, wie viel Arbeitszeit da drinsteckt.«

»Das kann ich nicht beurteilen. Ich würde dir aber empfehlen, auf jeden Fall noch nachzuarbeiten. Mir wäre das Ding jedenfalls um ein Haar auf den Kopf gefallen.«

»Oh, das tut mir sehr leid, wirklich!«, sagte er zu meiner Freude ehrlich betroffen. »Wo hast du sie noch mal gefunden, hast du gesagt? Wir konnten gestern wegen einer dringenden Auslieferung nicht sofort rüberkommen, aber am späteren Nachmittag habe ich mit Patricia die ganze Umgebung bei den Becken abgesucht und sie war wie vom Erdboden verschluckt. Dort ist nämlich der Funkkontakt abgerissen.«

»Sie war … in meinem Spind«, sagte ich möglichst beiläufig. »Es war also nicht nötig, gleich überzureagieren und die Cops zu schicken.«

»Was? Warum hattest du sie in deinem Spind versteckt?« Seine Augen verengten sich zu Schlitzen.

»Hey, du glaubst doch nicht etwa, dass ich den Fehlschlag da stehlen wollte? Ha!« Ich lachte auf wie eine der Möwen, die an der Piermauer saßen und ab und zu spitze Schreie von sich gaben. »Ich habe gestern mehrere Stunden auf dein Erscheinen gewartet. Da du es aber den ganzen Nachmittag nicht für nötig befunden hast, dich herüberzubequemen und dich zu entschuldigen, habe ich sie eben weggesperrt, als ich Feierabend gemacht habe. Es war großes Glück, dass niemand verletzt wurde oder vom Aussterben bedrohte Korallen zerstört worden sind. Vielleicht hast du ja jetzt etwas daraus gelernt?«

Sein Mund klappte auf.

»Und im Übrigen warte ich immer noch auf eine Entschuldigung.«

Die beiden anderen Männer hatten unseren Schlagabtausch verfolgt wie den Ball bei einer Pingpong-Partie. Jetzt mischte sich der Rothaarige ein. »Also jetzt mal mit der Ruhe, ihr beiden. Es ist ja nichts passiert. Die Drohne ist wieder da und zum Glück ist, wie gesagt, niemand verletzt worden. Beschädigt wurde auch nichts. Also, Greg, sag Danke und entschuldige dich bei der jungen Dame.«

»Danke und Entschuldigung«, presste dieser zwischen den Zähnen hervor.

»Bitte«, antwortete ich huldvoll. »Und vielleicht führst du deine Observierungsflüge in Zukunft nicht mehr direkt über unseren Köpfen aus. Einen schönen Tag noch.« Ich drehte mich um, ließ die drei stehen und spazierte zum Meereslabor zurück. Es hatte gutgetan, diesem Greg meine Meinung zu sagen, auch wenn ich für meine Verhältnisse ziemlich forsch aufgetreten und das Gespräch deshalb ein wenig eskaliert war. Ich war ja generell nachsichtig und freundlich und steckte Menschen nicht sofort in Schubladen, aber manchmal musste man ganz einfach durchgreifen, weil einem sonst nur auf der Nase herumgetanzt wurde. Allerdings war es mir ein wenig peinlich, dass ich einen erwachsenen Mann, der noch dazu so gut aussah, wie einen kleinen Buben abgekanzelt hatte. Aber wenigstens konnte ich davon ausgehen, dass mich die Drohnen nach diesem Auftritt nicht mehr im Visier haben würden.

Salsa

Julia

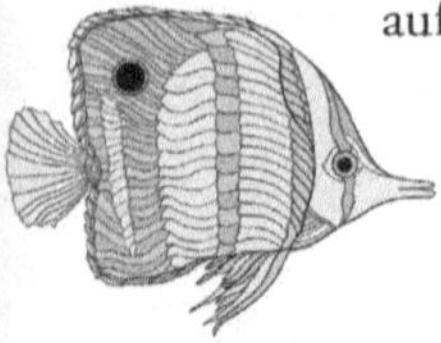

Ich saß nach Feierabend mit einem Glas eiskaltem Eistee auf der Terrasse vor meinem Zimmer und schaute auf meinem Handy nach neuen Nachrichten von zu Hause. Eine leichte Brise machte die nachmittägliche Hitze zusätzlich ein wenig erträglicher. Gabi und Judith waren zu einem Feriencamp aufgebrochen, schrieb meine Mutter. Seufzend dachte ich daran, dass wir zu dieser Zeit normalerweise für zwei Wochen gemeinsam an den Wörthersee zum Zelten gefahren wären. Auf diesen super Campingplatz mit der coolen Wasserrutsche und dem netten, bodenständigen Burgherrn. Ob sich die Mädels in der fremden Umgebung wohlfühlen würden? Ob sie dort auch gut einschlafen konnten? Und ob Mutter so lange mit dem rebellierenden Thomas allein zurechtkam? Vielleicht sollte ich sie gleich mal anrufen und nachfragen. Als ich durch meine Kontaktliste zu ihrem Eintrag scrollte, bemerkte ich, dass Markus ein neues Profilbild hatte. Ich musste schlucken. Er hatte einen weiteren Schritt unserer Trennung vollzogen und mich offiziell, für alle sichtbar, aussortiert. Zuvor hatte er an dieser Stelle jahrelang ein Selfie von uns beiden gezeigt. Den Schnappschuss von Silvester 2016 hatte ich gemocht, und obwohl er ihn entfernt hatte, konnte ich ihn in meiner Erinnerung noch ganz deutlich vor mir sehen. Auf dem Foto hielt er mich von hinten umarmt, als würde er mich für immer umschließen wollen. Sein Kopf lag auf meiner Schulter und er blickte mich zärtlich an. Aus meinen Augen sprach pures Glück, als wäre es der schönste Moment meines Lebens. Mit einem Tippen vergrößerte ich sein neues Profilfoto und mein Puls beschleunigte sich, denn er saß in bunt gemusterten

Badeshorts, weißem Shirt und mit Sonnenbrille an einem Strand unter einer Palme. Im Hintergrund glitzerte das Meer, was mich sehr überraschte. Markus hatte doch nichts davon erwähnt, dass er einen Urlaub plante! Unwillkürlich musste ich schlucken. Mein Ex-Freund sah großartig aus mit seinem dunklen Haar, das er wie immer in einem kurzen Business Cut gescheitelt trug. Normalerweise war er immer glatt rasiert, aber jetzt trug er einen Dreitagebart und ich musste zugeben, dass ihm der verwegene Look, den ihm die Bartstoppeln verliehen, ziemlich gut stand. Die Umgebung, die ich auf der Aufnahme erkennen konnte, wirkte fast wie Key West, nur hatte ich hier noch keinen so hellen Strand gesehen. Auf der Suche nach weiteren Hinweisen klickte ich auf die WhatsApp-Statusanzeigen. Tatsächlich hatte er hier ein paar Fotos veröffentlicht, die einen Tag lang für seine Kontakte einzusehen waren. Unter dem Bild, das einen paradiesischen Strand und blaues Meer vor dem Hintergrund eines dschungelartigen Waldes zeigte, stand: »Erste Station der Weltreise: Gili-Inseln, Indonesien«. Mein Mund und meine Augen weiteten sich synchron. War denn das zu fassen? Er war auf einer Weltreise? Ich traute meinen Augen kaum und wischte zum nächsten Foto. Es zeigte eine ausgelassene Party mit jungen, attraktiven Menschen, die mit farbenfrohen Cocktails anstießen. Als Nächstes kam ein Selfie von Markus mit einer kessen Blondine mit wasserlilienblauen Augen und Schmollmund, die ihre Wange und ihren Oberkörper eng an ihn schmiegte. Sie war offensichtlich gerade aus dem Wasser gestiegen, denn ihr Haar war nass und straff nach hinten gestrichen. Neben den beiden Gesichtern dominierte ihr Busen den Bildausschnitt, der gerade noch von den dreieckigen Stofffetzen ihres Bikinioberteils bedeckt wurde. Mein Mobiltelefon entglitt mir und fiel auf den Boden. Mit zitternden Fingern und rasendem Puls hob ich es wieder auf und starrte auf das Gesicht der Dame. Ich kannte sie! Das war Anna, eine Studienkollegin von Markus. Sie machte in der Anwaltskanzlei seines Vaters ein

Praktikum. Meine Gehirnhälften arbeiteten auf Hochtouren, um zu verstehen, was meine Augen wahrnahmen. Die beiden waren zusammen unterwegs, als Paar. Das letzte Bild erschien. Auf diesem steuerte Markus auf einem Stand-up-Paddelboard auf den schier unendlichen Horizont zu. »Morgen Rückreise nach Bali, bevor es nach Bangkok weitergeht«, stand mit einem lachenden Smiley darunter. Mir war, als hätte mir jemand mit einer Kokosnuss eine Kopfnuss verpasst. Er hatte eine neue Freundin! Obwohl ich ihm eine neue Frau an seiner Seite durchaus gönnte, war ich fast geschockt darüber, wie schnell das gegangen war. Und gleich eine gemeinsame Weltreise? Das erstaunte mich schon, denn in der Anwaltspraxis seines Vaters gab es doch immer so viel zu tun! Wie lange das mit den beiden wohl schon ging? Hatte Markus etwa meine Naivität und Gutgläubigkeit ausgenutzt? Die Emotionen in mir drohten überzukochen, und ich musste etwas unternehmen, sonst würde ich platzen. Hastig zog ich meine Sportschuhe an und raste die Treppen hinunter.

Ohne konkretes Ziel rannte ich Richtung Atlantik. Obwohl ich es nicht gewohnt war, längere Strecken zu laufen, hetzte ich so schnell es ging an den Passanten vorbei, als könnte ich so die Bilder von Markus und Anna aus meinem Kopf vertreiben. *Aus dem Weg!* Immer mehr trieb ich mich selbst an, bis meine Lungen zu bersten schienen. Die feuchte, schwere Luft, die nach Algen roch und sich salzig an meinen Gaumen legte, trug zu meiner Erschöpfung bei. Irgendwann hielt ich an, beugte mich nach unten und stützte meine Hände auf die Knie. Dann ließ ich mich rückwärts in den Sand fallen und starrte schwer atmend aufs Meer. Unaufhaltsam wie die Wellen, die stetig ans Ufer getrieben wurden, erfüllte mich die Erkenntnis: Er hatte mich hintergangen.

Als ich fast zwei Stunden später wieder im Guest House ankam, fühlte ich mich etwas besser. Das Laufen hatte mir gutgetan. Weniger so, als hätte man mich in einem Boot ohne Ruder auf dem offenen Meer ausgesetzt, sondern eher so, als hätte ich einen

Streifen Land am Horizont gesichtet. Nach einer erfrischenden Dusche kehrte ich in unser Zimmer zurück.

Allie tänzelte vor ihrem Bett auf und ab. Sie sang lauthals die Strophe eines Songs, in dem sich freitagabends jemand zum Ausgehen fertig machte und dabei schwor, nicht viel Zeit dafür zu benötigen.

»Was meinst du, welchen soll ich nehmen?«, unterbrach sie ihren Gesang und zeigte mir zwei fast identische, wild gemusterte Jumpsuits, die sie sich abwechselnd vor ihren Oberkörper hielt. Unwillkürlich musste ich lächeln.

»Was ist?«, fragte sie alarmiert. »Gefallen sie dir etwa nicht?«

»Ganz im Gegenteil, sie sind beide perfekt für dich. Fröhlich, bunt und jung. Genau wie du«, antwortete ich.

Allie hielt inne und wandte sich mir zu. »Julia, ich will dich nicht verletzen, aber du hörst dich an wie eine fünfundachtzigjährige Lehrerin im Ruhestand. Aber du bist doch ebenfalls jung. Du solltest auch ausgehen, knallbunte Kleider tragen und das Leben feiern! Ich glaube nämlich, dass in dir ebenfalls ein bunter Vogel steckt. Und zwar ein ganz verrückter Papagei, der nur darauf wartet, mal fliegen zu dürfen.«

Wow, hatte sie das gerade echt zu mir gesagt? Ich setzte zu einer Erwiderung an, um zu erklären, dass ich statt Papagei eher der frühe Vogel war, da fiel mir ein, dass ich morgen allerdings frei und nichts Besonderes vorhatte, außer mit dem Fahrrad die Insel zu erkunden. Mein Blick fiel wieder auf Allies Kleidungsstücke. Deren Muster erinnerten mich an jenes, welches ich auf Markus' Badeshorts heute gesehen hatte. Er war bereits einen Schritt weiter und genoss sein neues Leben ohne mich. Was sprach eigentlich dagegen, auch einmal auszubrechen? Gerade jetzt, ohne meine Geschwister, hatte ich doch keine Verpflichtungen. Allie bemerkte meine Unschlüssigkeit, trat vor mich und hielt mir eines der beiden Outfits an.

»Ich glaube, das würde dir super stehen«, sagte sie.

Einen Moment schwieg ich, wägte noch einmal ab und grinste schließlich. »Meinst du nicht, dass das etwas kurz ist, für einen ausgewachsenen Paradiesvogel wie mich?«

Sie schüttelte energisch den Kopf. »Sei in zehn Minuten fertig. Wir treffen uns mit Freundinnen von mir.«

Zwei Stunden später fühlte ich mich tatsächlich wie ein Vögelchen, als ich mit zwei Cocktails im Blut und Jimmy Buffetts *Margaritaville* im Ohr an der Seite von Allie, Susan und Jude am Tresen eines Clubs namens *Viva Zapata* stand. Wir waren in der für ihr Nachtleben berühmten Duval Street gelandet, in der sich eine Bar an die nächste reihte.

Männer in Shorts und Frauen in kurzen Sommerkleidern drängten sich unter freiem Himmel im Club. Die Luftfeuchtigkeit war auch in der Nacht nur mit ganz luftiger Kleidung zu ertragen. Allies Jumpsuit hatte mir tatsächlich gepasst. Er saß durch meine Größe zwar knapper als der ihre, aber ich fühlte mich wohl darin. Partylaune lag in der Luft und karibische Salsa-Musik tönte lebensfroh in meinen Ohren.

Meine Beine wippten im Takt der Musik mit, die live von einer Band gespielt wurde. Die kleinen Stiche unter meinem Rippenbogen waren verschwunden, die ich beim Gedanken an meinen Ex-Freund vor Kurzem noch verspürt hatte. Das Leben war ein Strauß voll bunter Luftballons und ich war einer von ihnen, kurz vor dem Abheben. Allie schlug vor, tanzen zu gehen, und ich sprang sofort auf und folgte den anderen zum Parkett, wo sich die Leute paarweise oder nur für sich allein im Rhythmus bewegten. Die Leichtigkeit, die die Songs vermittelten, drang allerdings leider nicht bis zu meinen Füßen durch, weil sie einfach viel zu schnell waren. Besonders anmutig sah ich vermutlich nicht aus, aber es machte trotzdem so viel Spaß! Dabei trafen wir auf noch mehr Bekannte, mit denen wir uns dann an der Bar unterhielten. Unter anderem war auch Tom da, unser Arbeitskollege aus Oregon, der wie wir im Guest House des Meereslabors wohnte. Er stützte sich an der Bar ab, lächelte mich breit an und tupfte sich den Mund mit einer Serviette ab, denn er hatte gerade ein Stück Pizza gegessen. Das Schimmern in seinen Augen erinnerte mich an die Mähnen der Glitzereinhörner, die die Zwillinge so leidenschaftlich sammelten. Obwohl er augenscheinlich schon ziemlich betrunken war, bestellte er eine Runde Cuba Libre für die ganze Clique. Zu acht stießen wir mit unseren Getränken an, dann wandte er sich mir zu.

»Auf Key West, und die charmante Österreicherin.« Er schloss zu mir auf und in gleichem Maß rückte ich von ihm ab, denn ich wollte nur Spaß haben, ohne zu flirten oder gleich einen Typen aufzureißen. So schnell wie Markus war ich nicht bereit für neue Abenteuer und außerdem stieß Tom mich heute Abend durch seine aufdringliche Art ab, als hätten wir gegensätzlich gepolte Magneten eingebaut.

»Komm, lass uns wieder tanzen!«, rief Allie, als die Band ihre Version von *Despacito* spielte. Ich ging mit ihr und Tom folgte mir wie ein Putzerfisch seinem Wirt.

Die Menge grölte mit dem Sänger mit, der seine Rastalocken fliegen ließ, das Publikum pulsierte im Rhythmus der lateinamerikanischen Musik und das Parkett war ein einziges Flirtparadies. Die Aerosole der Luft um uns herum schienen mit Pheromonen aufgeladen zu sein und ich schwang meine Hüften gemeinsam mit Allie wie eine Verrückte. Die letzten beiden Wochen, in denen ich um mein altes und eingesessenes Leben getrauert hatte, waren trist genug gewesen. Der Sänger der Band, die etwas erhöht auf einer Bühne spielte, lachte breit und führte eine Mischung aus Salsa, Village People und Miss Sporty auf. Er zeigte allen, wie man twerkte, und forderte das Publikum auf, es ihm nachzumachen.

Allie versuchte, es mir beizubringen. Dabei lernte ich: Twerken war so ähnlich wie Skigymnastik. Ich musste breitbeinig in der Abfahrtshocke mit stark durchgebogenem Hohlkreuz den Po kreisen lassen und dabei nach vorn und zurückhüpfen. Es war ein wenig wie Bauchtanz, nur mit dem Hinterteil. Auf jeden Fall hatte es Potenzial, sexy zu wirken. Tom allerdings, der versuchte, mich von hinten anzutwerken, sah aus wie ein Sumo-Ringer mit Verdauungsproblemen. Wurde ich ihn denn gar nicht mehr los? Immer wenn er grinsend einen neuen Twerk-Angriff auf mich unternahm, machte ich einen Platzwechsel und versteckte mich hinter einer anderen Person neben mir. Ich ärgerte mich über mich selber, dass ich zu gutmütig war, um diesen jungen Kerl in seine Schranken zu weisen, der einen über den Durst getrunken hatte. Vielleicht lag es daran, dass er mich an meinen kleinen Bruder Ronald erinnerte, der normalerweise nicht angeheitert, aber ziemlich anhänglich war. Das hier war zwar Spaß, begann allerdings anstrengend zu werden. Noch dazu hatte ich Allie zwischenzeitlich im Gedränge aus den Augen verloren. Als ich versuchte, sie im Tumult zu entdecken, traf mein Blick auf den eines Mannes, der an der Bar stand und zu mir herüberschaute. Selbst in der schummrigen Beleuchtung erkannte ich seine hellblauen Augen und die Form seines markanten Gesichtes wieder. Einen Moment, der nicht länger dauerte als ein Herzschlag, verhakten sich unsere Blicke ineinander und mir wurde blitzartig heiß. Seine Mundwinkel schnellten nach oben. Da wurde ich von hinten angeschubst und musste einen Ausfallschritt nach vorn machen. Als ich mich umdrehte, schaute ich in das grinsende Gesicht von Tom, der immer noch mit seinen Hüften ausladend hin und her wippte. Er schwang seine Arme auf und ab und machte Gesten, als würde er Luftgitarre spielen. Mit Schrecken erkannte ich, dass das eine Aufforderung sein sollte! Salsa mit Tom? Meine Nackenhaare stellten sich auf, als mich sein Geruch aus Rum, Zwiebeln und Knoblauch erreichte. Außerdem war er mittlerweile sturzbetrunken! Unwillig wich ich einige Schritte zurück und stieß mit einer anderen Person zusammen. Ich fuhr herum und sah direkt in die karibisch blauen Augen von Greg, dem Drohnen-Sturzpiloten von heute Vormittag. Wir standen uns im Gedränge so knapp gegenüber, als hätten wir gerade Aufstellung zum Salsatanzen genommen. Eine angenehme Note eines herben Aftershaves umspielte ihn und er mutete sehr ansprechend an in einem beigen T-Shirt und blauen Bermudashorts. Seine muskulösen Schultern erschienen mir in diesem Augenblick wie ein Rettungsring. Als Tom eine Sekunde später neben uns stand, legte ich meine Hände darauf und Greg platzierte seine Arme locker an meiner Seite. Mir war bewusst, dass dies eine schwarze Stunde der Me-too-Bewegung war, denn um einen Kerl abzuschütteln, begab ich mich quasi fliegend in die Arme eines anderen. Mit dem ich mich dummerweise noch dazu vor einigen Stunden gezofft hatte. Aber in dem Moment war mir das egal und ich wollte in erster Linie endlich Tom auf dezente Art loswerden.

»Hi, Greg, wie geht's dir, Mann?«, fragte Tom.

»Alles super, danke«, antwortete dieser und nahm seine Rechte von mir, um mit Tom zur Begrüßung einzuschlagen.

»Du hast Julia wohl schon kennengelernt?« Aus Toms Stimme sprach Enttäuschung.

»Klar kennen wir uns, wir wollten gerade eine Runde gemeinsam drehen«, antwortete Greg.

»Na dann … viel Spaß euch beiden«, lallte Tom und nickte uns kurz zu, ehe er in Richtung Theke davontorkelte. Ich schmunzelte. Das hatte ja prima funktioniert. Andererseits: Dafür hatte ich jetzt Greg am Hals. Wenigstens konnte er optisch überzeugen. Falls Baywatch noch einmal neu verfilmt werden sollte, musste er unbedingt zum Casting gehen, denn die Rolle des sexy Lebensretters war ihm quasi auf den Leib geschrieben. Sein kurzes dunkelblondes Haar stand schon wieder leicht zerstrubbelt vom Kopf ab, als wäre er gerade von einem Jetski gestiegen. Wenn er lächelte, so wie jetzt, zeigten sich ganz kleine Lachfältchen um seine Augenwinkel und kleine Grübchen auf den Wangen. Dieses Lächeln verlieh seinem markanten männlichen Gesicht etwas Einnehmendes, das mir ein Kribbeln an den Stellen bescherte, wo mich seine Hände sachte berührten. Zudem war ich mir sicher, dass er allein mit seinem eindringlichen Blick einen Eiswürfel zum Schmelzen bringen konnte. Obwohl es sich fast verboten aufregend anfühlte, Greg an seinen muskulösen Schultern zu berühren, ließ ich meine Hände sinken und rückte ein wenig von ihm ab.

»Vielen Dank für deine Unterstützung eben, aber ich kann nicht tanzen. Weder twerken, wie du vielleicht gesehen hast, noch Salsa«, sagte ich betont freundlich und erwiderte sogar sein Lächeln. Denn dass er gerade so geistesgegenwärtig eingesprungen war und mir geholfen hatte, Tom abzuschütteln, war echt nett gewesen.

»Gern geschehen. Aber ich finde dein Twerken gar nicht so übel, vor allem im direkten Vergleich mit Tom. Und Salsa musst du schon können, wenn du in der Karibik lebst.«

»In vierundzwanzig Wochen bin ich wieder weg.«

»Das ist aber eine ganz schön lange Zeit. Zu lange, um ohne Salsa auszukommen. Was tanzt man dort, wo du herkommst?«

Obwohl mein Englisch gut war, blieb mein deutscher Akzent deutlich hörbar. »Traditionell den Wiener Walzer, ich komme aus Österreich.«

Ein Mann rempelte uns von hinten an und unterbrach unser Gespräch. Wir behinderten die anderen Paare auf dem Parkett wie hinuntergefallene Packstücke die Autobahn.

»Wir müssen uns aber auch bewegen, sonst passiert noch ein Unglück«, sagte Greg und zeigte sein jungenhaftes Lächeln. Er wackelte mit seinen dunkelblonden Brauen und hob seine rechte Hand ein wenig an, als würde er fragen, ob er sie wieder an meine Seite legen dürfte. Das konnte doch nicht wahr sein! Ich war drauf und dran, mit diesem Greg auf Tuchfühlung zu gehen, der allerdings sogar ein richtiger Gentleman sein konnte, wie unser kurzes

Gespräch hier bewies. Einen Moment lang geriet ich ins Wanken. Was sprach dagegen, Salsa kennenzulernen, der schließlich zur Kultur der karibischen Inseln gehörte? Doch nein! Obwohl wir unseren Zwist soeben begraben hatten, war das hier immerhin der Mann, der uns indirekt die Polizei auf den Hals gehetzt und dessen Fluggeräte mich permanent belästigt hatten. Außerdem frustrierte es mich, dass ich anscheinend von niemandem ernst genommen wurde.

»Ich habe doch gesagt, ich tanze nicht«, erteilte ich ihm einen Korb und es hörte sich etwas kratzbürstiger an als beabsichtigt. Schon wieder reagierte ich in seiner Gegenwart ziemlich zickig, fiel mir auf. In diesem Moment berührte uns jemand an den Schultern. Es war James.

»Greg, hier steckst du! Du musst dich losreißen, Alter. Jennifer und Brenda wollen weiter …« Er deutete Richtung Ausgang, wo zwei brünette Frauen in kurzen Sommerkleidern standen und sich miteinander unterhielten. Dass Greg offensichtlich in weiblicher Begleitung hier war, aber in aller Ruhe mit mir anbändeln wollte, fand ich ein starkes Stück. Offensichtlich war er ein Schürzenjäger, der nichts anbrennen ließ. Aus optischen Gesichtspunkten war das naheliegend, aber mir konnte das zum Glück schnurzpiepegal sein, Tom war ja inzwischen außer Sichtweite.

»Okay, ich komme«, sagte Greg zu seinem Kumpel, machte allerdings keine Anstalten zu gehen, sondern hielt seinen Blick auf mich geheftet, als würde er mich mit einer Wärmebildkamera scannen. Prompt spürte ich Hitze in meine Wangen steigen und machte irritiert einen Schritt rückwärts. Dann wandte ich mich ab. Dieser Greg war wirklich ein eigenartiger Kauz und passte perfekt zu der Ansammlung von Typen, die sozial neben der Spur waren und ihren Tummelplatz ausgerechnet neben unserem Meereslabor hatten. Trotzdem war es gut gewesen, dass wir jetzt noch einmal miteinander gesprochen und uns ausgesöhnt hatten, immerhin waren wir Nachbarn.

Durch die Menge hindurch schlängelte ich mich zur Bar, um nach Allie zu suchen. Als ich mich noch einmal nach Greg umschaute, hatte er gerade seine Verabredung erreicht. Zwei superhübsche junge Frauen, die ihn anstrahlten.

Ich fischte mein Handy aus meiner Mini-Umhängtasche. Laut der Anzeige war es bereits nach ein Uhr morgens. Wie schnell die Zeit vergangen war.

Schließlich fand ich meine Mitbewohnerin mit einem jungen Mann an einem der etwas abseits aufgestellten Tische. Sie saßen sich gegenüber, berührten sich an den Fingerspitzen und ich konnte sie lautstark lachen hören. Ich wollte nicht stören und informierte sie nur, dass ich nach Hause gehen würde. Kein Problem, antwortete sie zwinkernd, sie würde noch ein wenig bleiben.

So wie jede Nacht war es auch heute sehr warm und ich fror kein bisschen in meiner leichten Bekleidung. Auf dem Heimweg begleitete mich nur das sanfte Rauschen des Windes in den Palmenblättern. Ich war ganz allein. Hier in dieser menschenleeren Straße, genauso wie in meinem Leben generell. Prompt waren die Gedanken an Markus wieder da, untermalt von einer Gefühlsmischung aus Enttäuschung und Traurigkeit, die ich den ganzen Abend erfolgreich verdrängt hatte. Als ich die zwanzig Minuten zu meinem Zimmer zurückspazierte, verging ein Teil der lebensfrohen Partystimmung wie bei einem sich dem Ende neigenden Feuerwerk. Aber nicht ganz, denn da war etwas Neues in mir. Es war der Rhythmus der Congas der Salsa-Band, den ich immer noch hörte. Ich hob meine Hände, als würde ich mit einem imaginären Greg über das Parkett schweben. Komischerweise hatte sich ein bekannter Schlager in meinem Kopf eingenistet, in dem es heißt, dass man genauso leidenschaftlich liebt, wie man tanzt. Dieser tönte in einer Endlosschleife in mir, obwohl ich dieses Lied heute Abend gar nicht gehört hatte. Bestimmt, weil es sich ähnlich lateinamerikanisch anhörte wie die Salsa-Musik.

Trotz der Neuigkeiten von Markus hatte ich mich an diesem

Abend das erste Mal angekommen gefühlt. Vielleicht war ich nun langsam bereit, das Unglaubliche zu akzeptieren: dass Markus und ich kein Paar mehr waren. Als ich einen Oleanderstrauch mit üppigen roten Blüten passierte, musste ich unwillkürlich an meine Eltern denken. Vater hatte Mutter oft einfach so Blumen mitgebracht und ihr damit ein strahlendes Lächeln entlockt. Ich versuchte mich an ihre Beziehung zu erinnern beziehungsweise an das, was Mama uns erzählt hatte. Sie hatten niemals das Haus verlassen, ohne sich geküsst zu haben. Er hatte ihr häufig ihr Lieblingsessen zubereitet, eine gebratene Forelle, obwohl er eigentlich keinen Fisch gemocht hatte. Genau umgekehrt verhielt es sich mit den Palatschinken, mit denen sie ihn verwöhnte, denn sie machte sich nichts aus Süßspeisen. Wenn es draußen schüttete, war er mit dem Hund hinausgegangen, damit sie nicht nass wurde. Ich musste schlucken. Sie hatten sich tatsächlich gegenseitig die Welt bedeutet. Meine Beziehung zu Markus war da viel nüchterner gewesen und mehr als Freundschaft war echt nicht mehr vorhanden. Eigenartig, dass ich so lange gebraucht hatte, um das zu erkennen. Eine Portion Wehmut war immer noch da, aber ich begann daran zu glauben, dass ich mir ein neues Leben aufbauen konnte. Mein Leben würde anders verlaufen als geplant, nämlich für die nächste Zeit erst mal allein. Aber vielleicht würde ich ja dann, wenn ich zurück in Wien wäre, irgendwann meinen passenden Deckel finden.

Im Guest House angekommen, setzte ich mich noch auf den Balkon und schaute in den Himmel hinauf. Abertausende Sterne in Form von Lichtpunkten so klein wie Ameisenaugen taten sich über mir auf. Es war ein Blick in die Vergangenheit, denn das Licht benötigte viele Jahre, um zu uns zur Erde zu gelangen. Unter mir im Garten hörte ich das leise Rauschen der Blätter im Wind und das Zirpen von Grillen. Nichts im Leben hatte Bestand, außer der Natur und der Liebe zur Familie. Deshalb waren dies die wertvollsten Besitztümer, die wir Menschen besaßen. Sie mussten erhalten und beschützt werden. Ich nahm mein Mobiltelefon und sah mir das neue Profilfoto von Markus noch einmal an, vergrößerte es und berührte das Display mit meinen Fingerspitzen. Sachte fuhr ich die Konturen seines Gesichtes nach, das ich in- und auswendig kannte. Dann markierte ich seinen Kontakteintrag und drückte die Löschen-Taste. Ich wollte vermeiden, noch einmal in Versuchung zu kommen, mir seine Statusbilder anzusehen.

»Diesen Kontakt in den Papierkorb verschieben?«, fragte mein Handy nach. Nach kurzem Zögern bestätigte ich. Zur Sicherheit blockierte ich danach auch noch seine Nummer. Nach einem tiefen Atemzug nahm ich den zarten Silberring von meinem Finger, den mir Markus vor zehn Jahren geschenkt hatte, und legte ihn in ein Seitenfach meines Koffers. Er war nun nur noch eine Erinnerung an ein früheres Leben.

Mein Hals fühlte sich an, als hätte sich der Kloß mit dem Rest meiner noch nicht geweinten Tränen mit einem Mal in Luft aufgelöst. Ich atmete erleichtert auf und hob meine Schultern. Danach ging ich zu Bett und schlief sofort ein, ohne nachzugrübeln oder mir Sorgen zu machen.

Techno

Greg

Hätte ich mich von James bloß nicht zu diesem Abend breitschlagen lassen. Jennifer und Brenda wollten in die *Rick's Bar*, einen anderen Club in der Duval Street, dabei wäre ich lieber noch im *Viva Zapata* geblieben und hätte versucht, Julia doch noch zum Tanzen zu überreden. Als wir die Treppe ins Obergeschoss hinaufstiegen, dröhnten uns Techno-Beats entgegen. Ein weiterer Grund, aus dem ich am liebsten gleich wieder umgedreht wäre. Für diese Musik hatte ich nämlich ähnlich viel übrig wie für das Summen von Stechmücken oder das Geräusch eines Zahnarztbohrers. Aber ich wollte die anderen nicht hängen lassen, also blieb ich. James und ich holten eine Runde Getränke von der Bar und wir setzten uns an einen Vierertisch. Obwohl Brenda durchaus nett und auch hübsch war, hatte ich kein tiefergehendes Interesse an ihr. Wegen der Lautstärke war eine Unterhaltung mühsam, außerdem schweiften meine Gedanken immer wieder zu Julia und es fühlte sich leider wie vergeudete Zeit an, hier mit der brünetten Amerikanerin zu sitzen. Als die beiden Mädels tanzen wollten, passte ich. James winkte auch ab und so zogen sie zu zweit los auf die Tanzfläche.

Sofort wechselte James auf den Stuhl rechts neben mir und rückte dicht an meinen Kopf.

»Im Salsa-Club warst du viel munterer. Was ist los mit dir? Das hat doch wohl nichts mit Julia zu tun? Habt ihr getanzt?«

»Nein, haben wir nicht. Sie hat mich phänomenal abblitzen lassen.«

Er lachte auf. »Wirklich? Julia ist doch sonst so eine Nette. Wie hast du das denn vermasseln können?«

»Na ja …«

»Außerdem wusste ich gar nicht, dass ihr euch schon kennt.«

»Ja, seit heute Vormittag ... Das ist auch eher dumm gelaufen ...« Bei der Erinnerung daran nahm ich doch noch einen Schluck von meinem Bier, das mir eigentlich gar nicht mehr schmeckte.

»Lass dir doch nicht alles aus der Nase ziehen!« James rückte noch näher an mich heran. Gleich würde er auf meinem Schoß sitzen. Seine Augen blitzten mich neugierig an.

Also brüllte ich in sein Ohr und beschrieb, wie der Flugroboter abgestürzt und Julia heute Vormittag damit bei *Fly the Keys* aufgetaucht war. Wie sie mich zur Schnecke gemacht und mir vorgeworfen hatte, ich würde sie mit meinen sogenannten *Observierungsflügen* gefährden.

»Was glaubst du, wie mich die anderen jetzt piesacken.« Ich stöhnte. »Den ganzen Tag hab ich mir die dummen Sprüche von ›Greg und seiner Eisernen Lady‹ anhören können.«

James lachte vergnügt und ich musste auch grinsen. Was ich ihm allerdings nicht auf die Nase band, war, wie mich Julias plötzliches Erscheinen tatsächlich fast umgehauen hatte. Wann hatte eine Frau jemals so eine Wirkung auf mich gehabt? Bestimmt noch nie. Ihre dunkelbraunen Bernsteinaugen hatten mich wild angefunkelt und ihr Haar, dessen Glanz mich an sanft fließenden Ahornsirup erinnerte, baumelte in einem streng nach hinten geflochtenen Zopf angriffslustig von ihrem Hinterkopf. Es musste grandios schön sein, ihren vollen Lippen ein Lächeln zu entlocken. Heute Morgen war es leider nicht dazu gekommen. Ich war wie ein Depp vor ihr gestanden und hatte mich zähneknirschend entschuldigt.

»Und was ist dann heute Abend im Salsa-Club schiefgelaufen?«, wollte James wissen.

»Ehrlich gesagt weiß ich das auch nicht so genau. Erst haben wir uns echt gut unterhalten. Da dachte ich schon, sie hätte mir das Missgeschick mit der Drohne verziehen und wir hätten uns versöhnt, aber als ich sie dann fragte, ob sie tanzen wolle, fuhr sie auf einmal ihre Krallen aus. Genau in dem Moment bist du gekommen und sie ist abgedampft.«

»Eigenartig, so kenn ich Julia gar nicht. Ganz im Gegenteil, bei uns ist sie sehr beliebt, weil sie so freundlich ist und sich immer darum kümmert, dass es allen gut geht.«

Na, das war ja schön zu hören, dass ich der Einzige war, der bei Julia sein Fett wegbekam. Schade, aber andererseits war es auch völlig egal, denn sie würde bald wieder nach Europa zurückkehren und ich würde sehen, wohin es mich verschlug. Sie wirkte nicht wie eine Frau, die sich in eine kurzzeitige Affäre stürzen würde. Und schon gar nicht mit mir. Vielleicht wäre ja aber wenigstens Freundschaft drin? Oder ein kleiner Flirt? Der hatte ja noch niemandem geschadet.

Gerade kamen Jennifer und Brenda von der Tanzfläche zurück. Mittlerweile war es nach zwei Uhr morgens und die beiden wollten nach Hause, endlich! Wir begleiteten sie noch zu ihrem Hotel, ehe ich mich rasch verabschiedete. Möglicherweise war Brenda ein wenig eingeschnappt, ich konnte es aber auch nicht ändern. Danach schlenderte ich durch menschenleere Straßen nach Hause. Ich mochte diese warmen Nächte, in denen eine angenehme Brise vom Meer her wehte. Am Himmel standen Abertausende von leuchtenden Punkten. Was für ein wunderschöner Anblick. Bei dem bekam sogar ich romantische Anwandlungen wie Marc Davis vorhin. Wie es wohl wäre, diesen Nachthimmel gemeinsam mit jemandem zu erleben? Und schon war Julia wieder in meinen Gedanken. Ja, mit ihr würde ich diese Eindrücke gern teilen. Sicher war sie ein überaus liebevoller Mensch, so wie James gesagt hatte. Heute, als sie mit ihrer Freundin Allie auf der Tanzfläche herumgealbert hatte, war sie total fröhlich gewesen. Da hatte sie ihr braunes langes Haar offen getragen und so frei und glücklich gewirkt. Wenn sie lachte, bogen sich ihre Mundwinkel weit nach oben und aus ihren mandelförmigen Augen strahlte die pure

Lebensfreude. Jetzt trug der Wind von irgendwoher Musik zu mir, die meine Seele streichelte und mich anrührte. Ich erinnerte mich auf einmal ganz deutlich an das Gefühl im *Viva Zapata*, als Julia ihre Arme auf meine Schultern gelegt hatte. Diese sanfte Berührung hatte mich fast umgehauen! Ihr Duft war frisch und süß wie eine Mischung aus Rosenblättern und Mandarinen. Als ich sie mit meinen Armen umfasst hatte, hatte ich mich seltsam stolz gefühlt, sie vor dem betrunkenen Tom beschützen zu dürfen. Wie seltsam. Dabei schätzte ich sie absolut nicht wie eine Frau ein, die in so einer Situation einen Mann als Retter benötigte. Julia gab mir Rätsel auf. Schluss jetzt, diese Grübeleien führten zu nichts. Künftig würde ich mit den Drohnen wie verlangt einen großen Bogen um das Meereslabor fliegen und mich wie ein guter Freund verhalten, falls wir uns wieder über den Weg laufen würden. Ich erreichte mein kleines Haus und trat ein. Komischerweise kam mir der sonst so gemütliche Bungalow heute Nacht stiller vor als sonst.

Open Water

Julia

Die nächsten beiden Tage musste ich nicht arbeiten und nutzte die Zeit, um die Insel mit dem Rad zu erkunden, einen Paddeltrip durch die einzigartigen Mangrovenwälder mitzumachen und durch die Stadt zu spazieren. Ich besichtigte den südlichsten Punkt der USA und das Haus, in dem Ernest Hemingway in den 1930er-Jahren für ein Jahrzehnt gelebt hatte. In der Whitehead Street, wo *Papa*, wie er von den Einheimischen auch heute noch liebevoll genannt wurde, gewohnt hatte, befand sich heute ein Museum. Er hatte den Ozean geliebt und zahlreiche Segeltörns in die Karibik unternommen. Und hier war er auch zu der berühmten Novelle *Der alte Mann und das Meer* inspiriert worden, was ich ziemlich aufregend fand. Wie sehr freute ich mich darauf, ebenfalls bald eine Bootstour zu machen. So wie damals war Key West auch heute noch ein Tummelplatz für Kreative, Alt-Hippies und auch Aussteiger, die man überall tiefenentspannt in schlabbrigen Klamotten und Flipflops antraf.

Ich erkannte die praktischen Seiten am Wetter und fand Gefallen daran, dass man sich keine Gedanken über Bekleidung machen musste. Mit Shorts, T-Shirt und Sandalen war man immer richtig angezogen, denn die Luft fühlte sich ständig dunstig an und ich hatte immer einen feuchten Film auf der Haut. Entweder weil die Luftfeuchtigkeit so hoch war, weil ich gerade einen Regenschauer abbekommen hatte oder weil ich schlichtweg schwitzte. Am Ende jedes Tages hatte ich meist alle drei Zustände erlebt. Aber niemals war mir kalt, was mir sehr gut gefiel. Ich hatte mein Lebenstempo an den Rhythmus von Key West angepasst und akzeptiert, dass alles ein wenig langsamer und entspannter ablief als zu Hause. Welchen Tag hatten wir heute? Wie spät war es? Alles nicht so wichtig. In der Conch Republic tickten die Uhren eben anders.

In der darauffolgenden Woche stellte ich einen neuen persönlichen Rekord beim Schneiden und Auspflanzen der Korallen auf. Patricia lobte mich, was mich mit Stolz erfüllte. Ab und zu hörte ich das Surren von Drohnen, registrierte aber zufrieden, dass sie einen ordentlichen Sicherheitsabstand zum Labor einhielten.

Am Freitagabend, eine Woche, nachdem ich Markus' Nummer auf meinem Smartphone gelöscht hatte, erzählte Allie mir aufgeregt, dass James, Susan und noch ein paar weitere Freunde am nächsten Tag eine Ausfahrt zum Korallenriff planten. Und ich sollte auch unbedingt mitkommen! Das Boot gehöre einem befreundeten Kapitän und wir müssten uns nur das Geld für den Sprit teilen. Es wären noch Plätze frei und wir könnten sogar tauchen. Das Equipment würden wir uns vom Meereslabor ausborgen. Darauf hatte ich mich mein halbes Leben gefreut. Seit meiner Kindheit träumte ich davon, zwischen bunten Korallen und niedlichen Fischen dahinzuschweben. Gleichzeitig hatte ich auch Bammel davor, denn der Ozean war weit und manche der Meerestiere darin waren sehr groß, gerade in Florida. Aber da Allie eine erfahrene Taucherin war und mich begleiten würde, gab es keinen wirklichen Grund zur Sorge. Also sagte ich sofort zu und Allie lotete in einem kurzen Briefing meine Wohlfühlgrenzen aus. Gemeinsam legten wir den groben Ablauf, die geplante Tiefe und die Dauer des Tauchgangs fest. Später am Abend packten wir gut gelaunt Badetücher, Bikinis, Wasserflaschen und ein paar Kekse zusammen. Allie hüpfte im Zimmer auf und ab und spielte Songs von der Miami Sound Machine von ihrem Handy ab. Ziemlich aufgedreht ließ ich mich sogar dazu hinreißen mitzusingen und meine Sonnencreme-Tube als Mikrofon zu benutzen, ehe sie in meinen Rucksack wanderte. Das würde so toll werden!

Am nächsten Morgen kamen wir mit unseren Rädern um acht Uhr an der Key West Bight Marina an der Front Street an, wo sich die Anlegestelle unseres Bootes befand. Hier sollten wir auf James und einige andere Freunde von Allie treffen. Große Ausflugsschiffe, schnittige Motorjachten und futuristisch anmutende Katamarane waren an den weitläufigen Stegen vertäut und schaukelten sanft mit den Wellen auf und ab. Es hatte ein bisschen etwas von Millionärs-Flair und wir liefen aufgekratzt auf der Suche nach dem unsrigen an den teuren Kähnen vorbei. Die Jachten lagen wie blütenweiße Wäschestücke vor uns, die jemand an einer Leine aufgefädelt hatte. Am Ende der Schnur schien ein einzelnes Teil zu baumeln, bei dem das falsche Waschmittel verwendet worden war. Rostbraun und fleckig sprang es ins Auge wie das berühmte schwarze Schaf auf der Weide.

»O nein«, rief Allie und blieb so abrupt stehen, dass ich fast in sie hineinlief. Sie zeigte mit ihrem ausgestreckten Finger auf das hässliche Entlein. »Dort sind Susan und Jude!«

»Auf dem Kasten?«, rief ich und wich einen Schritt zurück.

Sie nickte. Ich kannte mich mit Schiffen nicht aus, aber dass dieses Boot noch auf dem Wasser trieb, schien an ein physikalisches Wunder zu grenzen. Wir gingen darauf zu und es hätte mich nicht gewundert, wenn an seinem Rumpf die Buchstaben *Black Pearl* aufgetaucht wären. Oder *Costa Concordia.*

Aus der Nähe erinnerte mich der rostende Schiffskörper an eine überdimensionale Tischdecke, über die jemand Kaffee geschüttet hatte, der nun an den Seiten herunterlief. Die Reling und der Kajütenaufbau waren aus hellem Teakholz gezimmert. Hinten flatterte eine Fahne mit den Stars and Stripes im Wind. Als wir näher kamen, entzifferte ich die Buchstaben auf dem verblichenen Schriftzug am Bug: *Jolly Roger.*

Die beiden Schwestern Susan und Jude standen mit einem hageren Mann an Deck.

»Hallo, ihr beiden! Kommt rauf!«, rief Jude uns fröhlich zu.

Aus der Kajüte tauchten zwei blonde Haarschöpfe auf. Es waren James und Greg. Das hätte ich mir ja eigentlich denken können, dass er auch hier sein würde! Bei Gregs Anblick befiel mich eine seltsame Empfindung, die ich nicht einordnen konnte. Es war ein Ziehen in meinem Bauch, das sich fast wie Heimweh anfühlte, vermischt mit einer abersinnigen Heiterkeit. Ich ignorierte diese konfuse Wahrnehmung und konzentrierte mich auf die wackelige Gangway, über die wir vom Steg auf das Schiff gelangten.

»Das ist Roger, unser Kapitän«, stellte Susan den ungefähr vierzigjährigen Mann vor. Er trug Jeans, die über den Knien abgetrennt waren, und ein verwaschenes rotes T-Shirt. Sein braunes Haar hatte er in einem schiefen Zopf zurückgebunden. Als wir uns die Hände schüttelten, lächelte er verschmitzt. Dabei bildeten sich um seine Augen tiefe Falten, die aussahen, als wären sie das Ergebnis von einem Leben voller Sonne, Meer und durchgefeierter Nächte.

»Kennst du Julia schon?«, fragte Susan an Greg gerichtet.

»Sicher kennst du Julia, nicht wahr, Greg?«, rief James an seiner Stelle übermütig und schlug ihm auf die Schulter.

»Ja, von meinen Observierungsflügen zum Beispiel. Hallo, Julia!«, sagte Greg in Anspielung darauf, was ich ihm bei unserem ersten Aufeinandertreffen an den Kopf geworfen hatte, und lächelte mich dabei verschmitzt an.

»Und ich habe auch schon Bekanntschaft mit Greg gemacht. Seine Drohnen sind ein echter Knaller«, gab ich grinsend zurück. »Aber … hatten wir beide nicht mittlerweile Frieden geschlossen?«

»Lass mal überlegen … War das vor oder nach dem Korb beim Tanzen?« Er zwinkerte mir zu. »War nur Spaß! Ja, klar vertragen wir uns.«

Einen Moment lang verhakten sich unsere Blicke und ich erwiderte automatisch sein Lächeln. Meine Wangen fühlten sich an wie nach einem kalten Winterspaziergang, wenn man in die warme Stube zurückkehrt. Nebenbei bemerkte ich, dass er graue

Badeshorts und ein weißes T-Shirt trug, das im Bereich seiner Schultern straff anlag. Unwillkürlich erinnerte ich mich daran, wie ich sie berührt hatte. Auf einmal kam es mir vor, als würde sich auf dem Boot die Hitze stauen, und ich hoffte, dass es bald losgehen und der Fahrtwind Abkühlung bringen würde.

Da waren ja schon die Utensilien zum Schnorcheln und Tauchen: Pressluftflaschen, Tauchcomputer, Tarierjackets und ein Seesack voller Flossen und Masken. Auch eine noch nicht aufgeblasene rosa Schwimminsel hatten James und Greg mitgebracht. Es musste ein ganz schön großer Aufwand gewesen sein, alle diese Dinge herzuschaffen, und wir bedankten uns bei den beiden, dass sie alles organisiert hatten. Das war echt nett von ihnen gewesen.

Ich sah mich an Bord um. Von hier machte das Schiff einen viel besseren Eindruck als vorhin, als wir uns ihm vom Steg aus genähert hatten. Aufgrund des äußeren Erscheinungsbildes war klar, dass das Boot in die Jahre gekommen war, an Deck wirkte alles recht sauber und instand gehalten. Die Bodenplanken aus Teakholz waren geschliffen und lackiert. Ein Plateauaufbau hinter der Kabine, unter dem vermutlich Schlafkojen lagen, gab eine gemütliche Sitzgelegenheit ab. Am Rand standen Blumen- und Kräutertöpfe sowie zwei hüfthohe Yuccapalmen. Hätte noch ein Dekozwerg mit marineblauer Uniform und Mütze daneben gestanden, hätte ich mich sicher wie in einem karibischen Schrebergarten gefühlt.

»Wohnst du auf dem Schiff?«, fragte ich Roger.

Er nickte. »Soll ich euch herumführen?«

Wir folgten ihm eine schmale hölzerne Stiege hinab, wo er uns alles zeigte. Die Kombüse, die Schlafkoje und das Bad waren einfach und minimalistisch gehalten, boten aber alles, was eine Person benötigte. Roger war ein Lebenskünstler, wie er sich selbst bezeichnete, der in Key West hängen geblieben war. Seit vielen Monaten lag er hier im Hafen. Der untere Bereich war mit einer

Glasfront versehen, vor der sich der Steuerstand befand. So hatte Roger vor Wind und Wetter geschützt freie Sicht nach vorn.

James klatschte in die Hände. »Komm, Roger, hör auf zu flirten und lass uns aufbrechen.« Dieser brummte und wies James und Greg an, die Leinen loszubinden. Wir Mädels pflanzten uns auf das Holzplateau, setzten unsere Sonnenbrillen auf und zückten die Kameras, um Bilder von der schönen Marina beim Ablegen zu machen. Roger begab sich ans Steuer. Kurz darauf erzitterte der Schiffskörper unter den startenden Maschinen. Die Motoren schnurrten auf und ein sanfter Ruck ging durch das Schiff. Doch zwei Sekunden später erstarb das Geräusch. Roger versuchte noch einmal, das Boot in Gang zu bringen, doch der Vorgang wiederholte sich. Und danach wieder. Vom Steuerstand her hörten wir sein leises Schimpfen. Greg und James gingen zu ihm. Vom Motor, der sich hinter einer Verkleidung neben dem Steuer befand, vernahmen wir Schraub-, Klopf- und Fluchgeräusche, die gar nicht gut klangen. Danach diskutierte Greg mit den anderen beiden Männern über die mögliche Ursache des Stillstands. Wir Mädels tauschten Blicke. Allie rieb sich das Kinn und Susans Augen verformten sich zu schmalen Schlitzen. Vor meinem geistigen Auge sah ich unseren Tauchausflug gerade baden gehen. Nach ein paar Minuten verkündeten die Männer die Diagnose: Dieselpest. Diese kannte ich nicht, der Befund erschien mir aber ausgesprochen düster. Greg erklärte es. Nachdem das Boot monatelang nicht bewegt worden war, hatten Bakterien im Tank mit eingetretenem Wasser reagiert, ihn verschlammt und schließlich den Kraftstofffilter zersetzt.

Wir machten lange Gesichter und das Boot wurde wieder am Steg vertäut. Das war's dann wohl gewesen und ich würde ein andermal am Riff tauchen müssen. Doch dann hatte Greg eine Idee, wie man das Problem vielleicht beheben könnte, und diskutierte seinen Plan mit dem Kapitän. Während Roger und James den Tank entleerten, würde Greg einen Ersatzfilter, Kraftstoff und ein spezielles Reinigungsmittel besorgen, das er *Additiv* nannte und das man dem Diesel beimischen müsse. Die Dinge, die Greg benötigte, um das Schiff wieder flottzubekommen, wollte er sich bei seinem Arbeitgeber borgen. Es bestand also noch eine Chance, dass wir vielleicht doch ablegen konnten.

Allie, Sue und Jude packten ihre Badetücher aus und begannen, sich an Bord bequem einzurichten, als Greg das Schiff über die Gangway verließ. Ich zögerte einen Moment, doch dann rief ich ihm hinterher: »Kann ich dir helfen? Mit dem Tragen vielleicht?«

Mich jetzt mit den Mädels in der Sonne zu fläzen, während die anderen schufteten, hätte sich nicht richtig angefühlt. Von zu Hause war ich es gewohnt, dass alle mit anpackten, wenn es ein Problem gab.

»Du willst dir doch nicht etwa wieder eine Drohne für deinen Spind unter den Nagel reißen?«, fragte er mit einem neckischen Grinsen, als wir nebeneinander den Steg entlangspazierten. Seine tiefe Stimme hatte mir ein Prickeln beschert, das mir den ganzen Rücken hinunterkroch. Eigenartig.

»Keine Sorge, ich möchte die Cousine von deinem Chef nicht wieder in Aufruhr versetzen.«

Wir gingen zu einem weißen Geländewagen, der mit dem Schriftzug von *Fly the Keys* gekennzeichnet war, und ich kletterte auf den Beifahrersitz.

»Schönes Wetter für einen Badeausflug haben wir heute«, schnitt ich ein unbelastetes Thema an.

»Nicht nur fürs Baden. Das wären auch beste Bedingungen für einen Drohnenflug.«

Aha, das neutrale Terrain hatte er selbst schnell verlassen. »Damit würde schlechtes Wetter als Absturzursache ja schon einmal ausscheiden«, scherzte ich.

Er warf mir mit zusammengezogenen Augenbrauen einen gespielt finsteren Blick zu, doch seine Mundwinkel zuckten amüsiert nach oben. Ich mochte seine Mimik, die seinen Sinn für Humor unterstrich. Um den noch ein wenig auszuloten, versuchte ich, Interesse an seinen technischen Problemen zu bekunden. »Kennst du schon die Ursache, warum die Drohne an dem einen Tag so schlecht geflogen ist?« Absichtlich wählte ich diese Formulierung, um das Reizwort *Absturz* zu vermeiden.

»Eigentlich nicht. Am schlechtesten fliegt sie vermutlich, wenn sie in einem Spind eingeschlossen ist«, antwortete er belustigt und ich kicherte leise. »Seitdem ich sie von dir zurückhabe, funktioniert sie wieder einwandfrei.«

Ich beobachtete ihn unauffällig von der Seite. Neben seinen klaren, blauen Augen und den attraktiven Gesichtszügen gefiel mir auch die Art und Weise, wie er Dinge in die Hand nahm. Er hatte einen Verdacht für den Fehler am Motor gehabt und schon hatte er sich wie selbstverständlich aufgemacht, um die nötigen Teile zur Rettung unseres Badeausflugs zu besorgen. Das war total nett von ihm und er kam ganz ohne übertriebenes Alphamännchen-Gehabe oder Angeberei aus.

Nach wenigen Minuten erreichten wir das Industriegebiet und hielten vor dem Einfahrtstor von *Fly the Keys*. Greg drückte den Knopf einer Fernsteuerung, woraufhin sich das eiserne Tor auseinanderschob.

Wir parkten direkt vor der Eingangstür, stiegen aus und Greg tippte einen Code in ein Display, das neben der Kamera in die Wand eingelassen war. Gleich darauf sprang die Tür schnurrend auf.

»Ein jeder Baumarkt würde vor Neid erblassen«, kommentierte ich den Anblick, der sich mir innen bot. Ungefähr so stellte ich mir das Ersatzteillager der NASA vor. Ich bestaunte Regale voll mit Schrauben, Motorteilen, Turbinen, Drähten und Metallteilen, die fast bis zur Decke hinaufreichten. Alles machte einen sehr geordneten und durchsortierten Eindruck.

»Ich fühl mich auf alle Fälle wohl hier«, sagte Greg und das glaubte ich ihm sofort. Linker Hand gab es eine Tür, über der ein Schild mit der Aufschrift »Office« hing. Die hintere Seite des

Gebäudes war mit Tischen verbaut, auf denen geöffnete Drohnen platziert waren, an denen am Montagmorgen vermutlich weitergearbeitet werden würde. Einige der Modelle kamen mir ziemlich bekannt vor, denn sie ähnelten jenem, das bei uns abgestürzt war. Andere waren viel größer und ganz anders geformt. Sie lagen da, als würden sie auf einen medizinischen Eingriff warten. Oder auf Obduktionen.

»Operation gelungen, Patient tot«, murmelte ich zu mir selbst, denn Greg war bereits zwischen den Hochregalen verschwunden, um die Sachen zu holen.

In der Zwischenzeit betrachtete ich eines der Flugobjekte genauer. Aus seiner Mitte quoll ein Kabelgewirr, und sein Kopfteil, in dem das Objektiv der Kamera steckte, erinnerte mich an den aufgeplatzten Schädel des Terminators. Fast könnte ich Mitleid mit ihm bekommen, aber auch nur fast.

»Was sagt dein Boss eigentlich dazu, dass sich seine Angestellten hier ganz einfach selbst bedienen?«, rief ich Greg zu, den ich in den oberen Stellagen am anderen Ende des Raumes wühlen hörte.

»Jeden anderen würde ich feuern«, dröhnte eine Stimme hinter mir. Ich fuhr herum und sah einen Mann auf mich zukommen, der mich an Kapitän Blackbeard erinnerte. Zumindest nach seiner Pensionierung, denn sein Vollbart war ergraut und sein schlohweißes Haar hatte er unter einem roten Tuch zurückgebunden. Wenn er einmal vom Piratendasein genug hatte, könnte er in jedem Kaufhaus im Dezember mit roter Jacke und Hose anheuern, um in der Weihnachtszeit die Kinder zu unterhalten. »Aber meinen besten Mitarbeiter setz ich bestimmt niemals auf die Straße. Ich bin Marc Davis, sein Boss. Und wen haben wir da?« Er betrachtete mich neugierig.

»Julia Richter, sehr angenehm.«

»Sie ist die mit der Drohne«, sagte Greg, der gerade hinter einem Regal hervorkam, auf dem Akkus in allen Größen lagerten. *Die mit der Drohne?* Erst die Anspielung von James auf dem Boot, jetzt Gregs kleine Spitze vor Marc Davis. Anscheinend war ich mit meinem scharfkantigen Auftritt, als ich sie retourniert hatte, zum Running Gag geworden.

»Echt, das ist sie? Sie sieht mir aber gar nicht aus wie die Eiserne Lady«, sagte Marc Davis und lachte schallend. Einen Moment war ich irritiert. Hatte Greg mir tatsächlich diesen Spitznamen verpasst? Das wurde ja immer besser. Ich warf ihm mit zu Schlitzen verengten Augen einen strengen Blick zu und er grinste auch noch frech zurück.

»Danke sehr für die Blumen. Ja, ich bin die Eiserne Lady mit der Drohne«, antwortete ich mit gespielt zusammengepressten Lippen, meine Mundwinkel zuckten aber nach oben. »Und mir scheint, Greg ist einer, der gern tratscht«, fügte ich hinzu.

»Genau«, sagte Greg lachend. »Aber wir haben uns mittlerweile ausgesöhnt, stimmt's?«

»Das war allerdings *vor* der Eisernen Lady.« Ich verschränkte die Arme vor meinem Oberkörper.

»Na, ihr habt ja Spaß zusammen!«, sagte Marc und seine Augenbrauen wackelten amüsiert hin und her, als würden sich zwei Grasbüschel im Wind bewegen.

Greg platzierte einen Kanister, den er in seiner Rechten trug, vor sich auf dem Boden. In der Linken hielt er eine Chemikalienflasche, die er mir wortlos überreichte. Zwischen Arm und Oberkörper hatte er zusätzlich ein kleines Kästchen geklemmt, das vermutlich der Ersatzfilter war.

»Wir wollten mit Roger zum Sambo Reef rausfahren, aber sein Boot ist liegengeblieben. Vermutlich Dieselpest.«

»Bei der alten Kaschemme wundert mich das kein bisschen.« Marc lachte wieder. »Sehr schön. Gut, dass du mal rauskommst. Ich wünsch euch beiden viel Spaß.«

Warum betonte er das denn so? Das wäre ja lustig, wenn Marc Davis am Ende noch glaubte, Greg und ich hätten ein Date?

»Du hast bei deinem Boss ja einen ganz dicken Stein im Brett«, bemerkte ich auf der Rückfahrt. Dass ein Chef seinem Angestellten offensichtlich so viel Vertrauen entgegenbrachte, war nicht selbstverständlich. Er zuckte mit den Schultern.

»Wir verstehen uns echt gut und haben schon von klein auf dasselbe Interesse an Technik«, antwortete er. »Er hat mir erzählt, dass er genau wie ich als Junge leidenschaftlich an Modellflugzeugen und Hubschraubern gebastelt hat. Ich machte später eine Ingenieursausbildung für Flugtechnik, bin allerdings aufs Selberfliegen nicht so versessen. Ich liebe es eher, Dinge zum Fliegen zu bringen. Ich weiß, das hört sich bestimmt komisch an für dich.«

»Aber nein, ganz und gar nicht!«, rief ich. Der Gedanke, die Schwerkraft auszuschalten und Dinge zum Fliegen zu bringen, gefiel mir sehr. »Das, wovon ich träume, ist eigentlich ganz ähnlich, nur unter dem Meeresspiegel. Ich will nämlich tauchen und am Riff zwischen bunten Fischen und Korallen dahinschweben. Auch ich sehne mich schon seit meiner Kindheit danach, also kann ich dich gut verstehen.«

Da hatten Greg und ich ja fast eine Gemeinsamkeit entdeckt und er wurde mir gleich noch sympathischer. Bis wir wieder den Hafen erreichten, erzählte ich ihm ein wenig von meiner Arbeit und unseren Anstrengungen, das Korallenriff wiederaufzuforsten.

Zurück auf der *Jolly Roger* ging er mit den geholten Utensilien zu seinen Freunden ins Unterdeck und Susan und ich schauten von der Luke aus zu, wie er den Motor öffnete, daran herumschraubte und den Filter tauschte. Die drei Männer waren irgendwie süß zusammen und erinnerten mich an meine Brüder, die früher in ähnlicher Weise über ihrer Lego-Technik gebrütet hatten.

Nach dem Befüllen des Tanks waren sie schlussendlich mit allem fertig.

»Und jetzt Daumen drücken«, sagte Greg und ließ den Kapitän wieder die Maschinen starten. Als diese nach einer halben Minute immer noch gleichmäßig vor sich hin brummten, jubelten wir und trommelten auf die Planken. Die Männer klatschten sich lachend ab, James löste die Leinen und Roger ließ das Schiff langsam Fahrt aufnehmen. Susan und ich setzten uns zu Allie und Jude aufs Deck und ich genoss den Fahrtwind, der sanft durch mein Haar wehte und durch den man die Hitze nicht so spürte. Wir verließen mit mäßiger Geschwindigkeit den Hafen der Key West Bight Richtung offenes Meer. Die von Palmen flankierten weißen, hellblauen und türkisen Fassaden der viktorianischen Häuser wurden immer kleiner. Es war ein herrlicher Tag, an dem nur vereinzelt einige Wolken vorüberzogen.

Unser Plan war es, in ungefähr einer Stunde einen Halt am sogenannten Sambos Reef zu machen, um dort zu schnorcheln und zu tauchen. Danach wollten wir an einer besonders schönen Stelle an einer Sandbank am Rande eines Mangrovenwaldes vor Anker gehen, denn dort sollte der perfekte Ort zum Baden sein.

Greg begann, mit einem Blasebalg die Schwimminsel aufzupumpen, und James half ihm, indem er mit aller Kraft in eine andere Öffnung mit dem Mund hineinpustete. Nach zwei Minuten setzte er sich auf den Boden und stützte sich mit dem Arm an der Bootswand ab.

»Jetzt dreht sich endlich einmal die ganze Welt um dich, oder?«, sagte Greg belustigt zu ihm.

»Es ist wie in einem Karussell«, sagte James lachend und legte den Kopf in seine Hände. Nachdem er sich wieder gefangen hatte, nahm er die Flossen aus dem Seesack und überlegte, wem von uns welche davon passen könnten. Er hatte aufs Geratewohl unterschiedliche Größen eingepackt.

»Wo warst du denn bisher tauchen?«, erkundigte er sich nebenher bei mir.

»Bisher war ich nur in der Adria in Italien schnorcheln. Mein …«

Ich zögerte und brachte es komischerweise nicht über meine Lippen, zum ersten Mal das Wörtchen *Ex* laut auszusprechen. »... Freund liebte den feinen Sand dort, aber das Wasser war sehr trüb, etwa wie ungefilterter Apfelsaft. Und man sieht leider so gut wie keine Pflanzen oder Fische. Das Einzige, was einem dort im Meer ab und zu begegnet, ist eine Flasche«, antwortete ich.

»Wie zum Beispiel den Ex-Freund, der dich sitzengelassen hat.« Allie kicherte und legte mir im selben Atemzug liebevoll ihre Hand auf den Unterarm.

»Ja, ist schon gut«, sagte ich beschwichtigend, schmunzelte über den Wortwitz und tätschelte ihre Hand.

Greg unterbrach einen Moment das Pumpen und warf einen Blick zu uns herüber. Dann wechselte er das Bein und pumpte mit dem anderen Fuß weiter.

»Tauchen gelernt habe ich bei mir zu Hause an einem Badesee«, erzählte ich und erinnerte mich an Neufeld im Burgenland, wo in einem See Tauchkurse abgehalten wurden. »Dort war das Wasser kühl, grün und fast nebelig, wegen der vielen Farne und Grünalgen.«

»Das hört sich an wie die Zutaten eines hippen Gesundheitsdrinks«, sagte Allie vergnügt.

»Oder wie die Stoffwechselprodukte von Kermit, dem Frosch«, sagte James und wehrte lachend die Sonnencreme ab, die Allie nach ihm geworfen hatte.

»Hier am Korallenriff ist das Tauchen ein Traum, du wirst sehen. Wie schwereloses Dahingleiten in wolkenlosem Himmel«, schwärmte sie über das Florida Reef, das das drittgrößte Korallenriff der Erde war. Hier lebten Millionen von Meerestieren in einem geschützten Raum. Trotz der Vorfreude spürte ich ein flaues Gefühl im Magen.

»Du siehst irgendwie angespannt aus«, sagte Allie prompt.

»Ich komme aus einem Land, in dessen Nationalhymne Berge und Äcker besungen werden. Aufgewachsen bin ich neben einem Tümpel und das Aufregendste, was ich in einem Gewässer jemals gesehen habe, war ein illegal entsorgtes Fahrrad. Ja, ich bin schon ein wenig angespannt. Immerhin gibt es in Florida dreizehn verschiedene Haiarten, darunter auch solche Schätzchen wie Hammer- und Bullenhaie sowie den Weißen Hai!«

Allies Mundwinkel kräuselten sich amüsiert. Für Tauchprofis wie James und sie waren das natürlich lächerliche Gedanken, um die die meinen gerade kreisten. Aber es beschäftigte mich schon, wie ich auf die Begegnung mit Fischen reagieren würde, die so groß wie ich oder vielleicht sogar noch größer waren. Oder deren Mäuler die Ausmaße einer Waschmaschine hatten? Ich hatte absoluten Respekt davor.

»Auf einen von einem Hai getöteten Menschen kommen ungefähr zwei Millionen getötete Haie«, sagte James.

Das mochte schon stimmen und den Gedanken, dass viele Arten dieser faszinierenden Raubtiere mittlerweile sogar vom Aussterben bedroht waren, fand ich entsetzlich. Allerdings trug dieser Fakt im Moment nicht zu meiner Beruhigung bei.

»Wenn uns ein Exemplar begegnet, dann freu dich erst mal und genieß es. Wer weiß, ob du jemals wieder die Gelegenheit haben wirst, eines der großartigsten Raubtiere der Natur mit eigenen Augen zu sehen. Ansonsten bleib ganz ruhig. Sie sind neugierige Wesen, schauen sich um und verschwinden von allein wieder«, sagte Allie. »Und wenn nicht, dann geb ich ihm eins auf die Nase. Ich hab ein Messer dabei.«

Bei der Vorstellung, dass Allie mit ihrem Messer einen Hai abwehren würde, schüttelte ich gespielt resigniert den Kopf und seufzte grinsend.

»Ich würde so gern auf eine Seekuh treffen«, erzählte ich. »Als Kind waren das meine absoluten Lieblingstiere. Die anderen Mädchen haben Katzenbabys und Ponys geliebt, aber ich habe immer Seekühe in meine Hefte gezeichnet.«

»Ganz schön clever von dir. Eine Seekuh zu malen ist ja viel leichter als ein Pony«, sagte Greg.

»Sehr witzig.« Ich kicherte.

Unterdessen nahm das Schwimmtier, das er aufpumpte, Form an. Es entpuppte sich als überdimensionales pinkfarbenes Einhorn.

Knapp eine Stunde später wies Allie mich darauf hin, dass wir bald da sein würden.

»Schau mal, da drüben kommen deine Babys hin, da muss kräftig aufgeforstet werden.« Sie zeigte in die Richtung, in die die Sonne wanderte.

»Okay, das ist schön zu hören!« An der Wasseroberfläche gab es dort natürlich nichts außer hellblauem Meer zu sehen.

Wir begannen, unsere Tauchsachen zusammenzusuchen. Sue und Jude würden zur gleichen Zeit ein bisschen schnorcheln und die Männer wollten ein Bier trinken.

Wir verringerten unsere Geschwindigkeit. Ich konnte kaum noch ruhig auf meinem Platz sitzen bleiben, als wir auf eine Boje zusteuerten. Das Boot stoppte und James machte es daran fest. Das Wasser um uns herum war unglaublich. Hellblau und kristallklar umspielte es das Schiff in leichten Wellen. Darunter erkannte ich die Umrisse des grüngrauen Korallenriffs.

Am Heck, von wo aus wir ins Wasser springen würden, half mir Allie mit dem richtigen Anlegen des Equipments. Da das Meer im Süden Floridas so warm war, musste man sich wenigstens nicht mit sperrigen Taucheranzügen abmühen. Es reichte, wenn man als Schutz gegen Feuerquallen ein Longsleeve trug. Wenn die Haut mit den durchsichtigen Tentakeln direkt in Berührung kam, konnte das nämlich zu schmerzhaften Rötungen führen. Als ich endlich mit Maske, Flossen, Pressluftflasche, Lungenautomat, Bleigürtel und Tarierjacket komplett ausstaffiert war und bereit für den Sprung ins Meer, fühlte ich mich wie ein geschmückter

Weihnachtsbaum. Nur dass ich statt mit filigranem Lametta mit purem Blei behängt war. Allie half mir noch beim Buddy-Check, der standardmäßigen Sicherheitsüberprüfung der Ausrüstung. Langsam wurde mir richtig heiß und ich spürte, wie mir der Schweiß auf die Stirn trat. Bei Allie selbst dauerte es zum Glück keine zwei Minuten, bis sie fertig war.

Wir stimmten uns ab, dass sie als Erste ins Wasser springen sollte und ich folgen würde. Nun war es so weit. Wie Allie schob ich mir das Mundstück für den Atemregler zwischen die Zähne. Mein Puls schnellte in schwindelerregende Höhen, als ich die Luft aus der Pressluftflasche atmete. Im nächsten Moment machte Allie den Schritt nach vorn. Über ihrem Kopf schwappte eine große Welle zusammen und sie war im Ozean verschwunden. Eine Sekunde später tauchte sie wieder auf und formte mit Daumen und Zeigefinger das Okay-Zeichen, auf das die Leute im Boot warteten. Danach schwamm sie ein Stück zur Seite, um Platz für mich zu machen. Mit den Flossen an den Füßen war es auf dem schaukelnden Boot gar nicht so einfach, den Ausstieg zu erreichen, auch wenn es nur ein paar Schritte waren. Es war sogar mordsmäßig anstrengend. Wenn ich mit dieser Geschwindigkeit weiteratmete, wäre mein Luftvorrat aufgebraucht, bevor ich das Wasser überhaupt erreichte. Greg und James, die mich mit zuckenden Mundwinkeln beobachteten, stellten sich links und rechts von mir auf und boten mir ihre Arme als Stütze an. Mit ihrer Hilfe watschelte ich ans Heck. Dann winkte ich ihnen zur Verabschiedung. Anschließend fixierte ich mit meiner linken Hand die Gerätschaften an meinem Körper und mit den Fingern meiner rechten drückte ich das Mundstück und die Maske fest an mein Gesicht. So hatte ich es am Neufelder See gelernt. Dann schloss ich die Augen und setzte meinen rechten Fuß über die Reling. Nach einem großen Schritt plumpste ich in den Golf von Mexiko.

Das Meer war angenehm warm. In meinen Ohren hörte ich nur noch meine eigenen Atemzüge wie unter einem Verstärker.

Es klang, als würde jemand mit ganzer Kraft einen Blasebalg in meinem Kopf treten, so wie vorhin, als die Jungs das pinke Einhorn aufgepumpt hatten. Ehe ich mich versah, hatte mich der Auftrieb an die Wasseroberfläche zurückbefördert. Ich öffnete die Augen und sah durch das leicht verschwommene Glas meiner Tauchmaske James, der auf mein Okay-Zeichen wartete, das ich ihm sogleich gab. Danach bewegte ich meine Flossen und glitt im Wasser in Richtung Allie. Wir trieben wie Korken im Meer und schaukelten mit den Wellen auf und ab. Nachdem wir uns abermals das Okay-Zeichen gegeben hatten, zeigte sie mit dem nach unten gedrehten Daumen an, dass wir nun abtauchen würden. Ich ließ Luft aus meinem Tarierjacket ausströmen und sank langsam unter die Wasseroberfläche.

Bei dem Anblick, der sich mir bot, schnellten meine Mundwinkel trotz sperrigem Mundstück augenblicklich nach oben. Ich fühlte mich, als bestünde der Inhalt meiner Pressluftflasche aus purem Lachgas. Die Schwerkraft war aufgehoben, ich schwebte federleicht durch kristallklares Wasser und erlebte endlich die Welt, von der mein Vater und ich so oft zusammen geträumt hatten. »Papa, ich bin tatsächlich hier«, rief ich in Gedanken. »Ich habe unser Ziel erreicht!« Tatsächlich fühlte ich mich ihm in diesem Augenblick so nahe, als würde er mir über die Schulter schauen. Unwillkürlich drehte ich meinen Kopf nach links und erblickte Allie neben mir, der ich mit beiden Händen das Okay-Zeichen nur so um die Ohren warf, denn in der Sprache der Taucher gab es leider keinen Ausdruck für »Bestes Erlebnis ever. Fettes Ausrufezeichen«. Die Realität übertraf alle meine Erwartungen. Das Wasser war so klar, dass die Sicht allein durch den schier unendlich weiten Unterwasserhorizont begrenzt wurde. Der Boden unter mir war mit graugrünen Korallen und Meeresfächern überzogen, die ihre filigranen Wedel ausbreiteten wie eine freundliche Umarmung. Wir tauchten an Riesenrohrschwämmen vorbei, die ihrem Namen alle Ehre machten und sich in leuchtendem Rosarot und Gelb wie biegsame Leitungen nach oben rankten. Ja, es war alle unsere Mühen und Versuche wert, diese einzigartige bezaubernde Welt zu retten! Vorüberziehende blau- und schwarz-gelbe Kaiserfische wirkten, als wären sie direkt der Feder eines fantasievollen Comiczeichners entsprungen. Ein rot-gelb-blau-türkiser Papageienfisch hatte beinahe die gesamte Farbpalette abbekommen und schien mir wie mit angemalten Lippen zuzulachen, als er sich langsam an mir vorbeibewegte. Als hätte Paradiesvogel Olivia Jones sich in einen wunderschönen fröhlichen Fisch verwandelt. Ein grauer Barrakuda, der so lang und biegsam war wie eine Schwimmnudel, verschwand schnell zwischen den Meeresfächern, als wir uns näherten. Ich wusste gar nicht, wo ich meinen Blick zuerst hinwenden sollte. Von überall leuchteten mir Farbkleckse entgegen, als wäre die Welt vor mir mit einem Intensitätsfilter behandelt worden. Es gab so viel zu entdecken.

Wir bewegten uns einige Zeit lang schwerelos durch die Unterwasserlandschaft, bis Allie auf einen besonders hoch aufragenden Felsen deutete, der von den verschiedenartigsten Korallen überzogen war. Für Korallenliebhaber wie Allie und mich war dieser Felsen ein Abziehbild der Welt, die wir retten wollten. Mindestens ein Dutzend unterschiedlicher Arten der wirbellosen Nesseltiere bewuchsen diesen einen Brocken, der noch dazu von einem Schwarm gelber Lippfische bevölkert wurde. Wir tarierten unsere Gleichgewichte aus, um in einigem Abstand die Details betrachten zu können. Dabei schaukelte die Strömung uns sanft hin und her. Das Riff vor uns war im Laufe der Zeit durch den Kalk der Korallen gebildet worden. Es war einfach erstaunlich, was die Natur mit Beharrlichkeit erschaffen hatte. Allie stupste mich an und lenkte meine Aufmerksamkeit auf einen Felsvorsprung. Wir lugten unter ihn und beobachteten eine rostbraune Languste, die in etwa so lang war wie ein Hauptspeisenteller und die sich mit ihren Antennen und Beinchen wie ein Tausendfüßler im Rückwärtsgang tief in ihrer Höhle in Sicherheit brachte. Recht hatte sie, denn sie wurde in so gut wie jedem Restaurant in Key West als Delikatesse angepriesen. Allie tippte mit zwei Fingern erst gegen die Gläser ihrer Maske, dann in die entgegengesetzte Richtung. Sie wollte mich auf etwas aufmerksam machen. Ich drehte mich um und zuckte zusammen, als sich einen Steinwurf von uns entfernt ein grau gefleckter Fisch näherte, in dessen geöffnetes Maul ich locker bis zu den Schultern hineinpassen würde. Als er direkt auf uns zusteuerte, setzte mein Atem beinahe aus und ich krallte meine Finger in Allies Unterarm. Mit herabhängenden Mundwinkeln zog er an uns vorbei und würdigte uns keines Blickes. Allie entwand sich meinem Griff und rieb sich ihren Arm, den ich ihr gequetscht hatte. Dann tippte sie sich kopfschüttelnd mit ihrem Zeigefinger an die Stirn. Ein eindeutiges Zeichen in jeder Sprache der Welt. Ich grinste entschuldigend in mein Atemstück, zuckte mit den Schultern und formte dann ein Herz-Zeichen mit meinen Händen. Langsam normalisierte sich mein Puls wieder, denn es war nur ein absolut harmloser Riesenzackenbarsch gewesen, wenn auch bestimmt dreimal so breit wie ich. Jetzt, da er sich wieder von uns entfernte, wurde mein Körper von Glückshormonen überschwemmt und ich schaute dem Fisch nach, bis er aus unserer Sicht verschwunden war. Wir warfen einen Blick auf unsere Tauchcomputer. Kaum zu glauben, aber wir waren bereits eine halbe Stunde im Riff unterwegs. Allie legte ihre Handflächen aneinander und formte eine kleine Kuhle. Damit schlug sie vor, dass wir langsam zum Boot zurückkehren sollten.

Wenige Minuten später erreichten wir die Wasseroberfläche neben der Aufstiegsleiter der *Jolly Roger*. Als ich mich daran hinaufziehen wollte, fühlten sich mein Körper wie ein vollgesogener Schwamm und meine Beine wie Pudding an. Eine ungünstige Kombination, um eine schwankende Leiter hinaufzuklettern. Zum Glück half Greg mir aus dem Wasser, indem er die Pressluftflasche vom Boot aus anhob, als wäre sie eine federleichte Schaumstoffattrappe. Damit erleichterte er mir den Aufstieg ungemein.

Wieder an Deck nahm ich das Mundstück heraus, schob die Maske auf meine Stirn und Greg befreite mich endgültig von der sperrigen Last auf meinem Rücken. Wie aufmerksam von ihm. »Danke für deine Hilfe! Das Tauchen war so unglaublich toll eben! Ich bin durchs Meer geschwebt, wie …« Ich suchte nach den richtigen Worten. »… eine deiner Drohnen durch die Lüfte. Es war fantastisch! Nein, gigantisch! Eigentlich gibt es kein Wort dafür, man muss es selbst erlebt haben.« Ich war wie berauscht und wusste gar nicht mehr wohin mit all meinen Glücksgefühlen. Kurzerhand umarmte ich Greg vor lauter Euphorie. Er ertrug meinen Überfall gelassen und drückte mich sogar lachend an sich, als würde er meine Begeisterung teilen. Sein Aftershave stieg mir in die Nase. Wow! Prompt verstärkten sich meine Glücksgefühle sogar noch. Genauso musste sich eine durchgeschüttelte Champagnerflasche fühlen, kurz bevor der Korken knallte. Was für einen Quatsch dachte ich mir da bloß zusammen! Ich löste mich von ihm. Der Bleigürtel drückte. Höchste Zeit, das restliche Equipment abzulegen.

»Deinen Blick hättest du sehen sollen, als der Riesenzackenbarsch angeschwommen kam! Einfach unbezahlbar!«, sagte Allie, die uns vergnügt beobachtet hatte.

»O ja, im ersten Moment dachte ich, wir müssten dein Messer ziehen!«, antwortete ich feixend. »Sein Maul war mindestens so groß!«, rief ich und hielt meine Arme maximal weit auseinander.

»Bist du sicher, dass du deine Brille nicht verkehrt herum aufhattest?«, sagte Greg und grinste frech. Ich pikste ihn dafür mit meinem Zeigefinger spielerisch in die Seite. Er parierte lachend mit seiner rechten Hand, wodurch sich einen Moment lang unsere Finger berührten. Was war nur mit mir los? Warum war ich so übermütig? Vielleicht hatte ich beim Tauchen eine Art Tiefenrausch erlitten und in meinem Gehirn waren Endorphine ausgetreten, die jetzt frei in meinem Kopf zirkulierten? Als ich meine Hand bereits weggezogen hatte, spürte ich die Berührung immer noch, die sich als sanftes Prickeln überall in meinem Körper ausbreitete. Wie aufsteigende Luftbläschen, die alles in mir zum Fliegen brachten und mir eine ungewohnte Leichtigkeit verliehen.

Susan und Jude kamen vom Schnorcheln zurück und erzählten begeistert von einer Schildkröte, die sie gesehen hatten. Als unser Boot gemächlich in Richtung der nächsten Station, der Sandbank, tuckerte, brachte Roger uns leckere Sandwiches und kühle Getränke. Ich fühlte mich herrlich entspannt und wir ließen uns von der Sonne wärmen. Allie lehnte sich zurück und schob die Sonnenbrille auf ihren Nasenrücken. Vielleicht hatte sie die Augen darunter geschlossen. Allerdings hatte ich den Eindruck, sie beobachtete James, der mit den schweren Pressluftflaschen hantierte. Was machte eigentlich Greg gerade? Durch die Fenster des Kajütenaufbaus konnte ich sehen, dass er sich mit Roger am Steuer unterhielt. Der Kapitän zeigte ihm die verschiedenen Hebel zur Navigation. Greg war so unglaublich wissbegierig. Beeindruckend.

Susan gesellte sich zu ihnen und dann sagte Greg irgendetwas zu ihr. Ihrem aufgekratzten Kichern nach zu urteilen, das bis zu uns zu hören war, musste das ziemlich witzig gewesen sein. Ob Susan etwa auf Greg stand? Flirteten die beiden? Und warum interessierte mich das? Ich befahl mir selbst, meine Argusaugen zuzumachen und mich um meinen eigenen Kram zu kümmern.

Kurze Zeit später erreichten wir das zweite Ziel des Tages: eine Sandbank aus reinem weißem, ganz feinkörnigem Sand zwischen zwei Inseln, die jeweils ungefähr so groß waren wie ein Fußballfeld. Unter dichtem Bewuchs von Mangroven und Palmen sahen sie aus wie aus einem Ferienkatalog. Nur eine Handvoll anderer Boote lag ebenfalls hier vor Anker, Gott sei Dank mit etwas Abstand. Jetzt waren wir endgültig im Paradies angekommen. Fehlte nur noch, dass Roger uns Kokos-Kugeln auf einem Silbertablett servierte. Das tat er natürlich nicht, sondern er ankerte das Schiff und öffnete sich ein Bier.

Das Meer war so kristallklar, dass man nicht nur bis auf den Grund sehen, sondern auch jedes Detail davon erkennen konnte. Auf drei sprangen Susan, Jude, Allie und ich gleichzeitig über die Reling ins Wasser.

»O Mann, ein jeder Riesenzackenbarsch von hier bis Miami hat bei eurem Gequietsche das Weite gesucht«, rief Greg zu uns herunter und drückte sich grinsend die rechte Hand ans Ohr.

»Oder einen Tinnitus bekommen«, sagte James und machte genau vor uns eine perfekte Arschbombe ins Meer.

Greg warf das Einhorn über Bord, sprang hinterher und machte es sich darauf gemütlich. Sofort versuchte James ihn herunterzuziehen, indem er ihn am Arm packte. Gregs Oberkörper geriet aus dem Gleichgewicht und ein Teufelchen auf meiner Schulter flüsterte mir zu, dass ich ihm jetzt einen Schubs geben sollte. Könnte meine Mutter mich jetzt nur sehen! Sie wäre stolz auf mich, denn so aufgekratzt und albern war ich nicht einmal als Zehnjährige gewesen. Rasch kletterte ich hinter Greg auf die Schwimminsel. O Gott, war sein Rücken athletisch! Während er mit James rang, traten einzelne Muskelstränge hervor und Wassertropfen zeichneten die Konturen nach. Was für ein schöner Körper. Das Johlen der anderen brachte mich zur Räson und grinsend stieß ich ihn mit beiden Händen. Er sollte endlich das Gleichgewicht verlieren und James im Wasser Gesellschaft leisten. Doch als er schon am Rutschen war, drehte er sich blitzschnell um, griff nach mir und erwischte meinen Unterarm. Das rosa Plastikteil kippte und Greg zog mich mit sich nach unten.

Eine salzige Welle schwappte über unseren Köpfen zusammen und warmes Meer umspülte uns. Ich wusste nicht mehr, wo oben und unten war, ich spürte nur noch seine Arme, die mich festhielten. Und auch ich hielt mich an ihm fest. Kein Seegras-Stängelchen hatte noch zwischen uns Platz, als wir umschlungen auf den Meeresboden sanken. Unsere Körper fanden ineinander wie Puzzleteile. Wie sich seine Haut auf meiner anfühlte! Da wurde sogar Atemluft zur Nebensache. Er hob mich federleicht auf und einen Wimpernschlag später durchbrachen wir die Oberfläche, meine Arme hatte ich noch immer um seinen Hals geschlungen. Lachend versuchte ich das Wasser wegzublinzeln, das in meinen Augen brannte. Greg und ich waren hinter einem blendenden Glitzervorhang aus winzigen Tröpfchen und Sonnenlicht eingeschlossen. Sein Gesicht war keine Handbreit von dem meinen entfernt. Wie konnte es sein, dass der Himmel, das Meer und seine Iris in dem exakt gleichen Farbton strahlten? Keine Frage, hier spielte sich ein übersinnliches Naturschauspiel ab. Und für einen Herzschlag stand die Zeit still.

Das Gejohle von Allie, Sue und Jude holte mich schließlich in die Realität zurück. Sie hatten das Einhorn für sich erobert.

»Ups«, sagte ich und blinzelte unschuldig zu Greg hinauf. Hätte ich einen Heiligenschein, würde er in diesem Moment wie verrückt blinken.

»Das war ganz schön heimtückisch von dir, dich hinterrücks an mich heranzuschleichen und mich zu schubsen. Dich darf man wohl keine Sekunde aus den Augen lassen.« Dabei funkelte er mich gewitzt an.

»Wobei wir schon wieder bei deinem Lieblingsthema, dem Observieren, wären.« Ich lachte laut, musste mir aber eingestehen, dass ich tatsächlich Gefallen daran finden könnte, von ihm nicht mehr aus den Augen gelassen zu werden. Also rein theoretisch. Unser kleiner Flirt wurde unterbrochen, als vom Einhorn Geschrei herübertönte, als wäre an einem überfüllten Badestrand eine Haifischflosse gesichtet worden. James versuchte offensichtlich, die Schwimminsel umzuwerfen, an der Jude, Susan und Allie sich festkrallten. Dabei hatte er aber schlechte Karten.

»Hilf mir, Kumpel« rief er Greg zu. Dieser zwinkerte mir zu, löste sich von mir und schwamm zu James hinüber. Sie tuschelten miteinander, um ihre Strategie zu besprechen, während ich die Zeit nutzte, um zu meinen Freundinnen auf das Plastiktier hinaufzuklettern. Die nächste Stunde mühten sich James und Greg vergeblich ab, das Einhorn zu entern. Wir Mädels ließen uns eben nicht unterkriegen! *Yes!*

Bei der Rückfahrt war die Stimmung an Bord ruhig. Die *Jolly Roger* glitt im stillen Meer Richtung Key West dahin. Die Sonne neigte sich hinter uns dem Horizont entgegen. Allie, Jude und ich hingen schweigend unseren Gedanken nach. Was war das für ein Tag gewesen … Ich fühlte mich immer noch ein wenig schwebend, wie zuvor im Meer. Das Gefühl des Fliegens, das ich während des Tauchens gespürt hatte, und das viele Lachen am Nachmittag hatte mich mit einer wunderbaren Leichtigkeit aufgeladen, die mir ein zufriedenes Lächeln ins Gesicht zauberte. Verträumt ließ ich die Situation von vorhin im Meer vor meinem geistigen Auge Revue passieren. Wie aufregend war es gewesen, Gregs Haut auf meiner zu spüren und seine Schultern zu berühren. Dazu sein eindringlicher, ozeanblauer Blick. Mein Ruhepuls stieg sprunghaft an und ein ungekanntes Gefühl machte sich in meinem Bauch breit: als würde sich ein Netz an elektrischen Impulsen wie ein prickelnder Schauer aktivieren. Unwillkürlich legte ich meine Handfläche auf die Stelle an meinem Rippenbogen. Ob Greg diese Situation auch als so intensiv empfunden hatte? Was machte er eigentlich gerade? Aha. Er ließ die Luft aus der Schwimminsel, wobei Susan ihm nicht von der Seite wich.

Sie half ihm, indem sie gemeinsam an den geöffneten Ventilen drückten. Schließlich legten sie sich nebeneinander auf das schlaffer werdende Ungetüm, damit es schneller ging. Ich beobachtete die beiden aus den Augenwinkeln und der Spaß, den sie offensichtlich zusammen hatten, dämpfte meine Stimmung ein wenig. Was das Flirten betraf, war ich trotz meiner achtundzwanzig Lebensjahre eine absolute Quereinsteigerin, denn Markus war mein bislang einziger Freund gewesen und ich eine hoffnungslos treue Seele. Andere Männer hatten mich nie interessiert. Vielleicht hatte ich Gregs vermeintliche Signale falsch gedeutet oder er flirtete mit allen Frauen? Den Verdacht hatte ich ja schon im Salsa-Club gehabt. Aber ehrlich gesagt durfte mich das nicht berühren, denn für eine Sommeraffäre mit Greg wäre ich ohnehin nicht zu haben. Also gesetzt den Fall, er hätte überhaupt Interesse an mir. Und auch Gregs Kumpel James war in ein Geplänkel verwickelt. Er hockte so knapp neben Allie am Kajütenaufbau, dass sich ihre Unterarme berührten. Sie lachten leise miteinander und schauten entspannt in den Sonnenuntergang. Na, hoffentlich verrannte sich Allie da nicht in irgendetwas, denn die Wege der beiden würden sich in wenigen Monaten auch wieder trennen.

Im Hafen angekommen, brachten wir das Equipment in den Kofferraum von Gregs Auto und verabschiedeten uns. Susan und Jude stiegen mit Greg und James in den weißen Geländewagen. Weil sie ohne Räder da waren, chauffierte Greg sie alle nach Hause. Allie pfiff fröhlich vor sich hin, als wir nach Hause radelten. Sie würde sich doch nicht wirklich in James verguckt haben?

Verzaubert

Greg

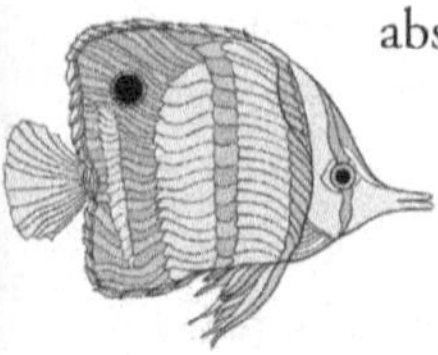

Nachdem wir uns am Hafen von Julia und Allie verabschiedet hatten, brachten wir die anderen beiden Mädels in ihr Appartement zurück. Susan war gut gelaunt und wir unterhielten uns die ganze Zeit über ganz locker, so wie zuvor schon auf dem Boot. Für sie verspürte ich genau jene freundschaftlichen Gefühle, die ich mir vorgenommen hatte, für Julia zu haben. Diese wollten sich allerdings ihr gegenüber nicht einstellen. Als sie heute Morgen hier neben mir im Auto gesessen hatte, hatte sie meine Neckereien erwidert und ihre Augen hatten mich endlich nicht mehr wütend, sondern vergnügt angeblitzt. Ihre perfekt geschwungenen Lippen hatten sich zu einem breiten Lächeln geformt, von dem es mir schwergefallen war, meinen Blick abzuwenden. Was für ein süßes, anmutiges Gesicht und einnehmendes Wesen sie hatte. Ich fand sie schlichtweg bezaubernd. Und später, als sie auf der Rückfahrt von ihrer Arbeit mit den Korallen erzählt hatte, sprühte sie vor Begeisterung. Sie hatte die Ausstrahlung einer Frau gehabt, die ihrer Bestimmung nachging, und ich nahm ihr ab, dass sie gerade ihren Traum lebte. Das schürte noch zusätzlichen Respekt in mir und beeindruckte mich sehr. Gleichzeitig fühlte ich mich ihr verbunden, denn mir ging es mit der Hingabe zu meiner Arbeit ähnlich. Zweifelsohne hatte sie bestimmt einiges auf sich genommen, um aus Europa hierherkommen zu können.

Wir erreichten unser Ziel und ich hielt vor dem Haus, in dem Susan und Jude wohnten.

»Gehen wir später noch Pizza essen, habt ihr Lust?«, fragte Susan.

»Ich nicht, danke«, sagte ich schnell. »Ich hab mich auf der Rückfahrt mit Rogers Sandwiches vollgestopft, die liegen mir noch im Magen.«

James lehnte ebenfalls ab.

»Na, dann eben ein anderes Mal«, rief Susan, fröhlich wie immer. Auch Jude verabschiedete sich und sie warfen die Autotüren hinter sich zu.

Als Nächstes fuhren wir weiter zum Meereslabor. Dort luden wir die Pressluftflaschen und anderen Utensilien aus. Wir brachten alles ins Lager zurück und beim Anblick des Bündels Taucherbrillen, die ich wieder in die Kiste legte, erinnerte ich mich an Julias Begeisterung auf der *Jolly Roger*. Sie war so glücklich, übermütig und voller ansteckender Lebensfreude gewesen. Diese Energie hatte sich direkt auf mich übertragen. Da war ein Funkeln in ihren Augen gewesen, das mich an den Sternenhimmel über Key West in dieser klaren Nacht unlängst erinnerte.

Stopp! Ich verbrachte eindeutig zu viel Zeit mit Marc Davis, wenn ich jetzt sogar schon in seiner schmalzigen Ausdrucksweise dachte!

»Was war denn heute los, du hast ja gar keine Abreibung von Julia bekommen, oder hab ich was verpasst?«, fragte James in dem Moment feixend, als könnte er meine Gedanken lesen.

Prompt stieg das Bild in mir auf, als sie mich vom Schwimmtier geschubst hatte und wir eng umschlungen ins Meer hinuntergerutscht waren. Wow, hatte sich das gut angefühlt … Hatte mich die Berührung einer Frau jemals so elektrisiert? Ihr Körper war weich, anschmiegsam und unsagbar heiß gewesen. Glücklicherweise hatte James mich gleich danach gerufen, denn meine Empfindungen ihr gegenüber waren in diesem Moment ganz und gar nicht freundschaftlich gewesen.

»Nein, heute hab ich keinen Rüffel kassiert«, antwortete ich rasch und schloss die Tür zum Lager. Wir waren fertig und hatten alle Dinge wieder an ihrem Platz verstaut. Wir gingen nebeneinander zum Auto. Höchste Zeit für einen Themenwechsel. »Was war eigentlich bei dir los? Eigentlich dachte ich, du versuchst, bei Jude zu landen, und dann bist du ständig um Allie herumscharwenzelt.«

Bei der Erwähnung ihres Namens strahlte James von einem Ohr zum anderen.

»Sie ist toll, oder?«, schwärmte er. »Ich glaube fast, ich hab mich in sie verliebt.«

»Ist das dein Ernst? Ich hol dich ja nur ungern von deiner Wolke sieben, aber dir ist schon klar, dass Allie nur noch ein paar Monate hier ist? Und du auch.«

»Na und? Alles wird sich zu seiner Zeit finden.«

»Mag sie dich denn auch?«

»Ich glaub schon. Ich werde es die nächsten Tage herausfinden.«

»Na, dann viel Glück, mein Freund«, sagte ich und schüttelte den Kopf.

»Du hast schon recht.« Plötzlich wirkte James nachdenklich. »Wir haben so wenig Zeit hier, dass wir sie eigentlich komplett auskosten müssen. Beim Kennenlernen sollten wir keine Sekunde verlieren. Sag mal …« Er runzelte die Stirn. »Bald steht doch unser Roadtrip an, wegen dem Raketenstart am Cape Canaveral.«

Unseren Ausflug hatten wir vor einigen Wochen lose besprochen. Zögerlich nickte ich, weil mir schwante, worauf das Gespräch hinauslief.

»Wir könnten doch Allie und Julia einladen! Was sagst du dazu, Greg?«, rief James.

Ich war überrumpelt von der überraschenden Wendung. James war aber gleich so dermaßen Feuer und Flamme von dem Gedanken, dass ich kein Spielverderber sein wollte. Außerdem klopfte mein Herz ein wenig schneller, er wollte ja immerhin auch Julia einladen. Ob sie denn auch mitkommen würde? Und wäre das ein guter Plan? Eigentlich nicht! Gerade wegen meiner komischen flauen Gefühle wäre es besser, Abstand zu ihr zu halten, oder? Sie war drauf und dran, mir den Kopf zu verdrehen. Andererseits war ich ein erwachsener Mann und romantische Gefühle waren etwas für den stürmischen James oder den gefühlsduseligen Marc. Aber nicht für mich, weil ich mich nicht binden wollte und Freundschaft das Einzige war, was ich Julia bieten konnte. Andererseits konnte so eine gemeinsame Reise durchaus etwas Heilsames haben und eine gute Gelegenheit sein, diese Schmetterlinge abzutöten. Immerhin war es wahrscheinlich, dass man sich bald zu nerven begann, wenn man tagelang keinen Abstand zueinander hatte. Bestimmt würde sich der Julia-Zauber dann ganz von selbst wieder verflüchtigen.

»Ja, warum nicht«, antwortete ich also und zuckte mit den Schultern. Als ich einen Blick auf den Parkplatz warf, entdeckte ich die Harley von meinem Boss. »Schau mal, Marc ist immer noch da. Wie wäre es, wenn wir ihn jetzt gleich fragen?«

»Gute Idee«, antwortete James.

Wir betraten das Gebäude und gingen zum Büro, wo Marc in einem sandfarbenen T-Shirt und Shorts vor einem Wandspiegel posierte und sich aufmerksam betrachtete. Daneben hatte er ein Bild von Ernest Hemingway an die Wand geheftet. Er verengte seine Augen zu Schlitzen und versuchte, dessen Blick nachzuahmen. James und ich grinsten, es sah zu komisch aus. Jedes Jahr machte mein Chef bei einem sehr speziellen Wettbewerb mit, den es nur in Key West gab, dem sogenannten Hemingway-Lookalike-Contest.

»O je, ist es schon wieder so weit?«, fragte ich.

»Jup. Hoffe, dass es diesmal klappt mit dem Gewinn …« Er zwinkerte seinem Spiegelbild zu und drehte sich zu uns um. »… oder dass ich mich wenigstens nicht komplett blamiere.«

»Das hoffe ich auch für dich«, sagte ich und lachte. Ich mochte Marcs Sinn für Humor.

»Und was treibt euch noch so spät her? Hattet ihr einen schönen Tag auf der *Jolly Roger?*«

»Ja, war echt toll! Und wir sind sogar heil wieder zurückgekommen. Aber der Grund, warum wir hier sind, ist folgender: Du hast mir unlängst angeboten, dass ich mit einem der Pickups nach Cape Canaveral fahren kann, bleibt es dabei? Weil der Termin für den nächsten Raketenstart jetzt feststeht und wir den unbedingt sehen möchten. Davor würden wir gern noch ein paar Tage Sightseeing machen.«

»Aber sicher«, antwortete mein Chef. »Lass mich die nächsten Tage nur noch die Urlaubspläne der anderen checken und dann geb ich dir Bescheid. Warum wollt ihr beiden Männer eigentlich Sightseeing machen? Das klingt ein bisschen so, als würdet ihr noch jemanden mitnehmen wollen.« Er grinste uns verschlagen an und James sprang prompt darauf an.

»Allie und Julia sind die Glücklichen, die wir einladen wollen, wenn das für dich okay ist.«

»Ach!« Marc fiel beinahe die Kinnlade hinunter. »Die Eiserne Lady also. So so, Greg. So so. Na, da bin ich aber gespannt, ob ihr in Zukunft weiterhin nur zu zweit zum Barbecue erscheint.«

Ich spürte sein Grinsen noch in meinem Rücken, während ich kopfschüttelnd mit James abzockelte.

Blackout

Julia

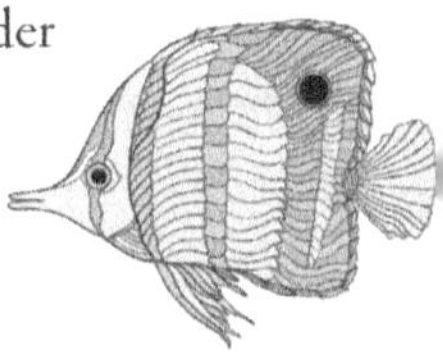

Die Faszination für das Meer hatte mich nun voll gepackt. Wann immer es sich ausging, erkundete ich nach der Arbeit einen der Strände von Key West, um mit einer geborgten Ausrüstung zu schnorcheln. In der Woche nach unserem Tauchausflug zum Riff hatte ich Allie, James und Tom sogar einmal zum Korallenauspflanzen begleitet. Es war einerseits schockierend, denn der Abschnitt des Riffs, den sie bearbeiteten, war graugrün und wirkte stellenweise ausgestorben wie eine Mondlandschaft. Hier offenbarte sich mir ein Ausblick auf die Zukunft, wenn wir nichts unternahmen, weil mit den Korallen auch alles andere Leben verschwunden sein würde. Und damit war auch die Existenzgrundlage der Menschen der Küstenregion in Gefahr, die vom Fischfang und vom Tourismus lebten. Wenn die Riffe kollabierten, würde der Schutz der Küsten zudem geschwächt und durch die Erosion des Landes würden viele Orte sogar unbewohnbar werden.

Beinahe fühlte ich mich bei dem Anblick an den Neufelder See erinnert, der als europäisches Binnengewässer natürlicherweise so aussah, aber hier befanden wir uns doch in einem karibischen Meer! Hier sollte es bunt, lebendig und voller bizarrer Fische sein. Doch auf der anderen Seite war gerade dieser Tauchgang toll, denn ich konnte mich mit eigenen Augen davon überzeugen, was unsere Arbeit bewirkte. Die farbenfrohe Unterwasserwelt würde wiederauferstehen, indem wir ihr mit unseren Babykorallen neues Leben einhauchten. Diese hätten die Chance, über die nächsten Jahrzehnte am Riff zu gedeihen, damit es wieder so werden konnte, wie es einmal gewesen war. Der Gedanke, dass schon die nächste

Generation nur noch unbelebte, kahle Steinlandschaften im Meer vorfinden würde, wenn wir nichts dagegen unternahmen, pushte mich, mich noch mehr anzustrengen. Meistens blieb ich abends deshalb länger im Labor, bis mich Patricia nach Hause schickte und lachend sagte, dass morgen doch auch noch ein Tag sei. Auf den ich mich riesig freute. Allerdings blieb die große Leichtigkeit aus, die ich an jenem Tag bei unserem Bootsausflug gespürt hatte. Dieser innerliche Zustand, mit dem ich fest gerechnet hatte, wollte sich ganz einfach nicht wieder einstellen. Nur nachts, wenn ich träumte, kehrte das Hochgefühl zurück und ich schwebte. Dann wurde ich auf starken Armen federleicht durch einen meerblauen Himmel getragen. In meinen Träumen wollte mir mein Unterbewusstsein beharrlich weismachen, dass Greg der Schlüssel war. Dass *er* die Schwere an diesem Tag vertrieben hatte, die mich manchmal belastete und die ich so gern für immer los wäre. So naiv war ich aber nicht, zu glauben, dass es den einen idealen Mann gab, wegen dem wie durch Magie alles gut wurde. Noch dazu einer, den ich erst dreimal in meinem Leben getroffen hatte und der mit seinen hellblauen Augen anscheinend auch anderen Frauen den Kopf verdrehte. Passende Deckel gab es eben nur in Küchen. Nein, Greg war kein Zauberer oder strahlender Held. Wenn ich ihn das nächste Mal traf, würde ich genau hinsehen und mir selbst beweisen, dass er keineswegs so großartig war, wie er mir bislang erschien.

Mittlerweile brach bereits meine vierte Woche in Key West an. Gabi und Judith freuten sich darüber, als ich ihnen das am Telefon erzählte. Sie waren von ihrem Feriencamp zurückgekehrt und stritten sich nun häufig mit Thomas, der sie gern ärgerte. Mutter beruhigte mich, dass es ihnen insgesamt aber gut ginge und es sich nur um harmlose Neckereien unter Geschwistern handelte. Ich hoffte allerdings inständig, dass sie zurechtkämen, und war ein wenig besorgt. Ständig schielte ich sogar während der Arbeit auf mein Handy, um zu sehen, ob ich von hier aus Streit schlichten musste, wie als ich noch zu Hause gewesen war. Aber offensichtlich konnte Mutter das meiste abfangen.

Am Freitagnachmittag reisten die beiden Professoren nach Freeport auf den Bahamas, um sich dort mit den Leuten einer Korallenfarm auszutauschen, die sich, so wie wir, dem Wiederaufforsten der Riffe verschrieben hatten. Sonntagabend würden sie wieder zurückkehren. Ich freute mich, dass Adam mir die Anlage anvertraute, hatte aber auch Respekt vor der großen Verantwortung. Vor seiner Abreise hatte er mir das Wichtigste an der Prozesssteuerung noch einmal gezeigt, die mir nicht ganz geheuer war. Nur ganz selten könnten Probleme auftreten, hatte er gemeint. Zudem beruhigten mich die Professoren, denn im unwahrscheinlichen Fall einer Störung würde das System automatisch eine SMS mit allen nötigen Anweisungen an mein Smartphone senden. Und außerdem gab es eine Vierundzwanzig-Stunden-Hotline, die man bei Problemen auch immer kontaktieren könne.

In der Nacht von Samstag auf Sonntag ächzte die viktorianische Holzkonstruktion des Guest House ganz schön unter einem starken Sturm, der das alte Gebälk zum Knarren brachte. Schaudernd stellte ich mir vor, wie das erst sein musste, wenn einer der gefürchteten Hurricanes über die Insel fegte. Jetzt war es Mitte Juli und eigentlich begann ja erst im August die dreimonatige Zeit, in der theoretisch mit Wirbelstürmen von 120 Kilometern pro Stunde oder mehr gerechnet werden musste.

In den Morgenstunden legte sich der Wind und ich fiel doch noch in einen tiefen Schlaf. Erst als die Sonne schon in unser Zimmer schien, wachte ich auf. Da Sonntag war, hatte ich mir keinen Wecker gestellt. Ich streckte mich bis zu meinen Fingerspitzen durch und sah zu Allie hinüber. Sie lag auf ihrer linken Seite und hielt mit ihrem rechten Arm mein Korallen-Kuscheltier fest an sich gedrückt. Auf ihren Lippen lag ein Lächeln und ihr rechter Mundwinkel zuckte hinauf, als würde ihn jemand an einer unsichtbaren Schnur nach oben zupfen. Wie niedlich, unwillkürlich musste ich grinsen. Vielleicht träumte sie gerade von James? Ein Blick auf das Handy bestätigte mein Gefühl, dass es gerade kurz nach acht Uhr morgens war. Da war ja eine neue SMS. Vielleicht von Mutter? Nein, der Absender war das Meereslabor! Eilig öffnete ich die Nachricht. »Warnung, Stromausfall«, lautete die Botschaft kurz und bündig. Mit einem Schlag war ich hellwach. Diese Nachricht hatte mich bereits vor drei Stunden erreicht. Ach herrje! Durch die Sturmgeräusche musste ich den Piepston in der Nacht überhört haben! Ich sprang sofort aus dem Bett und während ich mich hastig anzog, schossen mir die Konsequenzen durch den Kopf, die die Störung haben könnte. Ohne Energie liefen die Pumpen nicht und sie könnten somit kein temperiertes Wasser aus den Haupttanks in die kleinen Außenbecken weiterleiten. Der Temperaturanstieg durch die Sommerhitze und der Sauerstoffmangel könnte die empfindliche Algen-Korallen-Symbiose stören. Adam hatte erwähnt, dass sie einen Ausfall bis zu vier Stunden wegsteckten, aber alles darüber könnte im schlimmsten Fall die Korallenbleiche hervorrufen und sie würden vermutlich absterben! Die Nachzucht, die gerade im Meereslabor wuchs, war speziell für den an Western Sambo angrenzenden Abschnitt bestimmt, den wir in der Ferne bei unserem Badeausflug gesehen hatten. Das wäre das vorläufige Aus für die Aufforstung dieses Riffs. Die Arbeit von einem halben Jahr wäre vernichtet, also genau die Zeit, die ich hier verbrachte. Dann wäre die ganze Mühe vergebens gewesen und ich hätte meine Familie umsonst allein gelassen. Und auch die aufopfernde Arbeit von Patricia, Adam, Allie, James, Tom und all den anderen wäre verloren. Hastig zog ich mich an und raste auf meinem Rad zum Labor. Auf dem Weg versuchte ich mich daran zu erinnern, was der Professor mir erklärt hatte. Zum Glück hatte ich ja gut aufgepasst. Bei einem mehrstündigen Stromausfall musste manuell das Notstromaggregat eingeschaltet werden, das die Anlage mit der nötigen Energie versorgen würde. Ob die Elektrizität in der

Zwischenzeit wieder da war? Hätte mir das Labor in diesem Fall allerdings nicht auch eine Nachricht geschickt? Gleich würde ich es wissen.

Als ich fünfzehn Minuten später an meiner Arbeitsstelle ankam, zerschlugen sich meine Hoffnungen. Dort, wo sonst frisches Wasser in die Becken lief, floss kein einziger Tropfen, und da, wo sonst die Pumpen gleichmäßig surrten, herrschte eine unheilvolle Stille. Wie hatte ich nur die eingehende SMS überhören können? Früher hatte ich aus den Kinderzimmern meiner Geschwister jedes kleine Geräusch wahrgenommen, wenn sie nachts nach mir gerufen hatten. Und jetzt, wo die Korallenbabys in Gefahr waren, hatte ich einfach verschlafen! Wertvolle Zeit war verloren gegangen, mittlerweile bereits dreieinhalb Stunden. Es blieben nur noch dreißig Minuten, nach deren Verstreichen der Blackout in einer Korallenbleiche resultieren konnte. Ich kämpfte gegen meine aufsteigende Panik an. *Ruhig bleiben!* Mit langen Schritten eilte ich zum Stromkasten, der sich im Inneren des Laborgebäudes befand. Wegen der vielen Pumpen, Messstationen und aufgrund des aufwendigen Kühlsystems hatte er die Ausmaße eines begehbaren Kleiderschranks. Dort prüfte ich als Erstes den Hauptschalter. Er zeigte aber nach oben, was bedeutete, dass das Problem nicht von unserer Anlage, sondern von außen kommen musste. Vielleicht war die ganze Straße vom Stromausfall betroffen, weil der Sturm irgendeine Leitung zerstört hatte?

Ich sollte besser Adam verständigen! Mit zitternden Fingern wählte ich seine Nummer. Sofort sprang ein Tonband mit der Information an, dass der Teilnehmer im Moment nicht erreichbar war. Vielleicht war der Professor gerade zu einem Tauchgang unterwegs? Mist! Ich musste sofort das Notstromaggregat einschalten. Mein Puls raste. Das Gerät befand sich im Außenbereich in einem metallenen Verschlag. Der Generator war ein rechteckiger Eisenkasten, an dessen Vorderseite hinter einer Glasabdeckung jede Menge Knöpfe und Schalter angebracht waren. Sowohl an dieser Maschinerie vor mir als auch im Gebäude am Verteilerkasten musste ich einige davon betätigen, wie ich von der Einweisung wusste. Es waren die beiden grauen Tasten hier links außen. Hm … oder waren es hier die drei rechts und in dem Schaltraum im Labor die Knöpfe ganz links? Himmel, ich begann es durcheinanderzubringen! *Nerven bewahren*, befahl ich mir.

Mein Magen verkrampfte sich. Ich stand vor dem Schaltpult und jetzt erfasste mich doch Panik. Die vielen Knöpfe schienen vor meinen Augen auf und ab zu springen. Welche sollte ich denn jetzt drücken? *Los, konzentrier dich!* Schon hob ich meine Finger und platzierte sie auf einem der runden grauen Knöpfe.

Wäre es schlimm, wenn das der falsche wäre?

Ich war allein, niemand konnte mir die Entscheidung abnehmen, und mein Herz trommelte wild gegen meinen Brustkorb. Ich musste handeln, ich durfte jetzt keine Zeit mehr verlieren, denn die Temperatur in den Becken stieg unaufhaltsam!

Cool bleiben, du hast in brenzligen Situationen bisher immer die Nerven bewahrt. Denk an den Fieberkrampf, den Thomas als Vierjähriger hatte. Da hast du deinen Kopf doch auch nicht verloren! Komm, du schaffst das!

Aber halt, ich war doch gar nicht allein. Da gab es doch noch die Hotline, die ich anrufen konnte. Bevor ich etwas Falsches tat, sollte ich dort um Rat fragen. Dafür war sie doch da. Ich lief ins Labor und holte die Telefonliste. Mit zitternden Fingern tippte ich die Nummer des Anlagenherstellers in die Tasten meines Handys. Es läutete viermal, dann sprang ein Tonband an. Eine emotionslose Stimme begrüßte mich: »TTXT Technologies, guten Tag. Sie werden nun durch unser automatisches Anrufsystem geleitet. Wenn Sie Fragen zu Produktneuheiten haben, drücken Sie bitte die Taste eins.« Das Handy brannte in meiner Hand. Das Tonband hatte alle Zeit der Welt. Als ich ihm keine Eins gab, sprach es endlich weiter: »Wenn Sie Fragen zur Abrechnung haben, drücken Sie die Taste zwei.« Ich schnaufte und wartete auf den nächsten Satz. »Wenn Sie eine Störung melden wollen, drücken Sie die Taste drei.« Ja, ich war ein Fall für Taste drei und drückte sie. »Geben Sie bitte den vierstelligen Fehlercode ein.«

Was? Unschlüssig hoffte ich auf weitere Anweisungen. Nach quälenden Sekunden des Schweigens teilte es mir mit: »Das automatische Anrufsystem konnte keine Eingabe erkennen. Wenn Sie mit einem Mitarbeiter sprechen wollen, drücken Sie die Taste vier.«

Nichts wollte ich in diesem Moment mehr, als mit einem klassischen humanoiden Mitarbeiter zu sprechen, und drückte die Taste wie angewiesen.

»TTXT Technologies, am Apparat Gnani Paswan, wie kann ich Ihnen helfen?«, fragte eine forsche männliche Stimme mit südostasiatischem Akzent. Offensichtlich war ich mit einem Callcenter verbunden, das sich in einem anderen Erdteil befand.

»Hallo, mein Name ist Julia Richter, ich rufe vom Key West Meereslabor in Florida an. Wir haben seit fast vier Stunden einen Stromausfall und ich muss das Notstromaggregat einschalten. Es ist wirklich ein Notfall, denn ohne Strom funktionieren die Pumpen und Filter nicht. Wir haben hier Korallen in den Becken, die absterben könnten.« Einen Moment war es ganz leise. »Und ich bin nicht sicher, wie das geht. Verstehen Sie?« Meine Wangen brannten und mein Tonfall zeugte von purer Verzweiflung.

»Nennen Sie bitte das Modell und den Fehlercode«, wies Gnani Paswan mich an. Nach kurzer hektischer Suche fand ich eine eingestanzte Nummer am Kasten, die ich ihm durchgab. »Aber ich habe keinen Fehlercode, weil das Gerät nicht eingeschaltet ist«, sagte ich.

»Genau. Bitte schalten Sie das Gerät ein und nennen Sie den Fehlercode«, sagte der Callcenteragent mit einem Anflug von Ungeduld. Ich hätte mir gegen die Stirn schlagen können.

»Wie schalte ich es denn ein?«, fauchte ich in mein Mobiltelefon. Ich hatte keine Lust auf Spielchen und auch keine Zeit mehr.

»Aktivieren Sie den Generatorschalter. Theoretisch genügt es, den Netzumschalter von Netz- auf Generatorbetrieb umzulegen. Ich weiß nicht, wie Ihre Anlage genau konfiguriert ist. Aber zur Sicherheit können Sie zuerst manuell alle Verbraucher vom Netz nehmen, indem Sie die Automaten auslösen. Erst dann schalten Sie den Netzumschalter am Verteilerkasten auf null. Warten Sie zwanzig Sekunden, dann stellen Sie den Netzumschalter auf Generatorbetrieb und aktivieren nur die Verbraucher, die wirklich benötigt werden«, erklärte Gnani, während mir Tränen der Verzweiflung in die Augen stiegen.

Ich hatte kein einziges Wort verstanden und war genauso unwissend wie zuvor. O Gott. Die Korallenbabys … Und ich hatte sie nicht schützen können. Mit hängenden Schultern legte ich einfach auf. Es war vorbei.

Da hörte ich plötzlich vom Meer her ein mir nur allzu bekanntes Brummen, das mir wie die schönste Musik in den Ohren klang. Prompt schoss eine Drohne vorbei. Kurz entschlossen hastete ich zum Nachbargelände.

Greg musste sich am Ufer aufhalten, das nur wenige Meter von der Produktionshalle entfernt war. Rasch lief ich um das Gebäude herum und … tatsächlich. Mein Herzschlag beschleunigte sich, als ich ihn an der Steinböschung stehen sah. Was für ein Glück! Greg hielt trotz der frühen Morgenstunde ein Steuergerät in der Hand und schaute in den Himmel, und das obwohl heute gar kein Arbeitstag war.

»Greg!« Meine Stimme zitterte und ich wischte mir die Tränen aus den Augen, während ich auf ihn zustürmte.

»Um Himmels Willen, was ist passiert?«, rief er und eilte mir entgegen.

Froh ihn zu sehen, fiel ich ihm sogar kurz um den Hals. Konfus berichtete ich von der Korallenfarm auf den Bahamas, von der Textnachricht des Meereslabors, die ich um acht Uhr entdeckt hatte, und von Gnani Paswans Anweisungen, soweit ich sie wiedergeben konnte. Greg runzelte die Stirn.

»Wir haben auch keinen Strom, aber das ist sonntags bei uns überhaupt kein Problem. Komm, dann lass uns mal schauen, dass wir euren Generator in Gang bringen«, sagte er mit seiner tiefen Stimme, die mich sofort hoffen ließ, dass alles wieder in Ordnung kommen würde. Vor Erleichterung, dass er mir half, liefen weitere Tränen. Vielleicht war doch nicht alles verloren! Er legte die Drohnensteuerung auf einem Arbeitstisch ab und drückte eilig einige Tasten. Dann hasteten wir hinüber zum Labor. Fieberhaft überschlug ich im Kopf noch einmal die Zeit. Das Fenster, innerhalb dessen wir die Korallenbleiche abwenden konnten, betrug nur noch ungefähr eine Viertelstunde!

»Lass uns erst zum Aggregat gehen«, sagte er. Dort schob er die Plastikabdeckung zur Seite und betrachtete das Schaltboard intensiv. »Hm … Zum Glück haben wir bei uns drüben ein ganz Ähnliches.«

Nach kurzem Überlegen drückte er nacheinander zwei Knöpfe, woraufhin das Gerät startete. Er öffnete ein Seitentürchen und wir schauten in das Innere des Generators, der durch einen Dieselmotor angetrieben wurde und jetzt Strom erzeugte. Dann ließ Greg sich von mir zum Schaltraum führen. Dort erklärte er mir, dass das System nun anstatt des Stroms vom Netz denjenigen nehmen sollte, den der Generator erzeugte. Dazu mussten wir nur den richtigen Schalter umlegen, den wir zum Glück gleich fanden, weil er entsprechend beschriftet war. Das war doch logisch, warum hatte ich das denn zuvor nicht verstanden? Ich war vor Sorge völlig neben der Spur gewesen. Nachdem wir das getan hatten, begann es rings um uns herum in den Aquarien und Becken zu sprudeln.

Ein Stein so groß wie ein Boot rutschte mir vom Herzen. Noch vor Ablauf jener Frist von vier Stunden, die Adam mir als kritisch genannt hatte, liefen die Systeme wieder. Ich atmete durch und musste schon wieder weinen, diesmal vor Erleichterung. Doch gleich darauf schämte ich mich ganz furchtbar und ich haderte mit mir.

»Danke, Greg! Ich komme mir so … so schrecklich unfähig vor. Nicht einmal ein paar Knöpfe kann ich mir merken und deswegen wäre um ein Haar eine Katastrophe geschehen. Wie konnte mir das nur passieren? Ich hatte einen richtigen Blackout. Ich wusste nicht mal mehr, wo oben und unten ist. Das war das erste Mal überhaupt, dass ich die Nerven verloren habe! Und jetzt heule ich auch noch vor dir wie ein kleines Kind.« Greg sah mich erschrocken an, als ich erfolglos versuchte, ein Schluchzen zu unterdrücken. Innerlich schüttelte ich über mich selbst den Kopf. Doch die Angst und der Druck, die sich gerade lösten, bahnten sich unbarmherzig ihren Weg. Normalerweise war ich doch die Starke, der Fels in der Brandung, auf den sich alle verlassen konnten. Was war nur mit mir los? Mein ganzer Körper vibrierte unter den unterdrückten Emotionen. Noch niemals zuvor war mir eine Situation so unangenehm gewesen wie diese. Und Greg womöglich auch, seinem betroffenen Blick nach zu urteilen. Zutiefst betrübt drückte ich meine Hände vors Gesicht.

»Hey, ist doch kein Thema«, antwortete er sanft. Ich fühlte, wie seine Hand meinen Oberarm berührte, und er löste mit dieser kleinen Berührung einen weiteren Tränenschwall aus.

Er trat an mich heran und nahm mich in seine Arme. »Sch, sch.«

Prompt versteifte ich mich, als er mich an seine Brust drückte, denn die Geste verstärkte mein Gefühl, ein hilfloses kleines Mädchen zu sein. Bitte nicht! Doch da passierte etwas Eigenartiges. Sein Körper schien ein friedliches Energiefeld auszustrahlen, das sich zart um mich legte. Gleichzeitig stieg mir sein anziehender Duft in die Nase. Ein wenig herbes Aftershave, vermischt mit diesem Greg-Geruch. Nach einigen Momenten entspannte ich mich, legte meine Stirn an seine Schulter und erwiderte die Umarmung. Mein innerer Sturm war vorbei. Ich lehnte mich an ihn und seufzte leise. Wie schön es war, von ihm festgehalten zu werden. Als ob sich ein Teil seiner Stärke auf mich übertragen würde. Und mehr noch. Seine Berührung und sein Herzschlag, den ich an meiner Brust spürte, waren … heiß. Wie unpassend mein Körper reagierte, während Greg weiterhin versuchte, mich zu trösten.

»Du arbeitest ja auch normalerweise mit den Korallen und nicht mit der Maschinerie dahinter. Und in solch einer Ausnahmesituation fehlt dir ganz einfach die Routine. Das kann doch jedem mal passieren, wir sind doch alle nur Menschen und keine Roboter. Und das ist auch gut so, denn sonst gäbe es keine Idealisten wie dich.«

Jetzt löste ich mich endlich von ihm und fuhr mir mit meinen Handrücken über die Augen. *Tief durchatmen!* Seine tröstende und freundschaftlich gemeinte Berührung rief absolut unangebrachte Emotionen in mir hervor. Was war das bloß für ein seltsamer Morgen. Entschlossen trat ich einen Schritt zurück und versuchte mich zu sammeln. »Greg, ich stehe so tief in deiner Schuld, dass meine restlichen Monate nicht ausreichen werden, das wiedergutzumachen.«

»Papperlapapp, du schuldest mir gar nichts. Das war doch selbstverständlich«, sagte er fast ein wenig entrüstet.

»Und in Zukunft weiß ich ja jetzt auch genau, was bei einem Stromausfall zu tun ist.«

»Richtig. Und wenn nicht, dann kommst du eher gleich zu mir, als mit deinen indischen Freunden zu plaudern.«

Ich lachte auf und der Rest der Anspannung löste sich, als wäre mir eine Pressluftflasche von den Schultern genommen worden. »Ja, das werde ich machen.« Ich gluckste vergnügt. Dann kam mir mit Schrecken in den Sinn, dass Gregs Drohne noch steuerungslos in der Luft herumschwirrte. Er hatte das Kontrollgerät ja einfach auf den Tisch gelegt und war sofort mit mir gekommen.

»Keine Sorge, bevor wir gegangen sind, hab ich den Autopilot aktiviert und sie müsste schon längst gelandet sein.«

»Dann ist es ja gut«, sagte ich erleichtert. Toll, was Gregs Drohnen alles konnten. Sonst hätte es gleich die nächste Katastrophe gegeben.

Ich hatte eine spontane Eingebung. »Greg, hast du Lust, mit mir ins Guest House zum Frühstücken zu kommen? Ich mach uns österreichische Nervennahrung, die haben wir uns jetzt echt verdient: Palatschinken mit Vanilleeis, Erdbeeren und ganz viel Schlagsahne! Ich liebe Vanilleeis, du auch? Wenn wir danach nicht im siebten Himmel sind, ist uns echt nicht mehr zu helfen. Ich hab jetzt einen Mordshunger!«

»Das tut mir so leid, ich könnte mir fast nichts Schöneres vorstellen, als gemeinsam mit dir meinen Cholesterinspiegel in die Höhe zu treiben. Aber ich habe eine Verabredung und kann jetzt leider nicht. Ein anderes Mal feiere ich aber liebend gern eine Kalorienorgie mit dir!«, antwortete er schelmisch und sah auf seine Uhr. »Oh, jetzt muss ich aber los. Später kannst du schauen, ob der Strom wieder da ist, indem du drinnen den Schalter ganz einfach wieder auf Netzbetrieb umlegst. Wenn die Pumpen dann immer noch laufen, kannst du das Aggregat ruhig ausschalten. Du bist doch wieder in Ordnung, oder? Kann ich dich allein lassen?«

»Ja, natürlich. Es geht mir wieder gut. Und … danke noch mal, Greg!«

Er zwinkerte mir zum Abschied zu und ging wieder hinüber zu *Fly the Keys.* Ich konnte mich von seinem Anblick nicht losreißen, bis er auf dem Grundstück seines Arbeitgebers verschwunden war. Wie selbstverständlich er mir gerade aus der Patsche geholfen hatte. Das war mehr als nett gewesen. Nach dem heutigen Morgen mochte ich Greg noch ein ganz großes Stück mehr. Und das, obwohl ich mir lustigerweise doch vorgenommen hatte, ihn besonders kritisch betrachten zu wollen, um mich wieder zu erden. Doch meine imaginäre Greg-Mängelliste war immer noch leer. Sogar das Gegenteil war der Fall: die Pro-Liste wuchs. Nach seinem dezenten Einschreiten gegenüber dem betrunkenen Tom am Salsa-Abend, der Rettung unseres Bootsausfluges und der Abwendung der Korallenbleiche heute setzte er endgültig zum Sprung aufs Podest an. Ich dagegen hatte bislang vor allem meine Macken präsentiert. Nach meinem übertrieben forschen Auftritt bei der Rückgabe des Fluggerätes, dem brüsken Korb, den ich ihm beim Tanzen verpasst hatte, und meinem heutigen Panikauftritt verband er mich wahrscheinlich in erster Linie mit Adjektiven wie *kratzbürstig* oder *hysterisch*. Wenn ich Greg wäre, würde ich um mich einen weiten Bogen machen, ähnlich dem, den ich ihm für seine Drohnen verordnet hatte. Mein Selbstmitleid wurde so groß, dass ich mich am liebsten sofort in eine Palatschinke eingewickelt hätte. Ich radelte erst mal zum Guest House zurück und würde am Nachmittag noch einmal kurz nach den Korallen sehen. Mit wem Greg jetzt wohl verabredet war? Vielleicht mit der unkomplizierten Susan? Dieser Gedanke versetzte mich beinahe in einen Zustand, der der Blackout-Panik von vorhin ähnelte, und ich hielt die Luft an. *Stopp! Ausatmen.* Dass Greg mich derart aus dem Konzept brachte, mochte ich nicht. Ich wollte einen klaren Kopf behalten, denn so war ich in meinem Leben bisher immer am besten gefahren. Es galt, mein Augenmerk bewusst auf seine Schwachstellen zu richten, und das ganz ohne rosarote Brille. Ich musste den Durchblick behalten. Rational bleiben, lautete die Devise. Und Greg bei künftigen Begegnungen nüchtern begegnen. Genau. Guter Plan.

Hemingway

Julia

Als ich gegen neun Uhr zurückkehrte, war Allie bereits munter. Sie sang so fröhlich und laut unter der Dusche, dass ich sie bis in den Flur hörte.

»Du wirst nicht glauben, was vorhin geschehen ist«, begrüßte ich sie, als sie in ein Handtuch gehüllt ins Zimmer kam. Mit großen Augen hörte sie sich die ganze Geschichte mit dem Stromausfall und meiner Rettung durch Greg an und sagte dann lachend: »Das kann auch nur dir passieren, Julia!«

Da musste ich ihr leider recht geben. Angefangen beim Tag meiner Anreise, als Markus mit mir Schluss gemacht hatte, über meinen Clinch mit Greg und seiner Drohne bis hin zum heutigen Blackout hatte es tatsächlich jede Menge Dramen um mich gegeben. Damit war aber hoffentlich langsam Schluss. Zumindest war es Zeit, mal durchzuatmen und zur Ruhe zu kommen, und wobei konnte man sich besser entspannen als bei dem Frühstück, das Greg abgelehnt hatte?

»Komm, lass uns frühstücken«, sagte ich beschwingt. »Ich mach uns einen riesigen Haufen Palatschinken, das sind österreichische Crêpes. Du wirst sie lieben, das versprech ich dir! Ich schau mal, ob James schon wach ist.«

Allie hielt mich auf. »Nein, er ist nicht da. Ist heute Morgen zum Tennis verabredet, mit Greg.«

Dann war das also der Grund gewesen, aus dem er heute keine Zeit zum Frühstücken hatte. Meine Mundwinkel schnellten nach oben und ich atmete erleichtert auf, obwohl es mir besser egal sein sollte.

»Oder wir fahren zum Brunchen zum Mallory Square, hast

du Lust? Ich lade dich ein!« Zwar war ich wie immer knapp bei Kasse, fühlte mich aber auf einmal in Feierlaune.

Allie sah mich verwundert an. »Ja klar, da bin ich natürlich dabei. Aber irgendwann möchte ich auch die versprochenen Palatschinken.«

Wir setzten uns auf unsere Räder und fuhren die Viertelstunde bis zum Hafen. Dort hielten wir am *Sunset Pier*, einem Restaurant, das auf einem malerischen Holzsteg gebaut ein Stück weit ins Meer hineinragte. Unter hellgrünen Sonnenschirmen luden kleine Hochtische mit bunten Barhockern zum Hinsetzen ein. Die Idee, hierherzukommen, war großartig gewesen, lobte ich mich selbst, denn wir hatten eine Rundum-Panoramasicht auf die Bucht von Key West und den blaugrün schimmernden Golf von Mexiko. Wir nahmen in erster Reihe Platz und bestellten fluffiges Rührei, braune Bratkartoffeln und zimtiges French Toast. Heute ließen wir es uns so richtig gut gehen. Während ich mit Blick in den strahlend blauen Himmel meinen Latte mit cremiger Macadamiamilch schlürfte, fühlte ich mich wie einer der Touristen, die in ihren kurzen Cargohosen und quietschbunten Shirts an der beliebten Hafenpromenade entlangspazierten. Plötzlich fiel mein Blick auf einen Helikopter, der weithin sichtbar ein Werbebanner über das Meer zog.

»Hemingway-Lookalike-Contest«, las ich. »Heute 18 Uhr *Sloppy Joe's* Bar.« Ich verdrehte die Augen.

Allie hatte den Schriftzug auch entdeckt. »Hey, schau mal, Julia! Da gehen wir heute Abend hin und du musst auch mitkommen. Du bist doch so ein Bücherwurm. Dann ist das ein Pflichttermin für dich. Außerdem müssen möglichst viele von uns mitkommen, um Gregs Chef anzufeuern, der auch teilnimmt.«

»Wirklich, der macht bei so was mit?«, fragte ich etwas erstaunt. Ich hatte Marc Davis erst wenige Male gesehen, aber jetzt, wo Allie es ansprach, fiel mir die leichte Ähnlichkeit auf. Das war vor allem dem langen Bart geschuldet.

Wenn Marc mitmachte, dann würde wohl auch sein Mitarbeiter Greg dort sein. In meinem Magen kribbelte es. Obwohl mir die Art des Unterhaltungsprogramms zu seicht war, sollte ich hingehen, immerhin stand ich in Gregs Schuld, oder? Außerdem wäre das eine gute Gelegenheit, ihn besser kennenzulernen und dadurch endlich mit seiner Mängelliste voranzukommen. »Bin dabei«, sagte ich kurzerhand.

»Warum lächelst du so … selig?«, fragte Allie. »Ich kenne dich jetzt seit vier Wochen und habe dich in den unterschiedlichsten Gemütslagen erlebt. Aber *selig lächelnd* war bislang eher selten dabei.«

»Beim Ausflug auf der *Jolly Roger* war ich ziemlich glücklich!«

»Ja, okay. Das stimmt. Aber sonst?«

»Der French Toast macht mich fast genauso glücklich wie das Tauchen. Dich etwa nicht?«, fragte ich ausweichend, obwohl die Hälfte meiner Portion unberührt vor mir auf dem Teller lag. »Leider kann ich nicht mehr. Willst du den Rest?«

Allie nickte und hob ihn auf ihren Teller. »Super, dass du heute Abend mitgehst. James kommt natürlich auch«, sagte sie beiläufig, aber ihre Augen leuchteten verräterisch.

»Du und James, ihr seid doch nicht etwa zusammen, oder?« Seit einigen Tagen waren die beiden praktisch unzertrennlich.

»Na, und wenn?« Sie zuckte mit den Schultern.

»Na ja … In ein paar Monaten musst du wieder nach New Jersey zurück und er geht doch auf Weltreise. Und danach heim nach Südafrika. Ist das Drama da nicht vorprogrammiert? Wenn ihr euch so richtig verliebt?« Ich nahm einen Schluck Kaffee.

»Was kümmern mich die Probleme von morgen?«, sagte Allie und lachte auf ihre typisch sorglose Art.

Ich hatte Allie schon sehr ins Herz geschlossen und fand ihre Einstellung ziemlich kurzsichtig. Es bestand immerhin die Gefahr, dass sie am Ende beide ziemlich leiden würden. Aus mir sprach die große Schwester, als ich sagte: »Also für mich käme so etwas nicht infrage. Mit jemandem zusammen zu sein, wenn von Anfang an klar ist, dass die Beziehung nicht von Dauer sein wird ...«

Ich war nicht prüde, aber für mich war Sex ohne Liebe undenkbar. Deswegen wäre auch ein One-Night-Stand für mich persönlich nicht möglich, in den man per Definition besser nicht verliebt sein sollte. Aber Allie schaffte es anscheinend erfolgreich, dies alles auszublenden. Wir beendeten in Ruhe unseren Brunch und radelten zwischen den pastellfarbenen Holzhäuschen und den Palmen zum Guest House zurück.

Am Nachmittag inspizierte ich die Korallen im Labor, an denen ich glücklicherweise keine Farbveränderungen feststellen konnte. Tatsächlich hatte unsere Straße wieder Strom, also schaltete ich mit klopfendem Herzen das Aggregat ab. Die Pumpen schnurrten gleichmäßig und frisches Wasser floss weiterhin in die Becken. Beruhigt fuhr ich zum Smathers Beach, dem größten öffentlichen Strand von Key West, der sich am Atlantischen Ozean befand. Normalerweise war er eher hellsandig, allerdings jetzt im Hochsommer von Seegras überschwemmt, das nicht gerade zum Schwimmen und Schnorcheln einlud. Ich spazierte bis zu einem Abschnitt, auf dem nur vereinzelt braungrüne Gewächse angespült worden waren, breitete mein Badetuch aus und setzte mich. Die Wärme durchdrang meinen Körper und ließ mich komplett abschalten. Ich schaute auf das Meer hinaus, von dessen Anblick ich nicht genug bekommen konnte. Was für ein spektakulärer Farbverlauf! Das Ufer war honigbeige und schien in der Sonne richtiggehend zu karamellisieren. In Richtung Horizont nahm das Wasser erst ein frisches Türkis an, um dann in ein sattes Dunkelblau überzugehen. Darüber spannte sich der Himmel in einer Mischung aus diesen Tönen und wurde durch weiße Wolkentupfen aufgelockert. Diese Aussicht faszinierte mich und versetzte mich in Tiefenentspannung. Außerdem rief sie Gefühle von Freiheit und Unbeschwertheit in mir hervor. Wundervoll! Allerdings reichten sie nicht an jene heran, die ich beim ersten Tauchgang zu den Korallen empfunden hatte. Oder beim Blick in Gregs Augen, als er mich nach unserem Rutsch vom Einhorn in den Armen gehalten hatte. Oder als er mich heute tröstend umfasst hatte. Ich ertappte mich selbst dabei, wie ich schon wieder *selig lächelte.* Schnell packte ich mein Buch aus, um mich auf andere Gedanken zu bringen. Prima, ich hatte die ideale Lektüre dabei: einen Krimi um einen psychopathischen Giftmörder, der in einem mittelalterlichen Kloster sein Unwesen trieb. Immer schön rational bleiben und nicht in romantische Träumereien abdriften, lautete die Devise. Heute Abend musste ich dringend Greg treffen und nach seinen Macken Ausschau halten, um wieder auf den Boden der Tatsachen zu kommen.

Als wir kurz nach achtzehn Uhr in der in ganz Florida bekannten *Sloppy Joe's* Bar in der Duval Street eintrafen, war die Stimmung schon recht gut. In diesem nach seinem früheren Inhaber benannten traditionsreichen Lokal war Hemingway seinerzeit Lieblingsgast gewesen. Augenzwinkernd hatte er sich selbst als einen stillen Teilhaber bezeichnet. Mit anderen Literaturgrößen und Key-West-Anwohnenden zankte, trank und philosophierte er nächtelang, ohne ahnen zu können, dass sie eine Legende schufen, wegen der nun jährlich im Juli ein Lookalike-Contest stattfand. Aus dem urigen Backsteinbau dröhnte uns rockige Musik entgegen und die vielen Hemingways unterschieden sich nur durch die Länge ihrer Bärte.

»Wie ein Rudel Wollschweine«, sagte Allie und kicherte.

Das war natürlich nicht sehr nett, aber prompt musste ich an wuschelige Schafe und lockige Labradoodles denken, eine knuffige Mischung aus Labrador und Pudel. Wir beobachteten den Wettbewerb vom weitläufigen Eingangsbereich aus, während uns eine Geruchsmischung aus Bierdunst und einer harzigen Note entgegenschlug, die bestimmt von dem massiven Holztresen in der Mitte herrührte, wo ausgeschenkt wurde. Drinnen waren alle Plätze an den Tischen voll besetzt und weitere Gäste drängten sich um die Bar. Unauffällig sah ich mich nach Greg um, aber ich konnte ihn nicht entdecken. Hier waren zu viele Leute. An der Wand hinter der Bühne prangte ein großflächiges Bild des Schriftstellers, dem es möglichst nahezukommen galt, und ein Hemingway nach dem anderen wurde vom Moderator auf die Bühne gerufen und interviewt. Allie ging los, um nach James zu suchen, und kam nach einigen Minuten mit ihm und noch zwei anderen Männern im Schlepptau zurück. Es waren die beiden, die ich bereits bei *Fly the Keys* gesehen hatte, als ich die Drohne zurückgebracht hatte. Wie damals trug der eine sein Basecap und der andere hatte sein langes rotes Haar in einem Zopf zurückgebunden. Auch Greg trat hinzu und bei seinem Anblick wurde mir warm in der Magengegend. Er sah fantastisch aus. In seinem dunkelblauen T-Shirt, das er zu weißen Shorts trug, zeichneten sich an der Schulterpartie definierte Muskeln ab. Sein blondes Haar lag heute Abend brav in einem Seitenscheitel. Er sah sehr gut aus, aber ich mochte es auch, wenn es ihm strubbelig vom Kopf abstand. Als er mir in die Augen blickte, huschte ein Lächeln über sein Gesicht, bei dem sich sogar die Grübchen auf seinen Wangen abzeichneten.

Lässig deutete er auf die Männer. »Das sind übrigens Bill und Cody. Und die Lady hier habt ihr ja schon kennengelernt, das ist Julia.«

Die beiden nickten mir zu.

»Genau. Die Eiserne Lady hat auch einen Namen«, scherzte ich.

»Oh, das tut mir echt leid, dass wir dir den Spitznamen damals verpasst haben«, sagte Greg. Rasch fügte er hinzu: »Beziehungsweise, dass du dank Marc dahintergekommen bist.« Dabei lachte er schelmisch.

»Ja, Greg hat Sinn für Humor, vor allem hat er aber ein trittsicheres Gespür für Fettnäpfchen«, schaltete sich Bill ein.

»Ist das so?«, fragte ich amüsiert. Ob Greg seinen Kollegen brühwarm von meinem Debakel heute Morgen, bei dem ich in Panik verfallen war, erzählt und sich über mich lustig gemacht hatte? Wenn ja, dann wäre das definitiv ein schöner fetter Punkt für meine Anti-Greg-Liste. Das würde ich herausfinden. »Greg und ich kennen uns ja jetzt besser und mittlerweile hat er am eigenen Leib erfahren, dass ich keine Eiserne Lady bin. Zumindest sind meine Nerven nun wirklich nicht aus Stahl. Stimmt's, Greg?«

Ich sah ihn und seine Kumpels prüfend an, allerdings schien es nicht so, als wüssten Bill und Cody, worauf ich anspielte, denn sie starrten mich verständnislos an, während Greg lächelte.

»Nun ja. Meiner Ansicht nach spielt es keine Rolle, woraus jemandes Nerven sind. Solange das Herz am rechten Fleck sitzt.«

Mist, auch bei diesem Test konnte Greg punkten.

Gerade kam eine Gruppe von Hemingways aus dem Inneren der Bar und Bill und Cody begannen ein Gespräch mit ihnen.

»Hast du schon einen Favoriten?«, fragte Greg.

»Den mit dem Bart?«, antwortete ich feixend. »Und du?«

»Ich muss natürlich meinen Chef Marc anfeuern. Er versucht es jedes Jahr erneut.«

»Sicher hat er tolle Chancen.« Richtig überzeugt war ich aber nicht, denn Hemingway hatte seinen Bart getrimmt getragen und Marc war ein Anhänger von natürlichem Wuchs. Weder fassonierte er ihn noch drangsalierte er ihn mit Pflegeprodukten. Lieber ließ er ihn frei im Wind fliegen.

»War er denn schon dran?«, fragte ich und drehte mich zum Podium, doch durch die vielen Menschen war es fast unmöglich, einen Blick auf die Bühne zu erhaschen. Greg stellte sich knapp hinter mich und schaute ebenfalls in die Richtung. Dabei berührte er mich mit seiner Vorderseite an meinem Rücken, was ein wildes Kribbeln in mir auslöste. Ich spürte seinen warmen Atem an meinem Nacken und schloss für einen Moment die Augen.

»Ich fürchte, das wird wohl wieder nichts«, raunte er mir mit seiner tiefen Stimme ins Ohr. »Die anderen sind viel besser.«

Und mir stockte der Atem. Offensichtlich befand sich bei meinem Ohr keine erogene Zone, sondern ein ganzer Sektor. Wenn es leiser gewesen wäre, hätte man vermutlich mein elektrisiertes Nackenhaar knistern hören. Meine Kehle war staubtrocken und meine Wangen glühten wie bei einem Saunagang.

Wie extrem mein Körper auf seine Nähe reagierte … Besser, ich lenkte das Gespräch auf ein reizloses Thema. Hart schluckte ich und drehte mich zu Greg, der ein Stück zurückwich, um mir Platz zu machen.

Ich räusperte mich. »Wo habt ihr euch kennengelernt, Marc und du?«

»In einem Internetforum, vor fast drei Jahren«, antwortete er.

»Für Technikverliebte?«

»Genau. In dieser Hinsicht war es Liebe auf den ersten Klick. Wir schlugen uns mit denselben Problemen herum. Fast wäre seine Frau eifersüchtig geworden, weil wir bald wöchentlich miteinander telefonierten. Und irgendwann lud er mich in die USA ein. Allerdings hat es eine Weile gedauert, bis ich kommen konnte …« Er stockte und einen Moment lang schienen seine Gedanken abzudriften. »Aber irgendwann hat es dann geklappt und ich habe ihn hier in Key West besucht. Die Chemie stimmte und als ich einmal hier war, machte er mir ein Jobangebot. Und besorgte mir ein Facharbeitervisum. Mittlerweile bin ich seit über einem Jahr in Florida.«

»Und wie lange wirst du bleiben?«, fragte ich. »Bekanntlich

ist es ja nicht ganz einfach, dauerhaft in die USA einzuwandern. Hättest du überhaupt Interesse daran?«

»Da hab ich mir noch keine Gedanken gemacht. Eigentlich zieht mich nichts nach Südafrika zurück. Und nachdem ich hier so viele Leute kennengelernt habe, die reisen, habe ich Gefallen daran gefunden und spiele mit dem Gedanken, mich James anzuschließen. Er will nach Lateinamerika. Kuba, Dominikanische Republik, Puerto Rico, dann vielleicht nach Venezuela oder sogar noch weiter. Was ist mit dir? Was sind deine Pläne in … wie viele Monate hast du noch?«

»Lass mal kurz überlegen … Es sind noch über fünf«, antwortete ich vergnügt, denn das war noch so herrlich viel Zeit. »Und dann muss ich schleunigst nach Hause zurückkehren, zu meiner Familie, die mich braucht. In Wien hab ich außerdem schon einen tollen Job fix in der Tasche. Als Lehrerin für Biologie und Geografie.«

Wir waren so ins Gespräch vertieft gewesen, dass wir jetzt erst merkten, dass Marc Davis sich neben uns gestellt hatte.

»Hey, bist du schon fertig?« fragte Greg.

»Hast du es denn nicht gesehen? Ich bin ausgeschieden! Noch vor dem Achtelfinale! Lokalmatador hin oder her …«, brummte Marc.

»Kopf hoch, nächstes Jahr holst du dir den Titel bestimmt.« Greg hielt seinem Boss die Bierflasche zum Anstoßen hin. Widerwillig schlug Marc sein Coors Light gegen Gregs. Daraufhin stellten sich auch Bill und Cody zu uns und gemeinsam zogen sie ihren Boss auf, indem sie ihm zu einem Schnauzbart rieten. Mit den abgeschnittenen Haaren könne seine Frau ihm einen warmen Pulli für den Winter stricken. Marc ließ die Veräppelungen seiner Leute gutmütig über sich ergehen, doch hatte er ganz spontan die Idee, am Montag mal wieder alle Schrauben zählen zu lassen.

Nach seinem Bier verabschiedete Marc sich und klopfte jedem

seiner Angestellten kollegial auf die Schulter. Bei Greg angelangt, raunte er ihm etwas zu, woraufhin dieser von einem Ohr zum anderen grinste. Marc Davis bedachte mich mit einem knappen Nicken, ehe er in der Menge verschwand.

»James.« Greg winkte seinen Kumpel heran, der mit Allie etwas abseitsstand. Sie kamen Händchen haltend zu uns herüber. »Wollen wir jetzt vielleicht die Katze aus dem Sack lassen? Die Gelegenheit bietet sich an, oder?«

James nickte und in seinen Augen funkelte es abenteuerlustig. Was war denn los?

Strahlend blickte Greg uns an und fragte: »Ladys, habt ihr Lust auf einen kleinen Roadtrip?«

Dann klärte er uns auf. In zehn Tagen würde eine Rakete der NASA von Cape Canaveral starten, die einen Satelliten ins Weltall befördern sollte. Zumindest, wenn das Wetter mitspielte. Und das wollten sich Greg und James unbedingt mit eigenen Augen ansehen. Dafür hatte Marc Davis Greg ein paar Tage freigegeben und borgte ihm noch dazu ein Auto. Und Allie und ich könnten auch mitkommen, sofern wir Lust hätten. Mein Herz pochte aufgeregt und ich richtete mich kerzengerade auf. Eine Tour mit Greg, James und Allie durch halb Florida?

»Auf dem Weg nach Cape Canaveral haben wir drei Tage, an denen wir uns ein paar Highlights anschauen können. Nicht, dass einige der Mitfahrerinnen uns am Ende für Nerds oder Kunstbanausen halten, die nur von Raketen träumen«, sagte Greg und zeigte sein niedliches spitzbübisches Lächeln.

»Wenn ich an die eine oder andere ungestüme Drohnenlandung der letzten Zeit denke, dann befallen mich auch Träume, allerdings Albträume«, sagte ich lachend.

Greg grinste und legte die Hände an sein Herz. »Julia, mea culpa! Wann wirst du mich mit meiner armen Drohne wieder von deiner Schippe runterlassen?«

»In fünf Monaten«, antwortete ich gut gelaunt. Das war noch

viel Zeit, aber die verging ja oft schneller, als man dachte. Deshalb wäre es gut, die Gelegenheit zu nutzen und die Gegend, in der ich gerade lebte, zu erkunden. Einen Roadtrip entlang der Ostküste Floridas hatte ich mir schon immer gewünscht. Der Kurztrip würde also bestimmt Spaß machen! »Hm … würden sich die Everglades zeitlich ausgehen? Ich würde so gern einmal eine Kajaktour durch die Mangrovenwälder machen. Wenn nicht, dann aber bestimmt der Bahia Honda State Park und Key Largo, oder?«, fiel mir spontan ein. Ich war bereits Feuer und Flamme von der Idee. Ganz nebenbei war das die perfekte Möglichkeit, Gregs Kontra-Liste zu füllen, denn die Geschwindigkeit, mit der er mich vereinnahmte, war besorgniserregend. Während der Reise würden sicher endlich Gregs unangenehme Eigenschaften zutage treten. Vielleicht schnarchte er, war morgens schlecht gelaunt oder fluchte beim Autofahren. Möglicherweise war er total unordentlich oder wir nervten uns, weil wir zu eng zusammenklebten. Ich würde schon Haare in der Suppe finden und er würde mir dann nicht mehr so anbetungswürdig perfekt vorkommen.

Ich zögerte und brachte dann einen naheliegenden Einwand vor. »Ob wir überhaupt freibekommen?«

»Das denke ich schon. Patricia hat einmal erwähnt, dass wir uns gern mal ein paar Tage nehmen könnten. Und James hat sie den Urlaub ja auch gegeben. Wir fragen sie morgen gleich. Ich möchte unbedingt nach Miami Beach!«, rief Allie.

»Genau. Jeder sollte mal für sich überlegen, was er gern sehen würde, und dann gleichen wir ab«, sagte Greg. »Also falls ihr freibekommt, was ich hoffe.«

»Das heißt, wir müssten nur das Benzin, Motel und Verpflegung zahlen?«, fragte Allie, und das interessierte mich auch. Da wir im Meereslabor nur ein Taschengeld verdienten, waren die Kosten natürlich ein Thema.

»Richtig«, antwortete Greg. Allie und ich sahen uns frohlockend an. Das war ja echt super!

Tatsächlich gab Patricia uns am nächsten Tag den Urlaub, und ich berichtete meiner Familie am Telefon überschwänglich von unserem Plan.

Kalendersprüche auf dem Weg

Greg

Am Abend vor unserem Roadtrip fuhr ich zur Villa von Marc und Hermosa. Ich holte das Auto schon heute ab, weil wir morgen ganz früh losfahren wollten. Den Firmenwagen parkte ich vor Marcs Haus, das sich absolut idyllisch direkt am Meer befand, und läutete an der Haustür.

Am nächsten Morgen könnte ich James, Allie und Julia dann ohne Stress vom Guest House abholen. Julia! Mir war klar, wie gefährdet ich sie betreffend war. Seit dem Stromausfall im Meereslabor durch den Sturm hatte sie mein Herz in ihrer Hand. Als sie so aufgelöst aufgetaucht war, war ich im ersten Moment von ihren Tränen richtiggehend schockiert gewesen. Nichts wollte ich mehr, als ihr die Verzweiflung zu nehmen. Ihre Panik, dass die Korallen durch den Blackout sterben könnten, hatte mir vor Augen geführt, was für eine Bedeutung ihre Arbeit für sie hatte. Gott sei Dank war alles gut gegangen, aber danach war sie erst recht niedergeschlagen gewesen, weil sie sich selbst vorwarf, die Nerven verloren zu haben. Das tat mir in der Seele weh, denn sie hatte ihr Bestes gegeben und war mit der Ausnahmesituation schlichtweg überfordert gewesen. Jedem anderen hätte es an ihrer Stelle ebenso ergehen können. Als ich sie in die Arme geschlossen hatte, um sie zu trösten, hätte ich sie am liebsten nicht mehr losgelassen. Endlich hatte sie dann wieder gelächelt und mir wurde eines schlagartig klar: Es machte mich glücklich, wenn sie es auch war. Und als sie mich zum Frühstück ins Guest House eingeladen hatte, war ich kurz davor gewesen, James beim Tennis zu versetzen.

Die Tür ging auf und Marc trat heraus. »Hey, Greg, wie geht's? Komm mit zur Garage.«

Neben dem Haupthaus befand sich ein kleineres Nebengebäude, in dem er seine Lieblinge aufbewahrte. Wir traten ein und neben seiner Harley, einem monströsen SUV und einem gelben Roadster parkte dort auch ein rotes Mustang Cabrio. Dass wir dieses bekommen würden, hatte ich bisher nur James erzählt, aber für Julia und Allie sollte es eine Überraschung sein.

»Damit bist du jetzt offiziell der beste Chef der Florida Keys«, sagte ich. »Oder größter Kuppler. Denn mir kommt es so vor, als ob du ganz schön begeistert davon bist, dass die Mädels uns begleiten.«

»Ha ha, erwischt. Ich bin natürlich beides«, antwortete er. »Aber abgesehen davon bin ich mir sicher, dass du dich am allermeisten darüber freust, dass Julia dabei ist. Du magst die Kleine. Und zwar ziemlich doll, hab ich recht?«

»Was auch immer du zu sehen glaubst.«

»Ich hab halt Augen im Kopf. Vor dem *Sloppy Joe's* hast du sie so verknallt angeschaut, das hätte doch ein Blinder gesehen«, sagte er. War das wirklich so offensichtlich gewesen? »Und sie dich genauso.«

»Echt?« Vermutlich machte ich ein ziemlich beschränktes Gesicht, weil mir die Kinnlade hinunterrutschte. Könnte Marc tatsächlich Recht haben, oder war das nur sein Wunschdenken? Weil er sich einbildete, ich bräuchte eine Frau an meiner Seite, um glücklich zu sein. Ob Julia tatsächlich ähnlich für mich empfand? Nein, das glaubte ich eher nicht, weil sie so auf ihre Arbeit fokussiert war. »Du verstehst da was falsch. Sie hatte unlängst ein Thema mit dem Aggregat, da hab ich ihr geholfen. Seitdem hab ich einen Stein bei ihr im Brett und wir verstehen uns sehr gut. Rein freundschaftlich, wir haben viel Spaß zusammen. Sie ist zu allen Menschen nett. Also brauchst du nicht zu viel hineinzuinterpretieren, wenn du uns zusammen siehst.«

Sein Lachen deutete darauf hin, dass er mir kein Wort glaubte. »Ich verstehe gar nicht, warum du dich so dagegen sträubst, dich zu verlieben. Das ist doch das Schönste, was einem Menschen passieren kann«, sagte er und überreichte mir die Papiere und die Wagenschlüssel.

»Aber in unserem Fall wäre das gar nicht gut, weil sie bald wieder nach Europa zurückgeht. Wir können nicht zusammen sein, selbst wenn wir es beide wollten.« Plötzlich fühlte ich mich irgendwie müde.

»Mein lieber Greg, glaub einem alten Mann. Folg deinem Herzen, egal was du tust. Alles andere wird sich zu seiner Zeit finden. So habe ich es in meinem Leben immer gehandhabt und bin stets gut damit gefahren. Egal ob es meine berufliche Selbstständigkeit war, die meinen Eltern damals als zu unsicher erschien und die sie mir ausreden wollten – stell dir vor, sie wollten, dass ich Buchhalter werde! –, oder Hermosa, meine kubanische Ehefrau. Wir wussten, dass wir uns lieben, und nichts konnte uns trennen. Nicht Fidel Castro und auch keine sogenannten Freunde, die mich vor einem mittellosen Flüchtling warnten, weil sie ja angeblich nur hinter meinem Geld her sei. Hör auf dein Herz und alles wird gut. Dann erfüllt dich eine ganz andere Energie, mit der du alle Hindernisse aus dem Weg räumst.«

Wow, Marcs Worte trafen mich. War es wirklich so einfach? Ich sah ihn nachdenklich an.

»Es war dir wohl nicht bewusst, aber du machst es, was deinen Beruf betrifft, ja bereits jetzt genauso. Überleg mal, du bist deiner Leidenschaft gefolgt und sie hat dich von Südafrika bis nach Key West geführt. Das war ganz schön mutig von dir. Mach es bei der Liebe genauso. Vertrau auf dein Gefühl, dann wird sich alles finden. Jetzt hab ich aber genug geschwafelt. Ich höre mich an, als würde ich rührselige Kalendersprüche zitieren. Du wirst alles richtig machen, da bin ich mir ganz sicher. Für die nächsten Tage wünsch ich euch ganz viel Spaß und genießt euren Ausflug!«

»Danke, Marc«, sagte ich. Er war ein echter Freund. »Aber … jetzt solltest du langsam besser wieder hinübergehen.«

»Hermosa sucht mich sicher schon, oder?«, sagte er und lachte.

»Genau.«

Er drückte mich kurz an sich und winkte, als ich mit dem Wagen von seinem Grundstück fuhr. Auf dem Heimweg ließ ich mir Marcs Worte noch einmal durch den Kopf gehen. Sich nur von seinem Herzen leiten lassen? Das hörte sich so schön und simpel an. Irgendwie zu einfach, wenn ich ehrlich war. Immerhin gehörten zur Liebe immer zwei, deswegen waren Herzensangelegenheiten ja auch so kompliziert. Ich mochte sie schon sehr, würde aber abwarten und nach wie vor darauf hoffen, dass Julia und ich uns auf der Fahrt ganz schrecklich auf die Nerven gehen würden. Damit sich das Thema von selbst erledigte und ich nicht in die Situation kam, Hürden wie die Entfernung über Kontinente hinweg aus der Welt schaffen zu müssen. Manche Frauen konnten ja so anstrengend sein, wenn sie einem zu nah auf die Pelle rückten. Meistens wirkten sie anfangs richtig nett. Aber wenn man sie besser kennenlernte, merkte man, dass unter der hübschen Schale in Wirklichkeit eine zickige Prinzessin nur darauf wartete, einem auf der Nase herumzutanzen. Vielleicht gipfelte der Roadtrip in einem heftigen Streit, das wäre perfekt! Dann würden wir beide heilfroh sein, wenn er vorüber wäre und wir uns nicht mehr sehen müssten. Plötzlich fiel mir auf, dass durch meine gedankliche Beschäftigung mit Julia das ursprüngliche Ziel der Reise, der Start der Rakete in Cape Canaveral, ganz aus meinem Fokus geraten war. Darauf würde ich mich jetzt besser mal wieder konzentrieren und gleich noch einmal die neueste Wettervorhersage studieren.

Key Largo

Julia

Kurz vor sieben Uhr, zum Sonnenaufgang, standen Allie, James und ich jeder mit seinem vollbepackten Rucksack auf der Straße vor unserem Haus und warteten auf Greg, der uns abholen würde. Gleich würde es losgehen! Unser einziger Fixpunkt war der Donnerstag, an dem wir zum Start der Rakete in Cape Canaveral sein wollten. Klar, für einen Technikfreak wie Greg war das dortige Kennedy Space Center das eigentliche Zentrum Floridas. Bis dahin hatten wir keinen strikten Reiseplan und die Motels auch nicht im Voraus gebucht, sondern wir wollten spontan entscheiden, wo wir übernachten würden, je nachdem, wie weit wir Lust hatten zu fahren. Wir wollten uns jeweils zu viert ein Zimmer mit zwei breiten Doppelbetten teilen, das war viel günstiger als zwei separate Zimmer mit je einem Doppelbett. Allerdings bezweifelte ich, dass ich überhaupt ein Auge zubekommen würde, wenn Greg nur ein paar Meter von mir entfernt schlief. Räumliche Distanz zu halten ginge natürlich nicht, wenn wir 24/7 aneinanderklebten, aber das war ja genau das Ziel meines Greg-Entzauberungs-Plans.

Dass wir die Übernachtungen nicht festgelegt hatten, lag vor allem daran, dass wir noch nicht genau vereinbart hatten, welche Sehenswürdigkeiten wir uns anschauen wollten. An den vergangenen Abenden hatte ich die Internetseiten nach den Highlights auf unserer Reiseroute durchstöbert und eine Liste zusammengestellt.

»Du weißt schon, dass wir nur vier Tage Zeit haben, oder?«, hatte Allie gefragt, als ich ihr meine Auswahl zeigte. Tatsächlich gab es in Florida so viel zu sehen, dass man monatelang unterwegs sein könnte. »Bitte spiel nicht die Lehrerin und hetz uns von einer Sehenswürdigkeit zur anderen, ja? In dem Fall glaub ich nämlich nicht, dass du weiter als bis Miami mitfahren wirst. Entspann dich, wir wollen einfach ein paar schöne Tage verbringen.« Daraufhin hatte ich meine Liste schmollend wieder weggepackt, mich aber inzwischen damit arrangiert, es einfach auf mich zukommen zu lassen. Mal nicht durchstrukturiert zu sein, war sogar irgendwie aufregend.

Da röhrte der Motor eines schnittigen roten Ford Mustang Cabrio auf, das gerade um die Ecke bog. Mein Herzschlag beschleunigte sich um zehntausend Touren. Am Steuer des Sportwagens saß Greg, der, obwohl die Sonne gerade erst aufging, eine dunkle Sonnenbrille trug und bis über beide Ohren grinste. Eigentlich hatte ich erwartet, dass er mit einem der weißen Pickups von *Fly the Keys* kommen würde. Nur James war scheinbar nicht verblüfft. War er eingeweiht gewesen? Dann war ihnen die Überraschung aber gelungen.

»Taxi?«, rief Greg, als er direkt neben uns scharf abbremste. Er schob seine Sonnenbrille in die Stirn.

»Du siehst aus wie ein Millionärssohn, der eine Ausfahrt zum Golfspielen macht«, rief ich ihm zu.

»Eigentlich würde ich lieber wie ein Selfmade-Millionär aussehen, aber bitte«, entgegnete er gut gelaunt und öffnete per Knopfdruck den Kofferraum für uns. Seine Tasche befand sich schon darin und wir konnten unsere Rucksäcke in dem nicht allzu geräumigen Heck gerade so unterbringen.

Allie wollte mit James hinten sitzen, also nahm ich auf dem Beifahrersitz neben Greg Platz.

»Was für ein cooles Auto!«, sagte ich und sank in den weichen hellbraunen Ledersitz. Durch die vielen Knöpfe mutete das Cockpit an wie das eines Helikopters.

Greg startete den Wagen und wir fuhren los. Jippie, die tiefe

Lage und die Dynamik, mit der wir um die erste Kurve zogen, machten Spaß. Der Fahrtwind umspielte mein Haar, das ich heute nur in einem losen Zopf zusammengeflochten hatte. James verband sein Handy mit der Musikanlage des Mustang und spielte aktuelle Chart-Musik ab.

»Ich hätte nie vermutet, dass Marc Davis so ein Auto besitzt«, sagte ich zu Greg, als wir in Richtung Overseas Highway durch Key West fuhren. »Und dass er es dir auch noch leiht! Der Wagen muss doch ein kleines Vermögen kosten?«

»Ja, wenn man Marc zum ersten Mal begegnet, mit dem Piratentuch und seinem Rauschebart, würde man ihm so einen Flitzer eher nicht zutrauen. Aber tatsächlich ist das nicht der einzige Luxusschlitten in seiner Garage. Mein Boss besitzt sogar einen Privathubschrauber.«

»Was, echt? Nein, ich hätte wirklich nicht gedacht, dass Marc so ein Krösus ist!«, rief ich.

»Er ist in den 1990er-Jahren mit einer Softwarefirma reich geworden. Das waren die Goldgräberjahre der Computerindustrie. Anfang des Jahrtausends hat er seine Firma dann verkauft und investiert seither in Zukunftstechnologien. Er beschäftigt sich nur mit Dingen, die ihn interessieren und an die er glaubt. Mit der Drohnenfirma hat er wieder auf ein sehr erfolgreiches Pferd gesetzt. Genauso wie mit dem Anbieten von Helikopter-Rundflügen und dem Vermieten von Ferienimmobilien in Key West.«

»Wow, ich bin sprachlos! Und dass er dir als seinem Angestellten so stark vertraut, spricht ja echt für dich!«

Ohne mich einschleimen zu wollen, musste das mal gesagt werden! Denn so wie ich Greg bisher kennengelernt hatte, hatte er jedes Stückchen dieses Vertrauens auch absolut verdient. Prompt lächelte Greg zu mir herüber, woraufhin es wie hundert kleine Hubschrauberpropeller in meinem Bauch rotierte. Bislang lief die Suche nach Gregs Schattenseiten noch ziemlich unbefriedigend, aber unser Trip hatte ja gerade erst begonnen.

»Bei Marc ist das so: Wenn er einem mal vertraut, kann man wirklich alles von ihm haben. Er ist der großzügigste und freundlichste Mensch, den ich kenne. Aber wenn man es sich mit ihm verscherzt oder seine Gutgläubigkeit missbraucht, dann ist man für immer unten durch.«

»Ja, genauso schätze ich ihn ein. Raue Schale, weicher Kern.«

Wir fuhren auf den Overseas Highway Nummer eins, der die Inselkette der Florida Keys miteinander verband. Laut Reiseblogs war diese Straße, die ich bei meiner Anreise vom Flugzeug aus bereits gesehen hatte, für sich schon ein Highlight.

»Hört mal her: Key Largo!«, rief James von der hinteren Sitzreihe. Er spielte gerade den Klassiker *Kokomo* über sein Handy ab. Die Beach Boys zählten darin die paradiesischsten Flecke der Erde auf. Zum Beispiel die Bermudas, die Bahamas und dann auch schon Key Largo. Der Ort, der definitiv noch auf unserer Reiseroute lag, vermutlich sogar heute schon. Ich lachte nach hinten, als Allie und James anfingen mitzusingen und keinen Ton trafen. War das schräg!

Die Landschaft zog an uns vorüber. Unser Weg war von gedrungenen Büschen mit dichtem Blattwerk und ab und zu Palmen gesäumt. Gleich dahinter konnte man bis zum Horizont helles, türkisfarbenes Meer sehen, dessen salziger Geruch meine Nase umspielte. Irgendwann schloss ich die Augen und streckte meine Arme nach oben, um den Fahrtwind zu genießen. So fühlten sich also die Flamingos, wenn sie sich mit genug Anlauf in die Luft schwangen. Ein Lächeln stahl sich auf meine Lippen.

»Und wo ist dein persönliches Paradies? Wo du am liebsten sein möchtest?«, fragte Greg und holte mich ins Hier und Jetzt zurück. Ich ließ die Arme sinken und öffnete meine Augen.

»Ich habe dir ja schon von meinem frühen Kindheitstraum erzählt, am Riff zu tauchen. Jetzt, wo ich das getan habe, weiß ich, dass die Realität noch besser ist als meine Vorstellung. Deswegen ist für mich das Paradies ein buntes Korallenriff.«

Greg lächelte. »Also würdest du gern in Florida bleiben wollen, wenn es dir hier so gut gefällt?«, fragte er.

»Aber nein, ich muss nach Österreich zurück, das weißt du doch«, antwortete ich.

»Du *musst* zurück?«, hakte er nach. »Wer zwingt dich denn? Außer die US-Einwanderungsbehörde, die übrigens einige Möglichkeiten bietet, zu bleiben. Wo ein Wille, da auch ein Weg.«

»Ich *will* zurück, meinte ich natürlich. Zu meinem Job als Lehrerin und zu meiner Familie, die mich braucht. Legst du meine Worte auf die Goldwaage?«, neckte ich ihn.

»Eigentlich nicht, aber dass du das Wort *muss* statt *will* verwendet hast, ist mir dann doch aufgefallen. Obwohl ich nur ein Nerd bin, und kein Lehrer.«

»Und ich bin nur Biologie-, keine Englischlehrerin. Aber erzähl lieber mal, wie das bei dir ist. Wo ist dein Lebensmittelpunkt oder wo soll er einmal sein?«

»Eigentlich gefällt es mir dort tatsächlich sehr gut.« Greg deutete mit seinem Daumen in die Richtung, aus der wir gekommen waren. »Ich finde, Key West kommt dem Paradies schon ganz nahe. Vielleicht ist es aber weniger der traumhafte Ort als die Lebenseinstellung.«

Ja, damit traf er den Nagel auf den Kopf. Key West war mehr als eine Insel mit Palmen und schönen Sonnenuntergängen. Es hatte eine eigene Mentalität. Das Leben war relaxt, tolerant und voller freundlicher Menschen. Die Erde wäre ein besserer Ort, wenn sie überall ein bisschen mehr wäre wie hier.

»Und was ist mit deiner Familie? Vermisst du sie?«, fragte ich. Selbst wenn Greg keine so große Sippschaft hatte wie ich, musste er doch Angehörige in seiner Heimat haben, oder?

»Meine Mutter und meine Großeltern leben leider nicht mehr. Und mein Vater verließ uns, als ich vier Jahre alt war. Ich kann mich kaum an ihn erinnern. Geschwister habe ich auch keine.«

»Das tut mir leid!«, sagte ich betroffen. Es war sicher traurig, gar keine nahen Angehörigen zu haben.

Aber Greg klang sehr gefasst. »Das muss es nicht, heute geht es mir gut. Aber das ist der Grund, warum ich nicht so eine starke Bindung an meinen Geburtsort Kapstadt habe. Alles, was ich brauche, hat meine Mutter mir mitgegeben und befindet sich hier.« Er legte die Hand auf sein Herz und ich schmolz ein wenig dahin. »Sie hatte so eine positive Lebenseinstellung, bis zu ihrem letzten Tag. Das werde ich nie vergessen. Mir ist klar geworden, dass wir alle irgendwann sterben müssen, deswegen muss man das Beste aus der Zeit machen, die einem gegeben ist. Man sollte mutig sein und für seine Träume einstehen.«

»Und für seine Liebsten«, ergänzte ich und dachte an meine Geschwister.

»Das natürlich auch, wenn es nötig ist«, antwortete er.

»Hatte deine Mutter einen Unfall? Oder war sie krank? Sie muss doch noch jung gewesen sein, als sie starb?«

»Es ist jetzt zwei Jahre her, Krebs. Ich habe sie in den Jahren betreut, als es ihr schlecht ging. Während dieser Zeit nahm sie mir das Versprechen ab, dass ich mich, wenn alles vorbei wäre, um mein eigenes Glück kümmern würde. Und dass ich nicht zurück, sondern nach vorn schauen solle. Ihr Wunsch war es, dass ich in die Welt hinausgehe und das mache, woran mein Herz hängt. Carpe diem, weißt du? Das Bestmögliche aus jedem Tag machen. Für mich bedeutete das, mein Talent zum Beruf zu machen. Und so bin ich bei Marc gelandet.«

Gregs Erzählung beeindruckte mich. Er hatte die schweren Zeiten hinter sich gelassen, war seiner Bestimmung gefolgt und lebte jetzt seinen Traum.

»Du hättest es schlechter treffen können.« Ich tippte mit meinem Zeigefinger auf den Fensterrahmen des roten Cabrios.

Er grinste. »Das stimmt. Ich mag mein Leben hier. Was nicht ausschließt, dass es mich irgendwann woanders hinzieht. Ich bin da offen.«

Kurz darauf imitierte James von hinten die Stimme eines

Moderators. »Als Nächstes spielen wir für unsere Mitreisende aus Österreich *An der schönen blauen Donau*«, und Musik von Johann Strauss erklang.

»Danke, James, das ist so lieb von dir«, sagte ich lachend in seine Richtung, fand aber, dass Walzermusik nicht so richtig auf den Overseas Highway passte, obwohl es ein kleines bisschen meine Heimat hierher in die Ferne holte.

»Hey, bleiben wir eigentlich später an der Seven Mile Bridge stehen? Da gibt es diese tolle alte Eisenbahnbrücke und wir könnten im Bahia Honda State Park ins Wasser springen. Der Strand soll auch umwerfend schön sein«, sagte ich.

»Super Idee, einverstanden«, antwortete Greg. »Eine der nächsten Inseln ist dann schon Key Largo. Da könnten wir einen Happen essen.«

Unterdessen passierten wir kleine Städtchen, die wie typisch amerikanische Ortschaften an Schnellstraßen aussahen: Fast-Food-Restaurants, Tankstellen und kleine Shoppingcenter zogen abwechselnd an uns vorbei. Doch jeweils zwischen zwei Siedlungen war der Blick auf den Atlantik rechter Hand und den Golf von Mexiko linker Hand frei.

»Wow, ist das schön«, schwärmte ich und konnte an Gregs entspanntem Gesicht ablesen, dass er es genauso empfand. Das Blau des Meeres war heute sogar heller als das seiner Augen. Das Farbenspiel des Panoramas zwischen Himmel und Meer war einfach irre. In der Ferne in Richtung Miami hatten sich Wolkentürme gebildet, die aussahen, als hätte ein Riese mit einer Sahnesprühflasche gespielt, doch über uns strahlte der Himmel nach wie vor wolkenlos in bestechendem Blau.

Hinten saßen die beiden Turteltauben und hielten Händchen. Jeder von ihnen hatte einen Stöpsel eines Kopfhörers im Ohr, aus dem sie Musik von Allies Handy hörten, während aus der Musikanlage des Autos jetzt amerikanische Country-Musik kam.

Im Vorbeifahren las ich Greg die Namen der jeweiligen Inseln aus einer Straßenkarte vor: East Rockland Key, Bluewater Key, Sugarloaf Key.

Eine Dreiviertelstunde lang, in der wir über eine Insel der Keys nach der anderen fuhren, wechselte die Landschaft immer wieder zwischen Meer, kleinen Städten und Steppenlandschaft.

Schließlich hatten wir den über zweihundert Hektar großen Bahia Honda State Park erreicht. In diesem Naturparadies waren seltene Vögel, Schildkröten und Schmetterlingsarten heimisch. Außerdem besaß er eine einzigartige karibische Vegetation. Und hier begann auch die berühmte Seven Mile Bridge, die die Städte Bahia Honda und Marathon miteinander verband.

Greg fuhr vom Highway ab und hielt an einem Parkplatz. Ganz in der Nähe befand sich das stellenweise zerstörte Relikt einer alten Eisenbahnbrücke. Teile von ihr standen noch parallel zur neuen, und in der Art, wie die Pfeiler aus dem Meer ragten, erinnerten sie mich an das Zahnspangengestell von Thomas, meinem kleinen Bruder. Abschnittsweise war sie sogar noch begehbar. Wir schauten sie uns aus der Nähe an und schossen ein paar Fotos, die echt spektakulär waren, da die Trasse plötzlich wie abgerissen über dem Meer endete.

Danach spazierten wir einen Parkweg entlang, der sich Silver Palm Trail nannte. Er führte uns durch den größten Bestand an Silberpalmen, den es in den Vereinigten Staaten gab. Wie ich aus einem Reiseblog wusste, waren diese Bäume in der Karibik verbreitet und schimmerten auf ihrer Blattunterseite besonders schön silbrig. Bei einem Strandabschnitt mit feinem weißem Sand, dem Sandspur Beach, breiteten wir unsere Badetücher aus und machten es uns bequem. Allie und James liefen ins kristallklare Meer, legten sich bäuchlings einander gegenüber ins flache Wasser und hielten sich an den Händen fest. Sie versuchten, ihre Gesichter einander anzunähern, doch die Wogen warfen sie immer wieder um, was echt komisch war.

Greg saß neben mir im Sand. »Wie zwei Plastikeinhörner.«

Ich schmunzelte. »… die verliebt sind.«

»Die beiden erinnern mich an Kate Winslet und Leonardo DiCaprio … bevor er in der Tiefe versinkt«, grummelte Greg. Täuschte ich mich, oder war er verstimmt? Aber warum denn das? Ich blickte zu ihm hinüber und unsere Blicke verhakten sich. Augenblicklich schlug mein Puls bis zum Hals und mein Herz stolperte dahin. Falls ich tatsächlich einen Anflug von schlechter Laune aus seiner Stimme herausgehört hatte, dann war sie schon wieder verflogen, denn jetzt lächelte er mich an. Das löste ein Gefühl in mir aus, als würden sich Wolken am Himmel lichten und die Sonne durchbrechen. Bestimmt hatte ich mich bezüglich seiner vermeintlich schlechten Laune geirrt.

Ich mochte diesen spitzbübischen Gesichtsausdruck sehr, wenn sich ein Hauch von einem Grübchen auf seiner rechten Wange bildete. Doch nun wurde er wieder ernst und sein Mund öffnete sich ein wenig. Mein Blick pendelte zwischen seinen Augen und seinen Lippen hin und her. Wie es sich wohl anfühlte, Greg zu küssen? Ich hüstelte schnell, um den Gedanken zu vertreiben, denn ich würde es sowieso nie erfahren.

Da kamen unsere Mitreisenden aus dem Wasser. Sie trockneten sich ab und setzten sich zu uns.

Gemeinsam beobachteten wir Blaureiher, die mit ihren langen Hälsen und schwarzen Schnabelspitzen im flachen Wasser nach Beute pickten. Eine Formation von braunen Pelikanen segelte vorbei und einer tauchte auf der Jagd nach einem Fisch im Sturzflug ins Meer ab.

Irgendwann sah Greg auf seine Uhr. »Noch über eine Stunde bis nach Key Largo, ich glaub, wir brechen langsam auf.«

Auf dem Weg zum Auto brausten wir uns bei einer am Strand aufgestellten Dusche ab, ehe wir dem Overseas Highway weiter Richtung Norden folgten.

Die Landschaft blieb wie gehabt und wir erreichten am frühen Nachmittag Key Largo, die größte der Florida Keys, die achtzig Kilometer südlich von Miami lag. Warum die Beach Boys den Ort so gelobt hatten, konnten wir auf den ersten Blick allerdings nicht nachvollziehen, denn er hatte den zweifelhaften Charme einer typisch amerikanischen Durchgangsstraße. In einer kleinen Strandbar am Meer, umgeben von Palmen, wirkte er dann allerdings doch ziemlich paradiesisch. Dort bestellten wir uns Eistee, Burger und Pommes.

James saß mir gegenüber und ich bemerkte, dass ihn irgendetwas hinter mir fesselte.

»Was ist denn dort am Wasser los?«, murmelte er.

Eine kleine Gruppe von Touristen stand an einem flachen Uferstück und schaute ins Meer. Ausrufe und Gelächter machten uns ebenfalls neugierig.

»Schauen wir mal nach?«, fragte ich. Wir hatten gerade erst bestellt, es würde also noch dauern, bis das Essen serviert werden würde. Dennoch blieben die Männer sitzen, während Allie und ich aufstanden und zu dem Grüppchen spazierten. Knapp unter der Wasseroberfläche erkannten wir einen Schatten und eine Bewegung. Eine hellgraue Silhouette in der Größe eines runden gepolsterten Kissens schwebte erst unter der Oberfläche, dann tauchte eine Seekuh aus dem Meer auf. Wow, wie toll! Ich liebte diese halslosen grauen Riesen mit ihren süßen Knopfaugen. Was für ein Glück, eines dieser Tiere in freier Wildbahn anzutreffen!

Doch meine Freude wurde schnell getrübt, denn die Touristen warfen etwas ins Wasser. Salatblätter trieben überall im seichten Meer. Ein amerikanisches Ehepaar animierte seine Kinder, sich für optimale Fotos dem Tier möglichst weit zu nähern. Sie forderten ihren Jungen sogar auf, mit ihm zu schwimmen. Das durfte doch nicht wahr sein! Dabei konnte ich einfach nicht mehr schweigend zusehen.

»Seekühe sind eine gefährdete Art. Sie sollten sie nicht füttern und keinesfalls berühren!«, platzte es aus mir heraus. Die Leute drehten sich erstaunt zu mir herum und ich lächelte sie an, obwohl mir nicht danach zumute war. Die Freundlichkeit, die ich mit Müh und Not aufbrachte, wurde jedoch nicht erwidert. Das Paar funkelte mich regelrecht an, also fügte ich hinzu: »So verlieren sie ihre Angst vor Menschen und Booten, erkennen die Gefahren dann nicht mehr und könnten von Schiffsschrauben verletzt oder sogar getötet werden. Außerdem vertragen sie diese Nahrung vermutlich nicht und können davon krank werden und sterben.«

Der breitschultrige Mann mit dem grünen Basecap musterte mich abschätzig. »So weit kommt es noch, dass Ausländer uns in unserem eigenen Land sagen, was wir tun und lassen sollen.« Demonstrativ hob er seine etwa siebenjährige Tochter hoch und setzte sie auf den Rücken der Seekuh! Das Mädchen quiekte, als es den Dickhäuter berührte. Ob aus Freude oder Angst, war nicht erkennbar. Ich schnappte nach Luft, genauso wie die Seekuh, die prompt unter die Wasseroberfläche gedrückt wurde. Allie berührte mich an meinem Ellbogen.

»Komm, Julia, lass uns gehen. Es gibt leider solche Blödmänner, da kannst du nichts machen«, raunte sie mir zu. Aber damit würde ich mich nicht zufriedengeben. Ich wollte ganz sicher nicht, dass die armen Tiere hier vor mir leiden mussten. Ich schüttelte Allie ab, zog mein Handy aus der Gesäßtasche meiner Shorts, öffnete die Video-App und begann, die Szene zu filmen. Als der Mann sah, dass sein Fehlverhalten aufgenommen wurde, stand ihm die Wut ins Gesicht geschrieben.

»Hey«, schrie er mich an. »Weg mit der Kamera!«

Er stellte seine Tochter an den Strand, stieg selbst aus dem Wasser und kam auf mich zu. Rasch steckte ich mein Handy mit dem Beweismaterial wieder in die Hosentasche zurück und reckte ihm mein Kinn entgegen. Er war ein Stück größer als ich und als er sich vor mir aufbaute, schoss mir Adrenalin durch den Körper. An der Stirn des Kerls traten feine Äderchen hervor und seine

Augen hatten sich zu einer schmalen Linie zusammengezogen. Die Aggression jagte mir eine Heidenangst ein. So schnell konnte es gehen. Seine muskulösen Hände ballten sich zu Fäusten. Mir wurde bewusst, dass ich kurz davorstand, zum ersten Mal in meinem Leben geschlagen zu werden. Gerade ich, die doch normalerweise so harmlos war wie die Seekuh, die gerade die Chance ergriff und das Weite suchte.

Plötzlich wanderte der Blick des Mannes hinter mich und sein Gesichtsausdruck veränderte sich. Ich schaute über meine Schulter und sah zu meiner großen Erleichterung Greg sowie James, die angelaufen kamen und sich dann vor mich stellten wie eine Wand. Beide waren größer als der Amerikaner und schauten mit verschränkten Armen auf ihn hinunter.

»Gibt's ein Problem?«, fragte Greg mit fester Stimme.

»Ach, leckt mich doch«, sagte der Typ, drehte uns den Rücken zu und stapfte zu seiner Frau zurück, die uns feindselig musterte.

Erleichtert stieß ich die Luft aus, die ich angehalten hatte, doch Greg fuhr mich an: »Komm, lass uns gehen.« Er zog mich so fest am Oberarm mit sich, dass es beinahe schmerzte. »Sag mal, Julia, musste das sein? Der Typ war ganz kurz davor, dir eine zu scheuern!«

»Autsch, du zerquetschst mich ja«, klagte ich, als wir in Richtung Restaurant marschierten, und entwand mich seinem Griff. Mein Atem ging immer noch rasend schnell vor Aufregung, doch ich fühlte mich von Greg jetzt auch ungerecht behandelt, fast wie ein gemaßregeltes Kind. »Hey, dir ist ja wohl klar, warum ich das tun musste, oder? Wer wäre sonst für das hilflose Lebewesen eingesprungen?«

Gregs Miene wurde weicher. »Hör mal, Julia, es tut mir leid. Natürlich hast du recht wegen dem Tier. Aber der Kerl war so außer sich vor Wut, dass ich Sorge hatte, er könnte dir wehtun. Und das mitanzusehen, wäre unerträglich für mich gewesen. Um ein Haar wäre ich nicht rechtzeitig da gewesen!« Er warf mir einen letzten Blick zu, dann ging er zurück Richtung Restaurant.

Er hatte aufrichtig Angst um mich gehabt. Mit einem Schlag fühlte ich mich nicht mehr ungerecht behandelt. »Greg«, rief ich mit sanfter Stimme. Mit drei großen Schritten holte ich ihn ein und fasste ihn an der Hand. Wir sahen uns in die Augen. »Danke!«

»Ist schon gut, lass uns nicht mehr davon reden«, antwortete er und lächelte mich endlich wieder an. Gleichzeitig wurde mir unter meinem Schlüsselbein ganz warm. Als wir Seite an Seite weitergingen, berührten sich unsere Fingerspitzen noch einige Momente ganz hauchzart, wie zufällig. Absichtlich hatte ich meine Finger nicht weggezogen und er offensichtlich auch nicht. Das lief wirklich überhaupt nicht nach Plan … Aber meine Güte, war das schön.

Nachdem unsere Burger gebracht worden waren, kaute ich völlig in Gedanken versunken auf meinem Essen herum. Wie geplant lernte ich Greg auf unserem Roadtrip immer besser kennen. Allerdings hatte ich gerade erst wieder feststellen müssen, dass er sich um mich sorgte und bedingungslos für mich eintrat, wenn ich ihn brauchte. Ein weiterer unglaublicher Zug an ihm. Ich hoffte inständig, dass er wenigstens heute Nacht schrecklich schnarchte oder morgen früh ausgesprochen miesepetrig drauf wäre. Vielleicht entpuppte er sich ja noch als Geizhals? Eine Eigenschaft, die ich auch sehr unsympathisch fand. Sonst sah ich schwarz für meine Mission, meinem Herzen Gregs schlechte Eigenschaften vor Augen zu führen.

»Leute, was wollen wir heute noch machen? Irgendwelche Vorschläge?«, fragte ich, um meine Gedanken wieder auf den Roadtrip zu lenken.

»Heute könnten wir eventuell noch Little Havanna schaffen. Das kubanische Viertel in Miami«, überlegte Greg. »Aber wir sollten vorher noch das Zimmer für heute Nacht buchen. Es ist ja immerhin schon drei Uhr nachmittags.«

James blickte mit glänzenden Augen in die Runde. »Wisst ihr, was cool wäre? Wenn wir am Abend ein Barbecue machen könnten! Und ich hätte da auch schon eine Idee. Ein Freund hat mir erzählt, dass man in Florida total günstig in Trailer Parks übernachtet. Ihr wisst schon, diese Wohnwagen-Anlagen, in deren Vorgärten man dann sogar grillen kann. Davon gibt es etliche in Miami, die man auch nur für eine Nacht mieten kann. Lasst uns mal im Internet nachsehen.«

Alle vertieften sich in ihr Handy und machten sich auf die Suche. Als Erstes entdeckte Allie ein super Angebot in einer Anlage namens *Sandy Beach*. Sofort hatte ich Bilder von einer romantischen kleinen Wohnwagenanlage am Strand vor Augen. Außerdem würden wir bei dieser Unterkunft zwei getrennte Schlafräume, eine Dusche und ein WC haben, alles im Wohnmobil integriert. Prima, das hörte sich perfekt an.

»Okay, dann buche ich das jetzt«, sagte Allie nach unserer Abstimmung und tippte mit einer bedeutungsschweren Geste auf ihr Display.

»Also weiter nach Miami«, sagte Greg, der währenddessen für uns alle gezahlt hatte. Mist. Geizig schien Greg definitiv auch nicht zu sein. Wir standen auf und ich nahm mir vor, beim nächsten Mal die Rechnung an mich zu reißen, um mich zu revanchieren.

Miami

Julia

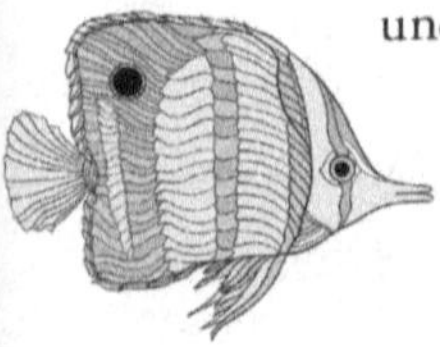

Wir schlenderten wild diskutierend zum Auto zurück und verließen Key Largo. In Miami und dem gleich daneben liegenden Miami Beach gab es so vieles, das wir uns ansehen wollten. Hier hätten wir locker einige Wochen mit dichtem Sightseeing-Programm verbringen können. Glücklicherweise einigten wir uns auf einige Highlights, die wir zeitlich schaffen konnten. Wir wollten mindestens bis morgen in der Stadt bleiben, um dann unsere Reise nach Norden Richtung Cape Canaveral fortzusetzen.

Heute stand tatsächlich noch der Stadtteil Little Havanna auf unserer Liste. Und morgen dann der Ocean Drive in Miami Beach und der Wynwood District mit den berühmten Straßenkünstlern. Bis zu unserem Ziel mitten in Miami waren es jetzt noch fast eineinhalb Stunden Fahrt, die jeder in Gedanken versunken hinter sich brachte.

Meine schweiften immer wieder zu Greg ab. Neben ihm zu sitzen, verstärkte meine Sehnsucht danach, seine Hand zu nehmen oder ihm über den Arm zu streichen. Was natürlich Unsinn war.

Das Navigationssystem lotste uns direkt zu einem Parkplatz in der Nähe der bekannten Calle Ocho, was auf Spanisch *Achte Straße* bedeutete, dem Mittelpunkt des kubanischen Viertels.

»Ganz schön viele Hähne«, kommentierte Allie den Anblick einer menschengroßen Skulptur, als wir die Straße entlangbummelten. Schon zum dritten Mal liefen wir an einer solchen Figur aus Fiberglas vorbei. Diese hier trug ein blau-gelb-rotes Federkleid. »Ob das hier so etwas wie ein Glücksbringer ist?«

Greg schlug seinen Reiseführer auf und fasste den entsprechenden Absatz zusammen. »Es gibt an die zwanzig Hahnenstatuen in Little Havanna. Die wurden Anfang der Zweitausender von einem kubanischen Künstler aufgestellt, weil es in Lateinamerika so viele Hahnenkämpfe gibt und die Kultur auch hier ihre Einflüsse hat. Immerhin sind wir in Key West zum Beispiel näher an Kuba als an Miami.«

Tatsächlich ging es in diesem Viertel zu, wie ich es mir in Kuba vorstellte. Viele Exil-Kubaner und Einwanderer aus Latein- und Südamerika wohnten hier und das Leben spielte sich auf der Straße ab. Im Máximo-Gómez-Park wurde Domino gespielt, eine der liebsten Freizeitbeschäftigungen der älteren Kubaner, und wir flanierten an Bars und Cafés vorbei, aus denen Salsa drang. Seit dem Abend im *Viva Zapata* in Key West liebte ich diese Musik. Sie vermittelte pure Lebensfreude.

Weiter ging es, vorbei an Obstständen, Zigarrengeschäften und Rum-Bars. Nachdem wir eine Zeit lang herumspaziert waren, setzten wir uns in ein kleines Straßenlokal, bestellten starken, süßen kubanischen Kaffee und beobachteten die bummelnden Menschen. Es war sehr angenehm, nach dem langen Tag die Beine ausstrecken zu können. Als meine Waden unter dem Tisch die von Greg berührten, kribbelte es vom Knie abwärts, und auf meinen Unterschenkeln richteten sich meine Härchen auf.

»Dann sollten wir langsam mal zum *Sandy Beach* aufbrechen! Bis acht Uhr können wir uns den Schlüssel holen. Da ist noch gerade so viel Zeit, dass wir vorher im Supermarkt fürs Abendessen einkaufen können«, schlug James vor.

Wir schlenderten zum Auto zurück und fuhren zwanzig Minuten in westliche Richtung stadtauswärts, weg vom Meer. Bald sah die Gegend nicht mehr nach der schicken und liebevoll gepflegten Miami-Touristengegend aus, die wir heute bewundert hatten.

»Nehmen wir den Supermarkt hier? Laut Navi sind wir angeblich bald da«, sagte Greg und lenkte den Mustang auf den

Parkplatz eines Walmart. Innen deckten wir uns mit fertigem Kartoffelsalat amerikanischer Art mit Mayo, Tonnen von Würstchen, Marshmallows, Ketchup, Toast, Bier und Wasser ein. Die Mengen, die wir im Einkaufskorb hatten, würden für eine Großfamilie reichen, das konnte ich sehr gut beurteilen. Wahrscheinlich würde es morgen zum Frühstück noch einmal das gleiche Menü geben. An der Kasse drängte ich mich vor und zahlte, was Greg mit einem Augenrollen quittierte. Er hatte schon wieder seine Karte gezückt gehabt. Doch ich wollte keinesfalls auf Kosten von Greg Urlaub machen, obwohl er vermutlich von Marc Davis nicht schlecht bezahlt wurde.

Danach fuhren wir Straßen entlang, in denen die Mülleimer überquollen und die Grünstreifen schon etwas länger nicht mehr gewässert worden waren. Das Navigationsgerät führte uns immer weiter weg vom Ozean. Bis der Weg, dem wir folgten, in einem riesigen Parkplatz endete. Wohnwagen und Mobilheime reihten sich dicht an dicht aneinander. Die Stimme der Google-Maps-App ließ uns vor einem flachen Container halten, auf dessen Eingangstür ein Schild mit der Aufschrift »Office« hing. Während Allie und James hineingingen, um sich den Schlüssel für unser Quartier zu holen, blieben Greg und ich im Auto. Wir schauten uns an und mussten grinsen.

»Ich wollte schon immer mal am Sandstrand übernachten«, bemerkte er süffisant, in Anspielung auf den vielversprechenden Namen der Anlage.

»Dito«, antwortete ich.

Ich konnte gar nicht abwägen, wie groß das Gelände des Trailerparks war, schätzte aber, dass es in etwa ein halbes Fußballfeld umfasste. *Dusty Town*, staubige Stadt, hätte jedenfalls viel besser gepasst als *Sandy Beach*.

Allie und James kamen schließlich mit einem Schlüssel zurück, an dem ein kleiner Zettel mit der Adresse befestigt war. Demnach befand sich unser Trailer in der Maple Street. Irgendwie witzig, dass innerhalb der Anlage eigene Straßennamen und nicht nur fortlaufende Nummern für die Parzellen vergeben worden waren. James hatte außerdem einen Stoß bunter Bettwäsche bekommen. Wir fuhren langsam zwischen den kompakten Unterkünften entlang und inspizierten die Gegend. Wenn ihre Behausungen auch eher klein waren, konnte man das über ihre Autos jedenfalls nicht behaupten. Was uns noch auffiel: Bis auf die obligatorische, gleich ausgerichtete Satellitenschüssel auf dem Dach gab es doch ziemlich große Unterschiede in den Ausstattungen der Container. Einige waren von schmalen Grünstreifen umgeben, die wie Mini-Vorgärten aussahen, und auf ihren Verandas waren liebevoll Blumentöpfe aufgestellt. Sogar mächtige Barbecue-Grills und Gartentische erspähten wir. Dann gab es überdimensionierte Monster-Wohnwagen, vor denen passende Zugfahrzeuge standen, deren verchromte Kühlergrills in der Abendsonne strahlten. Allerdings passierten wir auch eine große Anzahl von Wohnhütten, die wie angerostete Schiffscontainer mit Fenstern anmuteten. Dazwischen wuchsen überall Palmen wie Löwenzahn in meinem Wiener Viertel.

Nach einer weiteren Minute Fahrt verkündete das Navi vor einem schmucklosen weißen Würfel mit Giebeldach, dass wir unser Ziel erreicht hatten, und ich war halbwegs erleichtert. Obwohl die schiefen, halb heruntergelassenen Jalousien nicht gerade ein heimeliges Bild abgaben und auf dem trockenen Rasenstück um das Haus herum das Unkraut durchbrach, hätte es uns schlimmer treffen können. An einem Pflock war ein Schild angebracht: »For Sale«. Es stand also zum Verkauf.

»Wie süß«, rief Allie, die in ihrer akuten Rosarote-Brille-Phase vermutlich sofort in die Immobilie investiert hätte, wenn sie flüssig gewesen wäre. Momentan fand sie alles entzückend, solange James in der Nähe war.

Die mobile Trittleiter, die zur Eingangstür hinaufführte, wirkte ziemlich klapprig. Auch die Nachbarschaft sah nicht besonders vertrauenerweckend aus, wenngleich ich mich in Gegenwart von Greg und James seit heute Nachmittag wahrscheinlich überall sicher fühlen würde. Ich folgte den anderen über die metallenen Stufen ins Innere.

Bei dem Geruch, der uns entgegenschlug, wurden Erinnerungen an meinen alten Pekinesen Sandokan wieder lebendig, dem wir nicht umsonst den Spitznamen Socki verpasst hatten. Es muffelte genau wie damals, als er sich an Herbsttagen vor dem bollernden Ofen das feuchte Fell trocknen ließ. Äks! Wir drückten sofort die Schiebefenster auf, um Luft hereinzulassen, und Greg beschäftigte sich bereits mit den Deckenventilatoren. Er versuchte, sie durch Drücken von Knöpfen in Gang zu setzen, die links neben der Tür angebracht waren. Eine Klimaanlage gab es nicht. Kratzer und abgegriffene Flächen zeugten von den Bewohnern vor uns, die ihre Spuren an den Einrichtungsgegenständen hinterlassen hatten. Einer der Schränke entpuppte sich als Kühlschrank. Aber den einzuschalten lohnte fast nicht, denn bis der kühlte, würden wir schon wieder abgereist sein. Gleich rechts neben dem Eingang befand sich eine graue Küchenzeile mit einem kleinen Waschbecken und einem Herd mit zwei Platten. Wenigstens würden wir uns die Würstchen hier drinnen aufwärmen können, wenn aus dem Barbecue schon nichts wurde, denn unsere Unterkunft verfügte den ersten Eindrücken nach zu urteilen nicht über einen Grill und es gab auch keine Sitzgelegenheiten vor unserem Häuschen. Über dem Herd hingen Küchenschränke, deren Inhalt gerade von James inspiziert wurde. Als ich mich hinter ihm vorbeidrückte, sah ich ein paar Pfannen, Teller und Gläser. Rechts neben der Küche führte ein schmaler Gang weiter in einen Wohnraum, der mit einer durchgesessenen, orangen Couch, zwei wackeligen Stühlen und einem in die Ecke eingepassten Tisch gänzlich ausgefüllt war.

»Aha, das Sofa kann man ausziehen«, rief Allie und hob die Sitzfläche an. Es erinnerte zwar eher an eine Schlafgelegenheit für Kleinkinder, aber mir schwante bereits, dass ich dies heute

Nacht meinem Rücken würde antun müssen. Undenkbar, dass die Männer auf diese Minifläche passten. Auf der gegenüberliegenden Seite vom Wohnraum, links neben der Küche, befand sich ein kleines Schlafzimmer mit einem Doppelbett, auf das sich James mit angewinkelten Beinen irgendwie quetschen musste. Und Greg daneben.

»Ah, das ist ein echter Nassraum«, sagte James, der das Bad entdeckt hatte, bei dem man sich entscheiden musste, ob man duschen oder das WC benutzen wollte, denn beim Duschen lief das Wasser anscheinend direkt über den zugeklappten WC-Sitz. Der Boden des Bads war eine dunkelgraue Plastikwanne mit einem Loch darin, das offensichtlich der Duschabfluss war. Gegenüber befand sich ein zwergenhaftes Waschbecken, bei dem man nicht viel planschen durfte, so klein war es.

Ich seufzte. Das war so wirklich nicht meins, aber es war ja nur für eine Nacht. Außerdem war es günstig und so lernten wir die andere Seite des American Way of Life auch mal kennen. Als wir unsere Taschen aus dem Auto holten, näherte sich die Sonne bereits dem Horizont. Dies war mal ein anderer Sonnenuntergang. Nicht über dem Meer, wie ich es die letzten Wochen täglich erlebt hatte, sondern über der Betonwüste eines Parkplatzes in einer Großstadt.

Ein wenig schade war es außerdem, dass wir kein Barbecue machen konnten, aber wir würden den Abend trotzdem genießen, nahm ich mir vor.

»Lasst uns doch die beiden Sessel rausstellen. Und zwei von uns können sich auf die Stufen des Treppenaufganges setzen, dann essen wir draußen«, schlug ich vor. Alles war besser, als in dem winzigen Wohnraum zu hocken, der das Flair einer Sardinenbüchse in der Wüste versprühte.

»Okay, ich brate die Würstchen ganz einfach so lange drinnen in der Pfanne«, sagte James, der gern kochte.

Greg schlängelte sich mit einem der Stühle aus dem Wohnbereich an James vorbei. Den Tisch konnten wir leider nicht herausnehmen, da er fest am Boden verschraubt war.

»Und wir decken in der Zwischenzeit den Tisch, ohne Tisch«, sagte Allie und lachte.

Wir nahmen Teller, Besteck und Gläser mit hinaus, stellten alles auf die unterste Treppenstufe und machten es uns so gemütlich wie möglich.

Aus den anderen Häusern drangen die Geräusche laufender Fernsehgeräte und ab und zu fuhr ein Wagen die Straße entlang. Obwohl sich manche Bewohner richtig Mühe gegeben hatten und versuchten, mit Engelsfiguren, Welcome-Schildern und Blumenkästen die Fassade ihrer Heime wohnlicher zu gestalten, mutete die Umgebung doch immer noch wie ein Parkplatz an. Es war trist.

Hinter dem Nachbartrailer, der etwas größer war als unserer, hörten wir helle Stimmen. Kinder lugten um die Ecke und lachten, offensichtlich über uns. Ich konnte zumindest vier Köpfe mit dunklen Haaren ausmachen. Greg winkte ihnen zu, woraufhin sie aufkreischten und hinter ihrem Containerhaus verschwanden. Eine männliche Stimme rief etwas auf Spanisch durch die geöffnete Tür und die Kinder verstummten schlagartig. In so einer eng zusammenlebenden Nachbarschaft war Lärm sicher ein Streitpunkt, das konnte ich mir gut vorstellen. Frau Müller, unsere Nachbarin zu Hause, hatte sich auch regelmäßig über den Krach beschwert, den meine Geschwister gemacht hatten. Und wir hatten einen riesigen Garten!

Obwohl ich keine große Biertrinkerin war, nahm ich gern eine Flasche an, die James verteilte, denn das würde mein Einschlafen im Wellblechcontainer nachher vielleicht beschleunigen. Als die Kinder sich wieder hinter der Ecke hervortrauten, diesmal leiser, hatte ich eine Idee. Mit der Tüte Marshmallows in der Hand ging ich auf sie zu und wackelte einladend mit der Packung. Sofort kamen die Kinder neugierig näher. Es waren drei kleinere, die sich vorsichtshalber hinter einem etwa dreizehn Jahre alten Mädchen versteckten. Die große Schwester! Ich lächelte sie an und fand die Kinder zum Anbeißen süß, bestimmt waren es Geschwister. Sie grinsten mir gespannt entgegen.

»Hallo, sicher mögt ihr Marshmallows? Wir haben keinen Grill, aber könnt ihr die vielleicht brauchen?«, fragte ich und hielt ihnen die Tüte hin. Ein paar Schritte vor ihnen blieb ich stehen. Die Kinder begannen das größere Mädchen in der Mitte zu bearbeiten, das daraufhin laut nach dem Vater rief.

Logisch! Gut erzogene Kinder nahmen natürlich nichts von Fremden an, wie hatte ich das nur vergessen können. Genau das hatte ich meinen kleinen Geschwistern doch auch immer eingetrichtert.

Aus der Tür trat ein hagerer latinostämmiger Mann mit verstrubbeltem Haar, einem Bartschatten und dunklen Augenringen, so breit wie Abdrücke von Donuts. Er trug ein helles Rudershirt, kurze rote Shorts und Hausschuhe. Und er sah gar nicht erfreut aus. Jetzt beschlich mich ein ungutes Gefühl. Wie musste die Situation auf ihn wirken? Ich stand auf dem Grünstreifen, der zu seinem Haus gehörte, und wollte seinen Kindern, die mir völlig unbekannt waren, Süßigkeiten schenken! Noch dazu war ich Ausländerin, was manche Menschen misstrauisch machen konnte, wie sich vor Kurzem in Key Largo gezeigt hatte. Heute war eindeutig nicht mein Tag. Zum Glück waren Greg und James in der Nähe.

Das Mädchen sprach Spanisch mit dem Mann, der mich wie einen Alien musterte und dann zu unserem Trailer blickte, an dessen Treppenabsatz Allie und Greg mit den gestapelten Tellern und dem Besteck saßen und herüberwinkten. Da erhellte sich sein Gesicht und er lächelte breit, sodass sich Lachfältchen um seine Augen zeigten und die harten Züge um seinen Mund verschwanden.

»Das ist ja nett. Die Kinder lieben Marshmallows«, sagte er mit lateinamerikanischem Akzent. »Kommt doch, ihr könnt euch zum Essen gern an unseren Tisch setzen, das ist viel gemütlicher!« Er zeigte auf die uns abgewandte Seite seines Heimes und bedeutete mir, einen Blick um die Ecke zu werfen. Da stand ein grauer Campingtisch mit jeder Menge Stühle. »Oh, das wäre super! Wollt ihr vielleicht mit uns essen? Wir haben sehr viel eingekauft, das reicht für alle hier«, bot Greg an, der auch herübergekommen war.

»Nun ja, wenn die Kinder wollen?«, gab der Vater die Frage an seine Sprösslinge weiter, die begeistert aufschrien. So schnell konnte es gehen, neue Freundschaften zu schließen.

Wir trugen unsere Sachen herüber und alle nahmen Platz. Ein schätzungsweise achtjähriger Junge und seine etwas jüngere Schwester hoben den Kleinsten, einen knapp Dreijährigen, auf einen Stuhl. Angesichts dieser Geste musste ich schlucken, denn das erinnerte mich an früher. Bei mir zu Hause hatten auch immer die Größeren den Jüngeren geholfen. Der Mann stellte sich als Elkin vor und Luisa, die älteste Schwester, holte noch mehr Teller.

Inzwischen erzählte Greg von uns und unserer Rundreise. »Wir zwei kommen aus Südafrika, Allie ist aus New Jersey und Julia aus Österreich.«

»Österreich?« Elkin dachte nach.

»*The Sound of Music* …? Die Trapp-Familie …?«, versuchte ich, seinem Gedächtnis auf die Sprünge zu helfen, aber er schüttelte entschuldigend den Kopf.

»Und woher kommt ihr?«, fragte Greg.

»Wir sind aus Kolumbien hergekommen, vor drei Jahren«, sagte Elkin leichthin, obwohl das vermutlich alles andere als einfach gewesen war. »Dort war das Leben sehr gefährlich, aber hier ist es gut. Es ist sehr sicher. Hier in der Anlage gibt es sogar eine eigene Patrouille, die nachts nach dem Rechten schaut, obwohl es das gar nicht bräuchte.«

»So wie eine Bürgerwehr?«, fragte Greg und Elkin nickte.

Da trat James aus unserem Mobilheim heraus. In jeder Hand

balancierte er einen großen Teller, auf dem sich knusprig gebratene Würstchen stapelten. In der Mitte des Tisches stellte er sie ab.

»Danke, James«, sagte Allie und gab ihm einen Kuss.

Die Kinder kicherten und riefen auch: »Danke, James.«

Obwohl Luisa gerade Besteck herausbrachte, langten sie mit ihren Fingern zu. Die Ränder unter ihren Nägeln waren dunkel.

»Hey, esst nicht wie die Wilden!«, schimpfte sie und überreichte jedem Messer und Gabel. Dann nahm sie wie selbstverständlich einen jüngeren Bruder auf den Schoß und schnitt ihm eine Wurst in kleine Stücke. Anders als ihre Geschwister, die fröhlich lachten und laut durcheinanderquatschten, war Luisa ein ernstes Mädchen, dabei war sie vermutlich noch nicht einmal in der Pubertät. Als ich sie so beobachtete, wurde mir mein Herz ganz schwer.

»Es ist toll hier, oder?«, fragte Elkin. Wir nickten, obwohl es mir nicht optimal erschien, seine Kinder in einem Mobilheim auf dem Trailer-Parkplatz großziehen zu müssen. Doch die fünf schienen nicht nur glücklich, sondern auch richtiggehend stolz auf ihr Zuhause zu sein. Ich mochte mir nicht ausmalen, wie sie in ihrer alten Heimat gelebt hatten. »Die Kinder dürfen nur nicht zu laut sein, sonst bekommen wir Ärger mit den Nachbarn, aber Luisa achtet darauf. Sie hat das Kommando, wenn ich in der Arbeit bin. Und sonst auch.«

Ach Luisa! Auch jetzt sah sie nicht gerade fröhlich drein. Was wohl mit ihrer Mutter war? Sie war noch gar nicht erwähnt worden. Aber ich traute mich auch nicht, nach ihr zu fragen, um kein Salz in eine mögliche Wunde zu streuen.

»Was machst du beruflich, wo arbeitest du?«, fragte Greg Elkin.

»In einer Autowerkstatt als Mechaniker. Und was macht ihr so? Wenn ihr nicht auf Reisen seid?«

Als Allie erzählte, dass James und sie gerade als Taucher in Key West tätig waren, machten die Kinder große Augen und wollten alles darüber wissen, vor allem, ob sie schon einmal einen Haifisch gesehen hatten.

»Klar, ganz harmlose Ammenhaie schauen öfters mal vorbei, und ab und zu bekommen wir auch Besuch von einem eleganten Riffhai, wenn wir die Korallen auspflanzen«, antwortete Allie.

»Korallen auspflanzen? Wozu denn das?« Der Achtjährige dachte wohl, er hätte sich verhört.

»Ihr habt doch schon vom Klimawandel gehört? Das bedeutet, dass es auf der Erde immer wärmer wird. Und auch in den Meeren. Aber das vertragen Korallen leider nicht«, versuchte Allie es den Kids in einfachen Worten zu erklären. »Sie verlieren ihre wunderschöne Farbe, bleichen aus und sterben schließlich ab. Ungefähr so würde es auch den bunten Orchideen vor eurem Trailer gehen, wenn es zu lange zu heiß wäre.«

Die Kinder schauten betroffen. »Oh. Und ihr pflanzt aber neue?«

»Ja, bei uns werden widerstandsfähigere Korallen, denen höhere Temperaturen nicht so viel ausmachen, in einem Labor vermehrt, und dann werden die Riffe mit ihnen wieder aufgeforstet. Und das ist so wichtig! Weil Korallen mehr als einer Million anderer Meerestiere Unterschlupf und Nahrung bieten. Wenn sie nicht mehr sind, dann können auch ihre Untermieter nicht weiterleben. Ein Viertel der weltweiten Fischpopulation lebt in Riffen. Sie würde dann ebenso verschwinden und bald wäre das Meer vor den Florida Keys nicht mehr wie ein bunter Garten, sondern öde und kaputt wie ein verdorrter Rasen. Dasselbe gilt für die anderen Riffe auf der Welt, zum Beispiel das Great Barrier Reef in Australien, das es besonders hart getroffen hat. Aber genauso geht es vor Hawaii und den Seychellen zu …«

Während sie weiter über unsere Arbeit berichtete und die Kinder gebannt zuhörten, drifteten meine Gedanken zu den Lebensumständen ab, mit denen die Anwohner hier konfrontiert waren. Wie musste es sein, für immer in dieser Gegend zu leben? Fast kamen mir die Menschen vor wie zwischengeparkt, so ganz ohne festes Haus oder Wohnung. Auf einmal fühlte ich mich elend, und mir war übel und schwindlig. Vielleicht war das zweite Bier zu viel gewesen, das ich wegen der schwülen Hitze rasch getrunken hatte. Ich murmelte eine Entschuldigung und erhob mich. Ich musste unbedingt ein paar Schritte laufen und kurz für mich allein sein.

In diesem Moment vermisste ich einen Platz nur für mich. Wie herrlich wäre es jetzt in einem Wald oder am Strand. Irgendeinen Rückzugsort hätte ich gern gehabt. Hier wollte man nicht mal auf dem Klo freiwillig eine Sekunde länger als nötig bleiben, so eng und stickig war es da.

Weder in unserer muffigen Schuhschachtel gab es Privatsphäre noch hier draußen, wo eine Blechhütte dicht an dicht an der nächsten stand. Der eine konnte von seinem Küchenfenster quasi direkt in das Schlafzimmer seines Nachbarn linsen. Mittlerweile war es dämmrig geworden und Straßenlaternen tauchten die Gegend in ein schummriges Licht. Die Mülltonnen warfen Schatten auf die staubige Straße und aus den Wohnwagen drangen aufdringliche Stimmen und nervige Geräusche von Werbespots. Ich schlurfte die Straße entlang, bis ich von einem Zaun gestoppt wurde. Er trennte die Mobilheimanlage von einem verlassenen Parkplatz, an dessen Ende ich die Umrisse einer Lagerhalle erkannte. Herrgott, was für eine trostlose Gegend war das hier. Und auch irgendwie unheimlich. Da war der Gedanke, dass eine Campingplatz-Patrouille nach dem Rechten sah, gar nicht mehr so bizarr. Ich umfasste meine Schultern, als ob ich mich selbst tröstend umarmen wollte, und starrte auf die Betonwüste vor mir. Eine Träne rollte mir aus dem Augenwinkel. Da hörte ich Schritte hinter mir.

Ich fuhr herum und atmete erleichtert auf. Es war Greg.

»Ist alles in Ordnung mit dir?« Ich nickte und lächelte, obwohl es mir gleichzeitig nicht gelang, ein Schniefen zu unterdrücken. »Sorry, dass ich dir nachgehe, aber ich kann dich doch nicht so allein herumspazieren lassen. Falls du auch hier wieder eine Seekuh verteidigen möchtest oder dich aus anderen Gründen mit irgendwelchen Leuten anlegst.«

Ein Lächeln stahl sich auf meine Lippen. Er hatte registriert, dass ich niedergeschlagen war, und versuchte, mich aufzuheitern. Das war wirklich lieb von ihm! Vielleicht musste ich mich langsam, aber endgültig damit abfinden, dass Greg einfach immer das Richtige tat …

Er betrachtete mich im schummrigen Licht nun eingehender und als er meine feuchten Augen bemerkte, zuckte er unmerklich zusammen. Weinende Frauen waren für viele Männer schlimmer als Dieselpest und Ölcholera zusammen und dazu geeignet, ihren angeborenen Fluchtreflex auszulösen. Aber nicht bei Greg. Schon damals, als ich wegen dem Blackout im Meereslabor so verzweifelt war, war er mir zur Seite gestanden. Er hatte mir nicht nur aus der Patsche geholfen, sondern mich auch wieder aufgebaut. »Was ist denn los mit dir?« Seine Stimme klang sanft und auch ein wenig belegt. Meine Nackenhaare stellten sich auf, weil sein raues Timbre an mir rührte. Heute schlitterte ich von einer seltsamen Gemütslage in die nächste, gerade so, als würde ich mit Schwimmflossen durch den Tag stolpern. Dabei wollte ich doch nicht mehr die Dramaqueen und Heulsuse sein. Ich schluckte und versuchte, die souveräne Sprechweise einer Lehrerin anzunehmen. In meinen eigenen Ohren hörte ich mich allerdings nicht so an.

»Es ist nichts … Nur, diese Kinder, weißt du … erinnern mich an daheim. Vor allem Luisa. Ich habe auch viele jüngere Geschwister, sogar sechs davon!«

»Wie schön«, sagte Greg und lächelte mich aufmunternd an.

Ich lachte trocken auf. »Ja, so reagieren immer alle Leute und finden es toll, dass ich in einer Großfamilie aufgewachsen bin. Sie stellen sich das Leben darin lustig, turbulent und abwechslungsreich vor. Es ist auch wunderbar, aber auf der anderen Seite ist es ein großer Kampf. Zumindest war es für mich so. Versteh mich nicht falsch, ich liebe meine Geschwister über alles, aber jetzt, seit ich Luisa gesehen habe, verstehe ich, dass mir auch ein Teil meiner Kindheit genommen worden ist. Es war zu viel

Arbeit und Verantwortung für ein Kind, wie ich es damals war, auf noch kleinere Kinder aufzupassen.«

Ich ließ mich kraftlos auf den Grünstreifen sinken und lehnte mich an den Zaun. Greg setzte sich neben mich und plötzlich, im Schutz der Dunkelheit und dank seiner verständnisvollen Art, hatte ich das Bedürfnis, ihm alles zu erzählen.

»Meine ersten sechs Lebensjahre waren ein Traum, ich war ein verwöhntes Einzelkind.«

»Und hast deine Eltern sicher um den Finger gewickelt. «

»Ja genau, vor allem meinen Vater. Ich war ein richtiges Papa-Kind, wie man so sagt.« Ich lächelte bei der Erinnerung an ihn. »Meine Eltern waren noch sehr jung, als ich zur Welt kam, meine Mutter war gerade erst achtzehn Jahre alt. Du denkst jetzt sicher, dass ich ein Sex-Unfall bin, und das stimmt auch.«

»Wie kannst du nur so abschätzig von dir selbst sprechen? Wie das klingt! Du bist die wunderbarste Materialschwäche der Gummi-Industrie, die es je gegeben hat, oder ... wie auch immer die näheren Umstände deiner Entstehung waren.«

Unwillkürlich schmunzelte ich: Er hatte mich als *wunderbar* bezeichnet. Wie lieb von ihm. Immer schaffte Greg es, die Schwere zu vertreiben. An seiner Seite fühlte sich das Leben bunter an, fröhlicher, beschützter, mit einem Wort: leichter. Davon beschwingt sprach ich weiter.

»In meinem siebten Lebensjahr kam dann mein Bruder Ronald zur Welt. Und dann im Abstand von zwei Jahren immer ein weiteres Geschwisterkind: Anna-Lena, danach Sabrina, dann Thomas und als ich achtzehn Jahre alt war, kamen noch die Zwillinge.«

»Oha, ja, das sind wirklich viele.«

»Und die ganzen Jahre verbrachte ich damit, auf sie aufzupassen. Ich war Mutters rechte Hand und dabei selbst noch ein Kind«, antwortete ich.

»Und nach den Zwillingen war Schluss mit dem Kindermachen?«, fragte Greg, vermutlich begleitet von einem Augenzwinkern, das ich im schummrigen Licht aber nicht erkennen konnte.

Ich senkte meinen Kopf. »Ja, das war dann das Ende. Leider starb mein Vater im selben Jahr, in dem die Zwillinge geboren wurden. Es war ein Autounfall.«

»Das tut mir aber leid!«, sagte Greg betroffen und legte seine Hand ganz sanft an meine Schulter. »Das muss schrecklich für euch gewesen sein!«

Die Erinnerungen machten mir die Kehle eng und ich nickte. »Es kam sogar noch dicker. Denn Mama war vom plötzlichen Tod meines Vaters komplett aus der Bahn geworfen. Papa war ihre große Liebe gewesen, ihr Lebensanker. Nach seinem Tod litt sie unter schweren Depressionen und kam kaum noch hoch. Obwohl ich gerade erst achtzehn war, musste ich alles am Laufen halten. Dabei trauerte ich doch selbst ganz schrecklich. Neben den Zwillingen und meinen anderen Geschwistern kümmerte ich mich nun auch noch um Mama. Niemand drang mehr zu ihr durch. Ich hatte solche Angst um sie und dass sich unsere Familie komplett auflösen würde, denn das Jugendamt war ganz kurz davor, einzuschreiten und meine Geschwister in Pflegefamilien zu stecken! « Bei der Erinnerung daran spürte ich einen Kloß in meinem Hals und meine Stimme war brüchig geworden. Greg legte seine Hand auf meine. Ich schwieg ein paar Momente, um mich wieder zu sammeln. »Zum Glück half mir Markus, mein Ex-Freund. Er ist zu uns gezogen und hat uns unterstützt. Dafür werde ich ihm immer dankbar sein. In den Jahren ist er zu einem Familienmitglied geworden.« Diese Worte konnte ich ohne jede Wehmut aussprechen. Das Kapitel der Liebesbeziehung zwischen Markus und mir war endgültig abgeschlossen für mich, und das merkte ich jetzt. »Die beiden Jahre nach dem Unfall verlangten mir alles ab. An manchen Tagen war ich selbst so unendlich müde, dass ich kaum aufstehen konnte. Zwillinge aufzuziehen ist wunderbar, aber oft wünschte ich mir, vier Hände zu haben, oder noch mehr.« Ich seufzte. Ja, das waren kräfteraubende Jahre gewesen. »Aber Gott sei Dank erholte sich meine Mutter langsam wieder. Obwohl ich fürchte, dass sie Papas Tod vielleicht nie ganz überwinden wird. Ich konnte dann wieder in die Schule gehen, die ich für zwei Jahre auf Eis gelegt hatte, und den Abschluss nachholen. Die schwere Zeit hat uns ganz fest zusammengeschweißt. Meine Geschwister sind fast wie meine eigenen Kinder für mich.«

»Was passiert ist, tut mir so leid für dich, Julia. Jetzt verstehe ich, warum die kleine Luisa mit ihren Geschwistern dich so aufgewühlt hat«, sagte Greg und nach einer kurzen Pause fügte er leise hinzu: »Dein Vater wäre bestimmt unendlich stolz auf dich.«

»Danke«, murmelte ich. Eine Zeit lang saßen wir schweigend nebeneinander. Es hatte sich gut angefühlt, Greg von mir und meiner Familie zu erzählen. Und tatsächlich war erneut der Greg-Effekt eingetreten. Diese Empfindung, dass die Welt in Ordnung war, auch wenn das Leben mir seine harten Seiten gezeigt hatte. Da war so eine Vertrautheit zwischen uns, die mich fast vergessen ließ, dass seine Hand immer noch die meine umschlossen hielt. Gregs Nähe war beruhigend und gleichzeitig prickelnd und aufregend, und er rief diese wunderbare Unbeschwertheit in mir hervor, die ich bisher so nur von einer Situation kannte, und zwar von meinem Korallenriff-Tauchgang.

Mein Puls beschleunigte sich und in meinem Bauch kribbelte es wie in einem Feuerameisenhaufen. Wider besseres Wissen wollte ich ihm noch näher kommen, die Leichtigkeit weiter auskosten. Herausfinden, wie sich die Haut seiner Wange anfühlte, wenn ich mit meinen Fingerspitzen darüberstrich. Wollte das süße Grübchen nachzeichnen und mich von seinen kurzen Bartstoppeln kitzeln lassen. Mit der Hand durch seine kurzen blonden Haare fahren.

Langsam drehte ich meinen Kopf und sah ihm in die Augen. Obwohl sein Gesicht im Halbschatten lag, nahm ich das Funkeln in ihnen wahr. Ich spürte seinen warmen Atem auf meinem Gesicht, der meine Lippen streifte wie ein lauer Windhauch. Sofort erfüllte mich das Gefühl der Abendstimmung in Key West, wenn nach einem heißen Tag eine belebende Brise durch die malerische Altstadt wogte, die man genießen und in sich aufsaugen wollte.

Mein Herz setzte einen Schlag lang aus, als seine Hand meine leicht drückte wie eine unausgesprochene Frage. Und ob ich wollte! Ich nickte unwillkürlich und seine Mundwinkel kräuselten sich leicht. Als sein Kopf sich meinem Millimeter für Millimeter näherte, als ob er jede Sekunde auskosten wollte, schloss ich die Augen. Endlich berührten mich seine Lippen. Sie streichelten die meinen sanft, weich und zurückhaltend.

Typisch Greg. Es hätte mich auch gewundert, wenn er nicht auch im Küssen einfühlsam gewesen wäre. Er war einfach perfekt. Ich erwiderte den Druck seiner Lippen zunehmend ungestüm. Mehr, mehr, mehr, rief alles in mir. Wir schlangen unsere Arme umeinander. Gregs Küsse wurden sogleich intensiver und fordernder. In meiner Mitte begann es angenehm schmerzlich zu ziehen.

Doch da wurden wir gestört. Ein Auto näherte sich von rechts und Greg löste sich abrupt von mir.

»Pass auf, der sieht uns nicht«, rief er und wir winkelten rasch unsere Beine an, die zuvor bis auf die Straße geragt hatten. Wenige Momente später rauschte ein dunkler SUV an uns vorbei. Hui, das war ganz schön knapp gewesen. Greg nahm meine Hand, führte sie zu seinen Lippen und küsste sie. Die kitzelnden Barthaare, die ich an meinem Handrücken spürte, lösten kribbelnde Reflexe bis zu meiner Schulter hinauf aus. Doch lieber als seine Lippen auf meiner Hand zu spüren, wollte ich sie auf meinem Mund fühlen.

»Lass uns besser zurückgehen, die anderen werden sich schon wundern, wo wir bleiben«, sagte er jedoch. Seine Stimme klang rau. Aber natürlich, die anderen würden sich mittlerweile bestimmt schon Sorgen machen.

»Ja, du hast recht. Sonst glauben die noch, wir knutschen heimlich«, sagte ich. Meine melancholische Stimmung war komplett verflogen.

»Oder sie denken, wir hätten uns ein bequemes Hotelzimmer mit Aircondition und einem richtigen Klo genommen«, antwortete er mit einem kehligen Lachen.

Er stand auf und zog mich an seiner Hand mit Schwung auf die Beine. »Ich muss sagen, an deiner Seite lebt es sich ganz schön riskant. Erst prügeln wir uns beinahe wegen einer Seekuh und dann werden wir fast von einem Auto umgefahren.«

»Nicht zu vergessen der gefährliche Palatschinken-Exzess, der dir noch bevorsteht«, sagte ich kichernd.

Er grinste. »Pst, leise, sonst bekomm ich zuletzt noch Ärger mit der Campingplatz-Bürgerwehr.«

»Wegen Erregung von Frauen in der Öffentlichkeit?«, flüsterte ich.

»Du bist unglaublich!«, wisperte er zurück.

»Danke!«

Er zog mich ein Stück an seiner Hand hinter sich her, zurück in Richtung unseres Mobilheimes. Als wir in die Maple Street einbogen, ließ er sie los und wir gingen schweigend nebeneinander her. Ich musste mir eingestehen, dass ich nichts Relevantes finden würde, was mich jemals an Greg stören würde. Zumindest konnte ich mir im Moment nichts dergleichen vorstellen. Vielleicht schnarchte er oder war unordentlich? So what? Das war doch völlig egal. Gregs Mängelliste war endgültig gestorben. Denn ich mochte ganz einfach alle seine Eigenschaften: seinen Humor, seine Hilfsbereitschaft, seine Tüchtigkeit, sein Aussehen und auch seine Küsse. Und vor allem diese Leichtigkeit und Unbeschwertheit, die ich in seiner Nähe empfand, das Korallen-Feeling.

Als wir zurück an den Tisch unserer Nachbarn kamen, waren die Kinder nicht mehr da. Stattdessen drang aus dem Trailer der gedämpfte Ton des Fernsehgerätes. Allie, James und Elkin saßen vor den leeren Tellern und unterhielten sich.

»Da seid ihr ja«, sagte der Familienvater. »Hier in der Siedlung kann man sich ganz schön verlaufen, oder?«

»Und ob«, antwortete Greg, räusperte sich und wir nahmen wieder Platz. Er zwinkerte mir zu, was die Schmetterlinge in meinem Bauch zum Fliegen brachte.

Wir besprachen, was am nächsten Tag alles auf dem Programm stand. In Miami Beach wollten wir den berühmten Strand von South Beach, den Ocean Drive und das Art-déco-Viertel besuchen. Und bevor es dann nach Fort Lauderdale weiterging, würden wir noch einen Stopp im Wynwood Art District einlegen. Danach räumten wir den Tisch ab, bedankten uns, verabschiedeten uns bei Elkin und zogen uns in unser Mobilheim zurück.

Ich war froh, dass Allie vollkommen selbstverständlich mit mir im Wohnbereich die Couch aufklappte und zum Schlafen herrichtete. Zum Glück bat sie mich nicht darum, das Zimmer mit Greg zu teilen, sodass sie und James gemeinsam übernachten könnten. Wahrscheinlich hätte ich darauf nicht Nein sagen können und dann die halbe Nacht neben Greg kein Auge zugetan, vor allem nach dem, was eben passiert war. Als ich mich neben Allie auf das Schlafsofa legte, wackelte es erst einmal hin und her, obwohl ich eher ein Leichtgewicht war. Fast fühlte ich mich auf die schwankenden Planken der *Jolly Roger* zurückversetzt. Ich löschte das Licht und starrte dann bewegungslos an die Decke.

»Gute Nacht«, flüsterte Allie.

»Schlaf gut«, antwortete ich. »Wenn du kannst. Ich hoffe, wir werden nicht seekrank.«

»Ich bin so hundemüde, mir fallen gleich die Augen zu«, nuschelte Allie und gähnte. Einen Augenblick überlegte ich, ihr davon zu erzählen, dass Greg und ich uns vorhin geküsst hatten, doch dann verwarf ich den Gedanken wieder. Ich wusste doch selbst nicht, was ich davon halten sollte.

Trotz der heruntergelassenen Jalousien wurde es durch die Straßenlaternen vor dem Fenster nicht ganz finster in dem kleinen Raum. Doch der Hauptgrund, warum trotz meiner Müdigkeit der Schlaf nicht kommen wollte, war der blonde Mann mit den hellen blauen Augen, der sich im Raum nebenan befand. Meine Gedanken wanderten ständig zu ihm und seinen sanften Lippen. Allein, wenn ich an seinen Namen dachte: Greg. Dieses kleine Wort hörte sich in meinen Ohren an wie eine prickelnde Verheißung. Ich strampelte das dünne Leintuch, das ich auf mich gelegt hatte, von meinem Körper, denn mir war besorgniserregend heiß. Ob er schon schlief? Wie würden die nächsten Tage zwischen uns sein? Seit ich Greg von der schwierigen Vergangenheit erzählt hatte und wir uns geküsst hatten, fühlte ich mich noch freier und lockerer als ohnehin schon seit dem Beginn des Roadtrips. Ich wollte so sehr, dass dieser Zustand anhielt. Hatte ich mir nach den schwierigen Jahren voller Verantwortung und Sorge nicht auch einmal Unbeschwertheit verdient? Irgendwann wurde aus der wackeligen alten Matratze, auf der ich lag, ein fliegender Teppich und ich schlief ein.

Korallenträume

Greg

Ich zwängte mich in unser Zwergen-Badezimmer, um mir die Zähne zu putzen. Die Mädels konnten einem echt leidtun, denn die ausziehbare Couch, auf der sie heute Nacht schlafen mussten, schrie förmlich nach einer Aufpolsterung. Sie waren echt in Ordnung. Andere Frauen, die ich kannte, hätten beim Anblick des zerschlissenen Flohsofas bestimmt herumgemosert, aber nicht Julia und Allie. Mittlerweile drang aus der kleinen Kammer kein Ton mehr, aber vorhin hatte ich sie da drüben leise lachen gehört. Wahrscheinlich hatten sie herumgealbert, während sie sich hinlegten. Nervender Zickenterror, den ich mir vor Beginn der Reise von Julia erhofft hatte, war bislang ausgeblieben. Und ich konnte mir auch nicht vorstellen, dass da noch was kommen würde. Ganz im Gegenteil. Ich mochte ihre Gesellschaft sehr! Während der heutigen Fahrt hatten wir uns so gut verstanden, dass ich ihr sogar von Mutter erzählt hatte. Seitdem ich in den USA lebte, hatte ich außer Marc kaum jemandem von meinem Leben in Südafrika und meiner Familie erzählt. Als ich mich mit Julia während der Fahrt ausgetauscht hatte, wurden meine Erinnerungen an Mama sehr lebendig und ich merkte, wie stark ihre Worte immer noch in mir wirkten. Sie inspirierten mich nach wie vor dazu, mutig zu sein und meinen Weg zu gehen. Und Julia verstand mich genau. Sie wusste, was es bedeutete, für eine Leidenschaft zu brennen und dafür alles hinter sich zu lassen. Allerdings war es für sie eine auf wenige Monate beschränkte Auszeit, um ihre Korallenträume zu leben. Das hatte sie klargestellt, als wir auf dem Overseas Highway unterwegs gewesen waren. Niemals würde ich diesen Tag und Julias Anblick im offenen Cabrio vergessen. Über uns befanden sich nur blauer Himmel, die Sonne und ein paar zerrissene Wölkchen. Rechts und links von uns erstreckte sich das türkise Meer bis zum Horizont. Ihr Haar, das sich halb aus dem Zopf gelöst hatte, flatterte im Fahrtwind und ihre Arme hatte sie weit in die Luft gestreckt, als wollte sie selbst ganz hoch hinaus fliegen. Danach, im Bahia Honda State Park, als James und Allie sich im Meer küssten, spürte ich plötzlich so etwas wie Enttäuschung. Denn ich glaubte, dass Julia und ich uns niemals so nahekommen würden. Allerdings konnte ich in ihrer Gegenwart gar nicht anders, als gut gelaunt zu sein, deswegen dauerte diese Gemütslage nur wenige Momente. Beim Klang ihrer Stimme musste ich immer lächeln. Sie rollte das *R* so niedlich, wie es nur Leute mit deutscher Muttersprache können. Wenn sie meinen Namen rief, bekam ich regelmäßig eine Gänsehaut und wünschte mir, dass sie es immer wieder tun würde. Vorsichtig, um nicht alles nass zu machen, spülte ich meine Zahnbürste in dem Miniaturwaschbecken. Julia war ganz einfach umwerfend und seit heute war ich ihr endgültig verfallen. Die kleine Zärtlichkeit vorhin auf dem Parkplatz hatte sich so völlig unerwartet ergeben. Als sie mir von ihren Eltern und der schweren Zeit zu Hause erzählt hatte, hatte ich meine Hand auf ihre gelegt. Danach, als sie sich ausgesprochen hatte, konnte ich ihr regelrecht ansehen, dass sie sich wieder besser fühlte. Was für eine starke Frau sie war! Da hatte sie wieder dieses leichte Lächeln im Gesicht gehabt, mit dem sie mich manchmal anschaute und bei dem ich jedes Mal fast den nächsten Atemzug vergaß. Ich hatte meinen Blick nicht mehr von ihrem sinnlichen Mund abwenden können, während sich unsere Gesichter immer näher kamen. Dieser Mandarinenblütenduft, der sie umspielte, war so bezaubernd wie sie selbst und zog mich unaufhaltsam an. Schließlich hatte ich ihre samtweichen Lippen berührt. Noch niemals zuvor hatte es sich so aufregend für mich angefühlt, eine Frau zu küssen! Zunächst zärtlich, sanft und behutsam, doch bald intensiv und leidenschaftlich. Beinahe hätten wir einen Wagen überhört, der nur knapp an uns vorbeirauschte und der unseren intimen Moment jäh beendete. Jetzt bereute ich es, dass wir nicht noch etwas länger am Zaun sitzen geblieben waren. Doch ich hatte plötzlich Zweifel gehabt, ob es richtig war, was wir taten, denn ich schätzte Julia nach wie vor nicht als Frau ein, die sich eine lockere Affäre wünschte, bis sie in ein paar Monaten wieder nach Hause fahren würde. Ganz einfach dem Weg seines Herzens folgen? Leichter gesagt als getan. Trotzdem wusste ich jetzt, dass Julia mich auch mochte. Aber wie sehr? Hatte sie nach dem emotionalen Gespräch heute nur ein wenig Trost und körperliche Nähe gesucht, oder war da doch mehr, so wie bei mir?

Leise verließ ich die kleine Kabine und schlich mich im Dunkeln in den Schlafraum hinüber, den ich mir mit James teilte. Ein Deckenventilator brachte einen angenehmen Luftzug in das drückend warme Zimmer. Schlief er schon? Durch die geschlossenen Jalousien drang diffuses Licht von der Straße herein. James lag auf dem Rücken und sein rechter Arm ruhte ausgestreckt auf meinem Kopfkissen. Na super, das konnte ja eine tolle Nacht werden. Ich setzte mich auf die freie Bettseite und schob James' Gliedmaßen zurück auf seine Hälfte, woraufhin er unwillig brummte und sich wegdrehte.

»Gute Nacht«, flüsterte ich und streckte mich auf der relativ schmalen Liegefläche so gut es ging aus, ohne mit James aneinanderzugeraten.

»Pffffchhrrr.« Mein Kumpel würde erst morgen wieder ansprechbar sein.

Morgen … Wie würde es wohl zwischen Julia und mir weitergehen? Unbedingt wollte ich austesten, ob sie heute nur meine tröstende Schulter angenommen hatte oder ob sie ebenfalls mehr für mich empfand. Würde sie weiter mit mir flirten? Ich würde es auf alle Fälle mit ihr tun, denn vielleicht hatte Marc ja recht und es würde sich ein Weg auftun, wenn wir beide es wollten und mutig genug wären, um unseren Herzen zu folgen. Er und Hermosa hatten es schließlich vorgemacht. Nicht einmal Fidel Castro hatte sie aufhalten können. Jedenfalls freute ich mich auf die nächsten Tage. Bei dem Gedanken daran, sie mit Julia verbringen zu dürfen, spürte ich ein ungewohntes Prickeln in meinem Magen. Diese Gedanken hielten mich trotz aller Müdigkeit eine Zeit lang vom Einschlafen ab, bis ich schließlich hinwegschlummerte.

Ocean Drive

Julia

Mit dem Gefühl zu fallen schrak ich aus meinem Traum hoch.

»Sorry, Julia«, sagte Allie. »Es ist schon halb neun und da wollten wir doch schon wieder unterwegs sein. Wir sollten aufstehen.«

»Guten Morgen«, murmelte ich. Ich brauchte einen Moment, um mich zu orientieren. Allie hatte mich wohl geweckt, als sie von der Schlafcouch aufgestanden war. Dadurch war das Gleichgewicht auf unserer Matratze durcheinandergeraten, die bei jeder Körperumdrehung von einem von uns wie eine Hängebrücke hin und her schaukelte. Sofort erinnerte ich mich an alles, was gestern geschehen war. An unser Erlebnis mit der Seekuh in Key Largo, an das kubanische Viertel in Miami und den Trailerpark mit der kolumbianischen Familie nebenan. Und an Gregs Kuss. Mit einem Schlag war ich hellwach. Durch die schmalen Fensteröffnungen fiel die Morgensonne in das Wohnmobil. Von draußen hörte ich das Startgeräusch eines Automotors und von nebenan die gedämpften Stimmen der beiden Männer. Der blumige Geruch von Allies Deo lag in der Luft, das sie gerade wieder in ihre Tasche beförderte und nun darin nach frischer Kleidung kramte. Ich schwang die Beine von der Couch, holte meinen Rucksack, der unter dem Tisch lag, und entschied mich für weiße Shorts und ein zitronengelbes Top. Das harmonierte gut mit meinem dunkelbraunen Haar. Mit festen Strichen bürstete ich es und beschloss, es heute offen zu lassen, anstatt es wie sonst in einem Pferdeschwanz zurückzubinden. Das stand mir nicht nur gut, sondern es fühlte sich auch stimmiger für mich an, weil es meinen Gemütszustand widerspiegelte. Mein

Haar sollte frei im Wind fliegen, Cabrio hin oder her. Ich freute mich auf den Tag mit Greg. Diesen und die nächsten wollte ich einfach nur genießen und Spaß haben.

Allie war fertig und begab sich in unser Dusch-Klo, während ich noch meine restlichen Sachen bis auf meine Zahnbürste in den Rucksack zurückpackte. Dann transformierte ich unser Bett wieder in den ursprünglichen Couch-Zustand, indem ich scharrend das eine Bettgestell samt Matratze unter das andere bugsierte. Da hörte ich von der anderen Seite des Trailers, wie sich die platzsparende Falttür des Schlafraums öffnete.

»Guten Morgen zusammen«, grüßte ich hinüber zu den Jungs. »Gut geschlafen?«

Greg trat aus dem Kämmerchen heraus. Sein kurzes Haar stand auf der linken Seite so süß ab, dass ich am liebsten mit meinen Fingern durchgefahren wäre. Er trug dunkelblaue Bermudas und ein cremeweißes T-Shirt. In seinem Gesicht zeichnete sich ein sexy Bartschatten ab. James hinter ihm hatte noch den Abdruck seines Kissens im Gesicht und gähnte. »Sagen wir mal so: Noch so eine Nacht mit Greg und ich bin reif für die Klapsmühle. Du hast dich voll breitgemacht, Mann. Ich schlage vor, dass wir heute mehr Geld in unsere Unterkunft investieren.«

Greg stemmte seine Arme in die Hüften und streckte seinen Rücken durch. »Was, *du* fühlst dich reif für die Klapsmühle? *Ich* fühl mich wie ein Klappstuhl, weil ich dauernd deiner Hand ausweichen musste, mit der du mir im Gesicht herumgefahren bist. Ja, heute Nacht brauchen wir unbedingt so ein riesiges amerikanisches Kingsize-Bett.«

Allie kam aus dem Nassraum und ich schlängelte mich an ihr vorbei, um mir die Zähne zu putzen.

Als alle fertig waren, verstauten wir unsere Sachen im Wagen und winkten den Nachbarskindern, die vor ihrem Trailer auf ihrem Rasenabschnitt spielten. Sie hatten alle möglichen Spielsachen auf dem schmalen Grünstreifen ausgebreitet. In der Mitte saß

Luisa mit dem dreijährigen Sebastian auf einer Decke und half ihm dabei, ein Puzzle zu legen. Mich überkam bei dem Anblick eine spontane Idee. Ich fingerte aus meinem Portemonnaie eine Fünfzig-Dollar-Note, ging zu ihr hinüber und steckte ihr rasch den grauen Schein zu. Sie schaute mich überrascht an.

»Das Geld ist strikt zweckgebunden und zwar ausschließlich für Spaß. Du musst mir versprechen, dass du dir irgendeinen Unsinn kaufst, wofür dir dein Geld bisher immer zu schade war, versprichst du es mir? Vielleicht für irgendeinen Fummel, Make-up oder du lädst deine Freundinnen ins Kino ein«, raunte ich ihr zu, sodass es niemand sonst hören konnte.

Sie schaute mich verblüfft an. »Okay«, antwortete sie schließlich und grinste breit. »Danke! Das wird sich machen lassen. Aber warum?«

»Ich bin auch eine große Schwester und ich finde, wir müssen zusammenhalten. Alles Gute und viel Freude damit«, sagte ich und wandte mich ab. So unterschiedlich wir waren, so sehr fühlte ich mit ihr. Ihre leuchtenden Augen waren es tausendmal wert gewesen, dass ich meine Reisekasse plünderte.

Gut gelaunt nahm ich auf dem Beifahrersitz des Mustang Platz. Allie und James saßen bereits auf der Rückbank, hielten Händchen und bekamen von der Außenwelt nichts mehr mit. Nachdem wir im Büro gezahlt hatten, starteten wir wieder. Unser erster Halt sollte ein Frühstück in Miami Beach sein.

Wir parkten am Ocean Drive, zogen ein Ticket an der Parkuhr und nahmen dann an einem Vierertisch in einem Restaurant namens *The Carlyle* Platz. Hinter einem Palmenhain lag das Meer, über dem sich ein strahlend blauer Himmel auftat. Greg und ich saßen uns gegenüber und wenn sich unsere Blicke trafen, beschleunigte sich mein Herzschlag.

Wir bestellten ein amerikanisches Frühstück mit Rührei, kross gebratenem Speck, Hash Browns und gebuttertem Toast. Wir plauderten, lachten und beobachteten die Leute, die relaxt vorbeispazierten oder auf Rädern oder Segways an uns vorbeifuhren. Besonders letztere hatten es Greg und James angetan.

»Ich würde zu gern wissen, wie man mit denen bremst. Sieht so aus, als müsste man sich nach hinten lehnen?«, mutmaßte Greg.

»Bremsen? Mich interessiert eher, wie man Gas gibt!«, antwortete James.

Greg hob seine Augenbrauen. »Das will ich sehen: wie du so einen richtigen Raketenstart hinlegst.«

Eine halbe Stunde später übten wir auf einem Parkplatz hinter einem Laden, der Segways vermietete, ehe wir auf die Straße durften. Es machte megamäßigen Spaß und es war tatsächlich relativ einfach, wenn man einmal den Bogen raushatte. Anfahren, indem man sich nach vorn neigte, bremsen, indem man das Gewicht und den Lenker nach hinten zog. Kurze Zeit später fuhren wir den Ocean Drive entlang, einer hinter dem anderen. Greg führte, dicht gefolgt von James. Ich fühlte den warmen Fahrtwind in meinem Gesicht und konnte das würzige Meer riechen, welches sich rechter Hand hinter der Uferpromenade bis zum Horizont erstreckte. Ich sog die Luft tief in mich ein. Es machte Riesenspaß! Ganz wie von selbst waren meine Mundwinkel die ganze Zeit über nach oben gebogen. Als wir das hippe *Clevelander Hotel* passierten, zwinkerte mir ein schwarzhaariger Kellner zu, der gerade mit einem Tablett voller bunter Getränke zu einem Tisch unterwegs war. Hier waren alle Leute gut drauf! Am besten gefielen mir die pastellfarbenen Gebäude im Art-déco-Stil. Die typischen geschwungenen Linien an den Fassaden und die Sonnenblenden über den Fenstern verliehen ihnen ein luftiges Aussehen. Wie ich durch meine Vorabrecherchen wusste, stammten die meisten Häuser hier noch aus der Zeit, bevor es Klimaanlagen gegeben hatte, und die Abschirmungen sollten die Sonne und Hitze aus den Wohngebäuden fernhalten. Auch nautische Elemente tauchten immer wieder auf, wie beim *Z Ocean Hotel*, dessen Form an ein Kreuzfahrtschiff erinnerte. Auf der anderen Seite des Ocean Drive lag der von Palmen gesäumte Strand von South Beach. Ach, Miami Beach war einfach toll.

Die Zeit verging wie im Flug. Nach etwa eineinhalb Stunden brachten wir die Roller zurück. Es war fast Mittag und wir hielten Ausschau nach einem Eissalon, denn das wäre bei der Hitze genau das Richtige. Weit und breit war leider keiner in Sicht, also spazierten wir zum Meer hinunter und gingen den Strand entlang. Vor einem der typischen Miami Lifeguard Standspots, die vor allem durch die Serie *Baywatch* berühmt wurden, machten wir Fotos. Die bunten Holzhäuschen der Rettungsschwimmer bezauberten mich richtiggehend. Auf einem Blog hatte ich gelesen, dass jedes der über dreißig quietschbunten Stands ein anderes Erscheinungsbild hatte. Wir schlüpften aus unseren Sneakers und ließen unsere Beine vom Wasser umspielen, die von den heranbrausenden Wellen mal bis zu den Knöcheln, mal bis zum Knie benetzt wurden. Dann schlenderten wir weiter.

Hier in Miami Beach übertrieben es manche Männer mit ihrem Körperkult. Eben kamen uns wieder zwei muskelbepackte und eingeölte Kerle entgegen, bei denen man meinen konnte, dass in ihren Schulterweiten keine normalen T-Shirts mehr produziert wurden. In den stoffarmen Ruderlaibchen, die sie deswegen trugen, erschienen ihre Häupter wie ausgedörrte Schrumpfköpfe. Darauf hatten sie sich rote Basecaps ganz cool verkehrt herum aufgesetzt, wie ich schmunzelnd bemerkte. Als sie Allie und mir im Vorbeigehen auch noch lässig zuzwinkerten, konnten wir nicht mehr ernst bleiben und prusteten los. Allerdings interpretierten sie unsere Reaktion völlig fehl, denn sie blieben stehen, strahlten heller als die Sonne und der Größere von den beiden sagte die bedeutenden Worte: »Hey, what's up?«

»Sorry, no English«, antwortete ich ebenso einfallsreich und wir liefen kichernd weiter.

Als wir die Jungs weiter vorn erblickten, sah ich, dass Greg sein T-Shirt ausgezogen und es sich über die Schulter geworfen hatte.

Sein schlanker, sehniger Oberkörper, dessen schmale Taille im Hosenbund seiner Shorts verschwand, war weder zu hager noch übertrainiert. Bei ihm stimmten ganz einfach die Proportionen, wie bei Schloss Schönbrunn oder wie bei einer perfekt gebogenen Muschel.

Jetzt erst bemerkten wir den Wagen, der an der Promenade gehalten hatte und gerade wieder davonfuhr. Beide Jungs hielten einen Eisbecher in der Hand. Als wir zu ihnen stießen, überreichte Greg mir seinen fast wie einen Blumenstrauß. Allie bekam den von James.

»Oh, Vanilleeis mit frischen Erdbeeren! Vielen Dank, Greg.« Wie aufmerksam. Er hatte im Kopf behalten, dass ich diese Kombi liebte. »Aber du hast dir ja gar keines geholt?«

»Ich mach mir eigentlich nicht so viel aus Süßem«, antwortete er. »Aber für deine Palatschinkenparty mach ich dann eine Ausnahme, natürlich.«

»Und das wirst du nicht bereuen. Außer später auf der Waage vielleicht.«

Er blitzte mich aus seinen blauen Augen an und ich zwinkerte ihm zu. Nebeneinander ließen wir uns in den warmen Sand fallen.

Ausnahmen zuckerhaltige Lebensmittel betreffend schien er tatsächlich nur selten zu machen, denn an seinen Hüften gab es kein Gramm Fett. Das war mir damals bei unserem Badeausflug schon aufgefallen. Vor allem, als ich hinter ihm auf dem Einhorn gesessen hatte. Sofort musste ich daran denken, wie gut sich seine Umarmung angefühlt hatte. Und wie schön es gewesen war, von ihm hochgehoben zu werden. Diese Empfindung hatte mich danach bis in meine Träume begleitet und mich wie eine Drohne in den siebten Himmel schweben lassen. Hilfe, jetzt führte ich schon schwülstige Zwiegespräche! Zum Glück konnte er meine Gedanken nicht mithören, das wäre ja schön peinlich.

Ich seufzte zufrieden, während ich meine Eiscreme löffelte. Der Tag lief genauso, wie ich es mir erhofft hatte. Lebendig, leicht und mit Flirten. Was könnte es Besseres geben? Mir fiel nichts ein. Wir saßen so knapp beieinander, dass sich unsere Ellbogen berührten. Um uns mehr Bewegungsfreiheit zu verschaffen, platzierte er seinen Arm ganz zwanglos hinter meinem Rücken, was mir trotz der Hitze an dieser Stelle eine Gänsehaut bescherte. Wie sich seine Hand erst unter meinem T-Shirt, direkt auf meiner Haut anfühlen müsste? Mein Ruhepuls ging durch die Decke und ich atmete tief durch, um gegenzusteuern. Noch vor ein paar Tagen war ich der Überzeugung gewesen, dass eine Affäre für mich nicht infrage kommen würde, denn auf Distanz zu bleiben war rational und nüchtern betrachtet am vernünftigsten. Doch meine alten Grundsätze fühlten sich plötzlich wie Freiheitsberaubung an. Sie machten mich im Inneren schwer. Musste ich denn immer die Hausbackene und Vorsichtige sein? Musste ich immer alles, was ich tat, zerdenken und kritisch hinterfragen? Immer am Boden der Tatsachen bleiben? Was, wenn ich das Gefängnis meiner eigenen Vorschriften ganz einfach verlassen würde? Ich hielt den Schlüssel dazu doch selbst in den Händen! Und ich wollte vor allem eines: mich leicht fühlen und das Leben spüren, ohne über Konsequenzen nachzugrübeln.

Nachdem wir unseren unerwarteten Snack beendet hatten, schüttelten wir den Sand von unserer Kleidung und stapften über den Strand zurück zur Straße. Dann schlenderten wir zum Cabrio und fuhren nach Wynwood, das nur ungefähr eine Viertelstunde mit dem Auto entfernt war. Das junge, hippe Viertel war neben ausgefallenen Boutiquen und Bars vor allem für seine vielen bunten Wandbilder berühmt, wie ich wusste. Auch hier könnte man locker den ganzen Tag verbringen, jedoch mussten wir uns aus Zeitgründen darauf beschränken, das Freiluftmuseum Wynwood Walls zu besuchen. Es war unglaublich, was Künstler hier mit ihrer Fantasie und ihren Spraydosen auf Mauern erschaffen hatten. Neben poppigen Comics gab es vielschichtige und detailreiche Porträts von Menschen und bunte Graffitis erzählten skurrile, witzige und auch aufrüttelnde Geschichten über das Leben. Wir schritten durch die Ausstellung, bis ich wie angewurzelt vor einem phantastischen Werk stehen blieb, das eine halb niedergerissene Mauer zeigte. Dahinter brach blauer Himmel durch, in dem alles farbenfroh durcheinanderwirbelte: ein sperriges Flugzeug mit zwei übereinander angeordneten Tragflächen, ein knallroter Vogel, ein chinesischer Drache, ein aus einem Ufo winkender Außerirdischer, weiße Wölkchen, Herzen und loderndes Feuer. Darunter stand eine Frau, die hinter dem Zaun ihres kleinen Häuschens eingeschlossen war und auf Zehenspitzen sehnsüchtig zu dem Spektakel hinaufgriff, als ob sie mitfliegen wollte.

Ich schluckte schwer und starrte es minutenlang an. Dieses Graffiti traf mich bis ins Mark. Es brachte meine inneren Töne zum Schwingen und ließ mein Herz schneller klopfen. Ich war die Frau, die auch hinaufwollte, um ihren biederen Background hinter sich zu lassen und um zu fliegen! Am Firmament meines Lebens-Graffitis zogen statt einem Doppeldecker-Flugzeug Drohnen vorüber und stellvertretend für das Feuer loderte die Leidenschaft für das Korallenriff in mir. An meinem Himmel flatterte kein roter Vogel, aber meine neuen Freunde Allie und James taten es mit ihrer jugendlichen Unbeschwertheit. Und der chinesische Drache stand für die Karibik, denn sie war exotisch, aufregend und mir zum großen Teil immer noch fremd. Aber ich wollte sie besser kennenlernen. Die weißen Wölkchen und die Herzen nahm ich als Symbole für die Verliebtheit, die ich spürte. Und der Außerirdische? Klar, das war Marc Davis auf seiner Harley! Ich grinste und schoss ein Erinnerungsfoto von der Darstellung. Sie schien mir auf unerklärliche Art und Weise Mut zuzusprechen, die Hand auszustrecken und die Schranken, die mich festhielten, hinter mir zu lassen.

Nach dem Museumsbesuch, der mich so ergriffen hatte, war es langsam an der Zeit, Miami wieder zu verlassen. Für heute hatten wir uns vorgenommen, zumindest bis nach Fort Lauderdale zu fahren, das wir in einer knappen Stunde Autofahrt in nördlicher Richtung erreichen würden. Morgen sollte es dann in einer ungefähr dreistündigen Fahrt weiter nach Cape Canaveral gehen, dem eigentlichen Ziel unserer Reise. Nach dem Besuch des Kennedy Space Centers tagsüber würden wir dann mit Glück am frühen Abend einen Raketenstart miterleben können, bei dem ein Satellit in die Erdumlaufbahn befördert wurde. Es hing vom Wetter ab, ob es wirklich dazu kommen würde. Im Moment sah es nach der neuesten Vorhersage immerhin zu sechzig Prozent danach aus.

In einem Straßencafé tranken wir einen Espresso und aßen ein kubanisches Sandwich. Dieser für Miami scheinbar typische Snack bestand aus gekochtem Schinken, Pastrami, Käse und Senf zwischen zwei Sandwich-Scheiben. Nach dem Essen suchten wir im Internet nach einem Zimmer für heute Nacht, denn es war höchste Zeit. Zum Glück gab es ganz gute Angebote von netten Motels zu einem passablen Preis. Schließlich buchten wir ein Zimmer mit zwei Kingsize-Doppelbetten in einem Motel namens *America's Best Inn Fort Lauderdale*. Es lag sogar halbwegs in Strandnähe, wo wir uns später ein Restaurant fürs Abendessen suchen wollten.

Fort Lauderdale

Julia

Wir erreichten Fort Lauderdale um kurz vor sieben und checkten in unser Motel ein. Das einstöckige Gebäude mit außen liegendem Flur im Obergeschoss, Flachdach und einer verblassten gelblichen Fassade lag, wie man es aus amerikanischen Filmen kannte, direkt an der Schnellstraße. Genau wie das Exterieur kam auch das Zimmer ohne pompöse Dekoration aus, denn es beinhaltete nichts weiter als die zwei riesigen Doppelbetten.

Während wir unser Gepäck im Raum ablegten, fragte ich mich, was eigentlich wäre, wenn Allie mich heute bitten würde, das Bett mit James zu tauschen?

Ich dachte an die Graffiti-Frau und beschloss in dem Fall zuzustimmen, auch wenn es eine schlaflose Nacht bedeuten würde, vor allem, da ich Gregs nackten Oberkörper noch bildlich vor Augen hatte.

Doch wider Erwarten bat sie mich nicht darum, sondern erklärte mir, dass Kingsize bedeutete, dass die Liegefläche sechsundsiebzig Inch breit war. Ich rechnete schnell um. Oh, das waren stolze ein Meter und dreiundneunzig Zentimeter. Außerdem gab es in jedem Bett zwei getrennte Decken. Die würden wir auch brauchen, weil die Aircondition die Temperatur im Raum auf frostige Grade gesenkt hatte. Greg schaltete sie gleich aus, als er sah, dass Allie und ich bibberten. Im Vorraum gab es Einbauschränke, die wir aber nicht benutzen würden, weil wir ja nur eine Nacht blieben. Das Bad war Luxus, zumindest im Vergleich zu dem Badezimmer im Trailer. Es wirkte zwar, genauso wie das ganze Motel, funktional, aber ein wenig in die Jahre gekommen.

Nach dem Ankommen hatten wir alle richtig großen Hunger,

deswegen duschten wir rasch und machten uns dann gleich auf den Weg in Richtung Promenade, wo es bestimmt eine schöne Auswahl an Gastronomie gab. Normalerweise wäre das ein schöner halbstündiger Spaziergang, nachdem wir aber schon den ganzen Tag auf den Beinen gewesen waren, nahmen wir doch lieber den Mustang. Als wir auf dem East Oakland Park Boulevard Richtung Meer fuhren, verstanden wir, warum Fort Lauderdale im Reiseführer auch »das Venedig Amerikas« genannt wurde. Eine Brücke führte uns über einen Kanal, an dem Motorboote an Anlegestellen wie Autos in Parkbuchten ankerten. An einem von Palmen gesäumten Ufer sahen wir ein elegantes Hotel, Restaurants und weitere Kanäle, von denen der Stadtteil Fort Lauderdale Beach wie ein Netz durchzogen wurde. Wir stellten das Auto am North Ocean Boulevard ab und gingen die belebte Straße zu Fuß Richtung Strand weiter.

Vor einem Lokal mit dem Namen *The Beach Side* hing ein unübersehbares Banner mit der Aufschrift: »Heute Abend Wassermelonen-Wettessen«.

»Lasst uns doch hier reingehen!«, rief James voller Enthusiasmus.

Das Hotelrestaurant war zwar etwas abseits vom Strand gelegen, aber wie wir über eine Hibiskushecke sehen konnten, hatte es einen schönen großen Außenbereich mit einem tropischen Palmengarten und üppigen, rot blühenden Oleandersträuchen.

»Ist das dein Ernst? Wassermelonen-Wettessen?«, fragte Greg.

»Du sprichst mit dem zweimaligen Champion von Kapstadt, mein Lieber«, antwortete James und reckte die Faust in die Höhe.

»Also von mir aus … Was sagen die Ladys?«

Allie war sofort begeistert und ich zuckte mit den Schultern. »Ich sehe dir gern dabei zu, James.«

Wir gelangten über einen geschotterten Kiesweg auf eine weitläufige Terrasse. Um eine hübsche Poollandschaft herum waren Restauranttische aufgestellt, was sofort Urlaubsgefühle in mir weckte. Auf großflächigen Tafeln wurden die Spezialitäten des

Tages angeboten: Steaks und fangfrische Langusten vom Grill. Nachdem wir an einem Vierertisch Platz genommen hatten, brachte der Kellner schon einmal die Speisekarten und nahm unsere Getränkebestellungen entgegen.

Auf einem langen Tisch neben dem unseren wurden gerade riesige Wassermelonen platziert und in gleich große Viertel geschnitten.

Ich saß schräg neben Greg und die Schmetterlinge stoben in meinem Magen auf, als er aus der Speisekarte hochschaute und sich unsere Blicke trafen. Sein Augenausdruck löste Empfindungen aus, als würde Champagner in meinem Magen perlen, mir zu Kopf steigen und meine Sinne vernebeln. Wie sehr liebte ich dieses Feeling von Leichtigkeit und Lebensfreude! Ich konnte mich kaum auf das Menü konzentrieren.

Der Kellner brachte einen großen Krug Wasser, Bier und Gläser und stellte alles in der Mitte des Tisches ab. »Ihr macht doch mit beim Wassermelonen-Wettessen, oder? Es gibt hundert Dollar zu gewinnen! Tragt euch hier ein«, sagte er und zog einen Zettel hervor, der unter seinem Tablett eingeklemmt gewesen war. Dazu legte er einen Stift, den James sich gleich griff.

»Klar machen wir mit! Was ist mit euch?«, fragte er.

»Mit dem Essen spielt man nicht«, antwortete ich ganz automatisch. *Doch halt!* Das war die Antwort einer Frau, die sich mit den Einschränkungen ihres biederen Lebens abfand, anstatt hinauszutreten und mit den anderen zu fliegen. Ich ärgerte mich ein wenig über meine vorschnelle ablehnende Antwort. Vielleicht wäre es lustig gewesen, bei der Gaudi dabei zu sein statt nur zuzusehen? Doch jetzt wollte ich keinen Rückzieher mehr machen und schwieg.

Allie hatte bereits zum Stift gegriffen und schrieb kichernd ihren Namen auf. Sie konnte manchmal fast schon kindisch gut gelaunt sein.

Greg grinste ebenfalls in die Runde. »Also ich kann nicht, ich muss das Ganze filmen. James, deine Familie zu Hause will doch sicher wissen, was du in der Fremde so treibst. Aber ich gönn dir die hundert Dollar von ganzem Herzen, Kumpel. Dann kannst du auch gleich die Rechnung übernehmen.«

»Na dann Prost, ihr beiden Langweiler«, sagte James. Wir stießen unsere Gläser in der Mitte zusammen.

Kurze Zeit später waren alle Tische auf der Terrasse voll besetzt und ein kahlköpfiger Moderator namens Joe begrüßte die Gäste. Er erläuterte die einzige Spielregel: Wer als Erstes sein Stück Melone bis auf die Schale aufgegessen hatte, egal wie, hatte gewonnen. Er wackelte mit dem Zettel, auf den neun Teilnehmer ihre Namen geschrieben hatten. Dann rief er einen nach dem anderen auf, wobei er dem Publikum ordentlich einheizte. Darunter waren Kerle, die wie Profi-Wrestler aussahen. Ich konnte mir bildlich vorstellen, wie sie sich ihr Stück mit einem Happs hinter den Gaumen schieben würden. Als James und danach Allie aufgerufen wurden, gaben wir alles. Greg und ich klatschten, als ginge es um den Olympiatitel.

»Und als Nächste auf meiner Liste: All the way from Austria: Juliaaaa«, rief Joe in sein Mikro.

Vor Schreck sog ich die Luft ein und presste mich tief in meinen Stuhl. So ein Biest! Allie musste meinen Namen vorhin auch notiert haben, deswegen hatte sie so überdreht gelacht. Jetzt, wo alle Blicke auf mich gerichtet waren, konnte ich aber auch nicht kneifen. Andererseits freute ich mich darüber, denn Allie hatte mir, der Graffiti-Frau, die in ihrem Garten eingesperrt war, die Tür ein Stück weit aufgeschubst. Jetzt war es an mir, hindurchzugehen. Als ich mich neben Allie an den Wassermelonentisch setzte, formte sie mit ihren Lippen lautlos grinsend Worte, die aussahen wie »Have fun«. Ja, ich wollte den Spaß jetzt doch ganz einfach mitmachen und mich dem fröhlichen Leben außerhalb meiner Komfortzone stellen. Ich fühlte mich voller Energie und Übermut. Allie und ich waren die einzigen Frauen, was die Konkurrenten feixend zur Kenntnis nahmen.

Definitiv hatte ich riesigen Spaß, auch wenn es sich ein bisschen nach dem siebenten Geburtstag von Gabi und Judith anfühlte, an dem ich für sie und ihre Freundinnen ein Schokokuss-Wettessen veranstaltet hatte. Danach hatten sie ausgesehen, als hätten sie ihre Gesichter mit Tonnen von Schaum auf eine Nassrasur vorbereitet.

»So, Freunde, es gibt noch einen letzten freien Stuhl hier an unserem Tisch, wer traut sich?«, fragte Joe die Gäste. »Sehr gut, hier haben wir noch einen jungen Mann. Wie ist dein Name?«

»Greg«, hörte ich seine Stimme durch die Lautsprecheranlage. Einen Moment später setzte er sich mit einem schiefen Grinsen zu mir, bei dem sogar die kessen Brad-Pitt-Grübchen hervortraten.

»Den Platz neben dir musste ich ganz einfach haben«, sagte er zu mir, wobei mir ganz warm ums Herz wurde.

Unsere Blicke verhakten sich ineinander und es fühlte sich an, als wäre die Luft elektrisch geladen. Mein Mund war staubtrocken und beinahe hätten wir den Start verpasst. Joe zählte bereits den Countdown von fünf runter.

»Und los«, brüllte er.

Sofort biss ich ein großes Stück der ungewohnt süßen und saftigen Melone ab, kaute und schluckte, so schnell es ging. Ich fühlte mich wie ein Meerschweinchen und gab alles. Aber James hatte den Bogen raus. Sein Kopf steckte tief in seinem Melonenviertel und tauchte gar nicht mehr daraus hervor. Er graste sein Stück ab wie einen Maiskolben. Als ich gerade dreimal abgebissen hatte, riss James die Hände in die Höhe und brüllte: »Fertig!«

Sein Teil war abgenagt bis auf den schmalen grünen Rand, den er dann doch übrig gelassen hatte. Jovial klatschte James die Konkurrenten ab und nahm von Moderator Joe einen Hundert-Dollar-Schein als Siegesprämie entgegen.

»Mit deinem großen Mundwerk warst du natürlich im Vorteil«, sagte Greg zu ihm und klopfte ihm auf die Schulter.

James lachte vergnügt. »Kommt, jetzt haben wir uns einen Cocktail verdient.«

Zurück an unserem Tisch gaben wir unsere Bestellung für das Dinner auf. Als Aperitif orderten wir viermal Rum Runner, einen typischen Florida-Cocktail.

Ganz zart, als ob es ein Zufall wäre, berührte Gregs rechtes Knie mein linkes, was eine prickelnde Unruhe in mir erzeugte, denn ich musste schon wieder daran denken, wie es sich angefühlt hatte, im Meer in seinen Armen zu liegen.

Dann stießen wir mit unseren bunten Cocktails an und Greg sagte: »Auf James, den Star unter all den athletischen Wassermelonen-Kampfessern. Nach Kapstadt hat er sich jetzt auch den Titel in Fort Lauderdale gesichert. Da ich selbst teilgenommen habe, konnte ich deinen Triumph leider nicht für Instagram festhalten.«

»Gott sei Dank. Ihr seid natürlich eingeladen, Freunde. Prost!«, rief James.

Bald darauf wurde unser Essen gebracht. Es gab Steaks vom Grill für die Jungs und Langusten mit Kräuterkruste und einem Caesar-Salat für Allie und mich. Der Geruch von gebratenem Fleisch lag in der Luft, als die Kellner unsere Teller vor uns auf den Tisch stellten. Beim Anblick der krossen Hummerschwänze lief mir das Wasser im Mund zusammen. Hmm, aus der Kruste schmeckte ich Petersilie, Limettensaft und einen Hauch Chili heraus. Einfach großartig!

Nachdem wir unser Dinner beendet hatten, wurden neben der Poolbar Spots aufgedreht, die eine kleine Bühne beleuchteten. Wir sahen ein Keyboard, Trommeln und eine Gitarre. Kurz darauf kamen Männer in bunten Hawaiihemden und griffen sich die Instrumente. Ein Schriftzug über ihnen verriet, dass es sich um »Alfredo und seine Bongoboys« handelte. Sie begannen Salsa-Musik zu spielen und bald darauf tanzten die ersten Pärchen auf einer freien Fläche vor der Band.

Dieser Tag war so herrlich, leicht und unbeschwert gewesen und die quirlige Musik ließ das neue Lebensgefühl erneut in mir aufleben. Also worauf warten? Ich hatte mich doch dafür entschieden, das Gefängnis zu verlassen. Jetzt wollte ich wissen, was sonst noch alles hinter dem Tor lag. Also beugte ich mich zu Greg, der auf meiner linken Seite saß.

»Ich weiß, ich hab damals im *Viva Zapata* gesagt, dass ich nicht tanze«, flüsterte ich ihm zu. »Aber ich hab meine Meinung geändert. Willst du? Bitte gib mir keinen Korb.« Ich setzte meinen flauschigsten Kätzchen-Blick auf.

Er grinste und reichte mir seine geöffnete Hand, so wie damals in der Salsa-Bar in Key West, als ich sie allerdings ausgeschlagen hatte. Jetzt legte ich meine Rechte hinein und wir erhoben uns.

Wir stellten uns einander gegenüber auf dem Parkett auf, ich legte meine rechte Hand in seine und platzierte meine linke ganz locker auf seiner Schulter. Anfangs, als ich Greg kennengelernt hatte, hätte ich niemals vermutet, dass er tanzen konnte. Eher sah er nach Beachvolleyball, Squash oder Fußballspielen aus. Die anderen jungen Männer in meinem Freundeskreis zu Hause tanzten nicht. Nun gut, einen Walzer hatte Markus gerade noch hinbekommen, immerhin waren wir Österreicher.

In diesem Moment begann die Band, die Salsa-Version von Ed Sheerans *Shape of You* zu spielen, und die anderen Paare bewegten sich im Rhythmus, als wäre es die einfachste Sache der Welt. Unwillkürlich musste ich an eine Szene aus dem Film *Dirty Dancing* denken, in der die Mitarbeitenden eine heiße Tanzparty veranstalten und die Protagonistin Baby hineinplatzt, eine Wassermelone trägt und große Augen macht. Genauso fühlte ich mich in diesem Augenblick.

»Es sind nur drei Schritte: schnell, schnell, langsam … Halt, stopp.« Lachend hielt er mich zurück, als ich Anstalten machte, gleich loszugehen, und dabei auf meine Füße schielte. »Schau nicht hinunter. Fühle einfach nur.« Mit den Fingerspitzen seiner linken Hand hob er mein Kinn an und berührte es dabei kaum. Dann übte er einen unmerklichen Druck auf meine Hand und

Hüfte aus. So dirigierte er mich die ersten Schritte. Ich spürte eine Steifheit in meinem Rumpf, als hätte ich eine Limbo-Stange verschluckt, doch bald wurde es besser. Seine Berührungen waren so zart, dass ich die Augenlider halb schloss, um sie besser wahrnehmen zu können. Doch erstaunlicherweise reichten sie aus, damit ich genau wusste, wann ich mich wohin bewegen sollte. Schnell – schnell – langsam glitten unsere Füße fast synchron über die Dielen des Bodens und … es machte Spaß! Es war, als würde durch die Musik, die Bewegung und die zarten Berührungen eine unsichtbare elektrisierende Verbindung zwischen uns bestehen.

»Salsa ist doch einfacher als Twerken«, sagte ich und sah ihm in die Augen. In diesem Moment schnellten unsere Mundwinkel gleichzeitig nach oben und ich fühlte mich lebendig und frei, wie eine schwebende Tänzerin auf einem fantastischen Graffiti. Ja! Meine unbeschwerte Stimmung hatte nicht nur mit der Reise und Florida zu tun, sondern vor allem mit Greg. Das spürte ich in diesem Moment noch einmal ganz deutlich. In meinem Bauch kribbelte es wie tausende Luftbläschen, die im Meer an die Oberfläche stiegen. Die sanfte Berührung seiner Hand fühlte sich an wie Trinkbrause, nur dass es nicht am Gaumen, sondern an meiner Hüfte und meinen Fingern prickelte. Wie würde sich seine Nähe erst an anderer Stelle an meinem Körper anfühlen, zum Beispiel wenn er meinen BH öffnete? Dürfte ich mir zugestehen, so weit zu gehen? Wenigstens ein einziges Mal? Bei diesen Gedanken vergaß ich den wirklich simplen Tanzschritt, kam aus dem Takt und stieg Greg auf den Fuß. Mit einem Farbton auf den Wangen, gegen den der unseres feuerroten Cabrios vermutlich verblasste, lachte ich entschuldigend zu ihm hinauf und fühlte mich wieder in die Choreografie ein. Ich nahm wahr, wie Greg mir ein anderes Zeichen durch seine Fingerspitzen übermittelte, als ob ich geradeaus weitergehen sollte. Ich folgte der Empfindung und ließ mich um meine eigene Achse drehen, um dann im nächsten Takt wieder in den Grundschritt einzusteigen. Überrascht darüber, dass das so einfach gelungen war, lachte ich auf. »Du dirigierst mich herum wie eine deiner Drohnen.«

»Hoffentlich nicht, wenn ich an die Unfälle denke.« Seine Augen strahlten mich an und sein Lächeln gehörte verboten, da es geeignet war, die Klimaerwärmung voranzutreiben. Weil wir uns so besser miteinander unterhalten und gleichzeitig mit der Musik bewegen konnten, hatten wir den Abstand zwischen uns mehr und mehr verringert. Jetzt würde nicht mal mehr der Strohhalm des Rum Runner zwischen uns passen. So hätte es von mir aus die ganze Nacht weitergehen können, und ich genoss jede einzelne Sekunde. Irgendwann standen James und Allie neben uns, die gähnte.

»Hey, wir sollten dann mal langsam ins Bett gehen, es ist schon spät. Denk an morgen …«

Sonst war ich immer die Erste gewesen, die auf die Uhr schaute und ans Heimgehen dachte. Doch heute wäre ich ohne Weiteres noch geblieben, allerdings wusste ich, wie Greg Cape Canaveral entgegenfieberte. Die Fahrt zum Kennedy Space Center würde an die drei Stunden dauern. Um halbwegs zeitig anzukommen, mussten wir sehr früh aufstehen. Also ja, es wäre doch besser, jetzt zum Motel zurückzugehen. Morgen war ja auch noch ein Tag.

Zurück in unserer Unterkunft schätzte ich das breite Bett wirklich sehr. Es war ein Traum im Vergleich zu der unbequemen Couch von gestern und ich kuschelte mich neben Allie in die Laken. Heute hatten alle genug Platz. Greg stellte seinen Wecker auf sechs Uhr. Die Klimaanlage ließen wir erst mal ausgeschaltet und die Fenster standen weit offen. Jetzt um Mitternacht waren glücklicherweise kaum noch Autos unterwegs, sodass störender Straßenlärm kein Problem darstellte. Von der Rezeption unter uns tönte nur das monotone Summen der Eiswürfelmaschine herauf.

Während ich langsam in den Schlaf hinüberdämmerte, versuchte ich mir noch einmal den sanften Fahrtwind ins Gedächtnis zu rufen, der beim Segway-Fahren mein Haar umspielt hatte, und ich erinnerte mich an den Geschmack des Vanilleeises auf meiner Zunge. Ich lächelte, als ich an den Wassermelonen-Wettbewerb dachte. Was für ein Glück war es gewesen, dass Allie mich zur Teilnahme gezwungen hatte, denn es hatte so viel Spaß gemacht. Vielleicht sollte ich mich solchen Wagnissen in Zukunft ab und zu freiwillig stellen? Ich dachte an die Leichtigkeit, die mich beim Tanzen mit Greg erfüllt hatte. Da hatte ich sogar die Initiative ergriffen und den ersten Schritt auf ihn zu gemacht. Allies gleichmäßige Atemzüge neben mir ließen mich endgültig zur Ruhe kommen, und schneller als mir lieb war, fiel auch ich in einen tiefen Schlaf.

Wasser und Bier

Greg

Auf einmal wachte ich auf. Eine Zeit lang musste ich schon geschlafen haben, denn abgesehen von gleichmäßigen Atemgeräuschen, die das Zimmer erfüllten, war es still. Ein Blick auf mein Handy bestätigte, dass es bereits zwei Uhr morgens war. Vermutlich spürte ich die Nachwirkungen des Rum Runner in Form eines staubtrockenen Mundes und eines schalen Geschmacks auf der Zunge. Ich hatte solchen Durst! Meine letzte Wasserflasche hatte ich Julia überlassen. Über dem Waschbecken im Badezimmer hing ein Schild mit der Aufschrift »Not for drinking«. Sollte ich es trotzdem riskieren? Lieber nicht, denn das konnte böse Folgen haben und der ganze morgige Tag wäre dann vielleicht im Eimer. Gleich neben der Rezeption hatte es doch einen Getränkeautomaten gegeben. Sollte ich mich wirklich mitten in der Nacht aufmachen? Aber ich wollte die Mädels und James auf keinen Fall wecken.

Einige Minuten lang versuchte ich, die Trockenheit zu verdrängen und wieder in den Schlaf zu finden, aber je mehr ich versuchte, sie zu vergessen, desto kratziger fühlte sich mein Hals an. Nein, so würde ich nie einschlafen. Der gleichmäßige, aber stetig brummende Eiswürfelautomat schien mich regelrecht zu sich zu rufen.

Also gut. Ganz leise stand ich auf. Ich griff nach meiner Brieftasche, die auf dem Nachtschränkchen lag. Danach schlüpfte ich in meine Flipflops und schlich im Halbdunkel zur Tür. Dort nahm ich eine der Key Cards an mich und verließ das Zimmer. Draußen im Gang folgte ich der schummrigen Beleuchtung ins Erdgeschoss und weiter zum Eingang des Motels.

Die Tür zum Empfangsraum stand offen und am Pult saß jetzt

ein Mann in der Uniform eines Sicherheitsmitarbeiters. Er nickte mir kurz zu und vertiefte sich wieder in seine Zeitschrift, als ich ihm deutete, dass ich nur zum Getränkeautomaten wollte. Dieser war an der gegenüberliegenden Wand aufgestellt und enthielt das übliche Sortiment. Endlich, Wasser! Gerade als ich eine Münze einwarf, näherten sich Schritte von draußen. Ein kräftig gebauter Mann mit gegelten Schläfen, hippem Burberry-Outfit und weißen Sneakers trat ein. Er grüßte kurz und schaute sich um.

»Na, wenigstens hier gibt's noch was«, rief er, als er den Apparat entdeckte, vor dem ich stand. Der Nachtschwärmer kam heran, linste in den verglasten Schrank und studierte die verfügbare Auswahl. »Schrecklich trostloses Nest, oder? Hier ist nirgends mehr was los.«

Ich griff mir meine Wasserflasche aus dem Entnahmefach. »Na ja, ich kenn's nicht wirklich. Waren nur einen Abend hier.«

»Trinkst du ein Bier mit? Ich lade dich ein«, fragte er, obwohl wir uns gar nicht kannten.

»Tut mir leid, wir müssen morgen ganz früh raus, ich hab mir nur schnell eine Flasche Wasser geholt«, antwortete ich und öffnete mein Getränk. Hastig nahm ich ein paar Züge. Unterdessen hatte der Mann ein Budweiser gekauft.

»Cheers.« Er öffnete die Dose und nahm einen tiefen Schluck. »Eiskalt, herrlich! Seid ihr auf Urlaub hier?«

»Ja, morgen geht's nach Cape Canaveral«, antwortete ich, nickte ihm zu und wandte mich in Richtung Treppenhaus. Ich wollte nur eins: so schnell wie möglich wieder ins Bett zurück.

»Ich hatte einen total coolen Abend mit ein paar Freunden. Aber jetzt mag ich noch nicht nach Hause. Ist mir zu einsam da.« Er lachte trocken auf und ich drehte mich noch einmal um. Er hob die Dose und prostete mir zu. »Du bist ein Glückspilz. Auf dich und deine Begleitung!«

»Gute Nacht«, sagte ich und verließ die Rezeption.

Musste echt blöd sein, wenn man allein war, obwohl man

das gar nicht wollte. Der Fremde konnte ja nicht ahnen, dass ich im Prinzip genauso auf mich gestellt und nur während dieses kurzen Roadtrips in Begleitung einer wunderbaren Frau und zweier Freunde unterwegs war. Welcher Art meine Beziehung zu Julia war, war immer noch nicht klar. Aber sie war definitiv die erste Frau, die ich gern noch viel besser kennenlernen wollte, in jeder Beziehung. Ich fand sie nicht nur umwerfend attraktiv, sondern auch in jeder anderen Hinsicht absolut liebenswert und anziehend. Bei ihr könnte ich mir theoretisch sogar vorstellen, dass wir länger zusammenblieben als eine Nacht oder ein paar Wochen, wenn es jemals dazu kommen sollte. So konkret war mir das jetzt gerade erst bewusst geworden. Wie es wohl wäre, abends nicht in ein leeres Haus zurückzukehren, sondern von ihrem wundervollen Lächeln begrüßt zu werden? Der Tag mit ihr in Miami war überwältigend gewesen und wir hatten jede Menge Gelegenheiten zum Flirten gehabt. Die tiefen Blicke und das süße Lächeln, das sie mir da und dort geschenkt hatte, hatten meinen Puls in schwindelerregende Höhen getrieben. Und beim Tanzen am Abend, als sie sich eng an mich geschmiegt hatte, konnte ich ihre weichen Rundungen spüren. Spontan hatte ich ein paar extra Drehungen einbauen müssen, um mich abzulenken und nicht zu heiß zu laufen. Ich war nun überzeugt davon, dass sie mich auch mochte. Aber wie sehr? Vielleicht könnten wir zusammenkommen, wenn ich mich noch mehr ins Zeug legte? Ich war nun wieder an unserem Zimmer angekommen und öffnete die Tür so leise wie möglich. Drinnen war es schummrig und ich tapste vorsichtig zu meinem Bett zurück. Alle schliefen tief und fest. Ich streifte mir die Schuhe ab und legte mich hin. Wer weiß, vielleicht würde sich in den nächsten Tagen die Gelegenheit ergeben, dass wir uns noch näherkämen. Ich würde es auf alle Fälle versuchen! In weniger als vier Stunden würde der Wecker schon wieder läuten und ich schlief mit einem Lächeln im Gesicht ein.

Cape Canaveral

Julia

Nach gefühlten zwanzig Minuten läutete der schrille Piepston von Gregs Wecker. Die Nacht war schon wieder vorüber und es war bereits sechs Uhr morgens. Greg stieg als Erster aus dem Bett. Verstohlen beobachtete ich, wie er mit seinem Waschzeug ins Bad ging. Ich mochte seinen Anblick direkt nach dem Aufstehen, wenn sein Haar besonders rebellisch beidseitig vom Kopf abstand und ein Bartschatten sich um Wangen und Kinn abzeichnete. Als ich ihn so direkt nach dem Aufwachen ansah, entfalteten sich sofort alle möglichen Glückshormone in mir. Er war mein natürlicher Muntermacher und Gute-Laune-Spender. Allie und James kamen allerdings nur langsam aus den Federn. Wir checkten an der Rezeption aus und erst, als wir nach einer guten Stunde Fahrt am Interstate Highway 95 an einer Tankstelle hielten und einen Kaffee und Bagels frühstückten, kam auch wieder Leben in die beiden.

»Was meinst du, gibt es heute einen Raketenstart?«, fragte James, während Greg die neueste Wettervorhersage studierte.

»Ich hoffe es sehr. Wer weiß, wann wir wieder die Gelegenheit dazu haben werden.«

»Zumindest zusammen«, bemerkte James.

Er hatte recht. Obwohl jedes Jahr einige Satelliten von hier aus in die Erdumlaufbahn befördert wurden, würden wir vermutlich Cape Canaveral nie mehr gemeinsam besuchen. Denn bald würden sich unsere Wege wieder trennen. Oh, ich würde sie sicher vermissen, aber so war es nun mal, irgendwann ging mein Abenteuer zu Ende und ich kehrte nach Österreich zurück. Andererseits lag ja noch so viel Zeit vor mir. Kein Grund, jetzt schon deswegen Trübsal zu blasen. Immerhin hatte ich noch fast fünf Monate, frohlockte ich innerlich. Das erschien mir ziemlich lange und würde bestimmt richtig toll werden.

Nach dem Frühstück folgten wir der wenig abwechslungsreichen dreispurigen Fahrbahn weiter Richtung Norden. Meist gab es links und rechts nur einen Wiesenstreifen zu sehen, dahinter niedrige Vegetation und Palmen, die hinter einem schier endlosen Maschendrahtzaun wuchsen. Er diente vielleicht dazu, wilde Tiere wie Alligatoren von der Straße fernzuhalten. Wir fuhren jetzt mit geschlossenem Verdeck, da wir mit erlaubter Höchstgeschwindigkeit unterwegs waren und uns der Fahrtwind sonst Tränen in die Augen getrieben hätte. Außerdem regnete es ab und zu. Das schlechte Wetter verhieß nichts Gutes für den Raketenstart, aber das konnte sich bis achtzehn Uhr, der geplanten Startzeit, ja noch ändern.

Kurz nach neun Uhr fuhren wir auf den Besucherparkplatz des Kennedy Space Centers, dem Besucherzentrum der NASA. Der Parkplatz füllte sich schnell und wir hatten Glück, heute noch Tagestickets zu bekommen. Wegen des außergewöhnlichen Ereignisses am Abend hatten besonders viele Leute den Ausflug nach Cape Canaveral gemacht. Es war richtig viel los. Eine allgemeine Vorfreude lag in der Luft, die mich auch ergriff, obwohl ich mich für die Weltraumtechnik eigentlich nicht so besonders interessierte. Im Vorfeld hatte ich mich insgeheim eher auf einen langatmigen Besuch im Museum eingestellt. Den ganzen Tag würde sich alles um Technik, Raketen und Astronauten drehen. Für mich hätten wir das zwar auch in einem ein- oder zweistündigen Programm zusammenfassen können, aber ich freute mich für Greg, der diesem Tag so lange entgegengefiebert hatte. Und auch wenn mich eine Tour durch die Everglades zwischen Mangroven und Wildtieren von Haus aus mehr interessiert hätte, liebte ich das Glitzern in seinen Augen, als er den Blick über das Besucherzentrum schweifen ließ. Ohnehin war ich drauf und dran, mich von Gregs Begeisterung anstecken zu lassen.

Ich ging an der Seite von Allie hinter den Jungs her, die aufgeregt aufeinander einredeten. Vor allem freute ich mich, den Tag wieder in Gregs Nähe zu verbringen, immerhin war es ja bereits der vorletzte unseres kurzen Roadtrips.

Erst nahmen wir an einer Bustour teil, die durch das weitläufige Gelände führte. Greg saß neben mir und hatte darauf bestanden, dass ich den Fensterplatz einnahm, um einen besseren Ausblick zu haben. Das fand ich sehr lieb von ihm, irgendwie aber auch vergeudet. Während der Fahrt bekamen wir so viele Informationen zum Kennedy Space Center zu hören, dass mir nach kurzer Zeit der Kopf rauchte. So viele Raketen und Startrampen! Sie ragten wie riesige Kerzenstumpen in die Höhe. All das war interessant, jedoch am meisten gefielen mir die Geschichten über die Alligatoren, die der Tourguide zum Besten gab. In den angrenzenden Sümpfen von Cape Canaveral gab es nämlich sehr viele davon, die sich ab und zu auch bis in die Nähe der Parkplätze verirrten. Die Autos waren deshalb unbedingt verschlossen zu halten, sonst konnte sich eventuell ein blinder Passagier darin finden. Wir fuhren am NASA Vehicle Assembly Building vorbei, das durch seine Größe beeindruckte. Es ragte 160 Meter vor uns in die Höhe. Ich zog sofort den Vergleich zum Stephansdom in Wien, der dagegen mit seinen schlappen 136 Metern ein Zwerg war. In dieser monströsen Halle wurden die Saturnraketen stehend zusammengebaut, das musste man sich einmal vorstellen.

Der weitere Tag verging entgegen meinen Befürchtungen äußerst kurzweilig. Im Apollo/Saturn V Center sahen wir einen Film über die Entwicklung der Raumfahrt und ein Mondflug wurde simuliert. Also wenn die Amerikaner etwas konnten, dann war es filmisches Entertainment. Fast hatte ich das Gefühl, live beim Start der Apollo 8 dabei zu sein. Toll! Danach bestaunten wir jede Menge originale Ausstellungsstücke. Wir konnten echtes Mondgestein berühren und uns vor einem Raketenantriebswerk, einer Landekapsel und weit gereisten Raumanzügen fotografieren.

Zurück am Visitor Complex machten wir eine Pause und stärkten uns mit einem Snack und Eistee. Bei der Gelegenheit suchten wir per Internet unser Zimmer für die bevorstehende Nacht. Da wir morgen bereits wieder zurück nach Key West mussten, wollten wir im Anschluss an den Raketenstart noch ein Stück zurück in diese Richtung fahren. Ideal wäre eine Unterkunft in der Nähe von Palm Beach, dann wäre ein ganz schönes Stück schon geschafft. Mit einem Motel namens *Economy Inn* schienen wir richtigzuliegen und wir buchten uns wieder ein Zimmer mit zwei Kingsize-Doppelbetten.

Der Tag verging wie im Raketenflug, da ich mich in meiner natürlichen Umlaufbahn um Greg bewegte. Er war so süß, als er mit glitzernden Augen durch die Hallen wandelte wie ein Kind durch das Märchenschloss in Disneyland.

»Julia, hast du das gesehen?«, machte er mich immer wieder mal auf ein Exponat aufmerksam, an dem ich zu schnell vorbeigegangen war. Also schauten wir uns das jeweilige Teil gemeinsam an und ich ließ es mir von Greg erklären. Dabei bewunderte ich sein großes Wissen, seine Begeisterung und die hingebungsvolle Art, mit der er mir alles erläuterte.

Dann schlenderten wir weiter, wobei er seinen Arm um mich legte, woraufhin ich nicht durch den Raum ging, sondern schwebte wie ein Kondensstreifen, ehe wir uns im Gedränge voneinander lösen mussten.

An Bord der nachgebauten ISS wollten wir ein Selfie von uns beiden schießen. Zum Glück machte es uns nichts aus, dass es auf der Raumstation ziemlich eng war. An der Eingangsöffnung zu einer der Röhren drückten wir uns für unseren Schnappschuss dicht aneinander.

Später besichtigten wir noch Space Shuttle Atlantis und den Rocket Garden, ein Platz voll mit Nachbauten von berühmten Raketen, außerdem die Astronaut Hall of Fame, in der die NASA-Astronauten wie Helden verehrt wurden. Wenn man sich die

Anfänge der Raumfahrt bewusst machte, waren sie das aber auch. Nicht wenige kehrten von ihren Einsätzen nicht mehr zurück.

Am späteren Nachmittag ergriff mich dann auch so richtig die Aufregung, als der Countdown näher rückte. Als wir um kurz vor achtzehn Uhr auf dem Parkplatz eintrafen und auf der Zuschauertribüne Platz nahmen, fieberte ich dem Ereignis schon richtig entgegen, wippte mit den Beinen unruhig auf und ab und schaute mit Greg alle paar Minuten in die Wetter-App. Da ein Gewitter vorbeizog, gab es eine Verzögerung. Immer noch war es ungewiss, ob das Ereignis tatsächlich stattfinden würde. Das Zeitfenster, in dem dies möglich war, betrug gerade einmal sechzig Minuten. Würde sich die Witterung rechtzeitig bessern? Die Zeit verstrich. Ein Guide unterhielt die Menge zur Überbrückung der Wartezeit mit Anekdoten aus der Raumfahrt und erzählte kurzweilig, was im Hintergrund gerade ablief. Kurz vor Ende der Frist rechneten wir nicht mehr damit, dass wir einen Raketenstart erleben würden, und waren einigermaßen enttäuscht. Die ersten Besucher machten sich bereits auf den Weg zu ihren Autos. Da gab eine Durchsage bekannt, dass die Mission Control die Freigabe doch noch erteilt hatte! Die Menge jubelte und mir lief eine Gänsehaut über die Arme. Als es dann so weit war, zählten Hunderte Zuschauer gemeinsam von zehn hinunter. Um mich zu erden, legte ich meine Hände auf Gregs Schultern, der vor mir stand. Aus der Ferne hörten wir ein dumpfes Grollen, das von den Triebwerken herrührte. Vor unseren Augen stieg ein Kondensstreifen mit dem glühend leuchtenden Raketenantrieb senkrecht in die Höhe und das Publikum klatschte und pfiff. Zügig schoss der Körper nach oben und wurde immer kleiner, bis er schließlich ganz im blauen Himmel verschwunden war. Danach fiel der Kondensstreifen wie ein federleichtes Band, das jemand vom Himmel geschnitten hatte, langsam in sich zusammen.

»Wow, das war so toll!«, rief ich und ließ Greg los, dessen Schultern ich noch bis gerade fest gedrückt hatte. Seite an Seite schlenderten wir im Strom mit den anderen Besuchern langsam wieder auf den Parkplatz, zurück zu unserem roten Flitzer. Was für einen unverhofft spannenden und interessanten Tag ich heute an der Seite von Greg erlebt hatte!

»Einen Penny für deine Gedanken«, sagte er prompt und sah mich mit seinen hellen blauen Augen interessiert an. Wie eine Rakete fuhr mir sein Blick in meinen innersten Kern.

»Ich mag dich sehr. Du bringst mich mit deiner bloßen Anwesenheit um den Verstand und deine tiefe Stimme verursacht mir Gänsehaut am ganzen Körper«, wäre eine passende Antwort gewesen. Stattdessen sagte ich: »Glaub mir, das wäre absoluter Wucher.«

Ungefähr in der Mitte der Strecke nach Palm Beach hielten wir an einem Schnellrestaurant und aßen Burger und Pommes. Im Anschluss war es nur noch eine weitere knappe Stunde bis zu unserem Quartier.

Es war bereits dunkel, als wir an dem eingeschossigen länglichen Gebäudekomplex des *Economy Inn* ankamen, das wie das gestrige an einer Schnellstraße lag und seinem Namen alle Ehre machte. Der Rezeptionist, auf dessen Namensschild »Rodriguez« stand, legte seine Zeitschrift zur Seite und schob uns seufzend ein Gästeformular zu. Nach der Übergabe zweier Schlüsselkarten vertiefte er sich gleich wieder in seine Lektüre.

Unser Motel erinnerte mich an eines, das ich in einer besonders abscheulichen Folge meiner Lieblings-True-Crime-Serie gesehen hatte. Eine Frau war ermordet in ihrem Zimmer aufgefunden worden und die Aufklärung des Falls hatte Jahrzehnte gedauert. Doch da Greg und James hier waren, fühlte ich mich so sicher wie in Fort Knox, dem Stützpunkt der U.S. Army.

Unser Zimmer war spärlich eingerichtet und bestand wie schon jenes in Fort Lauderdale vor allem aus zwei raumfüllenden Doppelbetten. Unsere Schritte machten auf dem grauen Teppich seltsam schmatzende Geräusche und meine Nackenhaare stellten sich mir auf, als ich die dunkelvioletten synthetischen Überwürfe berührte, die auf den Betten lagen. Wenigstens aber war eine solche Decke aus diesem unangenehmen Material bestimmt einfacher zu reinigen, weil sich nichts Lebendiges in den Kunstfasern festsetzen konnte. Aus dem Fenster blickte man ebenerdig direkt auf den Parkplatz. Ebenfalls konnte man umgekehrt von draußen zu uns hereinschauen, deshalb zog Allie gleich den Vorhang zu. Vom Wellness-Faktor her bestand in diesem Motel noch Luft nach oben, aber für eine Nacht war es zu diesem Preis echt okay. Das Badezimmer war überraschend groß und hatte sogar eine Wanne, die ich allerdings vorerst nicht nutzen würde. Ich war viel zu erledigt. Deshalb schlug ich den Überwurf von einem der Betten zurück und ließ mich hineinfallen. Es war angenehm weich. Greg ging als Erstes in die Dusche, während Allie und James sich auf das andere Bett legten. Ich musste für ein paar Minuten eingedöst sein, denn plötzlich ließ ein Klappern mich hochfahren. Es hatte sich angehört, als wäre Plastik auf verfliesten Boden gedonnert. Ich sah mich um. Greg lag mit seinem Handy auf dem anderen Bett. Allie und James waren verschwunden und hielten sich offensichtlich gemeinsam im angrenzenden Nassraum auf. Was sie dort trieben, konnte ich mir denken. Die beiden Verliebten taten mir leid und ich hätte ihnen mehr Privatsphäre gegönnt. Ja, warum eigentlich nicht?

Ich setzte mich auf. »Greg«, sagte ich. »Lass uns doch eine Runde um den Block gehen. Ich glaube, die beiden brauchen ein bisschen Zeit allein.«

»Ist gut«, antwortete er vergnügt. Grinsend schlüpften wir in unsere Sneakers und steckten nur eine Chipkarte für die Tür, Handys und unsere Brieftaschen ein.

Bevor wir gingen, rief Greg in Richtung Badezimmer: »Wir machen einen Spaziergang! Also lasst euch ruhig Zeit!«

Dann traten wir aus dem Zimmer ins Freie. Geräuschvoll fiel die Tür hinter uns ins Schloss. Wir gingen ein paar Schritte, sahen uns um und stellten fest, dass die Gegend für einen Bummel absolut ungeeignet war. Vom Parkplatz aus gelangte man direkt auf die Schnellstraße, auf der man nicht zu Fuß dahinlaufen konnte, ohne unweigerlich getötet zu werden. Auf der anderen Seite hinter dem *Economy Inn* befand sich ein unbeleuchtetes Waldstück, das ich nur unter Zwang betreten hätte, da ich in meinem Leben wirklich genügend True-Crime-Serien gesehen hatte. Es gab auch weder eine Bar noch ein Restaurant, in das wir uns eine Weile hätten setzen können. Da war einfach nichts! Schade, dass Greg den Autoschlüssel nicht mitgenommen hatte, sonst wären wir ganz einfach in ein belebteres Viertel von Palm Beach gefahren. Aber so standen wir unschlüssig auf dem wenig vertrauenerweckenden Parkplatz herum. Zu allem Unglück braute sich ein Unwetter zusammen, aber ins Motelzimmer wollten wir dennoch nicht zurück, um den beiden ihre Privatsphäre zu lassen. Das war ja echt blöd gelaufen!

»Was hältst du davon, wenn wir uns ein zweites Zimmer nehmen?«, schlug Greg vor.

Eigentlich wäre das sehr ärgerlich, denn da hatten wir bei der Übernachtung sparen wollen und jetzt waren wir drauf und dran, doch mehr Geld auszugeben. Aber mir fiel auch keine andere Option ein und als die ersten kühlen Regentropfen meine Haut berührten, sagte ich schnell: »Einverstanden«, wobei mein Puls allerdings begann, etwas schneller zu schlagen.

Rodriguez schaute finster, als wir an der Rezeption auftauchten und schon wieder nach einer Unterkunft für die Nacht fragten.

»Das ist das letzte Zimmer«, sagte er leicht mürrisch und händigte uns eine Plastikkarte aus.

Floridaliebe

Julia

Unsere neue Unterbringung glich vom Einrichtungsstil her der anderen, außer dass sie mit nur einem einzigen Doppelbett ausgestattet war. Und dieses wies mit Queensize weniger als eine Doppelbreite auf, war also relativ schmal für zwei Erwachsene. Und es gab nur eine einzige Decke.

»Hm, da ist ja nur ein Bett«, analysierte Greg die Situation haarscharf und bemühte sich nicht einmal darum, den Enttäuschten zu mimen. »Was machen wir denn da?«

»Weißt du was? Ich geh jetzt erst mal duschen«, sagte ich und flüchtete ins Badezimmer. Just war ich in die Situation geraten, von der ich seit Kurzem heimlich fantasierte. Mit Greg allein in einem Hotelzimmer! Mit dem Mann, den ich so begehrte, dass mir beim Gedanken an ihn mein Herz bis in meine Zehenspitze hinunter pochte und der mich innerlich zum Fliegen brachte.

Ich entspannte mich, als ich mir warmes Wasser über den Körper laufen ließ. In wenigen Monaten würde für mich der Ernst des Lebens als Lehrerin in einem Gymnasium in Wien beginnen. Das bedeutete viel Arbeit und noch mehr Verantwortung. Aber das lag in der Zukunft. Jetzt war ich hier im Sunshine State, ich war jung und fühlte mich auch so. Dies sollte *meine* Nacht sein. Ich wollte diese Leichtigkeit mit all meinen Sinnen spüren, grenzenlos genießen und sie in mich aufsaugen. Mit anderen Worten: Ich wollte Greg fühlen, mit ihm verschmelzen, mich ihm hingeben. Später einmal, wenn in der Schule das Thema Florida auf dem Stundenplan stand, würde ich lächelnd an die Zeit hier zurückdenken. An Korallen, Seekühe, Salsa, Wassermelonen, Raketen und einen jungen Südafrikaner, der mich verzaubert und zum

Schweben gebracht hatte. Greg war meine große Liebe. Aber eben nur hier, er war meine Floridaliebe.

Ja! Ich wollte es und ich durfte es. Man musste die Zeit, die man zur Verfügung hatte, nutzen. Das hatte Greg doch auch selbst gesagt. Mein Entschluss begann, sich unweigerlich in mir zu formieren. Nachdem ich in meiner gesamten Kindheit die vernünftige große Schwester und in meiner Jugend die treue Freundin von Markus gewesen war, würde ich heute Nacht mit dem aufregendsten Mann schlafen, den ich je getroffen hatte. Nur eine Nacht, ehe wir uns zu stark ineinander verlieben würden.

Ich stellte den Duschstrahl aus. Mein Plan stand fest. Mit stark erhöhtem Puls trocknete ich mich ab, schlang mir ein Badetuch um meinen Körper und trat mit trockener Kehle ins Zimmer.

Greg lag auf dem Rücken im Bett. Mit hinter seinem Kopf verschränkten Armen schaute er mich an. Seine Augen hafteten auf dem Badetuch, das ich oberhalb meiner Brust eingeschlagen hatte. Es war etwas knapp und bedeckte meinen Oberkörper gerade noch so. Fast fühlte ich mich wie mein eigenes Geschenk, verpackt in ein weißes Frotteetuch. Andererseits: Ich war keine Femme fatale, keine Verführerin. Würde ich vielleicht gar statt Erregung nur Erheiterung bei ihm auslösen? Aber in seinen Augen sah ich ein Funkeln, als ich mich näherte.

»Gut, dass ich James noch zugerufen habe, dass sie sich Zeit lassen sollen«, sagte er mit einem heiseren Lachen.

»Ich finde, das hast du sogar sehr gut gemacht. Es besteht doch kein Grund zur Eile«, sagte ich gespielt selbstsicher, doch in meinen Ohren hörte es sich an, als würde ich aus dem Textbuch eines billigen Softpornos zitieren, bevor es richtig zur Sache ging. Meine Stimme vibrierte ganz leicht und verriet meine Unsicherheit. Aber mein Wunsch, ihm nahe zu sein, war in diesem Moment stärker als jede Befangenheit. Ich ließ mich neben ihm nieder und blickte ihn an. Er setzte sich auf. Ahnte er schon, was ich vorhatte? Seine hellblauen Augen ruhten auf mir und unsere

Blicke versanken ineinander. Mein Puls begann zu rasen wie ein Satellit auf dem Weg zur Umlaufbahn. Noch immer hatte er nichts gesagt, ich bemerkte aber, wie sich sein Adamsapfel auf und ab bewegte, als er schluckte. Diese Reaktion ermutigte mich. Er wirkte immer so souverän, aber war er jetzt gerade vielleicht auch ziemlich aufgeregt?

»Und, wirst du mich von der Bettkante stoßen?«, fragte ich leise.

»Nur, wenn dich das anmacht«, antwortete er mit brüchiger Stimme. Sein rechter Mundwinkel zuckte nach oben, doch dann wurde er wieder ernst und seine Aufmerksamkeit lag allein auf mir. Und dem Badetuch. Ich spürte direkt, wie er es mir mit Blicken von meinem Körper zog. In mir stieg eine Hitze auf, als würde mir die karibische Mittagssonne direkt auf der Haut brennen. Wie in Zeitlupe kam sein Kopf näher und ich schloss meine Augen. Endlich berührten seine Lippen meinen Mund. Sie fühlten sich weich an und umspielten den meinen wie seidenzarte Rosenblätter. Wie aufregend sein Geruch war! Ein bisschen Leder, herbes Duschgel und ganz viel Greg. Und wie er küssen konnte!

Ich ließ seine Zunge ein, die gierig gegen meinen Mund drang und die meine neckte, während er mich zu sich aufs Bett zog. Er vergrub seine Hände in meinem Haar, beugte sich über mich und knabberte sich zärtlich von meinem Mund abwärts. Das Kratzen seiner feinen Bartstoppeln auf meiner Haut brachte mich fast um den Verstand. Dieses Kribbeln breitete sich vom Scheitel bis zu meinen Zehenspitzen aus. Schwer atmend wand ich mich unter seinen Liebkosungen hin und her. Was für ein Gefühl, ich wollte mehr davon! Als seine Berührungen oberhalb meiner Brust stoppten, atmete ich keuchend auf. Mein Körper war noch vom Badetuch eingehüllt, aber jetzt war es fällig. Seine Hände glitten zu der Stelle des Stoffs, an der es eingeschlagen war. Mein Atem stockte, als er die Enden so langsam auseinanderzog, als beseitigte er Fesseln, hinter denen ein wertvoller Schatz verborgen war. Er ließ das Tuch auseinandergleiten und ich konnte seine Blicke auf meinem nackten Körper direkt spüren. Unwillkürlich fühlte ich den Puls durch meinen Körper jagen. Was machte er denn jetzt? Greg schob meine Arme sanft zur Seite und fixierte sie mit seinen Händen links und rechts von meinem Kopf. Nun war ich knapp davor, den Verstand zu verlieren, als er sich abermals von meinem Schlüsselbein abwärts küsste. Aber wieso war Greg eigentlich immer noch voll bekleidet? Sofort entwand ich mich seinem Griff und ließ meine Hände unter den Stoff seiner Oberbekleidung schlüpfen. Ich liebte das Stöhnen, das ich ihm dabei entlockte und das sich anhörte, als würde er, der Starke, unter meinen Fingerspitzen um seine Fassung ringen. Unter zartem Einsatz meiner Nägel quälte ich ihn noch ein wenig mehr. Sein Mund verweilte bei meinen Brustwarzen, die er mit seiner Zunge umspielte.

»Ich will dich ganz spüren, bitte«, hauchte ich schließlich atemlos, als ich das sehnsüchtige Ziehen in meiner Mitte nicht mehr ertrug. Voll Ungeduld zerrte ich an seinem T-Shirt, das er sich über den Kopf zog und dann quer durchs Zimmer auf den Boden segeln ließ.

Einige Zeit später lagen wir erschöpft nebeneinander. Noch niemals hatte ich Sex als so aufregend empfunden. Zärtlich zog er mich auf sich, sodass ich mit meinem Kopf auf seiner Brust zum Liegen kam. Er vergrub seine Hand in meinem Haar und ich küsste seine warme Haut. Sein Oberkörper war mit feinen blonden Härchen überzogen, die ihn vom Schlüsselbein hinunter bis zu seiner Brust und vom Bauchnabel abwärts bedeckten. Ich strich mit meinen Fingern ganz versonnen darüber. Mein ganzer Körper war von Endorphinen geflutet und ich fühlte mich behütet, beschützt und glücklich. Jetzt schwebte ich endgültig in den Armen dieses wunderbaren Mannes, den ich so sehr mochte. Das Zusammensein mit Greg machte dieses karge trostlose Zimmer zu einem Wellnesstempel. In der Penthouse Suite des *Hyatt Regency* wäre ich nicht besser aufgehoben gewesen. An Gregs Seite spürte ich eine ungewöhnliche Vertrautheit. Es war fast wie zu Hause zu sein, aber unbeschwert. Alles war gut, leicht und richtig, er war wie Kokomo für mich. Ja, so könnte ich ewig liegen bleiben, bei ihm, in seine Arme gekuschelt.

»Julia«, flüsterte er da, als ich die kleine Mulde zwischen seinen Brustmuskeln küsste. »Du bist … unglaublich … sinnlich, süß und … unerhört sexy … für eine angehende Lehrerin!«

Ich fühlte, wie meine Wangen eine gesunde Färbung annahmen, als ich an die Vorgänge der vergangenen Stunde in diesem Bett dachte. »Biologie-Lehrerin, wohlgemerkt«, sagte ich gespielt lasziv und wackelte anzüglich mit meinen Augenbrauen.

Seine Mundwinkel schnellten nach oben. »Bitte erwähne nicht das Wort *Biologie-Lehrerin!* Sonst muss ich sofort an meine alte Mrs Van Wyk denken«, bat er und rieb sich die Stirn. Er hob mich auf sich, rollte uns beide weiter und wälzte sich danach zärtlich auf meinen Bauch. Daraufhin vergrub er sein Gesicht zwischen den weichen Wölbungen meiner Brüste und kitzelte mich mit den Stoppeln seines Kinnes, was mir ein kicherndes Quietschen entlockte.

Greg küsste mich so zärtlich, dass mir beinahe die Sinne schwanden, und wir liebten uns noch einmal, wobei wir uns dieses Mal mehr Zeit ließen.

Im Anschluss lagen wir zufrieden und erschöpft Kopf an Kopf nebeneinander im Halbdunkel. Der Vorhang konnte die grellen Lichter der Parkplatzlampen nicht ganz abschirmen und ich betrachtete Gregs markantes Gesicht, dessen Konturen ich mit den Fingern nachfuhr. Er tat dasselbe mit der Silhouette meines Körpers, über die er von der Schulter abwärts über Taille und Hüfte bedachtsam hinabstrich und mich betrachtete wie ein einzigartiges Kunstwerk.

»Vergleichst du mich schon wieder mit Mrs Van Wyk?«, neckte ich ihn und lachte vergnügt auf, als er mich dafür mit hauchzarten Berührungen seiner Fingerspitzen an der kitzeligen Stelle oberhalb meines Hüftknochens quälte.

»Glaub mir, da gibt es keine Ähnlichkeiten. Du bist so schön. Und so aufregend.« Im schummrigen Zimmer konnte ich sein wunderbares Lächeln sehen, das ich erwiderte.

Es klopfte an der Tür. Blitzschnell griff ich mir die Bettdecke und zog sie bis zu meinem Hals hoch, sodass Gregs Kopf darunter verschwand.

»Ja?«, rief ich lachend, weil er mich unter dem Laken küsste und mit seinen Bartstoppeln genüsslich über die zarte Haut meiner Brust kratzte. Die Tür ging auf und James schaute herein. Dahinter stand Allie, deren Mund aufklappte und deren rechter Zeigefinger auf Gregs Füße zeigte, die unter dem Überzug hervorschauten.

»Ich hab doch geahnt, dass da was zwischen euch ist«, rief sie und wahrscheinlich wusste nun auch der letzte Motelgast des *Economy Inn* über uns Bescheid. Sie stürmte grinsend herein und versuchte, das Laken auf die Seite zu zerren, was ich kreischend verhinderte. Gregs zerzaustes Haar schaute unter dem Betttuch hervor und dann tauchte auch sein Kopf mit einem Lachen im Gesicht auf. James und Allie setzten sich vor uns auf die Bettkante und grinsten uns breit an.

»Ist doch kein Grund für so einen Aufstand. Wir machen nichts, was ihr nicht auch tut«, sagte ich augenzwinkernd.

»Wer bist du und was hast du mit der Julia gemacht, die mir diesen schönen Vortrag gehalten hat? Über das vorprogrammierte Drama und so weiter, bla, bla … ?« Dabei hob sie ihre rechte Hand und ließ ihre Finger gegen ihren Daumen klappen, als würde sie das Schnattern einer Quasselstrippe oder Ente imitieren.

»He, *wir* sind erwachsen«, antwortete ich. Greg und ich wussten, worauf wir uns einließen.

»Pfff«, stieß Allie hervor und verdrehte die Augen, lachte aber dabei. Sie wusste bestimmt, dass ich es nur gut mit ihr gemeint hatte und dass mir ihr Glück am Herzen lag.

»Wir hatten uns schon Sorgen gemacht, nachdem ihr so lange verschwunden wart und keiner von euch beiden ans Telefon ging. Der Rezeptionist hat uns zum Glück verraten, wo ihr steckt, und uns eine weitere Schlüsselkarte gegeben.«

Wir vereinbarten, am kommenden Morgen um acht Uhr aufzubrechen, denn wir hatten eine recht lange Fahrt nach Key West vor uns. Kurzzeitig hatten wir über einen Abstecher zu den Everglades diskutiert, doch auch wenn der Nationalpark quasi auf dem Weg lag, würde uns ein Besuch mindestens vier Stunden kosten. Und eine richtige Kanufahrt durch die Mangroven, wie wir es uns wünschten, wäre morgen zeitlich keinesfalls drin. Wir würden ganz einfach ein anderes Mal wiederkommen. Es war ja nicht so weit von Key West.

Allie und James gingen schließlich wieder ins andere Zimmer zurück.

»Was hat Allie vorhin gemeint mit dem *vorprogrammierten Drama*, über das du ihr einen Vortrag gehalten hattest?« Nun hatte Greg das Thema angesprochen, das mir Bauchweh bereitete. Mit einem Mal war ich von meiner Wolke auf den harten Boden der Tatsachen gefallen.

Ich schwieg einen Moment und überlegte, wie ich es Greg sagen sollte. »Ich habe ihr geraten aufzupassen, dass sie ihr Herz nicht an James verliert. Sie ist in Gefahr, sich zu verlieben und dann schrecklich zu leiden, weil sie sich bald wieder trennen müssen.«

»Und bei uns besteht die Gefahr nicht? Weil wir älter und erwachsener sind?«, fragte er mit rauer Stimme. Er hatte die Wortfetzen, die vorhin zwischen uns gefallen waren, richtig kombiniert.

Ein paar Sekunden schwieg ich. »Ja, ich meine … nein. Ich … Es fällt mir so wahnsinnig schwer …« Ich brach den Satz ab und schaute zur Seite.

Greg hob mein Kinn ganz sanft an und zwang mich damit, ihm in die Augen zu schauen. »Was willst du sagen, Julia?«

Wie unglaublich bedrückend das war! Als wären die Worte glühend heiß und es bestünde Gefahr, mir meine Lippen an ihnen zu verbrennen. »Greg, ich mag dich. Und zwar sehr. Weißt du das?«

»Das freut mich, weil ich dich auch mag, sehr sogar«, sagte er. Wieso sah er mich nur so sanft an, mit seinen meerblauen, klugen Augen! Es brach mir das Herz. Doch es half nichts. Ich musste jetzt reinen Tisch machen.

Nach kurzem Zögern fuhr ich stockend fort. »Diese letzten Tage, die wir zusammen verbracht haben, waren mit die schönsten in meinem Leben. Noch nie hab ich mich so unbeschwert und … ja, glücklich gefühlt. Und dich zu lieben, gerade eben, das war die absolute Krönung. Es war unglaublich schön! Das musst du mir glauben, ja?« Ich strich ihm eine Haarsträhne aus seiner Stirn und hielt seinem Blick stand. »Aber du weißt, dass ich bald wieder nach Hause fahre, das sich am anderen Ende der Welt befindet. Und danach werden wir uns nie mehr wiedersehen. Du und ich zusammen, das hat leider keine Zukunft, Greg. Wir müssen den Tatsachen ins Auge blicken. Es tut mir so leid, dass ich dich verletzen muss, und ich hoffe, du bereust es nicht, mich getroffen zu haben. Es war egoistisch von mir, aber ich wollte einmal alle Vernunft sausen lassen und nur den Moment genießen. Ich hoffe, dass du mir das verzeihen kannst?«

Gregs enttäuschter Blick ging mir durch Mark und Bein. Er betrachtete mein Gesicht ganz intensiv. »Es gibt nichts zu verzeihen und niemals würde ich unsere gemeinsame Nacht bereuen, Julia. Bereuen muss man nur die Dinge, die man nicht gemacht hat. Und ich verstehe deinen Punkt. Du musst bald wieder nach Hause, sagst du. Aber ich glaube, dass sich alles findet, wenn man seinem Herzen folgt. Die Kämpfe, die man auf seinem Weg ausfechten muss, sind viel einfacher, wenn man den Richtigen an seiner Seite hat.«

»Das Leben ist aber nicht so einfach. Nicht in meinem Fall. Weil man einen Weg nur aussuchen kann, wenn man auch die Wahl dazu hat. Aber die habe ich nicht.«

»Heißt das, du machst mit mir Schluss?«, fragte er mit brüchigem Timbre, das gleichzeitig etwas Samtweiches an sich hatte. »Bedeutet das auch, dass wir uns nicht wiedersehen werden nach unserer morgigen Rückkehr?«

Sein ruhiger, einfühlsamer Ton nagte an mir und trieb meine Nackenhaare in die Höhe.

Dafür hätte ich ihn am liebsten sofort geküsst. Liebend gern wollte ich mit ihm zusammen sein, bis ich abreisen musste. Genau genommen konnte ich mir nichts Besseres vorstellen. Aber das wäre absolut unvernünftig und ich würde genau auf das Drama zusteuern, das ich hatte vermeiden wollen. Ich spürte, wie ich Greg von Stunde zu Stunde, die wir miteinander verbrachten, mehr mochte. Wo sollte das enden? Spätestens mit dem Brechen meines Herzens, wenn ich bald wieder nach Österreich zurückkehren würde und sich unsere Wege für immer trennten. Und auch er hatte seine Pläne. Nämlich zu reisen, nach Südamerika oder noch weiter.

»Genau. Wir werden uns nicht wiedersehen. Außer natürlich, wenn wir uns in Key West rein zufällig über den Weg laufen sollten«, antwortete ich. Es fiel mir so unglaublich schwer!

»Schade«, sagte er schließlich heiser.

»Es tut mir leid, es ist aber besser so, glaub mir«, sagte ich abschließend.

Warum konnte er nicht einen bissigen Unterton oder wenigstens ein bisschen Zynismus an den Tag legen? Oder meine Bedenken ins Lächerliche ziehen oder versuchen, sie leichtfertig zu zerstreuen? Andere Männer konnten das Frauen gegenüber doch auch! Denn das hätte mir diese Situation um so vieles erträglicher gemacht. Wenn er mir bloß nicht ständig vor Augen führen würde, dass er perfekt war. Und mir war auch klar, dass Greg mir nicht nachlaufen oder mich bedrängen würde. Er würde mein Nein akzeptieren.

Normalerweise wäre jetzt vermutlich bei einem One-Night-Stand der richtige Moment gewesen, um nach Hause zu gehen. Aber wir mussten den Rest der Nacht zusammen in diesem Zimmer bleiben, im Queensize-Bett. Für ein Liebespaar hatte es die perfekte Größe, aber für zwei Menschen, die gerade Schluss gemacht hatten, war es eine Sardinenbüchse. Ich ging ins Bad. Als ich zurückkam, lag Greg auf einer Seite des Bettes mit dem Gesicht nach außen gekehrt. Ich legte mich mit maximalem Abstand leise neben ihn und starrte auf die andere Wand.

Am nächsten Morgen war ich nicht ganz ich selbst. Das lag einerseits am Schlafmangel der vergangenen Nacht und andererseits an Greg, der neben mir am Steuer des Cabrios saß und durch seine dunkle Sonnenbrille konzentriert nach vorn schaute. Klar, die Interstate 95 lag wie ein Brett vor uns und der Verkehr war dicht. Wo hätte er sonst hinsehen sollen als auf die anderen Autos und den Highway. Aber schon seit dem Aufwachen am Morgen hatten wir kaum ein Wort miteinander gewechselt. Dies bereitete mir beinahe körperliche Schmerzen und die Distanz, die zwischen uns herrschte, nahm mich noch viel mehr mit, als ich befürchtet hatte. Mein Magen war flau und mir war zum Heulen zumute. Ich ertappte mich dabei, wie ich an meinem Daumennagel kaute. *Hey!*, ermahnte ich mich selbst. Genau das hatte ich doch Gabi während ihrer Grundschulzeit langwierig abgewöhnt, und jetzt machte ich es selbst? Verstohlen beobachtete ich Greg aus meinen Augenwinkeln und hätte gern meine Hand auf seine gelegt, die auf dem Lenkrad ruhte. Oder ihm beiläufig über die Schultern oder das Knie gestrichen und mich danach von seinem Lächeln innerlich erwärmen lassen. Doch er ging genauso mit mir um, wie ich es mir von ihm gewünscht hatte. Er tat, als ob nichts gewesen wäre, und behandelte mich mit kollegialer Freundlichkeit, so wie vorher. Das machte mich fertig. Der Highway und die Autokolonne vor uns wirkten eigentümlich verzerrt, als würde ich sie hinter dickem Aquariumsglas betrachten. Sammelten sich da etwa Tränen in meinen Augen? Den Reflex, sie mir mit dem Handrücken wegzuwischen, unterdrückte ich. Stattdessen fingerte ich meine Sonnenbrille aus meinem kleinen Rucksack, der zu meinen Füßen stand, und setzte sie rasch auf. So war es gleich besser, sie war wie ein Schutzschild für mich und verbarg gleichzeitig vor den anderen, was sich in mir abspielte. Als wir zum Frühstücken an einem Schnellimbiss hielten, plauderten Greg und James über einen südafrikanischen Rugby-Club, während Allie und ich uns schweigsam mit unseren Donuts beschäftigten. Ich hatte keinen Appetit. Sie merkte mir wohl an, dass ich nicht zum Reden aufgelegt war, und ließ mich in Ruhe, wofür ich ihr dankbar war.

Während der weiteren Fahrt passierten wir all die Orte, an denen wir zuvor gewesen waren. Wir ließen Fort Lauderdale, Miami und Key Largo hinter uns und fuhren auf den Overseas Highway Richtung Süden auf. Das Wetter unterstrich meine Stimmung. Dicke graue Wolkentürme hingen über uns am Himmel und vor der Seven Mile Bridge begann es sogar heftig zu regnen. Glücklicherweise war das Verdeck ohnehin die ganze Zeit über geschlossen.

Schließlich erreichten wir Key West. Obwohl ich eigentlich froh darüber sein musste, dass die bedrückende Fahrt zu Ende ging, fühlte ich mich furchtbar traurig. Denn das bedeutete, dass ich Greg nun nicht mehr sehen würde, außer vielleicht zufällig irgendwo auf der Straße. Er hielt vor dem Guest House und wir holten unsere Sachen aus dem Kofferraum. James klatschte zur Verabschiedung mit Greg ab und Allie gab ihm eine kurze Umarmung, dann verschwand das Pärchen hinter den Sprossen des Gartentors. Wir standen uns gegenüber.

»Also bleibt es dabei?«, fragte er mich. Er nahm seine Sonnenbrille ab, so wie ich es zuvor auch schon getan hatte. Der Anblick seines Gesichtes, aus dem ich die Niedergeschlagenheit ablesen konnte, bereitete mir Bauchschmerzen und in meinem Hals steckte ein schwerer Kloß. Am liebsten hätte ich ihn umarmt, sein Gesicht zwischen meine Hände genommen und seinen Mund mit einem Kuss zum Lächeln gebracht. Aber es durfte nicht sein. Ich nickte. Es war alles gesagt worden, was es zu sagen gab.

»Dann … mach's gut, Julia.«

Als er mir einen Abschiedskuss auf die Wange hauchte, schloss ich die Augen. Er stieg ins Auto, ohne sich noch einmal umzudrehen. Traurig sah ich dem Mustang nach, bis er um die Ecke verschwunden war. Meine Hand lag an meiner Wange, als könnte ich die Berührung seiner Bartstoppeln auf meiner Haut festhalten.

Noch mehr Kalendersprüche

Greg

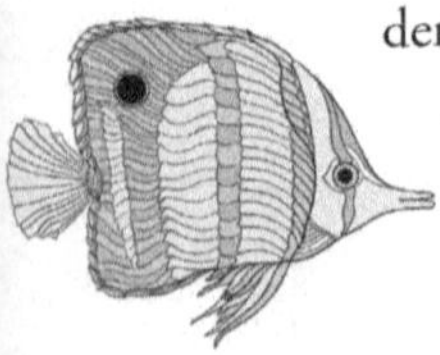

Im Rückspiegel hatte ich gesehen, dass Julia noch vor dem Guest House auf der Straße gestanden und dem Mustang mit hängenden Schultern und leicht gesenktem Kopf nachgeschaut hatte. Das lebensfrohe Funkeln, das ich die letzten Tage in ihren Augen gesehen hatte, war verschwunden. Gerade eben bei der Verabschiedung hatte sie total bekümmert gewirkt. Ja, ihre Trauer war deutlich sichtbar, obwohl *sie* es war, die Schluss mit mir gemacht hatte. Das war verrückt. Aber ich hatte leider recht behalten. Liebesdinge waren nun mal kompliziert. Julia tat das, was sie tun musste.

Ich seufzte. Ihr zarter Duft nach Zitrusfrüchten lag immer noch als kaum wahrnehmbarer Hauch in der Luft. Bald würde er verflogen sein, doch vergessen würde ich ihn niemals. Die ganze heutige Rückfahrt über hatte ich an dem tollen Wagen schon keinen Spaß mehr gehabt. Und das Wetter hatte auch direkt zu meiner Gemütslage gepasst, denn es hatte fast die ganze Zeit geregnet. Das Gute daran war, dass ich mich zu hundert Prozent auf den Straßenverkehr hatte konzentrieren müssen und so von dem Gefühlschaos in mir abgelenkt war. Über den Austausch von Belanglosigkeiten waren unsere Gespräche auf dem Highway nicht hinausgegangen. Ich hatte ihr gegenüber nicht sauer wirken wollen, auch wenn ich eine bislang ungekannte Mischung aus Bitterkeit und Traurigkeit in mir verspürt hatte. Denn was ich im Motelzimmer gesagt hatte, war die Wahrheit gewesen: Niemals würde ich bereuen, dass wir uns kennengelernt und die Nacht zusammen verbracht hatten. Wie hatte ich mich innerhalb von nur drei Tagen so sehr verlieben können?

Ich hielt an einer Kreuzung und die Erkenntnis, die gerade in mir aufstieg, machte mir das Atmen zur Qual: Julia war meine absolute Traumfrau. Sie wäre diejenige gewesen, die meine Wohnung von einem bloßen Dach über dem Kopf in ein richtiges Zuhause hätte verwandeln können. Für ihr fröhliches Lachen hätte ich mich jeden Tag nach Hause beeilt, aber nicht, ohne ihr vorher Sonnenblumen zu besorgen, die sie besonders mochte. Oder ein Vanilleeis. Dann hätten mich ihre braunen mandelförmigen Augen angestrahlt und ich wäre ebenso glücklich gewesen. Für diesen Anblick hätte ich alles getan, doch ich hatte Julia verloren. Das Hupen eines Autos hinter mir ließ mich hochschrecken. Das Licht der Ampel war bereits auf Grün umgesprungen. *Ja, du mich auch.* Ich stieg aufs Gas und ließ den drängelnden grauen Geländewagen hinter mir zurück.

Als ich in Marcs Straße einbog, stand das Tor zur Garage offen. Er hantierte mit einem Lappen an der Motorhaube seines Roadsters, dem er anscheinend gerade eine Politur verpasste. Als mein Boss mich bemerkte, winkte er und deutete mir, gleich hineinzufahren, über das ganze Gesicht strahlend.

Ich parkte den Mustang auf dem freien Platz neben dem SUV und stieg aus. »Da ist dein Baby wieder. Ohne einen Kratzer. Vielen Dank, dein Auto ist der absolute Hammer«, sagte ich und schlug zur Begrüßung in seine Hand ein.

»Offensichtlich hattest du ein paar schöne Tage, das freut mich sehr. Was war denn sonst so los, auf der Reise? Gab es besondere Highlights?« Neugierig musterte er mich.

»Alles war total super. Aber das Beste war, dass das Wetter gehalten hat und wir den Start des Satelliten gesehen haben. Das Donnern der Raketen hättest du hören müssen. Dagegen ist das Röhren deiner Harley ein heiseres Flüstern. Und erst der Kondensstreifen. Der ist wie ein verkehrter Blitz senkrecht in den Himmel gefahren.« Leise seufzend holte ich meine Sachen aus dem Kofferraum des Cabrios und stellte sie auf dem Boden ab. Dann holte ich noch die Fahrzeugpapiere aus dem Handschuhfach.

»Und sonst? Habt ihr euch alle gut verstanden?«, fragte er stirnrunzelnd und nahm die Dokumente und Autoschlüssel entgegen. Natürlich wollte er wissen, ob Julia und ich uns nähergekommen waren, und er würde so lange bohren, bis er seine Antworten hatte. Ihm jetzt von meinem Debakel berichten zu müssen, war ähnlich angenehm, wie mir einen Schwung Meerwasser ins offene Auge zu spritzen, aber es half nichts.

»Julia und ich … Wir haben uns während unseres Roadtrips besser kennengelernt. Auf das zielen deine Fragen ja wohl ab. Wir mögen uns, sehr sogar. Trotzdem sind wir nicht mehr zusammen, sie hat Schluss gemacht. Sie möchte unsere kleine Affäre nicht weiter vertiefen, weil sie in einigen Monaten wieder nach Europa zurückkehren muss«, antwortete ich mechanisch wie ein Roboter.

Marcs Lippen formten sich zu einer Ellipse. »Was? Und was wirst du nun tun?«

»Gar nichts, was meinst du denn, was ich machen sollte?«, fragte ich.

»Du stehst hier herum wie eine Trantüte. Wenn du sie liebst, dann musst du um sie kämpfen, was denn sonst! Ruf sie jetzt gleich an, fahr zu ihr, schick ihr ihre Lieblingsblumen … oder lass einen Helikopter mit einer Botschaft für sie über dem Meer kreisen … Was auch immer. So etwas in der Art würde ich jedenfalls für Hermosa tun!«, rief Marc. Nahm sein Gesicht tatsächlich gerade eine dunklere Färbung an?

Ich dagegen versuchte, ganz ruhig zu bleiben. Vielleicht hatten sich Frauen früher eher von solch stürmischen Liebesgesten umstimmen lassen? Irgendwie konnte ich mir das zwar nicht vorstellen, aber heutzutage würde man solch beharrliches Werben Stalking nennen. Es war eindeutig an der Zeit, auch Marc einmal einen Kalenderspruch unter die Nase zu reiben. »Es gibt Dinge, die entfernen sich umso schneller von uns, je mehr wir ihnen hinterherlaufen. Ich glaube, dass die Liebe dazugehört. Außerdem ist Julia erwachsen und sie hat ihre Gründe, warum sie keine Beziehung will. Selbstverständlich respektiere ich ihre Entscheidung, auch wenn das wirklich hart ist.«

Marc war sprachlos. Ich nutzte seinen Schockmoment, um meine Sachen an mich zu nehmen und mich dem Ausgang zuzuwenden. Normalerweise hörte ich ihm gern zu, aber jetzt gerade hatte ich keine Lust auf seine Ratschläge, die an einem sehr wunden Punkt rührten.

»Wir sehen uns morgen«, rief ich ihm über die Schulter zu und ging schnell zum Tor hinaus. »Ich muss mich jetzt erst mal hinlegen und schlafen. Und danke noch mal für das Auto.«

Rasch flüchtete ich zu dem Pick-up, den ich vor ein paar Tagen vor dem Haus geparkt hatte, stieg ein und fuhr los. Fast befürchtete ich, Julias Gestalt wieder im Rückspiegel zu sehen, immer kleiner werdend und in der Ferne schließlich verschwindend. Deswegen vermied ich es auf der Heimfahrt, ihn zu benutzen.

Rettung

Julia

Den Rest des Sonntagnachmittags verbrachte ich damit, mich von Greg und der Erinnerung an unsere Nacht abzulenken. Doch es gelang mir nicht wirklich, das quälende Gefühl zu vertreiben, das sich in meinem Brustkorb breitmachte. Wie sollte ich die nächsten Tage überstehen, bis das wieder aufhörte? Wann würde es wieder aufhören? Ich wusch die getragene Wäsche, danach kehrte ich in unserem Zimmer und wischte den Boden. Abends legte ich mich mit dem Thriller *Misery* von Stephen King ins Bett, den mir Savannah geliehen hatte. Sie hatte mir versichert, dass dies der packendste Roman sei, den sie jemals gelesen hätte, und dass ich ihn lieben würde. Aber ich schaffte es nicht, mich auf das Buch zu konzentrieren und mich länger als fünfzehn Minuten von meinen Gedanken an Greg abzulenken. Irgendwann schaltete ich die kleine Lampe neben meinem Bett aus und lag noch wach, als sich Allie später am Abend ins Zimmer schlich. Sie war den ganzen Nachmittag mit James unterwegs gewesen.

»Allie, ich schlafe noch nicht. Du kannst dir ruhig Licht machen«, sagte ich.

»Spitze. Bin gleich fertig.« Sie verschwand mit ihrem Waschzeug. Ein paar Minuten später kam sie zurück und setzte sich auf mein Bett. »Was ist jetzt eigentlich mit dir und Greg?«, fragte sie.

»Nichts.«

»Wirklich? Dabei hattet ihr euch die Tage doch so gut verstanden, ihr beiden. Wollt ihr euch denn nicht weiter treffen?«

»Wollen schon, aber du kennst ja meine Ansicht. Es würde zu nichts führen.« Ich seufzte tief. »Außer zu Kummer. Es ist besser, wir lassen das zwischen uns gar nicht erst richtig beginnen.«

»Wenn du meinst … aber ich finde, du solltest den Dingen

ihren Lauf lassen. Immer versuchst du krampfhaft, alles zu kontrollieren. Als ob du Angst vor dem Leben hättest. Sicher, du wirst nicht verletzt werden, wenn du dich in deinem Schneckenhaus verkriechst. Aber du wirst wohl auch nicht glücklich dabei werden. Und die letzten Tage warst du es definitiv, und Greg auch. Richtig geschwebt seid ihr beide, wie auf Wolke sieben«, sagte sie und ging zu ihrem Bett hinüber. Danach wurde es finster im Raum.

Allies Art, mit der sie direkt ins Schwarze getroffen hatte, verschlug mir die Sprache.

»Du weißt ja nicht, wovon du sprichst«, sagte ich schließlich leise ins dunkle Zimmer.

»Gute Nacht, Julia«, antwortete sie und drehte mir den Rücken zu. Kurz darauf hörte ich an ihren gleichmäßigen Atemzügen, dass sie eingeschlafen war.

Davon war ich weit entfernt. Warum konnte sie so sorglos mit ihrem Lover umgehen? Und war das wirklich Liebeskummer, was ich hier fühlte? Nach nur einer gemeinsamen Nacht? Als Markus vor über einem Monat mit mir Schluss gemacht hatte, hatte es auch wehgetan und es waren viele Tränen geflossen, aber ich hatte auch gespürt, dass es ein überfälliger Abschied gewesen war. Von einer Beziehung, von der mehr Gewohnheit und geschwisterliche Freundschaft als Liebe übrig gewesen war. Und ja, Mutter hatte recht gehabt, wir waren wirklich zu jung gewesen, als wir zusammengekommen waren. Deswegen hatte die Trennung auch ein bisschen etwas Befreiendes an sich gehabt. Jetzt rollte ich mich zusammen wie ein Igel in Mutters Garten, der sich unter einem Laubstoß zum Winterschlaf zurückzog. Nicht umsonst sprach man bei Liebeskummer von *Herzschmerz*. Ich platzierte meine Hand auf meiner Brust. Diese beklemmende Enge! Um sie abzuschütteln, atmete ich tief durch, doch es gelang nicht so richtig. Durch meine Fingerspitzen spürte ich meinen Pulsschlag. Genau da war der Ausgangspunkt dieses wehmütigen Gefühls, das sich grau und schwer in meinem ganzen Körper ausbreitete. Fünf Monate noch in Key West, in der ich meine Floridaliebe haben könnte, aber nicht haben durfte. Unablässig tauchten Gregs strahlend blaue Augen und sein zärtliches Lächeln in meiner Vorstellung auf. Es erschien mir wie eine unlösbare Herkulesaufgabe, ab sofort jeden Morgen aufzustehen, ohne Greg wiederzusehen. Wie sollte ich es schaffen, mein Herz auszutricksen? Jeden Tag meinen Verstand siegen zu lassen und weiterzumachen wie zuvor? Bestimmt war es vermessen von mir, so zu denken, aber ungefähr so musste sich ein Drogenabhängiger auf Entzug fühlen. Unwillkürlich musste ich wieder an Wynwood Walls denken. Die Graffiti-Frau in mir hatte einen Schritt vor die Tür gesetzt, den Himmel berührt und sich dann doch wieder in ihrem biederen Schneckenhaus verkrochen. Allie hatte es vorhin ganz richtig ausgedrückt. Aber vielleicht könnte ich das Wandbild in anderen Lebensbereichen umsetzen? Nicht in der Liebe, denn es würde mir schlichtweg das Herz zerreißen, Greg nochmals verlassen zu müssen. Aber da waren doch noch der rote Vogel, der meine Freunde repräsentierte, und das lodernde Feuer, das für meine Korallenträume stand! Diese müsste ich nun an erste Stelle setzen und ich musste versuchen, nur mit ihnen zu fliegen! So würde ich es schaffen, mich mit anderen Glücksmomenten über die kommenden Wochen und Monate zu retten und die Leichtigkeit zurückzugewinnen! Es dauerte gefühlte Stunden, bis ich trotz meiner Müdigkeit endlich in einen unruhigen Schlaf hinüberdämmerte.

Am nächsten Tag wachte ich müde und wie gerädert auf. Doch das Leben musste weitergehen und der große Lichtblick waren meine Korallenträume, die darin bestanden, meinen Beitrag zur Erhaltung des Florida Reefs zu leisten. Ihnen wollte ich mich mit der Arbeit im Meereslabor wieder mit ganzer Konzentration und Hingabe widmen. Allie, James und Tom machten Tauchgänge und ich ging den beiden Professoren zur Hand. Die Tätigkeiten lenkten mich tatsächlich etwas von Greg ab. Nach dem Schneiden platzierte ich die so vervielfältigten Korallen in den Außenbecken. Noch vor fünf Wochen war alles so neu und ungewohnt gewesen und nun brauchte mir Patricia so gut wie keine Anweisungen mehr zu erteilen. Unter den monatelang in den Becken gezogenen Korallen durfte ich sogar diejenigen selbst aussuchen, welche die Taucher als nächstes auspflanzen sollten. Das tat ich und wählte die größten und robustesten sorgfältig aus. Obwohl ich es mir eigentlich verboten hatte, hatte ich auch immer ein Auge auf das Nachbargelände und beobachtete die dort einfahrenden Wagen. Vielleicht war Greg in einem der weißen Autos? Aus der Entfernung konnte ich es nicht erkennen, sie glichen sich wie ein Ei dem anderen. Ob er auch an mich dachte? Als ich eine Drohne am Ufer vorbeisurren hörte, breitete sich ein warmes Gefühl in meinem Bauch aus und mein Herz begann, wild zu klopfen. Ich beobachtete sie minutenlang und sah ihr nach, bis sie hinter dem Werksgebäude von *Fly the Keys* wieder aus meinem Gesichtsfeld verschwand.

Nach dem Arbeitstag wusste ich rein gar nichts mit mir anzufangen. Ich saß auf einem weißen Plastikstuhl auf dem Balkon vor unserem Zimmer, fächelte mir wegen der Schwüle mit einer Ausgabe der Tauchzeitschrift *Dive* Luft zu und legte Stephen Kings Bestseller seufzend zur Seite. Es ging nicht. Ich brauchte Lesestoff, der etwas weniger an meinen Nerven zerrte. Der mittelalterliche Kriminalroman von Umberto Eco, den ich auch noch nicht beendet hatte, war im Moment aber nicht das Richtige für mich, denn ich konnte den lang verschachtelten Sätzen und Handlungssträngen kaum folgen. Lesen bereitete mir momentan einfach keine Freude. Wo Allie, James und Tom heute so lange blieben? Es war schon nach sechs Uhr abends. Das Guest House war ungewöhnlich still. Unsere Haushälterin Savannah war um die Zeit normalerweise auch schon nach Hause gegangen. Kurzerhand griff ich zum Handy und wählte Allies Nummer. Zum Glück hob sie gleich ab.

»Hey, Allie, habt ihr noch lang zu tun heute?«, fragte ich.

»Sind auf dem Weg ins *Onlywood*, auf eine Pizza.«

»Oh …«

»Warum kommst du nicht auch vorbei?«

Mir wurde bewusst, dass ich schon wieder an meinem linken Daumennagel kaute, und ich nahm ihn rasch aus dem Mund. »Wer wird denn noch da sein?« Die Frage, ob Greg auch dazustoßen würde, brannte mir auf der Zunge, aber ich wollte sie nicht aussprechen, um nicht noch mehr Wind um meinen Herzschmerz zu machen. Wenn sich Greg auch angekündigt hatte, würde ich lieber zu Hause bleiben.

»Nur James, Tom und ich, du kannst dich ruhig hertrauen.«

»Sehr witzig! Okay, ich bin in zehn Minuten bei euch.« Allie hatte mich offensichtlich durchschaut, aber sie verstand nicht, warum ich mit Greg Schluss gemacht hatte. Dazu waren wir zu verschieden. Ich legte auf, stopfte Handy und Geldbörse in meinen Rucksack und machte mich auf den Weg.

Kurz darauf saßen wir zu viert im Gartenbereich der Pizzeria *Onlywood* an einem rustikalen Holztisch. Der Boden meiner Steinofen-Pizza Margherita war hauchdünn und der Käse darauf zerrann verführerisch, aber großer Appetit wollte sich trotzdem nicht bei mir einstellen. Deshalb überließ ich mehr als die Hälfte davon Tom. Auch am Gespräch der anderen beteiligte ich mich nicht und beobachtete stattdessen die Menschen, die auf der Duval Street an uns vorbeispazierten. Ich ertappte mich selbst dabei, wie ich wie ein Scanner die Massen nach Gregs Gesicht absuchte. Vielleicht würden wir uns ja zufällig über den Weg laufen? Obwohl mein Verstand sagte, ich sollte Greg meiden, verlangte mein dummes Herz genau das Gegenteil.

»Hältst du nach jemandem Bestimmten Ausschau?« Allie nahm wieder einmal kein Blatt vor den Mund.

»Überhaupt nicht«, schwindelte ich und nahm einen Schluck von meiner Cola. Mir entging nicht, dass sie und James Blicke tauschten und ihre Mundwinkel nach oben zuckten. Die Harmonie zwischen den beiden war mitunter ganz schön anstrengend.

Gerade fischte ich im Labor das letzte Stämmchen einer Zweigkoralle aus einem weißen, mit Meerwasser gefüllten Bottich und platzierte sie danach vorsichtig vor meiner Säge, als aus dem Büro nebenan wieder einmal *Kokomo* von den Beach Boys aus Adams Radio tönte. Dieses Lied schien in Key West ständig irgendwo gespielt zu werden. Sofort musste ich an Greg und unsere Fahrt über den Overseas Highway im offenen Cabrio denken, wo wir es gemeinsam gehört hatten. Mein Gehirn präsentierte mir sein Lächeln und ich konnte seine klaren blauen Augen direkt vor mir sehen. Ich schüttelte den Kopf über mich selbst, als könnte ich so die Bilder vertreiben. Nur noch vier bis fünf Schnitte, dann war ich mit der heutigen Sägearbeit fertig. Für den späteren Nachmittag hatte Patricia eine kleine Feier angekündigt, denn heute war ein großartiger Tag für das Meereslabor. Wie heute bekannt gegeben worden war, waren gemeinsam mit anderen Korallenaufzuchtstationen in Islamorada und Key Largo insgesamt bereits 140 000 Korallenfragmente wieder ans Riff ausgepflanzt worden. Neueste Statistiken belegten, dass deren Überlebensrate neunzig Prozent betrug! Das waren unfassbar gute Neuigkeiten! Meine Arbeit trug wirklich zur Rettung der Korallenriffe bei. Und auch mein anderes Ziel, meinem Vater näherzukommen, hatte ich durch die wunderbaren Tauchgänge erreicht und in dieser Hinsicht meinen Frieden gefunden. Trotzdem war die Leichtigkeit, die ich vor dem Trip nach Cape Canaveral gespürt hatte, nicht mehr da. Ohne Greg registrierte ich all das, aber ich empfand nicht die innere Freude und das Glück, das ich mir durch die Erreichung meiner Ziele erhofft hatte. Wie sehr hatte es mich in diesen paar letzten

Tagen und der einen Nacht bloß erwischt? Wie hatte das nur passieren können? Prompt sah ich sein Lächeln vor mir und mir wurde warm ums Herz … *Ratsch.* Das letzte Fragment, das ich gerade an die Säge führte, zersplitterte in meinen Händen. Das war so schnell gegangen, dass ich vor Schreck mit meinem rechten Daumen beinahe an das Blatt der Stichsäge geraten wäre. Hui, das war knapp gewesen! Mein Puls raste. *Wie ein pubertierender Teenager*, schalt ich mich selbst. Ich musste meine Tagträume über Greg abstellen und mich auf meine Arbeit konzentrieren, sonst würde ich bald einen Arzt brauchen. Glücklicherweise war ich mit dem Fragmentieren für heute fertig und schaltete mit zitternden Fingern das Gerät ab.

Der nächste Arbeitsschritt war Gott sei Dank ungefährlich und ich ging mit dem Behälter mit den passend zurechtgeschnittenen Stücken nach draußen. Dort fixierte ich jedes Korallenfragment mit einem speziellen Harz auf einem passenden Betonsockel, ehe ich es in sein Becken entließ. Nach einigen Minuten bemerkte ich ein bekanntes mechanisches Schnurren, nur ein paar Meter entfernt von mir. Sehnsuchtsvoll sah ich hoch. Sofort spürte ich, wie die Schmetterlinge in meinem Bauch zart mit ihren Flügeln schlugen. Da oben schwebte Gregs Drohne wie ein Insekt aus der Zukunft über dem Ufer. Früher hatte ich nie bemerkt, was für eine eigenwillige Eleganz diese Mini-Raumschiffe doch besaßen. Dieses Exemplar hier war besonders groß. Ob Greg nach mir Ausschau hielt? Mein Herz klopfte schneller. Einen Moment lang verharrte das Objekt in der Luft, dann machte es einen Bogen Richtung Meer. Seufzend schaute ich ihm nach. Da bekam es plötzlich Schlagseite und verlor an Höhe! Greg versuchte offensichtlich gegenzulenken, übersteuerte jedoch und verlor die Kontrolle über die Drohne. Einen Augenblick später klatschte sie auf die Wasseroberfläche. O nein, da steckte doch so viel Zeit und Mühe von Greg drin! Ich musste sie retten! Sofort rannte ich zum Ufer und erkannte mit Schrecken, dass nur noch die erhöhte Kuppel mit der Kamera hervorschaute, der Rest war bereits unter der Meeresoberfläche verschwunden. Klar, diese war nicht so ein kleines zartes Ding wie jene, die ich damals aus dem Becken gefischt hatte, sonst würde sie obenauf treiben.

Ich schaute zum Gelände von *Fly the Keys* hinüber, aber natürlich war da nur der Metallzaun. Bis Greg hier aufkreuzte, würden Minuten vergehen. Bis dahin würde sein Flugroboter abgetrieben sein. Kurz entschlossen stieg ich die steinige Böschung zum Meer hinunter. Meine Sneakers ließ ich an, so konnte ich schneller über die scharfkantigen Steine klettern. Nach der Böschung ging es zunächst im flachen Meer auf zerklüfteten, glitschigen Felsen dahin. Prompt rutschte ich aus, landete auf den Knien und versuchte, den Sturz mit meinen Handflächen abzumildern. Autsch, das tat weh! Als würden sich kleine spitze Nägel in meine Haut bohren. Egal! Ich richtete mich wieder auf und watete auf zittrigen Beinen weiter, den Blick immer dahin gerichtet, wo ich die Drohne zuletzt lokalisiert hatte, denn sie war bereits komplett im Ozean verschwunden. Nun hatte ich tiefes Wasser erreicht, in dem ich nicht mehr stehen konnte, und schwamm so schnell es ging auf den sinkenden Schatten zu. Ich streifte meine Schuhe ab, die mich behinderten, holte tief Luft und tauchte hinterher. Unter Wasser konnte ich nur die verschwommene Silhouette erkennen, doch ich streckte sofort meine Hand danach aus. Gleich musste ich sie erreicht haben, nur noch ein bisschen mehr Tempo mit meinen Beinen, noch einmal greifen … Da spürten meine Finger die glatte Oberfläche der Drohne. Ebenfalls fühlte ich, dass die Luft mir knapp wurde, aber Hauptsache, ich hatte sie erwischt! Mit festem Griff packte ich zu und zog an ihr. Aber das ging überraschend zäh, denn ihre ausladende Form bremste den Auftrieb wie ein Segel. Ich musste sie mit beiden Händen greifen. Dadurch konnte ich mich aber nur mit der Kraft meiner Beine nach oben arbeiten. In quälender Langsamkeit mühte ich mich auf die helle Fläche zu, die sich über mir erstreckte.

Schneller! Ich musste atmen! Aber genauso dringend sollte Greg seine Drohne wiederbekommen. Ich rettete sie, so wie er meine Korallen gerettet hatte. Meine Lungen brannten, gleich würde ich Wasser einsaugen. Nach Momenten, die mir wie eine halbe Ewigkeit erschienen, brach ich schließlich durch die Wasserlinie und riss meinen Mund auf. Endlich, Luft! Hastig füllte ich meine Lungen mit Sauerstoff. Und hustete. Mein Hals und meine Atemwege schmerzten, der salzige Geschmack des Meeres stach in meinem Mund und den Augen. Aber ich hatte Gregs Drohne vor dem Untergang bewahrt. Zumindest fast, jetzt musste ich das sperrige Teil noch an Land bringen.

Halb trieb, halb strampelte ich mich zentimeterweise in Richtung rettendes Ufer. Es war ein harter Kampf, denn das träge Objekt wollte mir nicht folgen. Ganz im Gegenteil, es zog mich mit sich hinab und ich musste meine ganze Kraft aufbieten, um es oben zu halten. O Mann, war das Gerät schwer! Das war doch eher ein U-Boot als eine Flugdrohne. Aber endlich spürte ich festen Boden unter meinen Füßen. Eigentlich waren es zerklüftete Felsen, aber Hauptsache, ich konnte mich wieder sammeln.

Keuchend verharrte ich einen Moment. Dann erklomm ich die scharfkantigen Steine der Böschung, die sich in meine Sohlen bohrten. Wie schmerzlich vermisste ich gerade meine Sneakers, die irgendwo im Meer trieben. Ich ließ mich nieder und schob mich mit dem Rücken voran über den felsigen Untergrund in Richtung Land, wobei ich die Drohne mit mir schleppte. Als ich den schmalen Wiesenstreifen erreicht hatte, blieb ich erschöpft an Ort und Stelle hocken.

Erst jetzt bemerkte ich, wie entkräftet ich war. In meiner klitschnassen, kühlen Kleidung zitterte ich am ganzen Leib. Mein Brustkorb hob und senkte sich immer noch, als müsste mein Körper den erlittenen Sauerstoffmangel wieder aufholen. Obwohl die Außentemperatur über dreißig Grad betrug, zuckten meine Unterlippe und die Schultern, ohne dass ich etwas dagegen tun konnte. Aber ich war noch nicht fertig mit meiner Mission. Also los. Ich stand mit zittrigen Beinen auf und schlang die Arme um die Drohne. Sie überragte mich und behinderte mich beim Gehen. Vermutlich sah ich aus wie eine Sechsjährige, die eine überdimensionale Schultüte trug. Als ich über die Wiese zum Tor tapste, spürte ich die kleinen Verletzungen und Risse wie Nadelstiche an meinen Fußunterseiten. Um den Schmerz zu vermeiden, humpelte ich auf den Ballen.

Plötzlich tauchte jemand am Eingangstor des Meereslabors auf. Es war Greg! Und er kam mit großen Schritten auf mich zu. Der Metallhaufen in meinen Armen vereitelte den Versuch, mir die Haare zu richten und mir das T-Shirt glattzustreichen. Automatisch formten sich meine Lippen zu einem Lächeln. Greg blickte mich an, als würde er einem Geist gegenüberstehen.

»Himmel, Julia … das Ding ist doch tonnenschwer! Du hättest es untergehen lassen sollen! Das ist es doch nicht wert, dass du dich in Gefahr begibst!« Mit einem Handgriff nahm er mir das Flugobjekt ab und wuchtete es neben uns auf den Boden. »Du zitterst ja! Und die Knie hast du dir auch aufgeschlagen«, rief Greg entsetzt. Er strich mir eine Strähne aus der Stirn und entfernte ein Büschel Seegras von meinen Schultern. Dann sah er mich eindringlich an. »Julia, hör mir zu. Ich muss ganz kurz weg, dir etwas Trockenes holen. Am besten, du setzt dich und bewegst dich nicht von der Stelle, ich bin gleich wieder da! Ich kann dich doch ganz kurz allein lassen?«

Ich nickte mechanisch, obwohl ich eigentlich nicht wollte, dass er wegging. Aber ehe ich etwas sagen konnte, war er schon davongeeilt und hinter dem Zaun verschwunden. Unbeweglich starrte ich auf den Punkt, an dem ich ihn zuletzt gesehen hatte, bis er kurze Zeit später an derselben Stelle wiederauftauchte. Sofort schnellten meine Mundwinkel nach oben und ich richtete mich auf. Alles war gut, Greg war wieder da! In seinen Händen hielt er eine Packung Verbandszeug und eine flauschige Decke.

Er half mir behutsam, mich fest darin einzuwickeln, und sofort durchströmte mich eine angenehme Wärme, als ich mich hineinkuschelte. *Bitte, nimm mich in den Arm!* Doch er hockte sich vor mich und begann, meine Schnitte an den Knien zu reinigen und das nachquellende Blut vorsichtig abzutupfen. Mir jedoch waren die kleinen Verletzungen egal, sie taten nicht weh. Ganz im Gegenteil. Jetzt, wo Greg bei mir war und mich umsorgte, hatte ich mich ehrlich gesagt nie besser gefühlt. Trotz meiner Erschöpfung spürte ich die Leichtigkeit auf einmal wieder, die Hochstimmung, die ich so sehr liebte. Nein, nach der ich süchtig war. Nach genau der Lebensfreude, die Greg in mir auslöste. Ich wollte schweben wie beim Tauchen, und nicht in meiner eigenen Trübsal untergehen. Dass es nur ein Glücksgefühl auf Zeit wäre, konnte ich zwar nicht leugnen, aber das war in dem Moment zweitrangig, und außerdem würde sich alles finden, wenn ich den Richtigen an meiner Seite hätte. Das hatte Greg selbst gesagt und auch Allie war dieser Meinung. Ich wollte keine Angst vor dem Leben haben und endlich dauerhaft aus meinem Schneckenhaus herauskommen. Als Greg sich neben mich setzte und mit dem Tupfer die kleinen Kratzer in meinen Handflächen säuberte, schloss ich meine Finger und hielt die seinen mit sanftem Druck fest.

Er hob seinen Kopf und unsere Blicke verfingen sich.

»Ich wollte dir die Drohne wiederbringen, weil sie dir wichtig ist. Deswegen wollte ich sie retten. Du bist mir sehr wichtig, Greg.«

Seine ozeanblauen Augen, die ich in den letzten beiden Tagen so schmerzlich vermisst hatte, waren keine Armlänge von mir entfernt. Sie brachten mein Herz unter meinem kühlnassen T-Shirt zum Pochen und wärmten mich von innen. Träumte ich das alles etwa? Nein, denn ich spürte den Druck seiner Hand ganz deutlich, die den meinen erwiderte. Greg ließ mich los, legte aber den Arm um meine Schultern und zog mich an sich. *Ja!* In meinem Bauch kribbelte es heiß und ich benötigte die Decke nicht mehr, die über meinen Rücken hinabrutschte. Mein Blick wanderte zwischen seinen Augen, um die sich hauchzarte Fältchen gebildet hatten, und seinen Lippen hin und her, welche ein Lächeln formten. Ein Laut der Erleichterung entschlüpfte meiner Kehle. Ich hob mein Kinn, schloss meine Lider und wartete mit angehaltenem Atem auf den Kuss. Ein Hauch seines Aftershaves umspielte meine Nase … und endlich … ich schwebte! Wir verschmolzen in Umarmungen und Liebkosungen, gierig und drängend, als würde unser beider Leben davon abhängen.

Everglades

Julia

»Kommt, ihr kleinen Racker, wir machen einen Rundflug«, sagte Greg und kehrte die Teilnehmer des Ameisenkonvois, die es fast bis hinauf zur Obstschüssel auf den Küchentisch geschafft hatten, behutsam auf die Schaufel. Von der Arbeitsfläche unserer Wohnküche aus sah ich zu, wie er die Fliegengittertür zur Terrasse öffnete und die wild durcheinanderkrabbelnden Tierchen hinausbeförderte. »Ihr seid wohl größenwahnsinnig geworden. Wie, bitte, wolltet ihr denn einen Apfel mitnehmen?«, sagte er lachend und schüttelte den Kopf.

Als er zurückkam, legte ich das Messer zur Seite, mit dem ich gerade die Tomaten für das Abendessen klein geschnitten hatte, und ging auf ihn zu. Ich schlang meine Arme um ihn und gab ihm einen Kuss, in den ich meine ganze Zuneigung legte. »Danke, Greg!«

»Wofür denn?«, fragte er verwundert und hielt mich fest.

»Dass du weder den Staubsauger noch das Ameisenspray geholt hast«, antwortete ich und strahlte ihn an. Mit was für einem wunderbaren Mann lebte ich bitteschön zusammen? Der respektierte, dass ich neben den Korallen auch ein Herz für Insekten, Seekühe und überhaupt alle Lebewesen hatte. Mittlerweile lebten wir seit vier Monaten zusammen und ich hätte niemals gedacht, dass ich so glücklich sein könnte.

»Hey, ich bringe Gäste doch immer persönlich hinaus. Und dass sie sich überhaupt zu uns reinschleichen konnten, erinnert mich daran, dass ich die Fugen außen neu verkitten muss«, sagte er.

»O ja, und die Türklingel könntest du bitte auch gleich

reparieren«, fiel mir ein. An dem betagten mintgrünen Häuschen, das Greg von Marc und Hermosa gemietet hatte, gab es immer etwas zu tun.

Wir küssten uns noch einmal, ehe ich mich wieder dem Salat widmete. In einer Viertelstunde erwarteten wir Allie und James zum Barbecue. Greg heizte auf der schnuckelig kleinen, mit roten Ziegeln ausgelegten Terrasse schon einmal den Grill an. Daneben hatten ein Tisch und vier Stühle Platz, beschattet durch eine Palme. Das Gärtchen hatte die perfekte Größe für uns, obwohl es nicht größer war als ein Pkw-Stellplatz. Oleander und Hibiskus verbreiteten ihren süßlichen Duft. Außerdem hatte ich Sonnenblumen angepflanzt, denn meine Lieblingsblumen strahlten immer so eine freundliche Stimmung aus, wie ich fand. Sie wuchsen aber noch sehr zurückhaltend.

Eine halbe Stunde später saßen wir zusammen beim Dinner.

»Ich werde dich vermissen, Allie«, sagte ich wehmütig.

Meine ehemalige Mitbewohnerin lächelte mich schief an. »Hör sofort damit auf. Noch bin ich ja da und da wird nicht Trübsal geblasen«, antwortete sie streng.

Ihre Zeit in Florida neigte sich dem Ende zu. Fast zehn Monate hatte sie in Key West verbracht und in Kürze würde sie nach Longport, einer kleinen Stadt in New Jersey, zurückkehren.

James, der wieder einmal am Grill gestanden hatte, platzierte einen Teller mit fertig gebrutzelten Würstchen in der Mitte des Tisches und wir griffen zu.

»Das erinnert mich an unseren Roadtrip. Wisst ihr noch, unser Barbecue am *Sandy Beach* in Miami?«, fragte ich. Dabei sah ich Greg mir gegenüber an und musste schmunzeln. Er zwinkerte mir zu und gleichzeitig schnellten seine Mundwinkel nach oben. Eine wohlige Wärme breitete sich von meiner Mitte ausgehend in meinem ganzen Körper aus. Nein, diesen Abend, an dem wir uns das erste Mal auf dem staubigen Trailer-Parkplatz geküsst hatten, würden wir beide nie vergessen, da war ich mir sicher.

»Fehlt nur noch der in Mayonnaise ertränkte Kartoffelsalat im Plastikeimer und eine Nacht mit Greg«, sagte James grinsend und schüttelte sich theatralisch. Ihm waren ganz andere Erinnerungen im Gedächtnis geblieben.

»Apropos, *eine Nacht mit Greg*«, wiederholte Greg den letzten Satz seines Freundes. »Ich habe da eine Idee … Wie wäre es mit einem Ausflug in die Everglades am kommenden Wochenende? Wir vier noch einmal zusammen …?«

»O ja!«, riefen Allie und ich gleichzeitig. Ein gemeinsamer Trip in die Mangrovenwälder!

»Eine supertolle Idee! Und am Sonntag habe ich noch dazu Geburtstag.« Fast hätte ich vergessen, dass ich bald neunundzwanzig wurde.

»Ich weiß«, sagte Greg und grinste verschmitzt. »James und ich übernehmen die Organisation, oder, Kumpel? Und ihr beiden müsst euch um rein gar nichts kümmern.«

»Klar«, antwortete James mit einem pfiffigen Gesichtsausdruck. »Lehnt euch zurück und lasst euch überraschen.«

»Das ist ja lieb von euch. Nicht umsonst heißt es *Das Beste kommt zum Schluss*«, sagte Allie.

Wie toll, dann hätte ich zu meinem Ehrentag zwar nicht meine österreichische Familie, aber dafür Greg und meine Freunde um mich. Allie war inzwischen wie eine Schwester und James wie ein Bruder für mich geworden. Und Greg? Er war alles für mich. Mein Vertrauter, mein Freund und der beste Liebhaber aller Zeiten. Er brachte die Schmetterlinge in meinem Bauch zum Fliegen und mein Herz zum Lachen.

James und Greg hatten also die Planung für diesen Wochenendausflug übernommen und ein großes Geheimnis daraus gemacht, wie unsere Reise im Detail ablaufen würde. Insgeheim hoffte ich, dass Marc Davis uns vielleicht wieder ein schickes Cabrio borgen würde.

Allerdings schrieb ich die Hoffnung ab, als wir Allie und James am Samstag um sieben Uhr früh mit einem normalen Pick-up von *Fly the Keys* vom Guest House abholten. Das Auto war ziemlich vollgeräumt, aber Greg ließ mich nicht nachsehen, was genau wir geladen hatten.

Als wir losfuhren, lenkte Greg das Auto nicht auf den Overseas Highway, den einzigen Landweg, auf dem man nach Norden zu den Everglades gelangte, sondern zum Hafen von Key West. An der Marina parkten wir.

»Das ist doch nicht euer Ernst, oder?« fragte ich lachend, als ich die braunrostige Fassade der *Jolly Roger* am Ende des Steges erkannte. Doch es war so. Wir würden auf dem alten Cabin Cruiser zum Nationalpark schippern, wie toll! Allie und ich freuten uns irrsinnig.

»Haben wir Ersatzteile dabei?«, neckte ich Greg, der mich dafür zärtlich in die Pobacke kniff. Wir hatten einiges an Gepäck zum Schiff zu bringen, sodass ich mich wunderte, wofür wir so viel Zeugs benötigten. Greg hatte uns wohl noch nicht alles erzählt.

Unser Kapitän Roger begrüßte uns, diesmal in Begleitung einer dunkelhaarigen freundlichen Frau, die er uns als Linda vorstellte. Mit einem Kaffee, den sie schon vorbereitet hatte, nahmen wir auf dem Aufbau am Bug Platz. Während die *Jolly Roger* aus dem Hafen hinaustuckerte und Kurs in nördliche Richtung nahm, erklärte uns Greg endlich den Plan für das Wochenende. Zunächst würden wir die Flamingo Marina, einen kleinen Hafen ganz im Süden des Everglades-Nationalparks, anfahren.

»Wir sind kurz vor dem Mittag dort. Also sofern nichts dazwischenkommt«, sagte Greg augenzwinkernd. »Danach machen wir eine Kajaktour durch die Mangrovenwälder.« Juhu, auf die freute ich mich schon seit Monaten! Übernachten würden wir in Zelten auf einem Campingplatz, der sich direkt in den Everglades befand. Das war also die nächste Überraschung. Das hörte sich so toll an. Hauptsache, es war nicht wieder ein Trailerpark. Es war so lieb von den beiden, dass sie sich solche Mühe gegeben hatten. Die Organisation war ihnen wirklich gelungen.

Ich fand, dass James Allie den Abschied richtig schwer machte, aber sie schien ihre herannahende Abreise völlig auszublenden und war fröhlich wie immer. Bei angenehmen siebenundzwanzig Grad Außentemperatur, die sich jetzt im November auch gar nicht mehr schwül anfühlten im Vergleich zur Regenzeit im Hochsommer, schaukelte die *Jolly Roger* durch die sanften Wogen des Golfs von Mexiko. Greg hielt meine Hand und ich konnte mir keinen schöneren Tag vorstellen als diesen. Zusammen mit meinen Freunden James und Allie und natürlich an der Seite von Greg. Wie sehr liebte ich den Ausblick auf das hellblaue Meer und den klaren Himmel, über den nur ein paar kleine Schäfchenwolken zogen. Zu Hause in Wien gab es zu dieser Zeit immer trübes, nebliges Herbstwetter. Doch diesen Gedanken verdrängte ich schnell wieder.

Als wir den Zielhafen am Rand des Everglades-Nationalparks erreichten, stieg meine Aufregung. Würden wir heute wirklich Alligatoren, Schlangen und andere Wildtiere zu sehen bekommen? Wir ließen die *Jolly Roger* hinter uns und hatten bis zum Beginn unserer Kajaktour am frühen Nachmittag noch Zeit, um uns im beim Hafen gelegenen Marina Store einen Hotdog zum Mittagessen zu holen.

Danach ging es schon los zum vereinbarten Treffpunkt unserer Kajaktour. Bevor wir starteten, erklärte uns unser Guide Dustin die wichtigsten Verhaltensregeln im Nationalpark: Wir sollten uns Wildtieren nicht nähern, insbesondere keinen Alligatoren. Diese könnten sich sonst in die Enge getrieben fühlen und sich zur Wehr setzen. Wenn wir das beherzigten, müssten wir uns keine Sorgen machen, denn die Wahrscheinlichkeit, von einem dieser Raubtiere angegriffen zu werden, wäre geringer als ein Millionengewinn im Lotto.

»O nein, unsere Nachbarn in Longport haben vor ein paar Jahren einen Haupttreffer gelandet!«, sagte Allie und rieb sich nachdenklich das Kinn.

»Keine Sorge, der Mensch ist nicht Teil der Nahrungskette dieser Reptilien«, beruhigte uns unser Tourbegleiter.

»Es ist eher umgekehrt, oder? Ich hab schon öfters mal *Alligator* auf einer Florida-Speisekarte gesehen«, warf Greg ein.

»Da hast du recht«, antwortete Dustin lachend. »Sie müssten viel mehr Angst vor uns Menschen haben als umgekehrt. Am besten, ihr haltet ganz einfach Abstand, dann passiert nichts. Hat jeder von euch Sonnencreme, Insektenschutz und eine Wasserflasche dabei? Dann kann es ja losgehen.«

Wir nahmen in Doppelkajaks Platz und ruderten hinter ihm her. Erst ging es durch einen breiten Flusslauf, was ziemlich entspannt voranging. »Wie gut, dass es hier keine Strömung gibt«, bemerkte Allie.

»Es gibt sie schon, sie ist aber kaum wahrnehmbar. Die Everglades sind nämlich genau genommen kein Sumpf, sondern ein sehr träger Fluss, der sich südlich in Richtung Golf von Mexiko bewegt. Die Indianer nannten das Gebiet *Pa-hay-okee*, also *Fluss aus Gras*. Seit 1979 gehört es sogar zum UNESCO-Weltkulturerbe.«

Kju-kju-kju, tönte es über unseren Köpfen und wir beobachteten einen Greifvogel mit enormer Flügelspannweite, der majestätisch vorüberzog und einen Baumwipfel ansteuerte.

»Das ist der typische Laut des Fischadlers, wenn er sich ums Nest sorgt«, erklärte Dustin.

»In den Everglades leben etliche gefährdete Tierarten, wie der Florida-Panther oder der Weißkopfseeadler. Seht ihr, hier beginnen die Mangrovenwälder.« Er deutete auf die üppige grüne Vegetation links und rechts von uns, die immer dichter wurde, bis sie sich allmählich zu einer Furche verengte. »Das Besondere an den Mangroven ist, dass sie in Brack- und Meerwasser gleichsam wachsen. Ihr enges Geflecht aus Stämmen und Wurzeln bietet zahlreichen Arten Lebensraum und sie sind auch immens wichtig, um die Böden ringsum zu stabilisieren.«

Im Verlauf unserer Fahrt wurde der Tunnel immer schmaler. Auf beiden Seiten wucherte dichtes Blattwerk, unter dem wir immer wieder die Köpfe einziehen mussten, um nicht hängen zu bleiben. Das war Natur pur! Wenn Dustin uns nicht gerade auf eine besondere Orchideenart, die sich an einen Stamm klammerte, oder einen Wattvogel aufmerksam machte, gab es nur das Plätschern unserer Paddel im Fluss und die Geräusche der Wildnis zu hören. Zeitweise wurde der Tunnel so schmal, dass wir die Wurzeln der Mangroven neben dem Kajak berühren konnten. Und einmal blieben wir sogar stecken und mussten uns mithilfe eines dicken Astes weiterziehen. Schmetterlinge überflogen unseren Kahn und wir bewunderten riesige Spinnennetze, bei deren Anblick es unseren sonst so furchtlosen James vor Abscheu schüttelte, was ihn jetzt angreifbarer für Gregs Neckereien machte. Wenn unser Tourguide nicht gewesen wäre, hätten wir sie vielleicht übersehen: Alligatoren, die dunkler Baumrinde zum Verwechseln ähnlich sahen und regungslos im braunen Wasser trieben. Ihre Augen ragten nur ein Stück aus dem dunklen Sumpf hervor.

»Greg, hast du sie auch gesehen?«, rief ich aufgeregt und zeigte mit dem Zeigefinger auf sie. Wie aufregend! Die Reptilien waren weitaus weniger beeindruckt von uns und würdigten uns keines Blickes. Die Zeit verflog und ich konnte es kaum fassen, als die drei Stunden unserer Kanufahrt schon wieder vorüber waren und wir an den Ausgangspunkt zurückkehrten. Die Tour war sensationell gewesen.

Wir verabschiedeten uns von Dustin und holten danach unsere Sachen von der *Jolly Roger*. Auf dem angrenzenden *Flamingo Campground* stellten wir unsere zwei Zelte direkt am Ufer der Florida

Bay nebeneinander auf. Vor uns befand sich der schier unendlich weite Golf von Mexiko und hinter uns der unberührte Naturpark der Everglades. Ein perfekter Ort zum Übernachten und es war auch die beste Jahreszeit dafür, denn im November kühlte es nicht unter angenehme neunzehn Grad ab. Immer wieder staunte ich darüber, wie großzügig Marc Davis Greg gegenüber war, denn er hatte uns die ganze Campingausrüstung geliehen. Die Anlage war weitläufig und der Besucherandrang mäßig, sodass die nächsten Nachbarn sich mit ihren Wohnwagen außer Hörweite befanden.

Später kauften wir noch im Hafenshop ein, was wir am Abend für das Barbecue benötigten: Kohle, Hähnchen, Toast, Getränke und Salat.

An einem der Grillplätze des Campingplatzes entfachte James um sieben Uhr abends ein Feuer und wir legten die Hähnchen auf einen bereitgestellten Rost. Roger und Linda stießen zum Dinner zu uns, verabschiedeten sich aber danach, um in ihrer Kajüte auf dem Boot zu übernachten.

Nach dem Essen und dem Beseitigen der Reste schauten wir in den beinahe wolkenlosen Sternenhimmel. Wenn uns ein Fremder beobachtet hätte, hätte er vermutlich gedacht, dass hier zwei Pärchen wären, die vorhätten, fürs Leben zusammenzubleiben. Doch wie der Eindruck täuschte. Unsere Liebesbeziehungen hatten Ablaufdaten, die sich mit Riesenschritten näherten. Die romantische Stimmung machte mich melancholisch. Greg setzte sich hinter mich auf die Sitzbank und umarmte mich fest. Als er mir einen Kuss auf meinen Hinterkopf drückte, schloss ich die Augen und genoss dennoch den Augenblick. Diesen Moment wollte ich mir für immer einprägen. Wie jedes Mal vertrieb Greg meine Traurigkeit und ich lächelte. Ich würde die Allie-Strategie anwenden und damit fertigwerden, wenn es so weit war.

Am nächsten Morgen schliefen wir lange und wachten irgendwann auf, ohne dass wir uns den Wecker gestellt hatten. Mein Mobiltelefon zeigte halb neun an. Die Nacht war herrlich ruhig gewesen und trotz dünner Campingmatratzen hatten wir sehr gut geschlafen. Wir lagen in unseren Schlafsäcken und gaben uns einen Guten-Morgen-Kuss. Dann setzte Greg sich auf und kramte im Seitenfach seines Rucksacks herum. Er grinste geheimnisvoll und versteckte etwas hinter seiner Hand, als er sich wieder zurücklehnte.

»Was hast du da?«, fragte ich. Als er mich nur neckisch angrinste, wälzte ich mich kichernd auf ihn. Ich versuchte, ihm das geheimnisvolle Ding aus der Hand zu nehmen, was er verhinderte, indem er seinen Arm erst so weit von sich streckte, wie es im Zelt ging, und ihn dann hinter seinen Rücken klemmte. Wollte er etwa den Tag mit Liebe beginnen und den Akt spielerisch einleiten, indem er das Päckchen mit der Empfängnisverhütung vor mir versteckte? Das konnte er gern haben, da wäre ich sofort dabei. Vergeblich versuchte ich, seinen Körper wegzurollen oder mit meinen Händen darunter zu fassen, um an den kleinen Gegenstand zu gelangen. Schließlich ließ er sich erweichen und überreichte mir eine Schachtel, kleiner als eine Zuckerdose, die in rotes Seidenpapier eingewickelt war. Eine weiße Schleife aus Satin zierte das kleine Behältnis.

»Happy Birthday, Julia!«

»Das ist so lieb von dir!« Ich quietschte fast vor Freude. Meinen heutigen neunundzwanzigsten Geburtstag hatte ich gar nicht im Sinn gehabt.

So eine schöne Überraschung. Ich setzte mich auf und zog andächtig an dem Bändchen. Dann warf ich Greg einen liebevollen Blick zu, den er schmunzelnd erwiderte. Sogar sein Grübchen zeigte sich auf seiner Wange. Rasch entfernte ich das rote Papier, unter dem eine blaue Schachtel zum Vorschein kam. Mit sprunghaft gestiegenem Puls hielt ich eine hochwertige Kassette in der

Hand, auf der in silberner Schrift die verschnörkelte Prägung eines Juweliergeschäftes aufgedruckt war. Sofort öffnete ich die kleine Schatulle. Darin befanden sich zwei goldene Kettchen, die auf einem Wattepolster lagen, gemeinsam mit zwei münzgroßen Anhängern aus demselben edlen Metall. Es war ein geteiltes Herz, deren Bruchlinien exakt ineinanderpassten.

»Oh, wie schön.« Ich seufzte, nahm die beiden filigranen Bänder vorsichtig heraus und betrachtete die Amulette, die daran baumelten. Auf einer Herzhälfte war *Julia*, auf der anderen *Greg* eingraviert. »Nur zusammen ergeben sie ein Ganzes!«

»Genau wie wir beide«, sagte Greg und sah mich mit einem Blick an, der ein ganzes Geschwader von Schmetterlingen in meinem Bauch zum Fliegen brachte. Auf einmal hatte dieser Moment in unserem Campingzelt etwas Feierliches. »Julia, ich weiß nicht, was ich ohne dich machen soll.« Seine sanfte tiefe Stimme bohrte sich in mein Herz. Er legte mir mein Goldkettchen um den Hals und machte den kleinen Verschluss sorgfältig zu. Dasselbe tat ich bei ihm mit seinem Pendant. Danach nahm er mit steinerweichendem Blick, den er einem Seekuhbaby abgeschaut haben musste, meine Hand und führte sie zu seinem Brustkorb. »Bleib bei mir in Key West, Julia. Geh nicht zurück nach Österreich, bitte.«

Mir stockte der Atem. Es war nicht das erste Mal, dass er die Sprache auf das Thema meiner Rückkehr nach Österreich lenkte. Doch es war ja immer noch völlig aussichtslos. In dem Moment fühlte ich mich, als würde es meinem Herzen jeden Moment so ergehen wie dem gebrochenen Schmuckstück, das an meinem Hals baumelte. Denn es sprang einerseits vor Freude und gleichzeitig krümmte es sich vor Kummer. Ich schnappte nach Luft. »Aber Greg … das geht doch nicht«, erwiderte ich leise in einem Ton, der früher meinen kleinen Geschwistern vorbehalten gewesen war. »Dass ich wieder zurück nach Hause muss, das wussten wir doch.« Voller Zärtlichkeit strich ich mit dem Daumen über sein wunderschönes Gesicht.

»Wir finden sicher einen Weg! Vorerst kannst du mit einem Touristenvisum bleiben und vielleicht kann mein Chef dir dann auch eine dauerhafte Aufenthaltserlaubnis besorgen, so wie mir … oder uns fällt noch etwas anderes ein.«

Für ein paar Sekunden schwieg ich nachdenklich und suchte nach den richtigen Worten. »Aber ich kann meine Familie nicht allein lassen, du weißt doch, was ich für sie bin. Sie brauchen mich!«, rief ich. Niemals könnte ich Mama mit den Geschwistern im Stich lassen! Nein, es war ausgeschlossen. Ich konnte keinesfalls bei Greg in den USA bleiben. Und dass das nicht ging, war unabhängig von der ebenfalls nicht geklärten Frage des Visums. Als ob es abgesprochen wäre, läutete in diesem Moment mein Mobiltelefon und ich erkannte einen eingehenden Videoanruf von meiner Mutter. Rasch hauchte ich Greg einen Kuss auf seinen Mund, dessen Winkel nach unten hingen, dann verließ ich das Zelt, um mit ihr zu sprechen.

Toll, dass auf dem Campingplatz das WLAN so gut funktionierte. Auf dem schmalen Display meines Handys sah ich nicht nur meine Mutter, sondern auch fast alle meine Geschwister, die sich im Wohnzimmer zusammen auf die Couch gequetscht hatten. Bis auf meinen ältesten Bruder Ronald war meine ganze Familie versammelt. Es tat so gut, mit ihnen zu sprechen. Sie wünschten mir alles Gute zum Geburtstag und redeten erst mal wild durcheinander. Dann sangen sie mir ein Ständchen. »Happy Birthday, liebe Julia«, hörte ich die sechs schiefen Stimmen meiner Liebsten, die sich am anderen Ende der Erde befanden. So gern würde ich sie jetzt umarmen. Eine Träne stahl sich aus meinen Augen, die ich mir schnell an den Schultern wegtupfte. Als sie fertig waren, drängte sich meine kleine Schwester Gabi in den Vordergrund. »Wann kommst du endlich wieder?«, fragte sie mit ähnlich sehnsüchtigem Blick, mit dem mich Greg zuvor gebeten hatte zu bleiben.

»Schon sehr bald, es ist nur noch ein Monat! Vor Weihnachten bin ich wieder bei euch«, antwortete ich mit einem von Herzen kommenden Lächeln und mit einem Drücken im Hals. Die Zwillinge jubelten. Gerade spürte ich ganz deutlich, wie sehr ich sie alle vermisste.

»Wo bist du gerade, Schatz?«, fragte mich meine Mutter. »Ist das das Meer da im Hintergrund?«

»Ja, wir machen dieses Wochenende einen Ausflug im Everglades-Nationalpark. Wir sind auf einem Campingplatz, direkt am Golf von Mexiko. Ein paar Freunde und ich«, schickte ich rasch hinterher, da Mutter ihre Augenbrauen überrascht angehoben hatte, wie ich sogar in dem kleinen Bildausschnitt erkannte. Nach sieben Kindern war sie, ähnlich wie ein Profiler vom FBI, in der Lage, sofort zu erkennen, wenn jemand etwas verbergen wollte. Zwar hatte ich ihnen gegenüber schon vage erwähnt, dass es da jemanden gab, den ich mochte, aber ich konnte die Tragweite meines süßen Geheimnisses namens Greg nicht preisgeben. Denn das hätte in der Folge zu noch mehr Fragen geführt. Schmerzliche Fragen, die unweigerlich Antworten mit sich brachten, die noch mehr wehtaten. Und das wäre mir heute zu anstrengend. Der Grund, warum ich meiner Familie bislang von unserer Liebe so gut wie nichts erzählt hatte, war der, dass wir ja ohnehin nicht zusammenbleiben würden. Wenn ich zurück bei ihnen wäre, würde ich vielleicht von Greg berichten. Es war nicht so einfach. Ich spürte, wie das Drücken in meinem Hals sich zu einem dicken Kloß steigerte, und ich beschloss, das Gespräch besser zu beenden.

»Vielen, vielen Dank für euren Anruf, meine Lieben! Wir hören uns bald wieder, ja?«, rief ich mit brüchiger Stimme. Nach einem tumulthaften Abschied, bei dem ich wieder so gut wie nichts verstand, legten wir auf. Ich atmete tief durch und ging zu unseren Zelten zurück.

James, Allie und Greg hatten in der Zwischenzeit Kaffee, reichhaltige Hash Browns und Bagels mit Frischkäse vom Shop für unser Frühstück geholt und alles auf einem der Holztische angerichtet. Ganz besonders lieb war, dass sie auch einen kleinen Schokoladenkuchen mit einer Kerze für mich aufgetrieben hatten. Allie umarmte mich fest und gratulierte mir stürmisch. Ich zeigte ihr die Kette, die ich von Greg geschenkt bekommen hatte, Greg zeigte die seine und gemeinsam demonstrierten wir, wie perfekt die Bruchstücke unserer Herzen zusammenpassten. Wir warfen uns einen tiefen wissenden Blick zu, der bedeutete, dass wir unser Gespräch über die Zukunft später fortsetzen würden, was mir jetzt schon seelische Schmerzen bereitete.

Im Anschluss bauten wir die Zelte ab und kehrten nach dem Check-out zur *Jolly Roger* zurück. Kurz darauf legte das Boot ab und wir nahmen Kurs auf Key West.

Es war ein wenig bewölkt, als wir nachmittags in der Marina anlegten. Wir bedankten uns herzlich und verabschiedeten uns von unseren Freunden Linda und Roger, die uns versicherten, jederzeit wieder mit uns so einen Ausflug zu machen. Leider würde das allerdings das letzte Mal gewesen sein, dass wir gemeinsam auf der *Jolly Roger* hinausgefahren waren.

Als mein Handy wieder Empfang hatte, bemerkte ich, dass ich mehrere entgangene Anrufe aus Österreich hatte, die stets von derselben Nummer gekommen waren. Das musste mein Bruder Ronald gewesen sein, der beim vorangegangenen Videoanruf mit meiner Familie gefehlt hatte. Jetzt zurückzurufen war aber etwas spät, denn in Österreich war es nun schon fast zweiundzwanzig Uhr. Das würde ich lieber morgen machen.

Wir brachten Allie und James noch mit dem Pick-up zum Guest House zurück. Nun waren es nur noch zwei Tage, ehe wir Allie am Flughafen verabschieden würden. Als wir losfuhren, winkte sie uns lange nach, und wenn sie dabei nicht so herumgealbert hätte, wären in diesem Moment schon Tränen bei mir geflossen.

Wir kamen an unserer kleinen Villa an. Gerade als wir ausstiegen, läutete mein Telefon und ich sah, dass es derselbe hartnäckige Anrufer noch einmal probierte. Rasch hob ich ab und freute mich darauf, mit Ronald zu sprechen.

»Ronald?«, rief ich in den Hörer. Eine Sekunde lang hörte ich gar nichts.

»Hallo, Julia. Alles Gute zum Geburtstag.« Ich erkannte Markus' Stimme sofort und fühlte, wie mir das Blut aus dem Kopf wich. Mein Atem beschleunigte sich und meine Knie wurden weich. Instinktiv lehnte ich mich gegen die Motorhaube des Geländewagens. Greg bemerkte meine Irritation und stellte mir stumm die Frage, ob alles okay sei. Mit Daumen-hoch-Zeichen zwang ich mich zu einem Lächeln und deutete ihm mit meinem Zeigefinger, dass er schon hineingehen solle. Darauf verschwand er mit unseren Rucksäcken im Haus.

»Deinen Anruf hab ich echt nicht erwartet, Markus. Aber danke für deine Glückwünsche. Das ist ... nett von dir.«

»Ehrlich gesagt habe ich in der letzten Zeit einige Male versucht, dich zu erreichen, kam aber nie durch. Dann meinte Vater, ich solle es mal mit einem anderen Handy versuchen ... und tatsächlich hat es endlich geklappt.«

»Ich habe deinen Kontakt gelöscht und deine Nummer blockiert. Dass du erst so plötzlich Schluss gemacht hast und dann auch noch mit deiner Kollegin auf Weltreise gefahren bist, waren dann doch zu viele Überraschungen für mich.« Es tat gut, ihm das endlich gesagt zu haben, auch wenn ich längst damit abgeschlossen hatte.

»Julia, die Art und Weise, wie ich unsere Beziehung beendet habe, tut mir heute aufrichtig leid! Das war echt mies von mir. Dabei hatte ich es absolut ernst gemeint damit, dass ich wünschte, wir könnten Freunde bleiben. Aber für eine Freundschaft war das natürlich kein guter Start«, gestand Markus und klang aufrichtig zerknirscht. »Vielleicht können wir da anknüpfen, wenn du wieder zurück bist? Ich hab euch alle echt vermisst. Auch deine Mutter und deine Geschwister. Ihr seid mir wie meine eigene Familie, zumindest fühlt es sich so für mich an.«

Oh, fast konnte Markus mir leidtun. Seinen Vater hatte ich tatsächlich immer als ziemlich unterkühlt empfunden und zu seiner Mutter hatte Markus seit der Scheidung seiner Eltern gar keinen Kontakt mehr. Aber eventuell sollte ich mich besser vergewissern, ob seine Absichten auch wirklich nur freundschaftlich waren? »Du, übrigens, ich habe hier jemanden kennengelernt«.

»Wirklich? Bist du verliebt?«

»Ja, das bin ich. Sehr sogar.«

»Das freut mich für dich, ehrlich. Ich bin dagegen wieder Single. Kaum waren wir vom Urlaub zurück, hat Anna mich sitzenlassen.« Er lachte heiser auf. »Aber alles gut, ich bin schon wieder darüber hinweg. Ist dein Freund Amerikaner?«

Der Freundschaft schien nichts im Wege zu stehen. »Nein. Aber wenn du willst, sehen wir uns zu Weihnachten und dann erzähl ich dir alles. Ich muss jetzt auflegen, Markus … und danke für deinen Anruf.«

»Mach's gut, Julia, und ich melde mich im Dezember, wenn du zurück in Wien bist«, sagte er.

Nachdem ich aufgelegt hatte, ging ich auf unseren harzig duftenden Bungalow zu, der so leicht und verspielt wirkte wie mein gesamter karibischer Traum, den ich im Moment noch leben durfte. Dieser Ort fühlte sich schon so sehr nach einem Zuhause an. Kurz hielt ich inne und sog den Anblick in mich auf. Immer wollte ich mich daran erinnern, wie glücklich ich hier gewesen war. Im Übergang vom Vorraum zur Wohnküche blieb ich abermals stehen und beobachtete Greg, der auf der Couch saß und gerade unsere Habseligkeiten aus den Rucksäcken ausräumte. Er sah zu mir hoch und lächelte mich an. In meinem Bauch spürte ich diese magische Wärme, die nur Gregs Blick in mir entfachen konnte und die sich sofort bis unter meinen Brustkorb ausbreitete. Ich setzte mich neben ihn, umarmte ihn und gab ihm einen festen Kuss.

»War das Ronald?«, fragte er lächelnd, als wir uns wieder gelöst hatten.

»Nein, stell dir vor, das war Markus. Mein Ex-Freund«, antwortete ich.

Seine Stirn legte sich augenblicklich in Falten. »Was wollte er? Gratulieren?«

»Ja«, antwortete ich und half Greg beim Auspacken.

Süße Träume

Greg

Ich merkte, wie meine gute Laune abflaute. Es passte mir gar nicht, dass Julias Ex-Freund Markus sie anrief. Andererseits, da war doch nichts dabei, er hatte doch nur zum Geburtstag gratuliert, oder? Also riss ich mich zusammen, um uns den schönen Abend nicht zu verderben. Das Wochenende war einfach genial gewesen. Alles hatte genau so geklappt, wie James und ich es geplant hatten. Julia liebte die Natur so sehr und mehr wilde, unberührte Landschaft als in den Mangrovenwäldern von Florida konnte man fast nirgends finden. Als wir keine drei Meter vom Boot entfernt die Augen eines Alligators im braunen Sumpfwasser entdeckt hatten, war sie vor Aufregung im Kajak hin- und hergerutscht, und ich kannte sie gut genug, um zu wissen, dass sie in dem Moment ein Quieken unterdrückte. Das hatte sich so niedlich angehört. Und wie sie sich über das goldene Kettchen und den Anhänger gefreut hatte! Die Überraschung war mir echt geglückt. Das war ein richtiger Gänsehautmoment in unserem einfachen Zelt gewesen und genauso schön wie die vergangenen Monate mit Julia. Die schönsten in meinem bisherigen Leben.

Julia füllte die Waschmaschine und summte dabei ein mir unbekanntes Lied. Sicher war das irgendein österreichischer Gassenhauer. Ihre Stimme klang so melodiös und ich konnte mir nicht vorstellen, dass irgendeine andere Frau ein sinnlicheres Bild an einem Haushaltsgerät abgeben konnte als sie gerade eben. Dennoch riss ich mich von ihrem Anblick los und öffnete den Kühlschrank, aus dem ich die Eier und die Milch holte, die ich vor unserem Ausflug extra noch besorgt hatte.

»Jetzt mach ich dir die besten Eispalatschinken der Florida Keys«, sagte ich.

Sie hatte sie, kurz nachdem wir zusammengekommen waren, schon einmal für mich zubereitet und ich wusste, wie gern sie sie mochte. Deswegen waren sie genau das Richtige für ihren heutigen Geburtstag.

»Wirklich? Hast du das Rezept gegoogelt?«, fragte sie vergnügt und kam mit leuchtenden Augen auf mich zu. Sie schlang die Arme um mich und schmiegte ihren wunderbar weichen Oberkörper an meinen. Ich legte meinen Kopf an ihren Hals und atmete ihren frischen zitronigen Duft ganz tief ein. Wie ich diesen Geruch liebte. Hieß es nicht, dass der Alltag die Romantik verdarb? Aber nicht bei Julia und mir. Nichts wünschte ich mir mehr, als immer so mit ihr zu leben und alles mit ihr zu teilen. Die aufregenden Momente genauso wie die vertrauten, stillen, so wie jetzt gerade.

»Ja, auf YouTube gibt's nämlich nicht nur Bauanleitungen für Technik-Kram«, antwortete ich und küsste sie. »Jetzt geh ein bisschen lesen, bis ich fertig bin. Nachher erzählst du mir, ob sie dem Giftmischer endlich auf die Schliche gekommen sind.« Sie entfernte sich fröhlich lachend mit dem dicken Wälzer von Umberto Eco in Richtung Veranda, auf der wir einen gemütlichen Schaukelstuhl hatten. Schon seit Monaten wollte sie das Buch zu Ende lesen, fand aber nie die Zeit dafür. Derweil holte ich die große Pfanne aus dem Schrank. Ich war ein miserabler Koch und hoffte, dass ich es hinbekommen würde. Während ich das Mehl mit den Eiern und der Milch verquirlte, nahm ich mir vor, Marc gleich morgen endlich um diesen einen riesigen Gefallen zu bitten. Nachdem sich Julia vor über vier Monaten sogar in Gefahr begeben hatte, um meine ins Meer gestürzte Drohne zu retten, waren wir Gott sei Dank ein Paar geworden. Sie hatte gemerkt, dass auch sie nichts anderes wollte, als mit mir zusammen zu sein, genau wie ich mit ihr. Wir hatten damals beschlossen, einfach für den Moment zu leben und unseren Herzen zu folgen.

Ich war überzeugt, dass sich alles zu seiner Zeit finden würde, genau wie Marc, der sich so sehr für uns gefreut hatte. Deswegen war ich mir sicher, dass mein Boss alles in seiner Macht Stehende tun würde, um uns zu helfen. Heute an ihrem Geburtstag wollte ich das Thema aber nicht noch einmal ansprechen. Immer sonst, wenn ich es getan hatte, hatte sie sich verschlossen und nicht darüber sprechen wollen. *Ich muss zurückgehen.* So hatte sie meine Ansätze normalerweise im Keim erstickt. Andererseits hatte Julia auch meine Vorschläge kategorisch abgelehnt, dass ich mit ihr nach Österreich ging. Sie könnte es nicht verantworten, wenn ich meinen Traumjob für sie aufgeben würde. Außerdem spräche ich kein Deutsch und wüsste nicht, was es bedeutete, in so einem rauen Klima zu leben. Nach so einer Diskussion war die Stimmung zwischen uns immer schlecht gewesen und das hasste ich so sehr. Aber langsam war das Ende der Fahnenstange erreicht und wir mussten etwas unternehmen.

Ich goss die erste Portion vom flüssigen Teig in die heiße Pfanne. Ups, das war etwas zu viel des Guten gewesen. Außerdem bemerkte ich beim Wenden des Pfannkuchens, dass er auf der Rückseite schon ganz schön dunkelbraun war. Eher schwarz sogar. Deswegen schaltete ich den Herd von der maximalen Stufe etwas zurück und öffnete ein Fenster. Nicht, dass der Feuermelder mal wieder ansprang, wenn ich den Kochlöffel schwang. Die nächsten Versuche würden bestimmt besser gelingen.

Wenn Julia ein ganz konkretes Jobangebot von *Fly the Keys* vor sich hätte, das sie nur noch annehmen müsste, dann könnte sie sich unsere gemeinsame Zukunft bestimmt besser vorstellen und würde einwilligen hierzubleiben. Daran glaubte ich ganz fest. Ihre Familie zu Hause kam doch jetzt die ganze Zeit auch recht gut ohne sie zurecht, auch wenn Julia häufig ihre Sorgen um sie äußerte. Julia musste einfach bei mir bleiben! Ein Leben ohne sie konnte ich mir mittlerweile gar nicht mehr vorstellen. Die Zukunft mit ihr dagegen sehr konkret. Was wir alles gemeinsam unternehmen könnten. Ich würde auch meinen Tauchschein ablegen und dann wollte ich sie zum Korallenriff begleiten. Sie hatte mich mit ihrer Begeisterung für das Tauchen bereits angesteckt und ich freute mich darauf, gemeinsam mit ihr durch die bunte Unterwasserlandschaft zu schweben. Zusätzlich wollten wir beide segeln lernen. Nach und nach könnten wir den Rest von Florida besichtigen, nördlich von Cape Canaveral gab es noch so viel zu entdecken. Und erst die ganze Westküste, die war auch ein Traum. Wenn wir Florida durchhätten, sollten wir danach Kuba, Jamaika und all die anderen Karibikstaaten auch noch bereisen. Und ganz oft würde ich sie in Key West zum Tanzen ausführen. Aber meistens würden wir unseren idyllischen Alltag hier in unserem mintgrünen Häuschen genießen. Sicher hätte ich hier irgendwann alles repariert. Unsere Zukunft würde ganz einfach traumhaft werden. Julia war meine große Liebe. Und umgekehrt war es genauso, das spürte ich doch. Alles würde gut werden. Mittlerweile hatte ich vier halbwegs passable sogenannte Palatschinken produziert. Jetzt holte ich noch einen Behälter mit Vanilleeis aus dem Gefrierfach, nahm den Deckel ab und schabte es mit einem Löffel heraus. Auf jede der vier Palatschinken legte ich zwei Kugeln und wickelte sie sorgfältig darin ein. Das würde Julia bestimmt schmecken und ihr Heimweh lindern.

Gebrochene Herzen

Julia

Am Mittwoch war es so weit und wir mussten uns von Allie verabschieden. James, die beiden Professoren und ich begleiteten sie zum Flughafen. Mein Magen fühlte sich furchtbar flau an, als wir nach der Aufgabe ihres Gepäcks noch vor der Sicherheitskontrolle zusammenstanden. Allie und James hielten sich an den Händen. Hinter meinem Rücken hatte ich eine Papiertüte verborgen, für die jetzt der Moment gekommen war. Ich nahm sie auf meine Vorderseite und griff hinein.

»Allie. Kannst du dich noch an den Tag erinnern, an dem wir uns kennengelernt haben?« Meine Stimme war belegt.

Sie lächelte listig. »Wie könnte ich diesen Tag jemals vergessen? Du warst sofort das Gesprächsthema Nummer eins im Guest House.«

»Hm … Ja ja, abgesehen von meinem Auftritt als Heulsuse. Kannst du dich an das hier erinnern?«, fragte ich und zog die rosa Koralle mit dem lachenden Gesicht und den fünf Tentakeln aus der Papiertüte, den ich von Sabrina zu meinem eigenen Abschied bekommen hatte.

»O ja, natürlich! Die ist so süß!«, rief sie. Ich wusste, wie toll sie sie fand, denn die meiste Zeit, in der wir das Zimmer geteilt hatten, war sie tatsächlich in ihrem Bett gelegen.

Feierlich überreichte ich sie ihr. »In den letzten Monaten bist du wie eine Schwester für mich geworden, deswegen sollst du sie ab sofort haben, zur Erinnerung an die tolle Zeit, die wir hatten. Ich wünsch dir von Herzen alles Gute. Und lass uns immer in Kontakt bleiben, wie es sich für Familien gehört, ja?«

»Oh, danke, Julia, wirklich, die willst du mir schenken? Das ist so lieb von dir! Ich werde sie in Ehren halten. Und klar bleiben wir in Kontakt! Immer!«

Wir umarmten uns ganz fest. Ich würde sie schrecklich vermissen. Dann drückte sie noch die beiden Professoren an sich, ehe sie James küsste. Als sie sich schließlich umdrehte und auf die Sicherheitskontrolle zuging, spürte ich ein schrecklich schmerzhaftes Ziehen unter meinem Rippenbogen. Sie winkte noch ein letztes Mal und verschwand endgültig aus unserem Blickfeld. So und noch schlimmer musste es sich für meine Familie angefühlt haben, als ich Wien verlassen hatte.

Im Meereslabor waren neue Taucher angekommen. Es waren Studenten aus dem Westen der USA, die Allie und in Kürze auch Tom ersetzen würden. James wollte nun doch noch länger in Key West bleiben und noch mehr Geld zusammensparen, bis er seine Reise nach Südamerika fortsetzte. Greg hatte ihm einen zusätzlichen Job mit Aushilfstätigkeiten bei *Fly the Keys* verschafft, wo er sich etwas mehr dazuverdienen konnte. Und auch mein Abschied wurde immer realer. Für übernächste Woche war eine weitere Studentin angekündigt, die nach mir die Arbeit des Zerschneidens und Anzüchtens der Korallen im Labor weiterführen würde.

Mittlerweile blieben nicht mehr ganz drei Wochen bis zu meiner Heimreise. Ich saß auf der Couch im Wohnzimmer und sah mir Fotos auf meinem Handy an, die mir Mutter geschickt hatte. Es waren Bilder von einer kleinen Wohnung in Wien, die sie für mich gefunden hatte. Hier könnte ich schon in Kürze einziehen. Der Gedanke erschien mir surreal. Eigentlich eine tolle Nachricht, trotzdem konnte ich mich nicht darüber freuen. Aber ich musste endlich den Tatsachen ins Auge sehen, was meine Zukunft in Wien betraf, auch wenn es mir das Herz brach. Der einzige Gedanke, der mich aufrecht hielt, war jener an meine

Mutter und meine Geschwister. Judith und Gabi schickten mir nun schon jeden Tag freudige Sprachnachrichten wegen meiner baldigen Rückkehr. Sie konnten es kaum erwarten. Ich atmete durch. Da kam Greg nach Hause. Er hatte einen Strauß Sonnenblumen in den Händen! Meine Mundwinkel zuckten nach oben und in meinem Bauch spürte ich die Schmetterlinge herumwirbeln. »Greg! Danke! Wie lieb von dir!«, rief ich und bewunderte den Bund meiner Lieblingsblumen, von denen ich nie genug bekommen konnte. Dann schlang ich meine Arme um seine Schultern und wir küssten uns.

Sein Blick fiel auf mein Handy, auf dessen Display gerade das Foto eines gedrungenen, weiß gestrichenen, aber sonst leeren Raumes zu sehen war. Greg zog fragend die rechte Augenbraue hoch. »Was hast du denn da für ein Foto? Schaut aus wie ein Verhörraum.«

Jetzt musste ich hell auflachen, weil Greg immer das treffende Wort fand. Aber eigentlich war mir nicht zum Lachen zumute, ganz im Gegenteil. Das Thema meiner Abreise war ein wunder Punkt, den wir vermieden wie Nichtschwimmer das tiefe Wasser. Wann immer er die Sprache darauf gebracht hatte, hatte ich abgeblockt. Aber jetzt holte uns die Wirklichkeit mit Riesenschritten ein. Ich musste es ihm sagen. Nachdem ich tief Luft geholt hatte, erklärte ich: »Mutter hat eine Wohnung in Wien für mich gefunden. Sie ist ganz in der Nähe der Schule, an der ich arbeiten werde.«

Greg nahm mich an den Händen. Überraschenderweise schien er gar nicht betrübt zu sein. »Julia! Ich habe gute Neuigkeiten! Marc will uns helfen. Er wird sich um ein Facharbeitervisum für dich bemühen, wenn du bleiben willst. Er glaubt, dass die Chancen wegen deiner Fremdsprachenkenntnisse ausgezeichnet stehen. Er würde dir einen richtig guten Job bei *Fly the Keys* anbieten. Einerseits mit Büroarbeiten und andererseits mit der Begleitung von Touren für deutschsprachige Gäste. Es kommen ja sehr viele Touristen aus Deutschland auf die Keys. Sind das nicht tolle News? Was sagst du?« Sein Blick erinnerte mich an den eines Nominierten vor der Verkündung der Oscar-Entscheidung. Ich konnte ihm nicht in die Augen sehen. Mit gebeugtem Kopf wandte ich mich ab und setzte mich auf die Couch. Warum konnte er nicht einsehen, dass ich gehen musste?

»Greg, aber du weißt doch, ich muss zu meiner Familie zurück. Wir stehen uns so nahe und haben viel zusammen durchgemacht. Was ist, wenn Mamas Depression wieder ausbricht? Die Zwillinge sind ja noch recht klein, was würde dann aus ihnen werden? Und mein Bruder Thomas ist voll in der Pubertät … Ich kann sie nicht im Stich lassen! Mutter wartet bereits auf meine Zusage für diese Wohnung«, sagte ich leise. All das hatten wir schon öfters durchgekaut. Es gab keine Lösung für uns! Ich bedeckte mein Gesicht mit den Handflächen. Greg hatte die Tatsache verdrängt, dass ich ihn wirklich verlassen würde. Und jetzt traf es ihn doppelt, weil er der Wahrheit ins Gesicht blicken musste. Unsere Liebe würde bald enden.

»Aber gerade, weil ihr euch liebt und so nahesteht … Ich finde, sie sollten zur Abwechslung mal *dich* unterstützen und dich deinen eigenen Weg gehen lassen. Auch wenn er erst mal von ihnen wegführt. Vielleicht bleibt deine Mutter ja auch gesund! Und könnten sich zur Abwechslung nicht auch mal deine anderen Geschwister einbringen? Drei von ihnen sind doch schließlich auch schon so gut wie erwachsen. Auch du hast nur ein einziges Leben! Wie können sie von dir verlangen, dass du immer deine eigenen Wünsche hintanstellst?«

Ich schwieg und beugte meinen Kopf. Er konnte die Liebe und die Verantwortung nicht nachvollziehen, die ich für meine Familie empfand. Eine Schwere senkte sich auf mich. Ich ließ die Schultern hängen und spürte, wie sich meine Augen mit Tränen füllten.

»Du hast ihnen immer noch nicht die ganze Wahrheit über uns erzählt, oder?« Gregs Stimme klang rau.

Als ich ihn ansah, konnte ich an seinem traurigen Gesicht

ablesen, wie sehr ihn das verletzte. Zu Recht, denn dass ich Mama und den Geschwistern nichts von unserer großen Liebe berichtet hatte, musste ihm so erscheinen, als würde ich mich nicht zu ihm bekennen. Doch ich hatte meine Gründe. Wenn meine Familie erfahren würde, wie sehr ich Greg liebte, würde ich entweder Unsicherheit bei ihnen auslösen, ob ich sie nicht doch im Stich lassen würde, oder vielleicht Schuldgefühle, weil sie dachten, dass sie meinem Glück im Weg stünden. Das war genau das Gefühlschaos, was meine Mutter mit ihrer Krankengeschichte überhaupt nicht brauchen konnte. Unsere Diskussion drehte sich wieder einmal im Kreis.

Ich wollte ihn an der Schulter berühren, doch er drehte sich von mir weg. »Greg …«

»Ist das denn deine endgültige Entscheidung?«

Ich nickte. Nach einigen Sekunden ging er zur Tür, trat hinaus und ließ sie hinter sich ins Schloss fallen. Er hatte das Haus verlassen. Sollte ich ihm folgen? Unschlüssig stand ich im Vorraum. Aber was würde das bringen, was sollte ich ihm sagen? Als ich aus dem Küchenfenster schaute, sah ich nur noch die Rücklichter von Gregs Pick-up. Ich trocknete mir die Augen und nahm mir schweren Herzens wieder mein Handy vor. Schließlich verfasste ich mit zitternden Fingern eine Antwort.

»Danke, Mama, ich nehm die Wohnung.«

Greg kam erst spät in der Nacht zurück, als ich schon im Bett lag. Aber ich hatte nicht einschlafen können. Er legte sich neben mich und drehte mir den Rücken zu. Lange Zeit betrachtete ich seine Umrisse im Dunkeln. Ob er denn schon schlief? Fast glaubte ich es nicht, weil er so leise atmete. Ich hob meine Hand und bewegte sie bis auf einen Zentimeter über seine Schulter. Zu gern hätte ich ihn berührt, gestreichelt und ihn in die Arme genommen, aber letztendlich tat ich es nicht. Eine Träne löste sich und rollte über meine Wange.

Am nächsten Morgen war Greg nach dem Aufstehen gleich

unter die Dusche gegangen und hatte nicht einmal mein »Guten Morgen« erwidert.

Nun saßen wir uns schweigend beim Frühstück gegenüber. Greg hob seinen Blick nicht von seiner Müslischüssel, aus der er Zerealien löffelte. »Wollen wir uns heute Abend *Samoosa* machen?« So wie er mich mit Palatschinken überrascht hatte, versuchte ich mich manchmal an einer südafrikanischen Spezialität. Mein Vorschlag für den heutigen Abend waren knusprige, gefüllte Teigtaschen aus seinem Heimatland. Er nahm einen Schluck von seinem Kaffee. So konnte es doch nicht weitergehen! Sein eisiges Schweigen versetzte mir Stiche in meinem Herzen.

»Greg.« Ich legte meine Hand auf seine, mit der er seine Kaffeetasse festhielt. »Sprich mit mir, bitte.«

Nun schaute er mich endlich an. Aus seinem müden Gesicht konnte ich seinen Schmerz ablesen. Und mir ging es genauso.

Seine hellblauen Augen, die heute fast grau wirkten, lagen auf mir und seine Brauen hoben sich unmerklich. »Julia, siehst du eine Chance für uns … Hast du es dir überlegt?«

Ich schüttelte meinen Kopf, und dann war ich es, die ihren Blick senkte und dem seinen auswich.

»Und wie stellst du dir die nächsten drei Wochen bis zu deiner Abreise vor? Sollen wir weiter so zusammenleben, als wäre alles in Ordnung …?« Seine Stimme klang brüchig, sanft und tieftraurig. Sie kroch direkt unter meine Haut.

»Ich weiß es auch nicht«, flüsterte ich. Meine Kehle war staubtrocken. Er entzog sich ganz langsam und behutsam meiner Hand, die immer noch auf seiner lag. Dann stand er auf, stellte sein Geschirr in die Spüle und nahm seine Autoschlüssel vom Tresen. Er wandte sich in Richtung Tür.

»Greg«, rief ich ihm nach. Er blieb stehen und drehte sich zu mir um. Ich war atemlos aufgesprungen und mein Brustkorb hob und senkte sich. »Du musst mir glauben … Es tut mir alles so leid. Ich liebe dich.«

Ohne ein Wort verließ er das Haus. Eine Träne löste sich aus meinem rechten Auge und ich machte mir nicht die Mühe, sie fortzuwischen. Kraftlos setzte ich mich auf das Sofa. Vor mir auf dem Couchtisch stand neben dem Strauß Sonnenblumen eine gerahmte Fotografie. Es war eines der Selfies, die wir in Cape Canaveral im Nachbau der ISS Raumstation aufgenommen hatten. Was war das für ein wundervoller, unbeschwerter Tag voller Glück gewesen. Greg hatte recht mit der Frage, die er vorhin aufgeworfen hatte.

Wie sollten wir diese Situation bis zu meiner Abreise aushalten? Wir konnten nicht so weiterleben, als würde die Trennung nicht unmittelbar bevorstehen. Ich hatte die Leichtigkeit, die Freiheit und das Glück spüren wollen. Wenn auch nur für eine kurze Zeit. Und genau das hatte ich die letzten Monate mit Greg erleben dürfen. Niemals würde ich eine einzige Sekunde mit meinem Traummann bereuen, niemals würde ich ihn vergessen. Ich würde dankbar dafür sein und unsere Momente in schöner Erinnerung behalten. Genauso hatte ich es doch geplant. Ich hatte gewusst, dass es mein Herz zerreißen würde, und jetzt, als es so weit war, zerbarst ich innerlich in tausend Teile wie die Korallen, die ich bei der Arbeit zertrennte. Nur dass ich nicht daran wachsen würde.

Seufzend nahm ich die Fotografie in die Hand und betrachtete sie noch einmal. Ich würde sie Greg dalassen und sie mir zu Hause noch einmal ausdrucken. Mehrmals atmete ich tief ein und aus. Bereiter würde ich nicht werden, also nahm ich mein Handy in die Hand und wählte die Telefonnummer von Savannah. Wie ich zu meiner Erleichterung erfuhr, stand mein Bett in dem Zimmer, das Allie und ich uns geteilt hatten, noch für mich zur Verfügung, und sie versicherte mir, dass ich jederzeit wieder einziehen könnte.

Das Packen dauerte nur eine Stunde, denn ich hatte ja nur meine Kleidung. Bis Patricia mich abholen kommen würde, hatte ich noch dreißig Minuten Zeit. Meine beiden Rollkoffer und mein gepackter Rucksack warteten schon vor der Tür.

Mit hängenden Schultern setzte ich mich mit einem leeren Blatt Papier und einem Stift auf das Sofa. Was sollte ich schreiben? Alles, was es zu sagen gab, war schon in den vorangegangenen Diskussionen ausgesprochen worden. Schließlich bat ich ihn schlicht, am 17. Dezember um halb zehn, meinem Abreisetermin, zum Flughafen zu kommen, damit wir uns Lebewohl sagen konnten. Mehr Worte waren nicht nötig. Würde er es tun? Ja, da war ich mir absolut sicher. Als ich die Tür des mintgrünen Häuschens zum letzten Mal hinter mir ins Schloss fallen ließ, fühlte es sich an, als würde sich ein spitzer Gegenstand in mein Herz bohren.

Und so zog ich zurück ins Guest House. In meiner früheren Unterkunft teilte ich mir nun das Zimmer mit meiner Nachfolgerin. Sue Ann war ein ganz liebes Mädchen, Mitte zwanzig, aus West Virginia, das glücklicherweise mein nächtliches Schluchzen nicht hörte oder hören wollte. Ich hätte mit ihr ohnehin nicht über Greg sprechen können, denn das hätte meinen Schmerz noch schlimmer gemacht.

Eventuell hielt sie mich ganz einfach auch nur für eine Dramaqueen und ignorierte mich. Key West war zu einem grauen und traurigen Ort geworden. Sogar als Tom abreiste, heulte ich und umarmte ihn. Alles ging zu Ende.

Noch einmal stürzte ich mich in die Arbeit, lernte Sue Ann ein und lenkte mich mit allem Möglichen von meinem Kummer ab. Ich war mir sicher, dass sie mich für eine Verrückte hielt, denn als ich ihr das Notstromaggregat erklärte, musste ich dreimal unterbrechen und benötigte genauso viele Taschentücher. Doch ich hielt konsequent nicht nach Drohnen am Ufer Ausschau und ignorierte das Nachbargelände.

Ich traf letzte Vorbereitungen für meine Abreise, besorgte ein paar Geschenke für meine Familie und begann, meine Taschen endgültig zu packen.

Sieben Tage vor meinem Abflug kehrten Sue Ann und ich gerade von der Arbeit ins Guest House zurück, als wir eine

Männerstimme, die mir irgendwie bekannt vorkam, aus dem Gemeinschaftsraum vernahmen. Jemand unterhielt sich mit Savannah. Als ich einen Blick hineinwarf, prallte ich vor Überraschung beinahe zurück. Es war Marc.

»Da ist sie ja«, sagte er, als er mich bemerkte. »Können wir reden?«

»Ja, natürlich … Draußen im Garten sind wir ungestört«, antwortete ich und ging den Kiesweg zwischen den tropischen Grünpflanzen vor. Um eine erkaltete Feuerstelle gab es Sitzgelegenheiten in Form von abgeschnittenen Baumstümpfen, auf denen wir nebeneinander Platz nahmen. Unter seinem ernsten Blick rutschte ich verlegen hin und her. Dass er sich darum bemüht hätte, dass ich bleiben könnte, und ich das Angebot dann ausgeschlagen hatte, war mir unangenehm. Auch wenn ich ihn selbst nicht darum gebeten hatte.

»Um nicht um den heißen Brei herumzureden: Greg weiß nicht, dass ich hier bin. Eigentlich geht es mich ja auch nichts an, was ihr beiden macht. Aber in diesem Fall muss ich mich einfach einmischen. Weißt du, ich bin alt und habe in meinem Leben sehr viele Menschen getroffen. Und eines kann ich dir sagen: Greg ist einer der tüchtigsten, ehrlichsten und klügsten Menschen, die ich je kennengelernt habe. Wenn ich ein Kind hätte, dann wäre ich glücklich, wenn es nur halbwegs so wäre wie er. Ihn so leiden zu sehen wie jetzt, tut mir selbst weh«, sagte er mit der Ausstrahlung eines Mannes, der völlig in sich ruhte und der es gewohnt war, dass man ihm zuhörte.

Ich schluchzte leise auf und bedeckte mein Gesicht mit den Händen.

»Kindchen, wenn ich dich so sehe, dann bestätigt sich meine Annahme, dass es dir genauso geht. Glaub mir, er leidet Höllenqualen.« Seine Stimme war sanft geworden. »Die große Liebe begegnet einem nicht oft im Leben, vielleicht nur ein einziges Mal. Bei mir war es jedenfalls so. Sie ist ein Geschenk und wenn du sie triffst, musst du sie festhalten. Du und Greg, ihr gehört zusammen.«

»Warum macht ihr es mir alle so schwer?«, antwortete ich tränenerstickt und konnte mit dem dicken Kloß in meinem Hals kaum sprechen. »Es geht nun mal nicht.«

Marc betrachtete mich aufmerksam, als versuchte er, meine Gedanken zu lesen. Mir war richtiggehend übel und ich umschlang meinen Körper mit meinen Armen. Dachte er denn, ich traf meine Entscheidungen leichtfertig? Warum nahm mich niemand ernst? »Bitte, lasst mich in Ruhe!«

Ich stand auf, ließ Marc auf dem Baumstumpf sitzen und lief ins Haus. Dort versteckte ich mich auf dem Klo, bis ich mich wieder halbwegs beruhigt hatte. Als ich schließlich unser Zimmer betrat, fragte mich sogar Sue Ann besorgt, ob alles in Ordnung sei. Ich bedankte mich bei ihr und versicherte ihr, dass der herannahende Abschied mir nur ein bisschen zusetzte, womit sie sich zufriedengab.

Meine Abreise am nächsten Freitag erlebte ich, als würde ich mich selbst hinter Glas beobachten. Von den Kollegen hatte ich mich schon am Vortag verabschiedet. Um neun Uhr brachte Patricia mich zum Flughafen. Ich fühlte mich wie ein vollgesogener Schwamm, aus dem es bei der geringsten Berührung herauströpfelte. Wortlos drückte sie meine Hand und ich trocknete mir mit einem zerknautschten Taschentuch meine rot geweinten Augen. Für sie war Abschiednehmen Routine, pausenlos kamen und gingen die Studenten. Aber so eine Heulsuse wie mich hatte sie bestimmt noch nie erlebt.

Als wir die kleine Flughafenhalle betraten und Greg und James uns entgegenkamen, gab es endgültig nichts mehr, was meinen Tränenfluss aufhalten konnte. Greg war blass und wirkte hager, seine Augen waren wie meine müde und traurig. Er half mir bei der Gepäckaufgabe und wuchtete meinen Koffer auf das Förderband neben dem Check-in. Final Destination: Vienna.

Es war Zeit, durch das Drehkreuz zum Abflugbereich zu gehen.

»Gibst du mir mein Herz zurück?«, fragte Greg, als wir uns umarmten. Seine Stimme war nicht mehr als ein Flüstern und ich verstand nicht gleich, was er meinte. Dann griff er sich an den Hals und öffnete den Verschluss des Goldkettchens mit dem gebrochenen Herzstück, das meinen Namen trug. Ich nahm es aus seiner geöffneten Handfläche und ließ es in die Hosentasche meiner Jeans gleiten. Dann tat ich dasselbe mit meinem Gegenstück, auf das *Greg* eingraviert war, und reichte es ihm. Das war ein schönes Symbol zum Abschied. Wir gaben uns gegenseitig frei, aber unsere Herzen waren gebrochen.

»Leb wohl«, sagte ich und als wir uns ansahen, wusste ich, dass er dasselbe fühlte. Da war keine Wut, kein verletzter Stolz, sondern nur unglaubliche Traurigkeit.

»Ich wünsche dir von ganzem Herzen alles Gute. Und pass immer gut auf dich auf. Mir ist klar, dass es vorbei ist, und ich werde dich nicht anrufen, versprochen. Aber bleiben wir indirekt über Allie in Kontakt? Ich muss nur wissen, dass es dir gut geht!«, sagte er leise.

Ich schluckte die Tränen hinunter. »Ja, natürlich! Genau das will ich auch.«

Wie schön könnte alles sein! Ich müsste einfach nur hier stehen bleiben, mein Ticket verfallen lassen und könnte bei Greg sein. Dann könnte ich für immer meine Floridaliebe genießen, ich müsste nur … meine Familie dafür aufgeben. Meinen Geschwistern meine Unterstützung verwehren, die sie so dringend brauchten, um glücklich und stabil aufwachsen zu können.

Nein, niemals! Das konnte ich nicht. Ich musste aufhören, nach den Sternen zu greifen wie die Graffiti-Frau. Ich musste der

Realität ins Auge blicken und endlich meine Füße bewegen. Ein Schritt, noch ein Schritt und dann bewegte sich mein Körper wie ferngesteuert in Richtung Sicherheitskontrolle.

Dort blieb ich noch einmal stehen, drehte mich um und winkte ein letztes Mal zurück.

Abschied

Greg

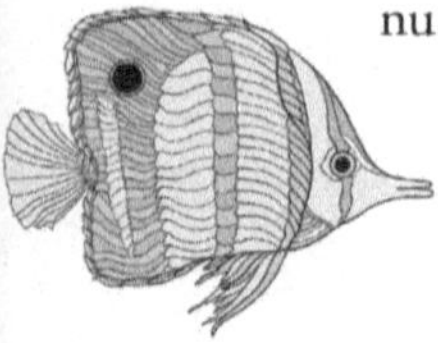

Julia verschwand aus meinem Blickfeld. Gegen jede Vernunft hatte ich bis zur letzten Sekunde gehofft, dass sie ihre Entscheidung doch noch revidieren würde. Vergeblich. Jetzt war sie endgültig weg. Ihr Anblick vorhin hatte mir in der Seele wehgetan, denn ihre Augen waren stark gerötet und sogar ein wenig geschwollen gewesen. Ich hatte es ihr so sehr nachfühlen können, denn ich litt genauso! Als wir uns zum Abschied ein letztes Mal umarmt hatten, war meine Kehle staubtrocken gewesen und jeder Atemzug war mir schwergefallen. Ich wollte nicht, dass sie abreiste. Doch sie war hinter der Sicherheitskontrolle verschwunden und mein Herz war zersprungen.

Zehn Minuten später gingen James und ich zum Auto zurück. In mir tobten die unterschiedlichsten Emotionen. Einerseits fühlte ich mich traurig, ausgelaugt und müde, gleichzeitig aber auch wütend. Oder war es Verbitterung? Wir waren unseren Herzen gefolgt, und was hatte es gebracht? Nichts. Wir waren kolossal gegen die Wand gedonnert. Das goldene Kettchen hielt ich immer noch in meine Handinnenfläche gepresst. Julia hatte es getragen und ich meinte, ihre Energie noch darin spüren zu können. Deshalb fühlte es sich gut an, diesen Gegenstand zu umklammern. Als wir in den Wagen stiegen, überlegte ich kurz, die Kette in die Tasche meiner Jeans gleiten zu lassen. Doch dann entschied ich mich um, legte sie mir um den Hals und verschloss sie in meinem Nacken. So war es richtig. Ich fing James' skeptischen Blick auf. Vermutlich meinte er, ich sollte Julia abhaken und Gegenstände verbannen, die mich an sie erinnerten. Weil ich meinen Schmerz nicht zeigte, verstand er nicht, wie es in mir drin aussah und was gerade passiert war. Ich hatte nicht weniger als mein Herz verloren. Was für ein abgelutschter Spruch! Aber genauso war es. Ich startete den Wagen und fuhr vom Parkplatz. Unter meinem Rippenbogen befand sich nichts als eine drückende Leere. Meine große Liebe hatte mich endgültig verlassen.

Wir fuhren den Highway am Atlantik in Richtung Industriegebiet entlang. Ich musste zurück zur Arbeit und James wurde im Meereslabor erwartet. Immerhin würde mich mein Job die nächste Zeit ablenken.

»Greg, überleg dir, ob du nicht doch mit mir kommen willst, wenn ich genug Geld zusammenhabe. Lass uns nach Kuba fliegen, dann reisen wir weiter durch die anderen Karibikstaaten und danach immer weiter Richtung Süden. Ein radikaler Tapetenwechsel wird dir bestimmt guttun«, sagte James.

Die vage Idee, gemeinsam mit ihm auf eine Lateinamerika-Tour zu gehen, war durch meine Beziehung zu Julia aus meinem Fokus geraten. Im Moment konnte ich mich nicht wirklich dafür begeistern, aber vielleicht hatte James recht und ein längerer Aufenthalt außerhalb von Florida würde mir helfen. Dann könnte ich Abstand gewinnen und Julia irgendwann vergessen? Mein Boss, der mich in allem unterstützte, würde mir die Auszeit wahrscheinlich zugestehen, obwohl wir vermutlich bis zu einem halben Jahr unterwegs sein würden.

»Danke, Kumpel. Lass uns bitte in ein paar Tagen darüber reden«, antwortete ich und fuhr noch einmal mit den Fingerspitzen über die Zacken des Herzens.

Wien

Julia

Bei meinem Abflug hatte sich Key West mit fünfundzwanzig Grad und strahlender Sonne noch mal von seiner besten Seite gezeigt. Nach zwei Zwischenlandungen und fünfzehn Stunden später informierte der Pilot uns per Durchsage, dass wir uns im Landeanflug auf Wien befänden. In meinem Magen kribbelte es vor Aufregung und ich zog meinen Gurt fest. Regen peitschte gegen das kleine Fenster der Maschine und ich erkannte an einem hellgrauen Streifen am Ende des Horizonts, dass die Morgendämmerung gerade einsetzte. Ich streckte mich durch und packte das dicke Buch von Umberto Eco, das ich endlich beendet hatte, in meinen Rucksack. Bald würde ich meine Lieben wiedersehen!

Später hob ich meine beiden Koffer vom Förderband herunter, wuchtete sie auf einen Gepäckwagen und rollte den Kofferkuli in Richtung Ausgang. Ich war erschöpft, müde und fertig. Trotzdem klopfte mein Herz wie verrückt vor Freude, als sich die Schiebetür öffnete, durch die wir Passagiere in den öffentlichen Ankunftsbereich traten.

Da waren sie! Wie angewurzelt blieb ich stehen und meine Mundwinkel schnellten nach oben. Aller Schmerz war vergessen. Hinter einem Absperrband standen Gabi, Judith, Thomas, Anna-Lena, Sabrina, Ronald und Mama. Sie hielten ein Willkommensbanner, auf das sie mit roter Farbe »Welcome Home, Julia« gepinselt hatten. Als sie mich im selben Moment auch entdeckten, ertönte ein markerschütterndes Kreischen. Bestimmt dachten die anderen ringsherum, dass gerade eine berühmte Boyband gelandet war. Aber nein, dieser Empfang galt allein mir. Sofort schlüpften Gabi und Judith unter der Abtrennung durch und rannten schreiend auf mich zu. Ich ging in die Knie und öffnete meine Arme ganz weit. Sie erreichten mich mit so viel Schwung, dass ich prompt das Gleichgewicht verlor und auf meinem Po landete, doch das war mir egal und ich stimmte aus vollem Hals in ihr helles Lachen ein. Ich drückte die Zwillinge an meine Brust, versenkte meine Nase in Gabis braunem Haar und streichelte Judith über den Hinterkopf. Wie sehr hatte ich sie vermisst!

»Du bist ja so braun!«, rief Judith und betrachtete mich eingehend.

Gabi löste sich von mir und musterte mich auch von oben bis unten. »Ja, gut schaust du aus!«

»Danke! Und ihr beiden habt euch aber auch sehr verändert. Ich hab eben überlegt, wer die beiden jungen hübschen Damen sein könnten, die da auf mich zugerannt kommen.«

Meine Schwestern kicherten und im nächsten Moment stand auch Ronald neben uns. Ich nahm lachend seine Hand an, die er mir entgegenstreckte, um mir auf die Beine zu helfen. Dann flog ich in seine Arme. »Welcome Home, Schwesterherz!«

An meinem Rücken fühlte ich eine Berührung. »Mama!« Sogleich legte ich meine Arme um sie, bettete meinen Kopf auf ihre Schulter und wir drückten uns fest. Ich atmete ihren Duft ein, den ich von jeher an ihr kannte. Es war der Geruch von zu Hause, den man am ehesten als eine Spur von Flieder vermischt mit einem Hauch von Kaffee umschreiben könnte.

»Endlich bist du wieder da! Aber kommt, wir müssen hinter die Absperrung gehen, der Security-Mann schaut schon böse zu uns herüber«, sagte sie und zog mich an der Hand mit sich, dorthin, wo Thomas, Anna-Lena und Sabrina noch mit dem Banner standen.

»Schafft ihr das mit dem Wagen?«, fragte ich die Zwillinge voller Skepsis. Sie alberten herum und versuchten, den sperrigen Kofferkuli gemeinsam anzuschieben. Dabei schlingerten sie unkontrolliert hin und her.

»Aber ja, sie werden das schon machen«, sagte Mama zuversichtlich und beobachtete Judith und Gabi amüsiert. Also gut, wenn Mama meinte ... Ich war da zwar nicht so optimistisch, aber tatsächlich hatten sie nach wenigen Metern den Dreh raus und lenkten den Wagen stabil geradeaus. Ronald hatte sich meinen Rucksack geschultert und ging neben uns her.

Ich betrachtete meine Mutter von der Seite. »Mama, du siehst verändert aus. Seit wann bist du denn rothaarig? Das steht dir super!«, sagte ich und bewunderte den kräftigen Farbton von Mamas pfiffigem Pagenkopf. Vor meiner Abreise hatten sich schon einige graue Strähnchen durch Mamas braunen Schopf gezogen, den sie meistens in einem straffen Zopf nach hinten gebunden getragen hatte.

»Danke. Seit ungefähr zwei Wochen«, antwortete sie kichernd und fuhr sich mit ihrer Hand durch den neuen Haarschnitt. Jetzt erst bemerkte ich, dass sie eine blaue Steppjacke unter ihren Arm geklemmt trug. »Ach ja, die Winterjacke ist für dich. Ich dachte schon, dass du nur leichte Sachen dabeihaben wirst. Mit deiner dünnen Weste wird dir draußen sicher kalt werden.«

»Danke, Mama«, sagte ich und freute mich, denn an das kalte Dezemberwetter in Wien hatte ich irgendwie gar nicht gedacht.

»Anna-Lena, Sabrina, Thomas!«, begrüßte ich nun auch meine restlichen Geschwister und drückte sie der Reihe nach. Endlich waren wir alle wieder vereint.

Dann machten wir uns auf den Weg zu den Parkplätzen.

Als ich im Juni abgereist war, hatte ich noch mit Markus in Wien zusammengelebt. Jetzt wohnte ich vorläufig wieder bei Mama in einem Wiener Vorort, bis meine eigene Wohnung im Januar bezugsbereit war. Unser Haus war zwar relativ groß, aber es gab kein eigenes Zimmer für mich. Bis nach dem Jahreswechsel würde ich in einem Raum im Keller schlafen, in dem nicht mehr als eine ausziehbare Schlafcouch, ein Heizstrahler und meine Sachen standen, die Markus aus seiner Wohnung entfernt hatte.

Ich hätte auch im Zimmer mit den Zwillingen oder bei Mutter übernachten können, aber ein eigener Bereich war mir dann doch lieber, auch wenn er sich im Keller befand. Es war ja nur für ein paar Tage.

»Da ist ja mein Terrarium!«, rief ich. Mama zeigte mir gerade meine Bleibe und übergab mir frische Bettwäsche.

Sie grinste. »Die Szene werde ich nie vergessen, als die beiden den Sand aus der Nobelkarosse kehrten. Du glaubst ja gar nicht, was für unflätige Schimpfwörter dieser feine Anwalt draufhat!«

»Hoffentlich hat die Ameisenkönigin überlebt und irgendwo einen neuen Staat gegründet«, sagte ich und besah mir den Behälter genauer. Er schien unversehrt zu sein, wie war das möglich? Bei genauerem Hinsehen entdeckte ich allerdings einen sorgfältig gekitteten Riss im unteren Drittel. »Wie toll, hast du es geklebt?«

»Ja, gemeinsam mit Herrn Maier, unserem Nachbarn von schräg gegenüber. Als ich ihm beim Dorffest erzählt habe, was Markus und sein Vater gemacht haben, wollte er dein Ameisenhaus unbedingt für dich reparieren«, antwortete Mutter.

»Das ist aber lieb von ihm!«, rief ich begeistert. »Da kann ich mir in der neuen Wohnung ja wieder einen Staat zulegen.«

Mutter ließ mich allein und als ich mich so umblickte, fand ich es dann doch ein bisschen deprimierend. Hier hatte ich die Zwischenbilanz meines fast dreißigjährigen Lebens direkt vor Augen: zwei nicht ausgepackte Rollkoffer von meiner USA-Reise und sieben Kisten mit Büchern und Kleidung aus Markus' Wohnung. Des Weiteren ein gekittetes Terrarium sowie ein zerbrochenes Herz. Dieses trug ich nun wieder die ganze Zeit an dem hübschen Goldkettchen um meinen Hals. Es war der Beweis, dass es Greg und mich zusammen wirklich gegeben hatte.

Als es am Tag nach meiner Rückkehr schneite, machten Judith, Gabi, Mama und ich einen Ausflug zum Rodeln in die hügelige Gegend des Wienerwalds. Trotz Thermosocken und Winterstiefeln fühlten sich meine Zehen nach einer halben Stunde klamm an. Ich atmete die frische Luft ein. Hatte ich dies früher nicht immer sehr genossen und als belebend empfunden? Heute erschien mir die Kälte fast unangenehm schmerzhaft. Nicht einmal mein gefütterter grauer Mantel hielt den kalten Luftzug auf. Den Zwillingen machten die Temperaturen offensichtlich nichts aus, sie stürmten eine Anhöhe hinauf, auf der sich schon etliche Kinder versammelt hatten, um auf ihren Schlitten und Bobs hinunterzurutschen. Dann sollten sie sich ruhig austoben. Mama und ich blieben unten stehen und schauten ihnen zu. »Das könnte jetzt etwas dauern«, dachte ich und ließ meinen Blick über die Landschaft schweifen. Die meisten Laubbäume hatten ihre Blätter verloren und ragten wie Skelette in die Höhe, durch die der eisige Wind unbarmherzig hindurchpfiff. Unwillkürlich musste ich an das beruhigende Flüstern des Ozeans und den weiten Blick aufs Meer denken, der mir dieses wunderbare Gefühl von Freiheit vermittelt hatte. Wie vermisste ich den Horizont, die wärmende Sonne auf meiner Haut und die starken Arme, die mich festgehalten hatten. Mein Herz krampfte sich zusammen und meine Beine fühlten sich schwer an, als hätten sich meine Schuhe mit Wasser vollgesogen. Jetzt bitte keine Tränen vor Mama. Ich hustete und schüttelte mich, wie um mich wieder zurechtzurücken.

»O je, du wirst dich doch nicht erkältet haben?«, fragte Mutter besorgt.

»Nein, nein, alles gut«, sagte ich und rang mir ein Lächeln ab. Ich hatte gerade keine Lust zu plaudern, wollte sie aber auch nicht vor den Kopf stoßen. »Die Wetterumstellung macht mir doch ein wenig zu schaffen.«

»Wie ist es denn da jetzt eigentlich, in Key West?«

»Es sind fünfundzwanzig Grad. Die Luft genauso wie das Meer.«

»Kein Schlittenfahren für die Kinder, das ist aber schade«, sagte sie und behielt die Zwillinge lächelnd im Auge.

»Aber dafür können sie schwimmen, im Korallenriff tauchen oder segeln. Sie können in den Mangrovenwäldern Kajak fahren, das ganze Jahr über Eis essen, skateboarden und abends beim Barbecue am Strand Marshmallows grillen.«

»Wow, jetzt müsstest du deinen Blick sehen«, sagte Mama. »Gerade haben deine Augen richtig gestrahlt.«

Ich wollte keinesfalls den Eindruck erwecken, es hier nicht ebenso schön zu finden wie in Florida. Denn hier war meine Familie, die ich so sehr liebte. »Aber Schlittenfahren ist natürlich genauso toll. Vielleicht sollten wir trotzdem mal langsam wieder zurückgehen, damit die Kinder nicht krank werden?«

»Wahrscheinlich musst du dich erst wieder an die Kälte gewöhnen. Ich glaube, dass die beiden kein bisschen frieren … ganz im Gegensatz zu dir. Aber natürlich begleiten wir dich, falls du zurückmöchtest«, sagte Mutter.

Ich musste mich eben erst wieder einfinden, in das Leben zu Hause, das sich aber gerade wie ein zu enger Winterstiefel anfühlte. Wo war die Leichtigkeit hin, mit der ich die letzten Monate durchs Leben geschwebt war? Ich spürte sie nicht mehr!

Langsam gingen wir nach Hause zurück, wo Mutter und ich für alle heißen Kakao kochten.

Mit der wärmenden Tasse in der Hand fühlte ich mich bereit, meinen Lieben eine Auswahl meiner Fotos zu präsentieren. Ich hatte sie auf meinen Laptop kopiert und wir saßen am Küchentisch um mein Notebook herum. Also zeigte ich die Bilder von Allie, James, Patricia, Adam und Tom. Von den Korallenbecken im Meereslabor und vom Guest House. Sogar Unterwasserbilder hatte ich gemacht. Ein Foto von einem Schwarm silbrig glänzender Barrakudas mit spitzen Zähnen versetzte Judith und Gabi in hellste Aufregung.

Meine Stimme fühlte sich kratzig und belegt an, als ich von

einem Foto zum nächsten drückte und dazu berichtete. »Diese Korallen leuchten in Wirklichkeit aber noch viel intensiver! Genau wie in dem Buch von Hans Hass, in dem wir gelesen haben. Wir haben übrigens ausgerechnet, dass ich an die achttausend Korallen gepflanzt habe.«

Die Bilder rührten mich, sodass ich beinahe meinte, das salzige Meerwasser auf meiner Zunge schmecken zu können. Wie schön war es dort gewesen. Vor allem das schwebende Gefühl, das ich beim Tauchen am Korallenriff gespürt hatte.

»Achttausend, so viele!«, rief mein Bruder Thomas anerkennend.

Ja, das war ja wirklich eine riesige Menge. Komisch, dass mir das erst jetzt so richtig bewusst wurde.

»Da hast du ganz schön was geleistet. Das hätte deinem Papa aber sehr gefallen!«, sagte meine Mutter und lächelte mich an. Spontan nahmen wir uns in die Arme. Auf einmal fühlte ich mich richtig gut und stolz auf das, was ich vollbracht hatte. Ich hatte mitgeholfen, das Korallenriff zu retten, wenigstens ein wenig, und hatte so den gemeinsamen Traum von Papa und mir zu einem Teil verwirklicht. Und ich war ihm dadurch gefühlsmäßig auch viel nähergekommen. Das war ein sehr tröstlicher Gedanke.

Nun atmete ich tief durch, denn ich wusste: Das nächste Bild war das Selfie von Greg und mir, das wir in Cape Canaveral vor dem Nachbau der ISS geschossen hatten.

»Das ist Greg«, erklärte ich mit brüchiger Stimme.

Was war das für ein schöner Tag gewesen. Damals waren wir noch kein Paar, aber wir wirkten so vertraut und glücklich, als wären wir es. Sein Kopf war schräg hinter meinem. Ich wusste nicht mehr exakt, mit welcher, aber er hatte mich da gerade mit irgendeiner Bemerkung zum Lachen gebracht. Fast konnte ich seine wunderbare tiefe Stimme in meinem Kopf hören. Ich betrachtete seine klaren blauen Augen, seine Lippen und seine Grübchen, die sich immer synchron zu einer kleinen Lachfalte in seinen Augenwinkeln bildeten.

»Julia, weinst du?«, rief Judith plötzlich, die neben mir saß. Sie schaute mich ganz erschrocken an. Da bemerkte ich, dass sich wirklich eine Träne aus meinem Augenwinkel gelöst hatte und über meine Wange rollte. Schon fiel sie auf meinen Unterarm und zerplatzte. Sie war so plötzlich gekommen, dass ich sie nicht mehr hatte aufhalten können, dabei weinte ich nie vor den Kindern.

»Es ist nichts, ich glaube, es zieht hier drinnen ein bisschen«, schwindelte ich.

Ich kitzelte meine kleine Schwester, die mich ebenfalls ins Visier nahm, sodass wir schließlich beide lachen mussten. Nebenbei fing ich einen ernsten Blick von Mama auf. Sie ließ sich wohl nicht so leicht täuschen. Danach schaltete ich kommentarlos zu den nächsten Fotos weiter, die mich weniger aufwühlten. Rasch klickte ich die Fotoshow bis zum Ende durch. Danach entschuldigte ich mich mit noch nicht überwundenem Jetlag und zog mich in mein Kellerzimmer zurück. Vor meiner Familie wollte ich meinen Schmerz wegen Greg nicht zeigen. Sie sollten sich nicht um mich sorgen. Doch ich fühlte mich schrecklich leer und kraftlos. Die Bilder auf dem Laptop konnte ich verschwinden lassen, aber nicht jene, die vor meinem inneren Auge herumtanzten. Wie lange würde es dauern, bis die Erinnerungen verblassen und der Schmerz nachlassen würde?

An den Weihnachtstagen schmückten wir unser Haus mit Lichterketten, Tannenzweigen und Strohsternen. Mama und ich backten gemeinsam mit den Zwillingen Lebkuchen, Vanillekipferl und Mürbteigplätzchen, die wir im Anschluss noch kunstvoll mit bunten Streuseln verzierten. Oft war ich in Gedanken allerdings weit weg. Ich gab mich zeitweise dem verrückten Tagtraum hin, dass Greg mir vielleicht nachreisen würde, um mich zurückzuholen. Dass er einfach vor der Tür stehen würde und mir sagte, dass er nicht ohne mich leben könnte. Freilich wüsste ich nicht, was ich dann tun würde. Etwa doch mit ihm mitgehen? Aber das ging ja nicht. Oder würde er bei mir bleiben? Das konnte ich mir auch nicht vorstellen, immerhin lebte er in Florida seinen großen Traum. Deswegen endete an dieser Stelle mein Tagtraum. Zum mindestens fünften Mal in meinem Leben schaute ich mir den Film *Tatsächlich Liebe* an, der als Weihnachtsprogramm im Fernsehen lief. Als Colin Firth seiner Angebeteten bis nach Portugal folgte und ihr einen Heiratsantrag vor dem halben Dorf machte, heulte ich wie ein Schlosshund. Natürlich passierten solche Weihnachts-Liebeswunder nur im Film. Greg läutete nicht an meiner Tür und ich weinte mich in meinem tristen Zimmerchen allein in den Schlaf.

Dafür kam am nächsten Tag Markus zu Besuch. Wir saßen nebeneinander im Keller auf der Couch wie zwei Teenager und sprachen uns aus.

Als ich ihn nach einem langen Nachmittag schließlich zur Tür begleitete, fiel mein Blick auf die USA-Koffer und ich hatte eine Eingebung. Ich öffnete den Reißverschluss des Seitenfachs und tastete den Innenraum ab. Ja, da war er. Genau dort, wo ich ihn vor Monaten nach dem Salsa-Abend hatte hineinfallen lassen. Ich betrachtete den zarten Silberring in meiner Handinnenfläche. Ein schönes Schmuckstück, das aber keine Bedeutung mehr für mich hatte. Doch bestimmt irgendwann für eine andere Frau?

»Hier. Er ist zu schön, um bei mir zu verstauben«, sagte ich, nahm den Ring zwischen Daumen und Zeigefinger und überreichte ihn meinem Ex-Freund, der ihn mit einem schiefen Lächeln entgegennahm.

Es war klar, dass wir tatsächlich bereit waren, es mit Freundschaft zu versuchen.

Die restlichen Tage des Jahres vergingen wie im Flug. Ich ging mit den Zwillingen ins Kino und ins Museum. Einmal begleitete uns Markus, als wir zum Eislaufen gingen.

Silvester verbrachten wir zu Hause. Meine schon erwachsenen Geschwister Ronald, Anna-Lena und Sabrina gingen aus. Der Abend begann allerdings unerfreulich, weil Mutter Thomas verbot, auf eine Party zu einem Freund zu gehen, dessen Eltern nicht zu Hause waren. Also wirklich, dafür war er noch zu jung! Vielleicht rauchten sie dort oder tranken sogar Alkohol. Schließlich verzog er sich in sein Zimmer und schmollte. Teenager konnten wirklich anstrengend sein. Das hatte ich bei Ronald, Anna-Lena und Sabrina auch schon mal durchgemacht.

Danach spielten Mama, die Zwillinge und ich *Mensch ärgere Dich nicht*. Ich verlor viermal und versuchte, mich nicht zu ärgern. Bei *Dinner for One* schliefen die Kinder ganz einfach auf der Wohnzimmerbank ein. Das konnte ja noch lustig werden, wie sollten wir sie denn nun ins Bett bringen? Wir verschoben das Problem kurzerhand auf nach Mitternacht. Um zwölf gingen Mama und ich vors Haus und stießen mit unseren Nachbarn an. Mama tanzte mit Herrn Maier von Haus Nummer acht, der seit drei Jahren geschieden war. Sie lachten sogar lauthals miteinander! Eine Weile beobachtete ich sie lächelnd, aber dann musste ich wieder hinein, denn ich sollte Judith und Gabi besser ins Bett bringen. Nacheinander hob ich sie auf meine Arme und trug sie die Treppen nach oben in ihr Zimmer. Gott sei Dank war Gabi noch recht klein und Judith zart gebaut, obwohl sie eher groß für ihr Alter war. Zärtlich deckte ich sie zu. Ehe ich leise hinausschlich, küsste ich beide noch einmal auf die Stirn. Als ich danach auch ins Bett ging, war Mama immer noch draußen. Hatte ich da vielleicht etwas verpasst in Bezug auf Herrn Maier?

Auch sie sollte endlich wieder ihr Glück finden und dasselbe Schweben erleben wie ich mit Greg. In Gedanken wünschte ich ihm von Herzen alles Gute für das neue Jahr. Was er wohl gerade machte? Sollte ich ihm vielleicht eine Textnachricht schicken? Ob er mir wohl auch am liebsten schreiben würde? So gern würde ich nur einmal seine Stimme hören! Doch was hätte ich sagen sollen?

Es hatte sich doch nichts zwischen uns geändert. Außerdem hatten wir ja ausgemacht, erst mal keinen direkten Kontakt zu haben, und ich schrieb stattdessen eine lange SMS an Allie.

Eine Träne stahl sich aus meinen Augen, als ich das Handy schließlich zur Seite legte und mir die Bettdecke bis zum Hals heraufzog. Ich vermisste Greg so sehr, dass es in meiner Brust schmerzte. Zum Glück hatte ich meine Familie. Und bald meinen neuen Job. Ehe ich einschlief, umfasste ich mit der rechten Hand mein gebrochenes Herzstück ganz fest.

Schon am zweiten Januar siedelte ich in meine eigene kleine Wohnung über, die sich am südlichen Stadtrand von Wien befand. Damit war sie nur wenige Minuten Fußweg von meinem neuen Arbeitsplatz entfernt, einem öffentlichen Gymnasium.

Ronald, Anna-Lena und Thomas halfen mir beim Umzug. Mit einem kleinen Transporter, den Ronald sich von einem Freund geliehen hatte, brachten wir mein Hab und Gut zu meiner neuen Adresse: die ausziehbare Couch aus dem Keller, einen Schrank, meine zwischengelagerten Besitztümer und ein fast neues Bett, das Mama günstig aufgetrieben hatte.

»Ganz nett«, sagte Ronald, als wir zusammen durch das Appartement gingen. »Aber mit dem Wohnzimmer musst du irgendwas machen.«

»Ich weiß, es sieht aus wie ein Verhörraum«, sagte ich und mein Magen verkrampfte sich, als ich Gregs Worte wiederholte. So hatte er den Raum damals bezeichnet, als er das Foto auf dem Display entdeckt hatte.

Ronald lachte auf. »Ja, das stimmt, das ist ein guter Vergleich!«

»Mit ein paar bunten Vorhängen und einem flauschigen Teppich wird es schon gehen«, murmelte ich wenig überzeugt.

»Julia, schau doch nicht so traurig. Anna-Lena und ich werden dir ein paar schöne Decken häkeln und dann wirst du dich bald zu Hause fühlen«, sagte Sabrina und umarmte mich. Ich lächelte sie tapfer an und lachte sogar ein wenig für sie. Vielleicht könnte ich ja eine Fototapete mit Korallen und Bilder aus Florida aufhängen?

»Na, wenigstens hast du schon eine Küche. Und das Badezimmer ist auch ganz okay«, sagte Thomas, als er eine der Kisten abstellte.

Ronald platzierte das Terrarium neben der Couch im Wohnzimmer. »Wirst du dir wieder Untermieter nehmen?«, fragte er und ich bejahte.

Dann bauten wir gemeinsam das Bett auf und schraubten den Schrank zusammen.

Die restlichen Tage der ersten Januarwoche verbrachte ich mit dem Einrichten meines Appartements. Ich packte sogar meine Kisten aus sowie die beiden Rollkoffer. Deren Inhalt hatte ich bis jetzt in Wien noch nicht gebraucht, weil sich hauptsächlich Sommersachen darin befanden. Als ich meine luftigen Kleider, die leichten bunten T-Shirts und die kurzen Hosen herausnahm, musste ich schlucken. Eine Schwere sammelte sich wie ein Klumpen Blei in meinem Magen. Unwillkürlich strich ich mit meinen Fingerspitzen über die Sachen, die ich in Key West am liebsten getragen hatte, als wären sie heilige Reliquien. Warum quälte ich mich selbst so? Ich musste wirklich damit aufhören. Es war vorbei. Rasch packte ich die Sachen ganz nach hinten in den Schrank.

In der Zoohandlung um die Ecke kaufte ich mir Sand, eine neue Ameisenkönigin und fünfzig Arbeiterinnen, die sofort damit begannen, Gänge zu graben. Recht so! Ich sollte mir die Ameisen zum Vorbild nehmen. Heulten sie etwa herum oder bliesen Trübsal, weil sie an einen anderen Platz versetzt worden waren? Nein, sie machten das Beste aus ihrer Situation und erfüllten ganz einfach ihre Pflicht.

Die folgenden Tage hielt ich mich mit meiner Wohnung

beschäftigt, damit mir nicht die Decke auf den Kopf fiel. Die Zwillinge durften mehrmals bei mir übernachten und wenn sie nicht bei mir waren, besuchte ich sie und Mama bei ihnen zu Hause. Unter ihrem lauten Protest übten wir Multiplizieren, und meine Englisch-Lektionen mit Thomas drohten mehrfach zu eskalieren. Aber das musste sein. Schließlich würde die Schule bald wieder beginnen und eine gute Vorbereitung auf die letzten Schularbeiten des Halbjahres war wichtig, auch wenn sie keinen Spaß machte. So war das Leben eben.

»Ich bin Frau Richter«, sagte ich mit erhobenen Schultern, Mundwinkeln und ruhiger Stimme, so wie ich es in meiner Ausbildung gelernt hatte. Es war mein erster Schultag als Lehrerin und bereits meine vierte Unterrichtsstunde. Aus den hinteren Reihen der Klasse hörte ich ein lautes Kichern. Irritiert schaute ich dorthin, wo das Geräusch hergekommen war. Jetzt war das Lachen weg, aber ganz still war es hier drin immer noch nicht. Ich fingerte an meiner Halskette mit dem gebrochenen Herz herum. Das hatte ich mir angewöhnt, weil es mich irgendwie beruhigte. Dabei ging ich im Klassenzimmer umher, um das permanente Wispern und Zischen zu lokalisieren. Doch ich schaffte es nicht, denn es schien überall und nirgends zu sein. Hier gab es anscheinend ein paar Witzbolde, die mich gern ärgern wollten. Ich musste einfach noch lauter sprechen, um sie zu übertönen. Und das, obwohl ich bereits heiser war. Wo war ich in meiner Begrüßungsrede stehengeblieben? »Ich bin Frau Richter, eure neue Biologie-Lehrerin.«

Obwohl ich mich sehr bemühte, liefen die ersten Wochen äußert zäh. Die Kinder schienen weder an Biologie noch an Geografie Interesse zu haben. Ich kam mir zeitweise vor wie eine Rednerin vor einem leeren Theatersaal, so wenig Response kam von den

Schülern. Außer frechen Antworten. Doch ich hatte eine Idee. Ich musste mit ihnen in die Welt hinausgehen. Die Kids langweilten sich, wenn sie immer nur Theoretisches aus dem Buch lernen mussten. Das war doch klar. Deswegen machte ich mit ihnen einen Besuch im *Wiener Haus des Meeres*, einem ganz tollen Aqua-Zoo, in dem ich oft mit meinen Geschwistern gewesen war. Dort gab es über zehntausend Meerestiere, darunter auch tropische wie Clownfische, Seepferdchen, Schildkröten und sogar Haie! Und natürlich auch Korallen. Hier könnte ich ihnen aus erster Hand von der Karibik erzählen und sie bestimmt endlich für Biologie begeistern.

Mit achtundzwanzig Vierzehnjährigen im Schlepptau marschierte ich durch die verwinkelten Gänge des Aquariums. Es war ziemlich heiß und stickig. Wir machten bei den Mittelmeertieren halt, weil ich den Schülern unbedingt die faszinierenden Seeanemonen zeigen wollte. Die hatten wir unlängst im Unterricht gehabt. Aber immer noch nicht erhielt ich die ersehnte Aufmerksamkeit.

»Kevin. Ich hab dir heute schon dreimal gesagt, dass du dein Handy wegpacken sollst. Jetzt gibst du es her«, sagte ich genervt und streckte meinen Arm aus, um es entgegenzunehmen. Bei diesem Kevin musste ich immer wieder durchgreifen. Aber was machte er? Grinste frech, steckte sich sein Smartphone lässig in die Gesäßtasche seiner Jeans und verschränkte seine Arme vor dem Oberkörper. Die anderen Schüler kicherten und warteten gespannt auf meine Reaktion. Was sollte ich tun? Es ihm einfach wegnehmen wie meinen Geschwistern durfte ich natürlich nicht. Mir waren die Hände gebunden. »Kevin, richte deiner Mutter bitte aus, dass sie nächste Woche in meine Sprechstunde kommen soll.«

»Das geht nicht, da muss sie arbeiten«, antwortete er und hatte die Lacher auf seiner Seite.

»Dann soll dein Vater kommen.«

Mit diabolischem Grinsen verfolgte die restliche Klasse unseren kleinen Schlagabtausch.

»Ich weiß leider nicht, wo der wohnt«, antwortete er langsam.

Ich atmete tief durch. »Kein Problem, ich werde deine Mutter heute Abend anrufen.«

Er zuckte mit den Schultern. So ein Lümmel, der Mutter würde ich einiges zu erzählen haben. Sie tat mir leid, dass ich sie nach der Arbeit stören musste, aber anders ging es wohl nicht. Ich wollte nicht schon wieder zum Direktor rennen, wie die letzten fünf Male, als ich mit den Teenies überfordert gewesen war. Als ich mich zu dem Bassin mit den quallenartigen Tieren umdrehte, hörte ich hinter mir jemanden ein Wort wispern, das sich anhörte wie *Bitch*. Ich fuhr herum. Die Jugendlichen lachten mir unverhohlen ins Gesicht.

»Wer war das?«, fragte ich.

»Was meinen Sie?«, sagte Kevins bester Freund Leon mit gespielter Unschuld. »Wir haben nichts gehört.«

Hmpf. Diese frechen Bengel! Mir reichte es und ich hatte keine Lust mehr, den Kindern die Seeanemonen zu zeigen. Sollten sie sich die doch wieder im Buch anschauen. Eigentlich wäre es bei diesen Respektlosigkeiten angebracht gewesen, das *Haus des Meeres* sofort wieder zu verlassen und zur Strafe zum Gymnasium zurückzufahren. Ich war so frustriert! Doch jetzt, wo ich schon einmal hier war, wollte ich mir nicht den Tag vermiesen lassen, sondern die Korallen sehen, auf die ich mich so gefreut hatte. Also ging ich voran zur Abteilung mit den tropischen Meerestieren.

Als wir die Ausstellung betraten, verschlug es mir den Atem. In einem wandfüllenden Becken befand sich ein buntes Korallenriff! Meine Mundwinkel zuckten nach oben beim Anblick der leuchtend orangen, grünen, violetten und roten Korallen. Wie in einem Flashback fühlte ich mich auf einmal in einen Tauchgang nach Key West zurückversetzt und ich erinnerte mich an die Leichtigkeit, die ich dort verspürt hatte. Wie schön war es gewesen, zwischen den bunten Fischen im warmen Ozean dahinzuschweben. Mit meinen Freunden an meiner Seite. Das hatte ich alles zurückgelassen und noch viel mehr. Es war mein Paradies auf Erden gewesen. Ich legte meine Hand an das gebrochene Herz und dachte an Greg. Eine Träne stahl sich aus meinem Auge, die ich ganz schnell wegwischte. Ich drehte mich nach den Schülern um und sah – nichts.

Sie waren weg. Diese Teufel! Hatten die sich hinter meinem Rücken einfach verdrückt, als ich einen Moment in Gedanken versunken war. Ich sollte mich schleunigst auf die Suche nach den Teenagern machen, sie wieder einsammeln und ihre Eltern zur Sprechstunde vorladen. Doch ich konnte es nicht. Ich fühlte mich auf einmal unglaublich müde, schwer und irgendwie alt. Deswegen setzte ich mich auf eine Bank, die für Besucher aufgestellt worden war, und starrte auf die farbenfrohe Szene hinter dem Glas. Irgendwann stand ich auf und ging einfach nach Hause. Das schwebende, leichte Gefühl, das mich beim Anblick der Korallen erfüllt hatte, verlor sich noch auf dem Nachhauseweg.

Als Nachspiel des Ausflugs zum *Haus des Meeres* gab es eine saftige Verwarnung, allerdings für mich. Denn dass eine Lehrerin *alle* ihre Schüler bei einem Schulausflug verlor und sie danach nicht einmal suchte, war noch nie vorgekommen. Und ich hatte nun nicht nur die Schüler, sondern auch den Direktor und die Eltern gegen mich, die sich um ihre Lieblinge sorgten.

Nach einem weiteren schlimmen Vormittag saß ich ziemlich fertig auf meinem Platz im Lehrerzimmer und starrte an die gegenüberliegende Wand. In der vergangenen Stunde hatte mir ein Schüler eine faule Banane ins Kreuz geschossen, als ich der Klasse kurz meinen Rücken zugedreht hatte. Herr Wolf, einer meiner älteren Kollegen, schüttelte den Kopf, als ich ihm berichtete, was passiert war.

»Kindchen, Sie sitzen doch am längeren Hebel. Warum nutzen Sie ihn denn nicht endlich?«, fragte er mich.

War das tatsächlich die einzige Möglichkeit, den Lehrberuf auszuüben? Wie vor hundert Jahren meine Autorität auszuspielen, indem ich schlechte Noten verteilte und die Schüler so in die Knie zwang? Genau das hatte ich nicht gewollt! Mein Ziel, junge Leute für die Natur, unsere Erde und die Lebewesen zu begeistern, würde ich an dieser Schule niemals erreichen.

Die Wochen vergingen zäh und Ende März sehnte ich schon die Sommerferien herbei. Jeden Abend war ich froh, dass der Tag vorüber war, und ich zählte die Schulstunden bis zum Wochenende. Dann würde ich Mutter und meine Geschwister besuchen. Die Wohnung hatte ich immerhin vom kühlen in ein farbenfrohes Verhörzimmer verwandelt. Aber es fehlte die Person, die mir Sonnenblumen, Vanilleeis und Küsse mitbrachte. Greg hatte mich immer mit solch lieben Aufmerksamkeiten überrascht. Fast wie mein Vater, der sich um meine Mutter auch stets so bemüht hatte. Ohne Greg fühlte sich dieses Appartement nicht wie ein Zuhause für mich an und würde es vermutlich nie.

Zum Glück war es schließlich endlich Freitagabend und das Wochenende stand vor der Tür. Als ich mich gerade mit einem Glas Wein zu meinen Ameisen setzte, läutete es an der Tür. Überraschenderweise war es Mutter.

»Waren wir verabredet? Komm doch rein! Ist alles in Ordnung zu Hause?«, rief ich und umarmte sie, als sie meine Wohnung betrat.

»Nein, wir waren nicht verabredet. Und ja, zu Hause ist alles in bester Ordnung«, sagte sie vergnügt und schlüpfte aus ihrem Mantel. »Sonst kommst du immer zu uns, jetzt dachte ich, ich besuche dich einmal. Außerdem möchte ich gern ganz ungestört mit dir reden.«

Während ich etwas verwundert in die Küche ging, um ihr einen Tee zuzubereiten, schaute sich Mutter Fotos aus Florida und die Poster von den Korallenriffen an, die ich an den Wänden befestigt hatte. Ich beobachtete aus den Augenwinkeln, wie sie ein Foto von Greg eingehend betrachtete.

»Schöne Bilder hast du da«, sagte sie, als ich mein Sortiment nach dem Twinings durchsuchte, den Mutter mit Vorliebe trank. Sie lächelte mich liebevoll an.

»Mama, du wirkst immer so fröhlich in letzter Zeit. Das hat doch nicht wohl etwas mit Herrn Maier aus Nummer acht zu tun?«, fragte ich sie augenzwinkernd.

Mutter lachte herzlich auf. »Ja, der ist nett! Aber es geht mir, unabhängig von ihm, einfach sehr gut. Ich habe die schwere Zeit überwunden und bin eine andere geworden. Die depressive Frau, die nicht aus dem Bett kam und ihre Kinder sich selbst überlassen hat, gibt es nicht mehr. Denk nur daran, wie wir die Zeit gemeistert haben, als du in Florida warst.«

Ich ließ die Kanne sinken, in die ich gerade kochendes Wasser hatte einfüllen wollen, und sah sie erstaunt an. Um sie zu schonen, hatten wir kaum und schon gar nicht so offen jemals über ihre Krankheit gesprochen, sondern stillschweigend die Rollen getauscht. Deswegen war ich überrascht, dass sie nun so direkt damit anfing. Während ich Tasse und Teekanne auf ein Tablett stellte, ließ ich in Gedanken das letzte Jahr Revue passieren. »Das stimmt, du hast dich wirklich völlig verändert. Eigentlich schon seit Längerem, wenn ich jetzt so darüber nachdenke … Ich hab es erst gar nicht bemerkt, vielleicht aus Gewohnheit? Das macht mich wirklich glücklich, Mama!«

Mutter legte ihre Hand auf meine, als ich das Servierbrett auf dem Tisch abstellte, und drückte sie. »Danke, mein Liebling. Ich hab dir auch noch nie richtig für das gedankt, was du damals für uns vollbracht hast. Du hast die Familie zusammengehalten. Du warst die Mutter, die ich euch nicht sein konnte.«

Ich fühlte einen Kloß im Hals. Dann drückte ich ihre Hand ganz fest zurück, setzte mich neben sie auf die Couch und sah sie fest an. »Und du weißt, wie sehr ich euch liebe. Das war selbstverständlich.«

»Aber weißt du, was das bedeutet? Dass jetzt alles wieder so ist, wie es sein sollte. Julia, verstehst du, was ich dir sagen will? *Ich* bin die Mutter, *ich* trage die Sorge und die Verantwortung für Judith, Gabi und Thomas. Und auch für die Größeren, natürlich. Ja, sogar für dich noch«, sagte sie mit sanftem, aber bestimmtem Tonfall. »Und deshalb … darfst du endlich loslassen. Musst du sogar. Du wirkst nämlich besonders bedrückt, seitdem du aus Florida zurück bist. Dabei siehst du auf den Erinnerungsfotos an der Wand da drüben so strahlend aus. Du sollst jung, frei und fröhlich sein. Du sollst dein Leben genießen und auch deine große Liebe finden, so wie ich damals Papa.« Sie stand auf und ging zur Wand hinüber, zeigte auf Gregs Foto und musterte mich fragend.

Als ich schweigend den Kopf senkte, kam sie auf mich zu und öffnete ihre Arme weit. Unnötig, ihr etwas zu erklären. Sie setzte sich wieder zu mir, ich legte meinen Kopf an ihre Schulter und ließ mich von ihr hin und her wiegen.

»Ich ahnte es, als du uns das erste Mal Fotos aus Florida gezeigt hast. Da war dieses eine Bild in Cape Canaveral, auf dem ihr beide so ein Leuchten in den Augen habt. Das erinnert mich an Fotos von deinem Papa und mir, als wir jung waren. Ihr schaut darauf genauso verliebt wie wir damals. Sein Name ist Greg, wenn ich mich richtig erinnere? Willst du mir vielleicht von ihm erzählen?«

Ich nickte. »Aber wo soll ich anfangen? Du hast doch heute nichts mehr vor, oder?«

Mutter lachte und rührte in ihrer dampfenden Tasse Earl Grey. »Am besten am Anfang, wo habt ihr euch kennengelernt?« Sie lehnte sich zurück und schaute mich erwartungsvoll an.

Ich räusperte mich. »Im Anschluss an meinen ersten Arbeitstag im Meereslabor wurde abends ein Barbecue veranstaltet, bei dem sich ein Mitarbeitender nach dem anderen vorstellen sollte. Aber just, als ich an der Reihe war, hörte ich ein seltsames Brummen aus der Luft und ein Schatten näherte sich direkt meinem Kopf! Du kannst dir bestimmt vorstellen, wie erschrocken ich war …«

Als ich einmal in Fahrt gekommen war, hielt mich nichts mehr und ich berichtete ihr alles. Vom Tag an, als wir uns wegen der abgestürzten Drohne gezofft hatten, über den Salsa-Abend und unseren Bootsausflug mit der *Jolly Roger* bis hin zu den Stationen unseres Roadtrips, unserer gemeinsamen Zeit im mintfarbenen Häuschen und dem Ausflug zu den Everglades. Ab und zu musste ich mir eine Träne aus den Augenwinkeln wischen und kurz unterbrechen, um mich zu sammeln, aber ich hielt tapfer bis zum Schluss durch. Dann zeigte ich ihr auch mein gebrochenes Herz in Form des goldenen Anhängers, den sie zwar schon an mir bemerkt, dessen näheren Hintergrund sie aber nicht gekannt hatte. Mein Bericht dauerte zwei weitere Runden schwarzen Tees und eine ganze Familienpackung Prinzenrolle. Schließlich war ich am Ende angekommen und seufzte. Leider war meine Sehnsucht nach Gregs Liebe durch das Erzählen nicht gelindert worden, sondern wiederbelebt. Na toll. Ich lehnte mich an das Rückenteil des Sofas, ließ die Schultern hängen und schnäuzte mich.

»Und jetzt?«, fragte Mama nach ein paar Augenblicken.

»Was meinst du?«, antwortete ich mit einer Gegenfrage.

»Was wirst du jetzt machen?«

»Nichts …?« Ich hatte keine Ahnung, worauf sie hinauswollte. »Ah so, ja. Mir einen anderen Job suchen. Weil beruflich läuft es genauso katastrophal wie in der Liebe, da kann ich dir auch noch so einiges erzählen.« Sie strich mir über die Schulter. »Mama. Lehrerin zu sein, war immer mein Traumberuf. Aber nichts läuft so, wie ich es mir vorgestellt habe. Die Liebe zur Natur schaffe ich einfach nicht weiterzugeben. Nach diesem Halbjahr werde ich kündigen.«

»Eigentlich schade, weil du mit deinen Geschwistern immer so glücklich warst. Du bist die perfekte große Schwester gewesen! Vielleicht solltest du mit jüngeren Kindern arbeiten?«, schlug sie vor.

Eigentlich eine prima Idee von ihr. »Vielleicht kann ich ja irgendwie zu den Kleineren wechseln und da irgendetwas anbieten, obwohl mein Studiengang ja ein anderer war. Vielleicht hat der Direktor ja eine Idee.«

Mama richtete sich kerzengerade auf. »Aber Julia, hast du vorhin nicht verstanden, was ich dir gesagt habe? Du bist frei und kannst tun und lassen, was du willst! Du musst dich nicht mehr um mich kümmern.«

»Mama, versteh mich bitte nicht falsch, ich freu mich so sehr, dass es dir jetzt gut geht, und es soll für immer so bleiben. Das wünsche ich dir von ganzem Herzen. Aber was, wenn nicht? Was ist, wenn dir die Kraft wieder ausgeht und die Schwermut zurückkommt?«

»Dann geh ich wieder verstärkt in die Therapie, die mir so gut geholfen hat. Es gibt im Leben keine absolute Sicherheit, niemals. Denk mal an Papa. Und Ronald, Anna-Lena und Sabrina sind ja schließlich auch noch da. Sie sind fast erwachsen, falls du das übersehen hast. Wir werden uns umeinander kümmern und gegenseitig aufeinander aufpassen. Das Einzige, was ein wirklich großes Problem für uns darstellen würde … das wäre, wenn du für uns auf dein Glück verzichten würdest. Du hast schließlich auch nur ein Leben! Geh deinen Weg!«

Ich musste schlucken und starrte sie mit offenem Mund an. So ähnliche Worte hatte Greg auch verwendet bei unseren Diskussionen. Dann stand ich auf und schritt den länglichen Raum auf und ab. Als ich alles sacken ließ, was Mama mir vorhin gesagt hatte, erfasste ich die ganze Tragweite unseres Gespräches. Mama war wieder vollkommen gesund und ganz die Alte. Die Familie würde ohne mich zurechtkommen. Ich war von der Verantwortung entbunden! Ich war frei zu gehen, wohin ich wollte! Ich durfte doch endlich wieder nach meinen eigenen Träumen greifen und die Graffiti-Frau sein.

Auf einmal war es mir völlig klar, was ich tun musste. Es fühlte sich an, als würde ich den richtigen Weg vor mir sehen. Jetzt musste ich ihn nur noch einschlagen.

»Mama! Glaubst du, dass Greg mir eine zweite Chance geben würde? Obwohl wir drei Monate nichts voneinander gehört haben?«, fragte ich.

»Ich weiß es nicht. Aber glaub mir, ich wünsche es mir so sehr für dich«, antwortete sie.

»Ich muss ihn sofort anrufen!«, rief ich und griff nach meinem Handy. Fieberhaft überlegte ich, was ich sagen und wie ich alles erklären sollte. Mein Herz galoppierte. Da waren so viele Gedanken, die in meinem Kopf herumrasten und sich nicht sortieren ließen. Was ich zu sagen hatte, war entscheidend für mein ganzes weiteres Leben! »Hm … Aber eigentlich bin ich ja jetzt frei … Auch beruflich hält mich nichts mehr. Wäre es nicht besser, wenn ich mit Greg von Angesicht zu Angesicht sprechen würde? Ich muss ihm in die Augen sehen, wenn ich ihm alles erkläre. Damit er versteht, dass ich es wirklich ernst meine. Es ist viel zu wichtig, um am Telefon darüber zu sprechen.«

Meine Mutter legte ihre Hand auf meine, in der das Smartphone zwischen meinen Fingern zitterte. »Du kannst das besser einschätzen als ich, ich kenne deinen Greg ja noch nicht. Wenn du meinst, dass es besser ist, zu ihm zu reisen, dann pack deine Koffer!«

Ich umarmte Mutter und dachte an unser mögliches Wiedersehen. Würden sich seine Grübchen zeigen und seine feinen Lachfältchen an den Augenwinkeln? Oder würde er ernst schauen und den Kopf senken? Deswegen musste ich zu ihm, so schnell es ging. Allein die Möglichkeit der Chance, in diesem Leben doch noch mit Greg zusammenzukommen, brachte meinen Puls zum Rasen. Oder war es vielleicht schon zu spät? Hatte er bereits mit mir abgeschlossen? Bei dem Gedanken wurde es mir drückend schwer ums Herz.

Key West

Julia

Eine Woche später befand ich mich wieder auf der letzten Etappe jener Reise, die ich vor fast einem Jahr voller Aufregung angetreten hatte. Ich saß in einer Embraer auf einem Regionalflug, der vor Kurzem von Miami Richtung Süden nach Key West gestartet war. »Die Flugdauer beträgt eine Stunde und zwei Minuten«, informierte uns der Pilot. Wie absolut surreal war das alles! Aber unter mir befand sich tatsächlich wieder der Overseas Highway, nicht breiter als ein Pinselstrich im Meer. Sofort kamen Erinnerungen an den Roadtrip nach Cape Canaveral in mir hoch. Just in diesem Moment fielen wärmende Sonnenstrahlen durch das kleine Fenster und kitzelten mein Gesicht. Anders als meine Sitznachbarn vor und hinter mir, die deswegen die Jalousien hinunterzogen, ließ ich meine oben. So lange hatte ich mich nach dem Wetter des Sunshine State gesehnt, deswegen drehte ich meine Nasenspitze nach außen und schloss meine Augen. Meine Gedanken wurden ruhig und glitten dahin wie die kleinen Schäfchenwolken am Himmel über Florida. Wie würde Greg reagieren, wenn ich auf einmal wie vom Himmel gefallen vor ihm stand? Und schon war mein kleiner Entspannungsmoment wieder vorüber. Meine Hände begannen zu schwitzen und mein Herz raste. Vor Aufregung war mir richtig übel. Außerdem hatte ich meinen nervösen Magen die letzten Stunden nur mit ein paar Keksen gefüttert. Um meine Hände zu beschäftigen, blätterte ich in einem Bordmagazin und ordnete zum vierten Mal meine Reisedokumente. Mein Rückflugticket trug das Datum eine Woche später. Dann würde ich entweder endgültig nach Österreich heimkehren, um für immer zu bleiben, oder nur so lange, wie es dauerte, um meine Wohnung aufzulösen und meine restlichen Sachen zu holen.

Die letzten Tage waren ausgefüllt gewesen mit Reisevorbereitungen und wie ein Film an mir vorbeigezogen. Der Gang zum Schuldirektor ein paar Tage zuvor war nicht einfach gewesen. Obwohl meine Erfolgsbilanz als Lehrerin gar nicht gut war, immerhin hatte ich während meiner kurzen Schaffenszeit gleich eine Verwarnung kassiert, hatte er erst seinen Kopf geschüttelt und sich dann die letzten Haare gerauft. Klar, wir waren mitten im Sommerhalbjahr, und jetzt musste er kurzfristig Ersatz für mich finden. Doch er sah mir wohl an, wie ernst es mir war. Anstatt mich zu rechtfertigen, erklärte ich ihm ruhig, dass die Kinder eine andere Lehrerin verdient hätten. Kontakte oder Tipps wegen des Wechsels zu jüngeren Schülerinnen und Schülern hatte er leider keine, vielleicht wollte er mir ja auch nicht helfen, dennoch hatte ich mit erhobenem Kopf, federleichtem Schritt und einem breiten Grinsen das Gymnasium verlassen.

Als ich nach der Landung auf die Treppe ins Freie trat und die würzige Meeresluft roch, kribbelte es in meinem ganzen Körper. Ich schloss einen Moment die Augen und atmete tief durch. Rechts von mir konnte ich den Ozean sehen! Wie sehr hatte ich diesen Anblick vermisst. Dieses Blau, das mit nichts zu vergleichen war, außer mit Gregs Augen. Rasch stieg ich die Treppe vor den drängelnden Touristen hinter mir hinunter. Ich war zu Hause!

Erst einmal machte ich mich vor dem Spiegel der Flughafentoilette ein wenig zurecht. Ich bürstete mir die Haare und trug ein wenig Wimperntusche auf. Danach steckte ich meine amerikanische SIM-Karte in mein Mobiltelefon, die ich glücklicherweise aus Sentimentalitätsgründen aufgehoben hatte. Außerdem schlüpfte ich in ein gelbes Shirt und tauschte meine Jeans gegen einen leichten roten Rock. Es war später Nachmittag und Greg würde wahrscheinlich schon zu Hause sein. Sonst würde ich einfach vor der Tür auf ihn warten. Mit Schwung zog ich meinen Rollkoffer hinter mir her zum nächsten Taxi und nannte ihm die Adresse des kleinen mintgrünen Bungalows in der Altstadt von Key West, in dem ich über vier Monate mit Greg zusammengelebt hatte.

Fünfzehn Minuten später trommelte mein Herz einen Salsa, als ich den Fahrer bezahlte und meinen Koffer entgegennahm. Das Taxi fuhr weg und ich tapste auf das Haus zu. Meine Handflächen schwitzten so stark, dass mir der Griff des Gepäckstücks aus den Fingern zu gleiten drohte, und ich umfasste den Henkel ganz fest.

War die Tür neu? Oder frisch gestrichen, denn sie leuchtete in einem auffallend kräftigen Türkis. *Tief durchatmen!* Vergeblich. Ich schaute in den Himmel hinauf, als ob von dort vielleicht die Worte zurückkommen würden, die ich mir zu sagen zurechtgelegt hatte. Mein Kopf war gerade wie leer gefegt, als hätte der sanfte Wind, der vom Atlantik herüberwehte, alle vorbereiteten Sätze weggeblasen. Ich würde ganz einfach mein Herz sprechen lassen, das war ohnehin besser.

Gleich würde ich Greg gegenüberstehen! Mein Zeigefinger schwebte über dem kleinen goldenen Klingelknopf, der auf einer runden polierten Platte rechts neben dem Eingang in die Wand eingelassen war. Ich zog meine Hand wieder zurück. Die Glocke hatte Greg ja auch neu gemacht! Sehr schön! Ich fuhr mir mit den Fingern durch mein Haar und zupfte mein Shirt in Form. Als ob Greg auf solche Details achten würde. *Komm, mach es, jetzt!* Mit zitternden Fingern drückte ich schließlich auf die Türklingel und trat einen Schritt zurück. Nach quälenden Sekunden hörte ich, wie sich Schritte näherten. Die Tür ging auf, ich hielt den Atem an. Eine junge Frau in buntem Sommerkleid mit einem kinnlangen blonden Pagenkopf schaute mich neugierig an.

»Ja bitte?«, fragte sie.

Der Mund klappte mir vor Überraschung und Enttäuschung auf. Wie ein ans Land gespülter Fisch schnappte ich nach Luft und die Knie wurden mir weich. Was machte denn diese Frau hier? Ich bekam kein Wort heraus und starrte sie nur fassungslos an. Sie hob die Augenbrauen.

»Ist Greg da?«, fragte ich schließlich mit vibrierender Stimme und versuchte, an ihr vorbei einen Blick ins Haus zu werfen, sah aber nur den kleinen Vorraum. Er war leer und anscheinend frisch gestrichen.

»Wer? Nein, wir kennen keinen Greg. Wir haben das Haus aber auch nur für eine Woche gebucht. Oder kennst du einen Greg, Liebling?«

Ein stämmiger Mann trat hinter die Frau und musterte mich. »Nein, aber wir können Ihnen die Telefonnummer vom Vermieter geben, vielleicht kann der Ihnen weiterhelfen. Warten Sie einen Moment, ich schreibe sie Ihnen auf«, sagte er und verschwand ins Innere.

Die Information schoss mir durch den Kopf. Gott sei Dank, die junge Frau war nicht etwa Gregs neue Freundin, das war eben ein kleiner Schockmoment gewesen. Aber dass die beiden hier urlaubten, bedeutete, dass Greg nicht mehr hier lebte. Warum? Wo konnte er nur hin sein? Der Mann kam zurück und überreichte mir ein Blatt Papier.

»Marc Davis«, las ich die obersten Wörter auf dem Zettel. Mechanisch bedankte ich mich und wandte mich ab.

»Ist alles in Ordnung mit Ihnen?«, rief mir die Frau hinterher.

»Ja, danke, alles okay«, antwortete ich mit dünner Stimme, ging vom Haus weg, bis ich außer Sichtweite war, und setzte mich am Straßenrand auf meinen Koffer.

Das musste ich erst mal verarbeiten. Offensichtlich war er umgezogen. Aber wohin? Was sollte ich denn jetzt bloß machen? Eigentlich hatte ich Greg ja persönlich sprechen und ihn mit meinem Besuch überraschen wollen, aber nun musste ich doch auf Plan B zurückgreifen: ihn anrufen. Ich stand auf und holte mein Mobiltelefon aus dem Rucksack. Meine Finger zitterten erneut, als ich seinen Kontakt aufrief. *Greg.* Unzählige Male hatte ich diesen Eintrag gewählt, als wir zusammen gewesen waren. Was würde er denken, wenn er nun gleich einen eingehenden Anruf von *Julia* auf seinem Display sah? Unruhig wanderte ich vor meinem Rollkoffer auf und ab. Heute war der Tag der Zerreißprobe für mein Nervenkostüm. Ich musste jetzt wirklich endlich wissen, was los war.

Ich atmete noch einmal tief durch. Schließlich drückte ich das grüne Anrufen-Feld. Plötzlich hörte ich ein knackendes Geräusch am anderen Ende der Leitung. Mein Puls raste, trotzdem hielt ich den Atem an. »The number you have dialed is not in service«, teilte mir eine Computerstimme mit. Ich entließ die aufgestaute Luft aus meinen Lungen und legte auf. Was bedeutete das? Keine der möglichen Erklärungen, die mir einfielen, verhieß etwas Gutes. Entweder, Greg befand sich nicht in der Reichweite des Netzanbieters, oder er hatte seine Telefonrechnung nicht bezahlt … oder er blockierte mich! Was sollte ich denn nun machen? Tränen schossen mir in die Augen, doch ich rief mich sofort zur Ordnung. Ich musste einen kühlen Kopf bewahren. *Tief durchatmen und nachdenken!*

Da es Samstag war, hatte es keinen Sinn, zur Werkstatt von *Fly the Keys* zu gehen. Es blieb mir nur eins: Ich musste Marc um Hilfe bitten, obwohl unser letztes Aufeinandertreffen nicht sehr erfreulich gewesen war. Genau genommen hatte ich ihn angeschrien, dass er mich in Ruhe lassen sollte.

Nach dreißig Minuten Fußmarsch erreichte ich seine Straße. Verschwitzt und erschöpft schaute ich auf die exklusive Wohnstraße am Atlantic Boulevard, die direkt am Meer lag. Ein herrliches Fleckchen hatte sich Marc zum Leben gesucht, dachte ich wie jedes Mal, wenn ich sein Haus erblickte. Ich nahm noch einmal einen ordentlichen Schluck aus meiner Wasserflasche und atmete tief durch. Dann ging ich auf die weiße Prachtvilla im viktorianischen Design zu, die von einem niedrigen Holzzaun in derselben Farbe umgeben war. Das stilvolle hellgraue Dach, die akkurat gestutzten Bäumchen und die mit Terrakotta geflieste Auffahrt vermittelten Luxus pur. Das Anwesen strahlte Geschmack und ein gemütlich-elegantes Flair aus, das gar nicht zu dem brummig lässigen Marc passte. Ich wusste zwar von Greg, dass Marc ein Selfmade-Millionär war, aber das sah man ihm überhaupt nicht an. Ein Mann, der tagsüber mit einem Piratenkopftuch an Drohnen herumschraubte und abends seine Harley-Davidson in der Auffahrt einer Luxusvilla am Meer parkte? Das war sehr exzentrisch. Aber ich hatte ihn in den Monaten, in denen ich mit Greg zusammen gewesen war, als herzensguten Kerl kennengelernt. Er würde mir sicher helfen und mir nicht den Kopf abreißen.

Ohne weiter nachzudenken, drückte ich auf den weißen Klingelknopf, der neben der pompösen Eingangstür angebracht war. Nach einigen Sekunden öffnete sich die Tür. Marc stand mir gegenüber. Als er mich erkannte, weiteten sich seine Augen vor Erstaunen, dann zog sich sein Mund zu einer dünnen Linie zusammen.

»Was machst *du* denn hier?« Er verschränkte die Arme vor seinem Oberkörper.

»Hallo … wie geht's? Ich bin auf der Suche nach Greg«, stammelte ich und versuchte, ein freundliches Gesicht zu machen. »Weißt du vielleicht, wo er ist, oder hast du seine aktuelle Telefonnummer? Bitte?« Ich versuchte mir meine Verzweiflung nicht anmerken zu lassen.

»Er ist weg, mit James«, sagte er. »Im Moment sind sie noch in Kuba, soweit ich weiß.«

»O nein«, rief ich. »Das darf doch nicht wahr sein! Ich habe ihn verpasst?« Ich sackte in mich zusammen. Alles umsonst!

In diesem Moment trat Marcs Frau Hermosa heran. Sie trug ein blaues Jeanskleid und hatte einen rot geschminkten Mund, der zu ihren lebendig funkelnden Augen passte.

»Hallo, Julia! Was für eine Überraschung!« Sie schenkte mir ihr warmes Lächeln und streckte mir die Rechte zur Begrüßung hin. Wir schüttelten uns die Hände. In einem Tonfall, den ich mir in der Schule bei meinen widerspenstigen Schülern gewünscht hätte, sagte sie: »Marc, warum lässt du das arme Mädchen auf der Straße stehen und bittest es nicht herein?«

Grummelnd öffnete er die Tür und trat zur Seite. Ich ließ meinen Koffer im Vorraum stehen und folgte Hermosa durch ihr geschmackvoll eingerichtetes Heim auf die Terrasse, wo Greg und ich öfters zum Barbecue eingeladen gewesen waren. Von dort eröffnete sich ein unglaublicher Blick aufs Meer, der mich stets so beeindruckt hatte.

»Möchtest du Eistee?«, fragte sie mich und ich nickte. Ich hatte irrsinnigen Durst. Sie bat mich, auf einer gemütlichen Rattan-Sitzgruppe Platz zu nehmen, und ging mit ihrem Ehemann ins Haus, wobei sie auf Spanisch miteinander diskutierten. Die Gespräche der beiden waren immer so laut, wild und temperamentvoll. Bei dem Geschrei, das die beiden jetzt veranstalteten, würde man normalerweise von einem handfesten Streit ausgehen, aber bei ihnen wusste man das nicht genau. Zwischen Marc und Hermosa schienen immer entweder sprühende Funken oder liebende Herzchen zu fliegen, aber meistens wirkten sie wie frisch verliebt.

Erschöpft lehnte ich mich zurück und schloss meine Augen. Warum hatte ich so viel Pech? Greg war mit James bereits auf Südamerikareise gegangen, es war zum Verzweifeln! Ich hatte ihn verpasst. Wann würde er zurückkommen? Könnte ich ihn vielleicht über Allie erreichen, die wahrscheinlich noch Kontakt zu James und Greg hatte? Aber in Lateinamerika benutzten sie ja bestimmt andere Telefonnummern. Ob sie die schon hatte? Die Anstrengungen der ganzen Reise drückten mit einem Mal auf meine Schultern, die mir kraftlos hinabhingen. Als sich Schritte näherten, raffte ich mich auf und setzte mich gerade hin. Vor Marc wollte ich mich nicht so am Boden zerstört zeigen. Hermosa hatte einen Krug mit Eistee in der Hand und ihr Ehemann folgte artig mit einem Tablett mit Gläsern und einem Teller mit Keksen.

Sie schenkte uns ein und ich stürzte mein Getränk gleich zur Hälfte hinunter.

»Es ist so ein Schlamassel. Ich bin extra aus Wien hergereist, um Greg zu sprechen. Ich wollte ihn überraschen. Weißt du vielleicht Näheres, wie lange sie in Kuba sein werden, wo sie sich da genau aufhalten oder wohin sie dann weiterreisen?«, fragte ich.

Marc tauschte einen Blick mit seiner Ehefrau. »Greg hatte eine ziemlich schwierige Zeit wegen dir, weißt du das?«, sagte Marc mit eisiger Stimme.

»Ich kann dir versichern, dass es mir genauso gegangen ist. Deswegen bin ich hergekommen, um mit ihm zu sprechen«, rechtfertigte ich mich kraftlos.

Resigniert stützte ich meinen Kopf in meine Handfläche. Marc stand auf, ging ins Haus und kam gleich darauf mit einem aufgeschlagenen Kalender in Buchform zurück. Er tippte auf eine Seite.

»Ich weiß ganz sicher, dass sie übermorgen abreisen, vom Havanna Airport.«

Ich wurde hellhörig. Das war vielleicht meine Chance. »Bist du sicher?«

»Zu hundert Prozent.«

Ich musste mit Greg sprechen. Koste es, was es wolle. Bis Kuba war es ja nicht weit, Luftlinie weniger als zweihundert Kilometer. Ich musste mir unbedingt schnell einen Flug buchen, bevor sie auf und davon waren. Ob es so kurzfristig noch welche gab? Oder konnte ich vielleicht mit einem Boot fahren? Oder … Da kam mir eine Idee.

»Kannst du mich nach Havanna fliegen, mit dem Helikopter?«, fragte ich. Immerhin war er der Boss bei *Fly the Keys*. Wenn mich jemand rechtzeitig bringen konnte, dann er.

Marc überlegte. »Das wird aber teuer. Wir bräuchten eine kurzfristige Landegenehmigung für Havanna und außerdem ein Sondervisum. Du könntest deine Reise eventuell als *Support for the Cuban People* deklarieren, das geht immer. Haben die beiden Jungs auch so gemacht.

»Sehr gut, so machen wir es. Wann ist Abflug und wie viel macht das?«

»Morgen Mittag und eintausend Dollar«, sagte er, ohne mit der Wimper zu zucken.

»Eintausend Dollar?«, wiederholte Hermosa und schnappte nach Luft. Ich versuchte mir meinen Schock nicht anmerken zu lassen.

»Der Heli fällt ja in der Zeit für die Rundflüge aus. Und du willst doch auch wieder zurück, oder?«

Hatte ich eine andere Wahl, wenn ich rechtzeitig in Havanna sein wollte? Ich hatte schlichtweg keine Energie mehr, mich nach anderen Reiseoptionen umzusehen, denn ich war bereits den ganzen Tag unterwegs.

»Akzeptierst du Visa?«, fragte ich matt.

»Klar«, antwortete Marc. Ich registrierte das Blitzen in seinen Augen. Sicher machte er gerade das Geschäft seines Lebens mit mir.

»So, bei diesem Preis sind Kost und Logis bis zum Abflug aber inkludiert«, sagte Hermosa und warf Marc einen scharfen Blick zu. »Komm, Julia, ich bringe dich in dein Zimmer. Dann kannst du dich vor dem Abendessen noch ein wenig frisch machen. Alles wird gut, du wirst schon sehen.«

Sie legte ihren Arm um meine Schultern und führte mich die Treppe hinauf.

Havanna

Julia

Am nächsten Mittag saß ich mit Übelkeit und flauem Magen in einem Hubschrauber nach Havanna. Marc, der den Helikopter höchstpersönlich flog, hielt mir grinsend eine Spucktüte hin, die ich schweigend entgegennahm. Nur zur Sicherheit, denn ich wollte ihm keinesfalls den Gefallen tun und ihm zeigen, wie dreckig es mir ging. Ich atmete mehrmals tief ein und aus.

»Was glaubst du, auf welchen Weiterflug sie gebucht sind? Jamaika? Oder die Bahamas?«, fragte ich, denn das nächste Ziel von Greg beschäftigte mich sehr. Auf welchen Abflug sollte ich mich fokussieren?

»Hm«, brummte er und zuckte mit seinen Schultern. Der war ja echt eine große Hilfe.

Der pastellfarbene Oldtimer hielt vor einem länglichen orangefarbenen Bungalow, vor dessen Fenster auffällige türkise Bambusrollos angebracht waren: eine typisch karibische Farbkombi. »Bitte sehr: *Hostal Doña Amalia*«, sagte Marc und ich öffnete die Wagentür. Dann stieg ich mit meinem Rucksack aus.

»Ich ruf dich morgen an, sobald ich Greg gefunden habe«, verabschiedete ich mich. Als ich dieses Hostal hier vorgeschlagen hatte, hatte er mich ausgelacht und sich stattdessen im *Parque Central* einquartiert, einer Nobelherberge im Zentrum Havannas.

»Mach das«, rief er mir zu. »Das Taxi holt dich um vier Uhr in der Früh ab. Ich glaub, ich geh jetzt noch schwimmen, mein

Hotel hat nämlich einen Pool auf der Dachterrasse …« Marcs Quartier, das er sich dank meiner tausend Dollar gönnte, hatte diverse Annehmlichkeiten zu bieten, die er mir bereits alle mehrfach aufgezählt hatte, und lag außerdem in einer gepflegten Gegend Havannas, in der sich lauter herrschaftliche Bauten im spanischen Kolonialstil befanden. Flankiert von einer Palmenallee, in der liebevoll restaurierte Oldtimer an jeder Ecke parkten … Das Viertel wäre einfach bezaubernd, hatte er mir versichert. Schön für ihn, aber mein Quartier hier sah auch ganz annehmlich aus. Ich betrachtete meine Unterkunft. Der Gehsteig vor dem Motel wies zwar einige abenteuerliche Risse auf und die Fenster waren vergittert, aber wichtiger war, dass mein Zimmer günstig und in der Nähe des Flughafens gelegen war. Überhaupt war das am wichtigsten, denn mein Tag würde sehr zeitig beginnen. Da ich das nächste Ziel von Greg und James nicht kannte, musste ich gleich zum ersten Abflug am Aeropuerto Internacional José Martí sein und nach ihnen Ausschau halten. Wenn es sein musste, den ganzen Tag. Ich musste Greg morgen ganz einfach treffen. Es gab keinen Plan B.

Der erste Flug startete am nächsten Morgen um 5.20 Uhr nach Panama City. Es war nicht auszuschließen, dass sie dort hinwollten, also fand ich mich um kurz nach vier Uhr am Terminal drei ein, von dem die internationalen Flüge abhoben. Ich postierte mich vor dem Eingang zur Sicherheitskontrolle, durch den alle Passagiere mussten. Aufgeregt registrierte ich das Eintreffen der ersten verschlafenen Fluggäste. Leider befand sich Greg nicht unter ihnen. Ich setzte mich und wartete auf die Abfertigung der nächsten Maschine, die um 7.40 Uhr nach Caracas abhob. Danach gab es alle dreißig Minuten neue Starts. Aufmerksam hielt ich meinen

Blick auf den Strom der Menschen gerichtet, die an mir vorbeizogen. Ab und zu tauchte in der Menge ein blonder Haarschopf auf, woraufhin mein Herzschlag in rasende Höhen stieg, aber es erwies sich jedes Mal als Fehlalarm. Greg war nicht darunter.

Der Tag zog sich wie der Apfelstrudelteig meiner Mutter, den sie sonntags gern für uns backte. Meine Frustration stieg mit jeder Stunde und ich hielt mich mit Kaffee wach, in den ich ganz viel Zucker schüttete. Mittags aß ich ein Sandwich. Nur selten traute ich mich auf die Toilette, aus Sorge, Greg zu verpassen. Um 15.15 Uhr würde eine Maschine nach Nassau fliegen und ich schätzte die Wahrscheinlichkeit als hoch ein, dass Greg und James diesen Flug nehmen wollten. Entsprechend stieg meine Nervosität, als die auf die Bahamas gebuchten Passagiere nach und nach zur Sicherheitskontrolle schritten. Unruhig ging ich vor der Schleuse auf und ab. Aufgeregt blickte ich in die Gesichter fremder Menschen in der Hoffnung, diese einzigartigen ozeanblauen Augen darunter zu entdecken. *Greg, wo bist du nur?* Er musste doch bald kommen, denn das Einsteigen begann bereits, wie die Bildschirme des Airports informierten! *Hilfe, meine Nerven!* Sogar mein rechter Daumennagel musste herhalten, damit ich meine Nervosität halbwegs im Griff behielt. Als das Boarding der Maschine abgeschlossen und ich sicher war, dass kein verspäteter Passagier den Flieger noch erreichen konnte, realisierte ich, dass ich verloren hatte. Nach siebzehn Uhr starteten doch nur noch Maschinen nach Miami, Tampa und Fort Lauderdale! Meine Beine wurden schwach und ich musste mich auf einen der Plastikstühle setzen. Ich kontrollierte zur Sicherheit noch einmal die Liste der geplanten Starts, doch es stimmte. Es waren nur noch Ziele in den USA, die ich ausschließen konnte, denn Greg und James wollten ja nach Mittel- oder Südamerika. Impressionen von bunten T-Shirts, Rollkoffern und fröhlich lachenden Touristen verschwammen vor meinen Augen. Das Schicksal hatte sich gegen mich verschworen. Marc musste sich geirrt haben oder die beiden hatten ganz einfach ihre Reisepläne spontan geändert. Vielleicht hatte es ihnen in Kuba so gut gefallen, dass sie ihren Aufenthalt auf unbestimmte Zeit verlängert hatten. Oder sie hatten dieses Land nicht gemocht und waren früher weitergereist. Sie waren ja flexibel und ungebunden. Mein Vorhaben, Greg zu überraschen, hatte auf so viele verschiedene Arten schiefgehen können und es prompt auch getan. Die Idee war schlichtweg zu verrückt gewesen. Mein Traum, ihn zurückzugewinnen, war fehlgeschlagen. Warum konnte ich nicht *einmal* im Leben Glück haben? *Doch halt*, ich hatte meine Misere selbst zu verantworten, ich brauchte nicht dem Schicksal die Schuld zu geben. Ich hatte meine eigenen Bedürfnisse unnötigerweise viel zu lange hintangestellt und dadurch die Liebe meines Lebens verloren. Was hätte ich dafür gegeben, Greg heute wiederzusehen und vielleicht in die Arme schließen zu dürfen! Jetzt war alles egal und ich konnte die Tränen nicht mehr länger zurückhalten, Wimperntusche hin oder her. Die mitleidigen Blicke, mit denen mich wildfremde Menschen bedachten, bestätigten, dass ich mich nicht nur wie ein Häufchen Elend fühlte, sondern auch wie eines aussah. Ich machte meine Augen zu und barg mein Gesicht in meinen Händen. Aus und vorbei.

»So schlimm?«, hörte ich eine Stimme vor mir. Es war Marc, der mir ein Taschentuch entgegenhielt. Ich nickte und dankte ihm wortlos, dann schnäuzte ich mich.

Er setzte sich neben mich. »Ich war mir erst nicht sicher, wie ernst es dir mit Greg ist. Er hat es verdient, aufrichtig geliebt zu werden. Und ich könnte es nicht verantworten, dass er wieder enttäuscht wird. Aber wie ich sehe, meinst du es ehrlich. Nach dem zu urteilen, was du alles auf dich genommen hast, um ihn zu finden.« Verständnislos starrte ich ihn an. Dieser Typ hatte echt nicht alle Tassen im Schrank.

»Danke auch, dass du mir das glaubst. Bringt mir nur nicht sehr viel«, antwortete ich patzig und schüttelte den Kopf.

»Bravo, du hast den Test bestanden!« Marc lachte und bekam

sich gar nicht mehr ein. Dann boxte er mich spielerisch an den Arm. »Julia, beruhige dich. Er wird gleich kommen.«

»Was? Wer?« Ich richtete mich auf und starrte ihn böse an. Verarschte er mich? Marc standen vor Heiterkeit die Tränen in den Augen, so wie mir vor Verzweiflung.

»Kindchen, in eineinhalb Stunden geht ihr Flugzeug nach Miami. Also werden sie in Kürze genau hier vorbeikommen. Jetzt schaust du mich groß an. Ich habe nie behauptet, dass sie nach Nassau wollen oder weiß Gott wohin fliegen, das hast du selbst angenommen. Sie waren bloß auf einem kleinen Urlaub in Kuba und heute geht es für sie zurück nach Florida. Na, jetzt weißt du es. Es war nur ein kleiner Spaß. Ich hoffe, du nimmst ihn mir nicht übel?« Ein weiterer Heiterkeitsausbruch erfasste ihn und ich starrte ihn empört an. Doch ich hatte keine Zeit, mir weitere Gedanken darüber zu machen, mich über Marc zu ärgern oder mein Äußeres wieder auf Vordermann zu bringen. Denn Marc sagte glucksend: »Und tatsächlich, da sind sie auch schon!«

Ich hob meinen Kopf und sah … Greg.

Er war es wirklich. Braun gebrannt und die Haare verstrubbelt, wie damals immer, wenn er gerade aufgewacht war. Das Blau seiner Augen war sogar noch intensiver, als ich es in Erinnerung hatte, und mein Herz blieb kurz stehen. Mein Traummann, meine Floridaliebe.

Langsam stand ich von meinem Plastikstuhl auf und schritt unsicher auf ihn zu. Es war, als hätte jemand eine Flughafen-Slow-Motion-Taste gedrückt. Schließlich standen wir uns mit einer Armeslänge Abstand gegenüber. In diesem Moment existierten nur Greg und ich in einer hellblau strahlenden Schneekugel, der Rest der Welt war außen vor.

Ungläubig betrachtete er mich. Seine meeresblauen, klaren Augen verursachten einen wahren Schmetterlingswirbel in meinem Bauch. Wie sehr hatte ich diesen Blick vermisst! Ich versuchte, seine Mimik zu deuten. Darin erkannte ich die große Überraschung.

Oder war es gar ein Schock? Ein Schreck? Freute er sich denn nicht, mich zu sehen?

Da schnellten seine Mundwinkel nach oben und auf seinen Wangen bildeten sich die süßen Grübchen, die ich so gern mochte. Erleichtert atmete ich aus und die Anspannung fiel schlagartig von mir ab. Seine Augen blitzten mich an.

»Erst dachte ich, es könnte unmöglich sein … Bist du wirklich echt?« Er streckte seine Hände nach den meinen aus. »Julia, was machst du denn hier?«

Unsere Blicke verhakten sich und unsere Finger schlangen sich ineinander. Ein Prickeln breitete sich von meinem Bauch über meinen ganzen Körper aus und brachte mich zum Strahlen. Wie überwältigend es war, seine tiefe Stimme zu hören! Sie wärmte mich wie ein Sonnenbad am Strand von Key West. Dann schlang ich meine Arme um seinen Hals. Nichts auf der ganzen Welt fühlte sich so gut an, wie ihn zu halten. Im nächsten Moment drückte er mich auch an sich. Aus meinen Augen löste sich eine Freudenträne.

Zärtlich schmiegte ich mein Gesicht an seine Schulter. Endlich konnte ich ihn spüren und seinen wunderbaren Duft atmen. Da war das herbe Aftershave, ein Hauch Leder und sein ganz spezifischer Geruch, der mir die Härchen auf meinen Unterarmen hinaufschnellen ließ. »Ich habe dich so schrecklich vermisst, Greg«, sagte ich heiser.

Er löste sich von mir, nahm mein Gesicht zwischen seine Hände und betrachtete mich aufmerksam. Er blickte zwischen meinen Augen und meinen Lippen hin und her.

»Und wie ich dich vermisst habe, Julia! Aber … wieso bist du *hier?*« Er legte seinen Kopf schief und deutete mit seinem Kinn auf unsere Umgebung, den Havanna-Flughafen. Ja, das war eine gute Frage.

»Ich dachte, dass heute die letzte Gelegenheit ist, dich vor eurer großen Reise treffen zu können. Du weißt schon, Dominikanische

Republik, Puerto Rico, dann vielleicht Venezuela … Davon habt ihr doch gesprochen und ich dachte, dass es heute von hier aus direkt weitergeht. Da wollte ich dich abpassen. Weil … ich würde gern bei dir bleiben … Falls du das auch noch immer willst.«

Greg zögerte. Blickte mich skeptisch an, als ob er sich fragte, ob das ein Witz sei. Oder ich vielleicht doch eine Halluzination. Dann umfasste er mich mit seinen Armen knapp unter meinem Po und hob mich in die Höhe.

»Was für eine Frage, Julia. Nichts auf der Welt möchte ich lieber!«, rief er.

Lachend drehte er uns zweimal um unsere gemeinsame Achse, was mir einen kleinen Schrei und ganz viel Jubel entlockte. Ich schwebte wieder! Greg liebte mich noch immer! Wie herrlich und leicht ich mich mit einem Schlag fühlte!

Behutsam setzte er mich wieder ab und gab mir einen Kuss, in dem ich seine ganze Liebe fühlte. Und auch ich legte mein ganzes Herz hinein. Mir blieb fast die Luft weg und ich hob ab, obwohl ich schon wieder festen Boden unter den Füßen hatte. Schließlich lösten wir uns.

»Aber … was ist mit deiner Familie?«, fragte Greg atemlos.

»Die kommen ohne mich zurecht. Mama ist wieder ganz die Alte. Es geht ihr hervorragend und sie hat sich sogar verliebt … ich hab dir so viel zu erzählen!«

»Das klingt wundervoll, Julia. Das heißt, du bist frei? Und willst wirklich bei mir bleiben?« Ich strahlte ihn an und wir umarmten uns noch einmal.

Plötzlich stutzte er. »Aber was ist mit deinem Job?«

»Hat sich erledigt. Das ist eine Geschichte für sich.«

»Oh! Marc ist ja auch da? Hat er dir denn nicht gesagt, dass wir nur übers verlängerte Wochenende weg sind?«, fragte er und schlug mit seinem Chef ein, der listig grinste.

»Er hat mich hergeflogen. Leider hat er ein paar Details vergessen zu erwähnen.« Ich versuchte, böse zu Marc hinüberzuschauen, aber es fiel mir schwer, denn ich war einfach nur glücklich. »Er hat mich nämlich auf die Probe gestellt. Um zu testen, wie weit ich gehen würde, um dich wiederzusehen.«

»Glaub mir, Greg, sie liebt dich wirklich«, sagte Marc und lachte unverhohlen.

»Ich warte schon seit vier Uhr morgens auf dich«, warf ich ein.

»Wirklich? Ja, du schaust echt ganz schön … erschöpft aus.« Zärtlich strich er mir mit seinem Daumen unter meinem Auge entlang bis zur Wange.

Oh. Mit meiner zerlaufenen Wimperntusche sah ich vermutlich aus wie ein irrer Gruselclown. Aber wenigstens wie ein ganz irre verliebter.

Dann ließ er seinen Blick zu meinem Hals schweifen und griff mit beiden Händen in seinen Nacken. Das Goldkettchen mit dem gebrochenen Herzen, auch er trug es! Er nahm es von seinem Hals, ich tat dasselbe mit meinem und wir tauschten sie wieder. *Greg* stand auf der Inschrift des Stücks, das ich mir anlegte. Jetzt bildeten die Teile wieder ein Ganzes, wir waren wieder vereint.

Nun begrüßte ich auch James mit einer überschwänglichen Umarmung, endlich hatte ich auch meinen Floridabruder wieder. »Und das Beste ist … sie hat mir ganze eintausend Dollar für den Flug bezahlt!« Marc lachte vergnügt, woraufhin ich ihn diesmal wirklich böse ansah. »Ich wollte sagen, sie *hätte* so viel bezahlt«, korrigierte er sich rasch. »Denn auf den Flug ist sie natürlich eingeladen. Und ihr auch, falls ihr lieber gemeinsam fliegen wollt.« Sein lautes Lachen war sicher bis Key West zu hören. So viel Spaß wie heute hatte er vermutlich schon lange nicht mehr gehabt.

Rosenblätter und Mandarinen

Greg

Ich konnte es immer noch nicht fassen und wollte Julia gar nicht mehr loslassen. Nachdem sie James kurz begrüßt hatte, legte ich meine Arme sofort wieder um ihre Taille und drückte sie an mich. Mit geschlossenen Augen atmete ich ihren Duft ein. Da war er wieder, der feine Geruch von Rosenblättern und Mandarinen, der mir mein Herz augenblicklich leicht werden ließ. Es war kein Traum. Sie war wirklich zurückgekommen und sie würde bei mir bleiben! Mein Herz raste immer noch vor Freude. In den letzten zehn Minuten hatte mein Leben sich aus heiterem Himmel um einhundertachtzig Grad zum Besseren gewendet. Und das, nachdem ich am Tiefpunkt angekommen war.

James und Marc hatten mich so lange bearbeitet, bis ich schließlich auf diesen Trip nach Kuba mitgeflogen war. Die Lust zu reisen, neue Menschen und andere Kulturen kennenzulernen, war mir abhandengekommen, als Julia mich verlassen hatte. Seit ihrer Abreise hatte ich mich am liebsten in der Werkstatt von *Fly the Keys* bei meinen Drohnen aufgehalten und wie ein Besessener gearbeitet. Andere Vorgesetzte hätten sich über einen so enthusiastischen Mitarbeiter gefreut, meiner schüttelte besorgt den Kopf. Schließlich hatte er mich kurzerhand mit James auf Zwangsurlaub geschickt, um mich auf andere Gedanken zu bringen. Es wäre langsam Zeit loszulassen, versuchte er mir behutsam zu erklären, und ein Tapetenwechsel solle mir dabei helfen. Doch war ich schon dazu bereit gewesen? Die Schönheit der kolonialen Prachtbauten in Havanna hatte ich gesehen, aber nicht gefühlt. Am schneeweißen Traumstrand von Varadero hatte ich mich heimlich in einen Reiseführer von Wien vertieft. Wie es wäre, einfach bei Julia aufzutauchen? Um sie zu überreden, es doch noch einmal mit mir zu versuchen? So schwierig könnte es nun auch nicht sein, Deutsch zu lernen! Es war Afrikaans ähnlich, das ich als Kind in der Schule gehabt hatte und das mit dem Holländischen verwandt war. Im letzten Kapitel meines Buches gab es die wichtigsten deutschen Vokabeln und Phrasen. *Wie geht es Ihnen? – Gut. Woher kommen Sie? – Ich komme aus … Wann fährt die nächste Bahn Richtung Hauptbahnhof?* Das war doch gar nicht so schwer. Als James meine Lektüre entdeckte, nahm er sie mir weg, woraufhin ich schmollte. Also echt, das ging nun wirklich zu weit. Durfte ich nicht einmal mehr lesen, was ich wollte? Und am Abend schleppte er mich in eine Rum-Bar, dabei trank ich Schnaps doch gar nicht besonders gern! Am wenigsten in Gesellschaft von aufdringlichen britischen Touristinnen, die auf ein Liebesabenteuer aus waren. Aber in dieser Beziehung war James auch zurückhaltend und hatte selber offensichtlich ebenfalls keine Lust auf einen Flirt. Als wir am vierten Tag wieder am Flughafen in Havanna zur Rückreise eintrafen, war ich gar nicht traurig darüber und hatte mir vorgenommen, in der Arbeit eine Sonderschicht einzulegen, um das Liegengebliebene aufzuholen.

Direkt vor der Sicherheitskontrolle des Aeropuerto Internacional war ich mir sicher gewesen, dass ich drauf und dran war, nun endgültig meinen Verstand zu verlieren. Es war schlichtweg unmöglich, dass sie hier saß. Ich musste träumen!

Aber nein … sie war es wirklich! Und jetzt war alles gut, was war ich bloß für ein Glückspilz! Das Leben war so schön! Julia und ich standen eng umschlungen, ich inhalierte ihren Duft und hielt sie fest. Ich schwor mir, dass ich alles in meiner Macht Stehende tun würde, damit nichts und niemand uns jemals wieder auseinanderbrächte.

Verliebt in Türkis

Julia

Als wir am General Aviation Terminal auf Marc warteten, der die Formalitäten für den Rückflug klarmachte, schmiegte ich mich an Greg. Meine Arme lagen an seinen Schultern und seine Hände umfassten meine Taille. Ich hatte das große Los gezogen und war wunschlos glücklich. Wo Greg war, wollte ich in Zukunft auch sein. Wo ein Wille, da auch ein Weg. Apropos, was war denn nun mit unserem mintgrünen Häuschen?

Ich löste mich aus unserer Yin-Yang-Position. »Warum bist du eigentlich aus unserem kuscheligen Nest ausgezogen? Als ich geklingelt habe und eine hübsche Blondine mir die Tür geöffnet hat, wäre ich an der Schwelle fast kollabiert.«

»Oh, das weißt du natürlich noch nicht. Obwohl ich ohnehin schon eine ganz schlimme Zeit hatte, weil du weg warst, flog bei einem Sturm auch noch das halbe Dach weg. Deswegen musste ich umsiedeln und unser Schneckenhaus wurde renoviert. Jetzt vermietet Marc es wochenweise. Ich bin total neugierig, was du zu unserem neuen Heim sagen wirst.«

Angesichts seines munteren Lächelns war ich schon mal gespannt. Dann erzählte ich Greg von meinem einsamen Leben der vergangenen Wochen im Verhörzimmer meiner Wohnung in Wien. Und von meiner Aussprache mit Mutter, nach der ich endlich frei war. Oh, ich musste Mutter ja noch Bescheid geben, dass sich alles zum Guten gewendet hatte. Das hatte ich jetzt beinahe vergessen. Seit meinem Entschluss, nach Havanna zu fliegen, hatte ich sie nicht mehr gesprochen, und sie saß nun sicher auf heißen Kohlen. In Wien war es bereits kurz nach Mitternacht.

»Lass uns bitte meine Mama anrufen, sie kann vor Sorge bestimmt kein Auge zumachen.« Greg nickte und wir setzten uns, um zu telefonieren. Leider gab es am Havanna Airport kein WLAN, sonst hätten wir einen Videoanruf starten können. Ich positionierte das Gerät in der Mitte zwischen uns und stellte den Lautsprecher an.

»Am besten, *ich* rede mit ihr«, sagte Greg und zwinkerte mir verschmitzt zu. Er verschränkte seine Finger sanft mit meinen und wir neigten unsere Köpfe, um besser hören zu können.

Es läutete zweimal, dann wurde abgehoben. »Hi, Mum, wie geht es dir? Mein Name ist Greg …«, sagte er zu meiner Überraschung auf Deutsch. Sein unüberhörbarer englischer Akzent hörte sich so niedlich an! Am anderen Ende der Leitung war es mucksmäuschenstill und ich stellte mir lautlos lachend Mamas perplexes Gesicht vor.

»Hallo, Mama!«, sprang ich ein. »Rate mal, wen ich am Flughafen getroffen …«

Die knacksende Leitung übermittelte ein Geräusch, das sich anhörte, als hätte jemand meine Mutter mit einem Kübel Eiswasser übergossen. Greg schaute mich schief grinsend an.

»Keine Sorge, das ist ein Ausdruck höchster Freude«, raunte ich ihm fröhlich zu, woraufhin er lachte und seine Augen vergnügt aufblitzten.

Mama beruhigte sich wieder. »Hello, Greg! How are you? I am so happy. Ich freu mich so sehr for you two … ähm … sorry, damit ist mein Englisch am Ende!« Greg hatte alles verstanden und erklärte Mama im Gegenzug, dass er aus Südafrika käme. Wie lieb von ihm, er hatte offenbar ein paar Brocken unserer Sprache gelernt! Als die Unterhaltung zwischen den beiden ins Stocken geriet, berichtete ich Mutter, wie wir uns nach einem langen Tag am Flughafen endlich wiedergefunden hatten. Kurz darauf tauchte Marc auf und gab uns mit einem Stapel Papiere in seiner Hand das Zeichen, dass er alles erledigt hatte und wir aufbrechen konnten.

»Mama, wir müssen jetzt los, aber ich melde mich morgen wieder. Schlaf gut und Grüße an alle!«, rief ich, schickte Küsse und legte auf.

Die Rückreise im Hubschrauber war das Gegenteil des Hinflugs, bei der vor Sorge mein Magen rebelliert hatte. Greg und ich saßen in der zweiten Reihe und hielten uns an den Händen. Diesmal waren da nur Schmetterlinge in meinem Bauch, die aufgeregt flatterten, wenn Greg mich mit einem tiefen Blick aus seinen ozeanblauen Augen bedachte. Über meinem Horizont bildete sich zeitgleich eine riesige Wolke sieben. Wenn die Rotorblätter nicht so laut gewummert hätten, hätte ich vor Glückseligkeit womöglich federleichte Geigenklänge im Hintergrund gehört. Tatsächlich mussten wir wegen des Fluglärms aber einen Ohrenschutz mit einem Headset tragen, über das wir alle über Funk miteinander verbunden waren und uns unterhalten konnten. Greg schaute immer wieder zu mir herüber, als müsse er sich vergewissern, dass er nicht träumte. »Die Überraschung ist dir echt geglückt«, sagte er und seine Augen strahlten mich verliebt an. Wir schlangen unsere Finger fest ineinander.

»Und mir aber auch! Vergesst nicht, wer das Ganze eingefädelt hat«, mischte sich Marc vom Pilotensitz aus ein und gluckste, dass seine Schultern und der Steuerknüppel in seinen Händen bedenklich zitterten.

»Nein, das werde ich dir nie vergessen«, sagte ich und zog meine Augenbrauen gespielt erbost zusammen. Dass Greg und ich jetzt wieder vereint waren, war das einzig Wichtige. Deswegen zwinkerte ich ihm gutmütig zu, als er mir einen Seitenblick über die Schulter zuwarf.

»Sehr schön. Mitarbeitende, die Spaß verstehen, finden sich

bei *Fly the Keys* nämlich schneller zurecht.« Da wurde ich hellhörig. »Am besten, du kommst am Montag im Büro vorbei, dann besprechen wir alle Details.«

»Und ob ich Spaß verstehe, da kannst du meine Schüler fragen.« Ich stimmte in sein Lachen ein. Das konnte ja heiter werden! Aber natürlich wäre ich heilfroh und unendlich dankbar, wenn Marc mich bei sich einstellen würde. Mit einem fixen Vertrag würde ich dann auch das Facharbeitervisum für meine dauerhafte Aufenthalts- und Arbeitserlaubnis bekommen und eine weitere Hürde für Greg und mich wäre beseitigt. Wir könnten zusammenbleiben, in Key West! Ich erinnerte mich daran, was er damals in unserer ersten gemeinsamen Nacht gesagt hatte: *Ich glaube, dass sich alles findet, wenn man seinem Herzen folgt. Die Kämpfe, die man auf seinem Weg ausfechten muss, sind viel einfacher, wenn man den Richtigen an seiner Seite hat.* Wie recht er doch gehabt hatte. Alles fügte sich perfekt zusammen.

Beim Landeanflug hieß uns die Conch Republic mit einem Sonnenuntergang über dem Ozean willkommen. In einer Romanze wäre das die Stelle, wo der Abspann über die Leinwand flimmern würde. Aber nicht in unserem Film, denn der fing jetzt erst richtig an.

Nach der Landung verließen wir das Flughafengebäude und traten auf den Parkplatz, wo uns Hermosa erwartete. Als sie uns nun Hand in Hand aus dem Gebäude kommen sah, reagierte sie ähnlich emotional wie meine Mutter und strahlte uns dann mit einem breiten Lächeln an.

»Wie schön, euch zusammen zu sehen! Tut mir leid, Julia, dass ich dir vorgestern nicht gleich alles erzählt habe, aber dieser Witzbold wollte unbedingt seinen lächerlichen Test durchziehen.« Trotz der Schelte begrüßte sie ihren Mann mit einem liebevollen Kuss.

»Diesen hab ich mit Auszeichnung bestanden und bin sogar zu einem Vorstellungsgespräch eingeladen worden«, erklärte ich und setzte ein breites Grinsen auf.

»Super, wenn du bei *Fly the Keys* arbeitest, werden wir uns in Zukunft ja wieder öfter sehen!«

Schnell holten wir mein Gepäck ab, das ich im Haus von Marc und Hermosa zurückgelassen hatte, und Greg fuhr uns im Anschluss mit einem Pick-up der Firma weiter.

Allerdings fragte ich mich wohin. »Aber in die Stadt geht's doch hier lang!«

Greg war in die entgegengesetzte Richtung abgebogen und grinste schelmisch. »Ich muss dich vorwarnen. Marc hat es mir günstig vermietet, aber es ist noch ein bisschen was zu machen.«

»Ha ha, das kenne ich schon.« Ich lachte. Aber egal, welche Bruchbude mich erwartete, das störte mich nicht. Solange Greg und ich zusammen waren, wäre jede Behausung schlichtweg perfekt. Es ging immer weiter in östlicher Richtung dahin, bis wir schließlich in eine Straße einbogen, die direkt am Atlantik lag. Ein Haus am Meer? Da hielten wir vor einem weißen, einstöckigen Holzgebäude mit türkis gestrichenem Dach, Eingangstür und Fensterläden. Es wirkte total heimelig. Das konnte es doch nicht etwa sein?

Als ob Greg meine Gedanken gelesen hätte, sagte er: »Das ist es. Was sagst du?«

»Gar nichts, mir fehlen schlichtweg die Worte. Es ist wunderschön!« Darauf hätte ich in meinen kühnsten Träumen nicht zu hoffen gewagt.

Umgeben war es von einem weißen Holzlattenzaun, in dessen Vorgarten Palmen, lila Passionsblumen und rosa Orchideen wuchsen. Ich war immer noch sprachlos. Als wir durch das Törchen traten, atmete ich den süßlichen Duft der Blüten tief ein. Vermischt mit der salzigen Luft, die vom Meer kam, war das der Geruch des Paradieses. Und hier durften wir wirklich leben?

»Komm, als Erstes muss ich dir den Kai zeigen«, sagte Greg und nahm mich an der Hand. Wir schlenderten einen schmalen, mit Steinen ausgelegten Weg entlang, der rechts am Haus vorbeiführte. Er endete direkt an einem massiven Holzsteg, der über das Ufer gebaut war. Ein weiter Blick auf den Ozean, der in der Dämmerung graublau wirkte, öffnete sich. Darüber hielten sich in einigen zerrissenen dunklen Wölkchen die Strahlen der untergehenden Sonne wie Glutnester eines ausgehenden Feuers. Was für eine dramatische Szene. Im krassen Gegensatz zur atemberaubenden Aussicht war es bis auf das Flüstern der Wellen, die sanft an den Strand stießen, vollkommen still.

Greg schlang seine Arme von hinten um meinen Oberkörper und wir schauten gemeinsam hinaus. »An sonnigen Tagen, wenn das Meer hell ist, funkelt die See in derselben Farbe wie die Fensterläden.«

O ja, das konnte ich mir so gut vorstellen. Ich war verliebt in dieses lebensfrohe Türkis. »Greg, das ist der absolute Traum!«

»Ohne dich waren allerdings auch die wolkenlosen Tage farblos und grau. Du hast mir so gefehlt, Julia. Heute ist der allerschönste Tag meines bisherigen Lebens.«

Ich drehte mich zu ihm um und umarmte ihn. Gregs Berührung hebelte alle Naturgesetze aus, denn sein Griff war sowohl fest als auch befreiend. Er gab mir Halt und brachte mich gleichzeitig zum Schweben. In diesem Moment überspülte mich eine Woge unendlicher Dankbarkeit und Freude auf unsere gemeinsame Zukunft.

»Julia! Schau doch mal! Da unten sind lauter Herr-Julia-Grasköpfe. Du weißt schon, die du uns damals am Flughafen gekauft hast!«, rief meine mittlerweile zwölfjährige Schwester Gabi und deutete mit ihrem Zeigefinger auf etwas, das sich unter ihr befand. Ich schwamm mit Judith zu ihr und wir schauten durch unsere Taucherbrillen auf das Korallenriff, während wir mit den Wellen sanft auf und ab schaukelten. Dort sahen wir Korallen in allen Formen und Farben, kleine bunte Fische, hunderte Meeresfächer und auch die wie Rasenbüschel anmutenden Pflanzen, auf die Gabi uns aufmerksam gemacht hatte. Wir tauchten auf und ich nahm das Mundstück des Schnorchels heraus.

»Ja, das könnte ein ganzer Grasköpfe-Clan sein, so viele sind das! Die nennt man übrigens *Grüne Röhrenkorallen*«, erklärte ich den beiden, die das Meer genauso sehr liebten wie ich und schon super schnorcheln konnten. Sie bewegten sich im Ozean fast schon selbst wie Fische und hatten, im Gegensatz zu mir früher, keine Angst vor größeren Meereslebewesen, welche uns eventuell begegnen könnten. Und sie konnten sogar fast alle Korallen und viele der Fische richtig benennen. Ich war mächtig stolz auf sie. Wie schade, dass unser Vater jetzt nicht mit uns hier sein konnte. Das hätte ihm gefallen. Doch zum Glück war unsere Mutter da. Im Gegensatz zu ihren jüngsten Töchtern und mir war sie kein Fan von Wassersportaktivitäten und zählte eher zur Fraktion der Sonnenanbeter. Genauso wie Hermosa, Anna-Lena und Sabrina, mit denen sie gerade an Deck der *Jolly Roger* Kaffee trank. Kapitän Roger unterhielt die Damen mit lustigen Seemannsgeschichten aus seinem Leben. Wir winkten ihnen zu und schnorchelten weiter. Warmes Meer umspülte meinen Körper, ich hatte meine Familie um mich und schwebte durch die Unterwasserwelt, die ich so sehr liebte und die mich jeden Tag aufs Neue begeisterte. Ein Gefühl tiefer Dankbarkeit ergriff mich. Mein Leben war ein buntes Korallenriff. Ich konnte mir nicht vorstellen, dass es noch schöner werden konnte.

Jetzt in den Sommerferien war meine komplette Familie für drei Wochen zu Besuch bei Greg und mir. Deswegen mussten wir jetzt auch schnell nach Hause fahren, denn heute Abend wollte ich alle mit einem Barbecue verwöhnen. Meine beiden Brüder Ronald und Thomas waren nicht mit auf unseren heutigen Bootstrip gekommen, denn sie waren Feuer und Flamme für Gregs Arbeit in der Drohnen-Konstruktionsfirma. Auch heute hatten sie Greg wieder einmal zu *Fly the Keys* begleitet. Dort halfen sie mit, indem sie Testflüge mit den neuesten Modellen am Ufer durchführten, oder hielten Greg und seine Kollegen einfach nur von der Arbeit ab. Aber das machte nichts. Hey, immerhin waren wir in Key West. Die Arbeit lief nicht davon. Was heute nicht erledigt war, machte man eben morgen.

Wir kletterten über die Außenleiter auf die *Jolly Roger* und tuckerten wieder in Richtung Hafen von Key West zurück. Während der Fahrt ließen wir uns die Sonne auf den Bauch scheinen und relaxten. Am Ziel angekommen, verabschiedeten wir uns vorerst von Hermosa, die mit Marc später auch zu unserem Grillabend stoßen würde.

Mit unseren Rädern legten wir gemütlich die zwanzig Minuten zu unserem Haus am Meer zurück. Nachdem wir die Fahrräder an der Hauswand neben dem Steinweg abgestellt hatten, verschwanden die Zwillinge nach oben in ihr Zimmer und meine älteren Schwestern beschlossen, noch eine Ausfahrt mit den Stand-up-Paddelboards zu machen. Mama und ich gingen hinein und schlüpften aus unseren Flipflops.

Weit kamen wir allerdings nicht, denn Mutter schaute sich immer so gern die Fotos von der Familie an, die wir im Eingangsbereich aufgehängt hatten. Natürlich gab es auch welche von Gregs Mutter und seinen Großeltern. Und ein schönes gerahmtes von Allie, James, Tom und mir. Es war vergangenes Jahr im Meereslabor aufgenommen worden und zeigte uns, wie wir mit ein paar Hirschhornkorallen herumalberten, die wir uns gegenseitig wie Elchgeweihe an die Hinterköpfe hielten.

»Das ist ein lustiges Bild, oder? Das habe ich von Savannah bekommen, der Haushälterin vom Guest House, wo ich zu Beginn meines Praktikums gewohnt habe. Dort hängt übrigens genau dasselbe Foto.«

»Ja, das ist es. Und was machen deine Freunde jetzt?«, fragte meine Mutter und hakte sich bei mir ein.

»Von Tom weiß ich nichts. Aber James und Allie sind zu einer Südamerika-Reise aufgebrochen. Im Moment sind sie an der Pazifikküste in Costa Rica und jobben in einer Beobachtungsstation für Schildkröten.«

»Das hört sich aber aufregend an«, schwärmte Mama.

»Ich kann dir nachher ihren Instagram-Blog zeigen, wenn du willst, da posten sie regelmäßig Fotos.«

Mutter schaute skeptisch. Sie war bislang nicht einmal auf Facebook registriert, was wir dringend nachholen mussten. »Da lernst du mal wieder was Neues kennen, Mama. Und kannst deinen Beziehungsstatus aktualisieren.«

»Meinen was?«, fragte sie alarmiert.

»Ich sehe schon, da müssen wir ganz von vorn beginnen.« Fröhlich lachend ging ich zu unserem Wohnraum vor.

Dort öffnete ich die verglasten Türen zur Terrasse. Dahinter erstreckte sich der grünblaue Atlantik und am Himmel zogen ein paar Schäfchenwolken vorüber. Ein Kreuzfahrtschiff passierte gerade den Horizont in Richtung Bahamas. Ich liebte diesen Blick so sehr!

»Ist das herrlich!«, sagte meine Mutter, die sich auch schon verliebt hatte. »Und erst diese Luft, riechst du das Meer? Davon kann ich nicht genug bekommen.«

Einige Momente schauten wir gemeinsam hinaus, dann ging ich zur Musikanlage. Seit ich ausgewandert war, drehte ich öfters Musik aus der Heimat auf. »Mama, wie wäre es mit Reinhard Fendrich oder Andreas Gabalier?«

»Das passt doch nicht zu dieser Aussicht. Ich will was Flottes, Quirliges.«

»Dann hören wir am besten Radio«, sagte ich und schaltete auf *Salsa 106.3,* einen Sender aus Miami. Karibische Klänge erfüllten das Haus. Sofort begann meine Mutter mit den Hüften zu wackeln und tänzelte zur Küchenzeile hinüber. Schön, dass sie so fröhlich war.

»Nächstes Mal musst du den Heinz auch mitbringen«, sagte ich, denn so hieß Herr Maier mit Vornamen. Mama und er waren mittlerweile ein Paar, aber diesmal hatte er aus Zeitgründen leider nicht mitkommen können.

»Ja, das wäre schön.« Mutter seufzte verträumt und begann, die Nachspeise für heute Abend zu vollenden. Während sie den vorgebackenen Tortenboden mit Aprikosenkonfitüre bestrich, ließ ich Schokolade in einem kleinen Topf am Herd schmelzen.

Lächelnd sagte ich: »Letztens, als ich diese Sachertorte mitgebracht habe, sind die Kinder richtig darüber hergefallen. Nach einer halben Stunde waren nur noch Krümel übrig.« Neben meiner Arbeit bei *Fly the Keys*, wo ich Büroarbeiten erledigte und bei der Kommunikation mit deutschsprachigen Touristen half, war ich auch immer noch im Meereslabor tätig. Unter anderem machte ich Öko-Schnorchelausflüge zum Korallenriff, welche extra auf Kinder zugeschnitten waren. »Die Kids sind richtig lieb und das Beste ist – sie haben mich noch nie mit faulem Obst beworfen.«

Mutter lachte vergnügt und wandte sich nun dem grünen Salat zu, den sie in der Spüle wusch. Ich verfrachtete währenddessen die Torte in den Kühlschrank. Von der Tür hörten wir Stimmen und polternde Schritte.

Greg, Ronald und Thomas traten ins Wohnzimmer. Die drei waren innerhalb weniger Tage zu einer eingeschworenen Bande geworden. Der Anblick meines Freundes versetzte die Schmetterlinge in meinem Bauch in helle Aufregung. Wir begrüßten uns mit einem innigen Kuss. Aus den Augenwinkeln nahm ich Thomas wahr, der sich rasch an uns vorbei in Richtung Terrasse stehlen wollte.

»Was hast du denn da hinter deinem Rücken?«, fragte Mutter sofort.

»Nur eine Drohne, ich mache noch einen kleinen Testflug am Ufer, für Greg«, antwortete er und war bereits in Richtung Steg verschwunden.

»Du hast so einen guten Einfluss auf ihn, Liebling! Das ist so ungewohnt, zu Hause war er nie so fleißig.«

Gregs Augen blitzten belustigt auf. »Ja, Drohnen sind immer für Überraschungen gut, wie wir wissen.«

Das war wohl wahr, wenn ich an die unerwarteten, aber auch schönen Ereignisse dachte, die sie mir schon beschert hatten.

Später machten sich Ronald und Greg gemeinsam daran, den Grill anzuheizen. Als die Glut gut durchgezogen war, legten sie die ersten Fleischstücke auf das Barbecue und der würzige Duft von Gegrilltem verbreitete sich in der Luft. Sabrina und ich deckten den langen Gartentisch auf der Terrasse. Wir verteilten Gläser, Teller und Besteck. Sanft pustete ich eine Ameise fort, die auf dem Weg zu unserem Caesar Salad war. Dabei musste ich sofort an die Kolonie in meiner Wiener Wohnung denken. Das kleine Appartement hatte Ronald glücklicherweise mitsamt meinen Insekten übernommen. Mir knurrte schon der Magen, Schnorchelausflüge machten hungrig. Die Zwillinge waren mittlerweile auch heruntergekommen und wackelten ungeduldig auf ihren Stühlen hin und her. Als Hermosa und Marc zu uns stießen, hätte es eigentlich mit dem Dinner losgehen können.

Kling-kling-kling. Unerwarteterweise stieß Greg sein Messer gegen sein Glas. Gerade so, als würde er um die Aufmerksamkeit aller bitten. Weil bei uns ständig alle durcheinanderquatschten, war das nicht ganz einfach, aber schließlich blickten ihm zehn Augenpaare entgegen.

»Bevor wir mit dem Essen beginnen, würde ich gern im Kreise der ganzen Familie etwas sehr Wichtiges loswerden.« Er räusperte sich und wirkte fast nervös, wie süß. Rechts neben mir sitzend, nahm er meine Hände in seine. Gregs verliebter Blick beschleunigte mein Herz auf Salsa-Tempo. Was sollte denn das werden?

»Julia. Das vergangene Jahr hier mit dir in diesem Haus war das schönste meines ganzen bisherigen Lebens. Oft sagen wir spaßeshalber, dass dies hier unsere *Villa Kokomo* ist. Weil es der Ort ist, der uns das Paradies bedeutet. Du und ich sind hier angekommen und hier wollen wir zusammenbleiben, in unserem neuen Zuhause.

Aber es gäbe da etwas, noch eine Sache, die unser gemeinsames Leben noch schöner machen würde. Deswegen möchte ich dich hier und jetzt vor der ganzen Familie fragen …« Er machte eine kleine Pause und ich hielt den Atem an. War das etwa der große Moment, in dem er mir die Fragen aller Fragen stellen würde? Mein Herz zersprang fast vor Freude und ich strahlte ihn an wie die Karibiksonne. »… sollen wir es kaufen? Marc hat mir ein unschlagbares Angebot gemacht!«

Meine Mundwinkel sanken kurz leicht hinab. Einen Moment lang hatte ich tatsächlich gedacht, er würde mir einen Heiratsantrag machen! Reingefallen! Ich musste wirklich an meiner Wahrnehmung und meiner Erwartungshaltung arbeiten. Ich lächelte ihn an, das waren natürlich auch tolle Neuigkeiten!

»Immerhin sind war ja schon über dreißig, oder?«, fragte ich gutmütig lachend. Und mit feierlicher Miene: »Ich sage natürlich *Ja!* Vielen Dank, Marc und Hermosa, mir fehlen echt die Worte. Für uns wird ein Traum wahr!«

Greg und ich erhoben uns, nahmen uns in den Arm und gaben uns einen liebevollen Kuss. Die anderen applaudierten und prosteten uns fröhlich zu. Marc gluckste vergnügt und legte seinen Arm um seine Frau, die ihm einen strengen Blick zuwarf. Dann lösten wir uns voneinander und setzten uns wieder. Alle Details würde er mir ganz sicher später erzählen. Jetzt könnten wir aber erst mal unser Barbecue beginnen. Nicht, dass der Fisch noch trocken wurde.

Im Augenwinkel sah ich, dass Gregs Mundwinkel nach oben zuckten. »Also, da das nun geklärt ist, gibt es vor dem Essen jetzt nur noch eine allerletzte winzige Kleinigkeit …« Gabi und Judith stöhnten. »… denn das Einzige, was noch schöner wäre, als hier mit dir in unserem eigenen Haus zu leben, wäre …« Greg schob seinen Stuhl nach hinten, stand auf und schaute in die Luft. Wie eigenartig! Also schauten wir alle hinauf und … da schwebte eine Drohne heran. Vor Erstaunen klappte mir der Mund auf.

Aber klar, sie wurde offensichtlich von Thomas gesteuert, der eine Konsole unter dem Tisch hervorgeholt hatte und feixend daran herumhantierte. Das Flugobjekt blieb vor uns in der Luft stehen. An ihm war ein kleines Kästchen an einer Schnur befestigt. Greg löste es und … was machte er denn jetzt? Er kniete vor mir nieder! Mit der Linken umfasste er meine Hand, mit der Rechten hielt er die kleine Schatulle hoch. »Julia, ich will nie mehr wieder ohne dich sein. Deswegen haben mir deine Brüder heute einen neuen Satz auf Österreichisch beigebracht: Schatzi, willst du mich heiraten, bitte?«

Sprachlos schaute ich ihn an und ließ dann meinen Blick durch die Runde schweifen. Ich blickte in leuchtende, schimmernde Augen und jeder Einzelne von ihnen nickte mir aufmunternd zu. Sogar Gabi und Judith hatten ihren Hunger vergessen und starrten mich gespannt an. Greg schaute erwartungsvoll zu mir hoch.

Ich lachte glücklich. »Was denkst du denn? Ja … Ja, natürlich will ich!«

Meine Familie applaudierte und johlte. Greg erhob sich und es gab noch mehr Küsse.

»Allerdings, zwei kleine Bedingungen hätte ich: Geheiratet wird auf der *Jolly Roger* … und wir müssen unsere Trauzeugen aus Costa Rica einfliegen lassen, weil erst mit Allie und James die Familie komplett ist, oder?«

Nachwort und Dank

Liebe Leserinnen und Leser!

Ich bedanke mich ganz herzlich dafür, dass ihr diese Reise nach Florida mit mir angetreten seid. Ich hoffe, dass euch die Geschichte gut unterhalten und euch ein wenig Karibik-Feeling beschert hat. Wenn ja, dann würde ich mich irrsinnig über eine Bewertung oder sogar eine Rezension freuen, die auch nur aus einem oder zwei Sätzen bestehen kann! Das wäre eine großartige Unterstützung für mich, um auf das Buch aufmerksam zu machen und so anderen Lesern weiterzuempfehlen.

Als ich Korallenträume und Floridaliebe schrieb, wurden Erinnerungen an einen einzigartigen Work-and-Travel-Aufenthalt wieder lebendig, den ich während meiner Studienzeit in Key West verbringen durfte. Es hat mir sehr großen Spaß gemacht, die Liebesgeschichte von Julia und Greg mit den real existierenden Orten aus meinen Erinnerungen zu verbinden. Damals war ich fasziniert von der Karibik und den freundlichen, gelassenen Menschen, die dort leben, den wunderschönen Stränden, den beeindruckenden Sonnenuntergängen und vor allem der bezaubernden Unterwasserwelt mit ihren bizarren Fischen und bunt schillernden Korallenriffen. Dass diese durch den Klimawandel akut bedroht sind, ist sehr traurig. Doch einige gemeinnützige Organisationen haben sich dem Kampf gegen die Korallenbleiche verschrieben und versuchen, mit der Vermehrung besonders widerstandsfähiger Korallen die Riffe wieder aufzuforsten. Schaut beispielsweise auf folgenden Webseiten vorbei, um nähere Informationen zu deren Arbeit zu erhalten:

I.CARE: www.icareaboutcoral.org. Eine Initiative aus Islamorada (Florida Keys), die Hobbytaucher sogar einlädt, aktiv beim Auspflanzen der Korallen mitzuhelfen. Falls ihr taucht und einen Aufenthalt in Florida plant, wäre das ja vielleicht etwas für euch? Auf der Webseite findet ihr alle Informationen dazu, Vorher-nachher-Bilder des Korallenriffs und vieles mehr.

MOTE Marine Laboratory & Aquarium: www.mote.org. Ein Meeresforschungsinstitut, das sich unter anderem ebenfalls dem Erhalt der Korallenriffe verschrieben hat. Es betreibt darüber hinaus einen Aquazoo in Sarasota, Florida, der sich über Besucher freut.

Von Deutschland, Österreich und der Schweiz aus könntet ihr mit einer kleinen Spende deren großartige Arbeit natürlich auch unterstützen. Das würde mich wahnsinnig freuen, denn dann hätte mein Buch etwas real Positives bewirkt.

Außerdem möchte ich mich bei Katharina Strzoda bedanken, ohne die dieses Buch nicht zustande gekommen wäre. Das ist die Powerfrau und geniale Lektorin, die als frischgebackene Verlegerin hinter dem Flamingo-Tales-Verlag und als Lektorin hinter Korallenträume und Floridaliebe steht. Wir kennen uns schon von meinen ersten beiden Büchern, die sie auch lektoriert hat und die ich im Selfpublishing herausgegeben habe. Unsere Zusammenarbeit funktionierte auch diesmal wieder perfekt: Während ich beim Schreiben teilweise den Wald vor lauter Bäumen nicht mehr sah, führte sie unsere Geschichte immer wieder auf den Weg zurück. Sie erkannte, wo wir tiefer gehen müssen und wo wir besser nicht abbiegen sollten. Danke, liebe Katharina, es macht immer wieder Spaß, mit dir zusammenzuarbeiten! Vielen Dank für das Vertrauen, das du in mich und meine Idee von diesem Roman gesetzt hast!

Darüber hinaus danke ich unseren großartigen Testleserinnen Judith und Justine für die scharfsichtigen Rückmeldungen.

Ich danke meinen lieben Eltern und meiner lieben Schwester, die mich immer zum Schreiben ermutigen. Meinem Mann, der sich wieder einmal alle Varianten von Titelideen anhörte und Covervorschläge mit mir durchschaute, auch wenn seine Favoriten diesmal nicht zum Zug kamen.

Liebe Leserinnen und Leser, ich würde mich sehr freuen, wenn ihr mit mir in Kontakt treten würdet! Das geht zum Beispiel über:
Email: maggie@uhmann.at oder
Facebook: Maggie Uhmann oder
Instagram: maggie_uhmann_autorin

Weitere Reiseromane mit Herzklopfen findet ihr auf der Verlagsseite des Flamingo-Tales-Verlag: flamingo-tales.de

Eure Maggie Uhmann, im Juni 2022

Wir sind ein unabhängiger, frisch gegründeter Verlag, in dem viel Herzblut und Liebe steckt, deshalb sind wir besonders auf deine Unterstützung angewiesen.

In diesen ersten Roman haben wir – zusammen mit unserer lieben Autorin Maggie Uhmann und einem Team von Profis – viel Leidenschaft einfließen lassen.

Deine ehrliche Rückmeldung bedeutet uns viel.

Deshalb freuen wir uns über deine Rezension beispielsweise auf Amazon, Lovelybooks oder Lesejury.

Folge uns auch gern auf Instagram oder Facebook.

Für mehr Informationen zu den nächsten Romanen des Verlags abonniere unseren Newsletter auf www.flamingo-tales.de.

flamingo TALES